Andrea sehnt sich danach, von einem echten Dom unterworfen zu werden – und landet so im exklusivsten BDSM-Club der Stadt: dem Shadowlands.

Master Cullen wird gezwungen, eine unbekannte Sub in sein Auszubildendenprogramm aufzunehmen. Sein Neuzugang ist gänzlich unerfahren und hat keine Ahnung, was es bedeutet, eine Sub zu sein. Gleich beim ersten Treffen taucht sie in einem Lederoutift auf, das kaum Haut zeigt! Und anstatt sich vor ihm hinzuknien, rechnet er bei ihr stets mit einem Tritt in die Eier.

Daher trifft er schnell eine Entscheidung: Sie kann hier nicht bleiben.

Doch bei dem Versuch, sie einzuschüchtern und damit loszuwerden, kommt er zu dem Vergnügen, sie für ihr freches Verhalten zu bestrafen. Schon bald erhascht er einen Blick auf die Frau hinter der emotionalen Fassade und ihre uneingeschränkte Hingabe erweicht sein Herz.

DAS GESCHENK EINER SUB

Die Master der Shadowlands-Reihe: Buch 4

CHERISE SINCLAIR

VanScoy Publishing Group

@ Deutsche Ausgabe: FP Translations; 2021

ISBN: 978-1-947219-36-6

@ Originalausgabe: *Lean On Me* by Cherise Sinclair; 2010

Lektorat: Christian Popp

ANMERKUNG DER AUTORIN

An meine Leser/Leserinnen,

dieses Buch ist reine Fiktion. Und wie in den meisten Romanen wird die Liebesgeschichte in eine sehr, sehr kurze Zeitspanne hineingepresst.

Ihr, meine Lieben, lebt in der wirklichen Welt. Ihr werdet mehr Zeit brauchen als die Romanfiguren. Gute Doms wachsen nicht auf Bäumen und es gibt ein paar sehr seltsame Menschen dort draußen. Wenn ihr auf der Suche nach eurem eigenen Dom seid, hört auf euer Bauchgefühl und seid bitte vorsichtig.

Und wenn ihr ihn findet, dann nehmt zur Kenntnis, dass er nicht eure Gedanken lesen kann. Ja, so beängstigend das auch sein mag, ihr werdet euch ihm öffnen, mit ihm reden und auch ihm zuhören müssen. Teilt eure Hoffnungen und Ängste miteinander. Erzählt ihm, was ihr euch von ihm wünscht und wovor ihr abgrundtiefe Angst habt. Okay, er wird eure Grenzen etwas austesten – er ist schließlich ein Dom –, aber ihr habt ja euer Safeword. Nicht das Safeword vergessen, okay? Und passt auf euch auf. Verhütet. Vertraut euch einer Person in eurem Freundeskreis an. Teilt euch mit, kommuniziert.

Denkt dran: Safe, sane, consensual. (Sicher, vernünftig, einvernehmlich.)

Ich wünsche mir für euch, dass ihr diese besondere Person findet, die euch liebt, die eure Bedürfnisse versteht und euch im Herzen trägt.

Während ihr nach diesem besonderen Menschen Ausschau haltet, könnt ihr Zeit mit den Shadowlands Mastern verbringen.

Fühlt euch gedrückt,
Cherise

KAPITEL EINS

Nicht ein leerer Barhocker in Sicht. Ein Stöhnen unterdrückend verlagerte Andrea Eriksson ihr Gewicht aufs andere Bein und wackelte mit den verkrampften Zehen ihres Fußes. Wer auch immer Stiefel mit hohen Hacken erfunden hatte, sollte in der Hölle schmoren.

Andererseits dachte die Mehrzahl der Menschheit das auch von Leuten, die BDSM-Clubs besuchten. Ein Schweißtropfen rann unter ihrer Motorradjacke über ihren Rücken. Heiß genug, um als Hölle durchzugehen, war es hier allemal.

Sie hätte zuhause bleiben und ihre gemütliche Wohnung genießen sollen. Ein Bad klang gerade wirklich gut, die Musik von Enya im Hintergrund. Ihr kleiner Zufluchtsort, weit entfernt von den Elendsvierteln, bezahlt von ihrem eigenen Geld.

Nein, sie sollte keine Sehnsucht nach ihrer Wohnung haben. Genau hier wollte sie sein, in diesem BDSM-Club. *Oh ja!* Nun hatte sie schon zwei Runden gedreht und unter den anwesenden Doms waren nur zwei herausgestochen, die diesen selbstbewussten Ausdruck eines wahren Doms besaßen. Das Problem: Ausgerechnet diese beiden nannten bereits Subs ihr Eigen.

Sie trank von ihrer Cola und ihr Blick blieb bei einem grauhaarigen Mann in einem Anzug hängen, der sich vor einer schlanken Frau an einem dieser Andreaskreuze positioniert hatte. Mit einem Rohrstock tippte er sich gegen sein eigenes Bein, geduldig wartend, während die Sub vor freudiger Erwartung bebte, ohne die Augen von ihrem Dom zu nehmen.

Ein Schauer jagte durch Andrea. Er kontrollierte die Session, sich selbst und seine Sub. Andrea wollte diese Sub sein. Sie wollte ihre Kontrolle abgeben. Sie wollte jemandem genug Vertrauen schenken, um dazu in der Lage zu sein.

„Gefällt dir die Session?"

Andrea zuckte zusammen und ihr Getränk schwappte über den Rand. Sie schüttelte die Hand, um sich von der klebrigen Flüssigkeit zu befreien, und ging gleichzeitig von dem Dom, der sie bereits zuvor beobachtet hatte, einen Schritt auf Abstand. „Ähm. Hi. Wie lautete die Frage gleich nochmal?"

„Hast du Interesse an einem Spanking?"

Spanking. Gefesselt werden. Eine große Hand auf ihrem nackten Hintern spüren. Hitzige Begierde schoss durch ihren Körper, gefolgt von einer warnenden Stimme in ihrem Kopf. In den letzten dreißig Tagen war keine der Sessions, auf die sie sich mit einem Dom eingelassen hatte, erfüllend gewesen. *Hoffentlich ist es mit ihm anders.*

Ein paar Jahre jünger als sie, Anfang zwanzig, wie sie annahm, trug der Dom eine Latexjeans und ein schwarzes T-Shirt. Er wirkte selbstbewusst, jedoch nahm sie diese unerbittliche Autorität nicht wahr, die es brauchte, um sie zu unterwerfen.

Erwarte ich zu viel, wenn ich mir absolute Dominanz wünsche?

„Also ...", zog sie eine Antwort in die Länge. Wenn sie mit *Ja* antwortete, und er sie daraufhin herumkommandieren wollte, ohne das gewisse Etwas zu haben, würde sie ihm frech kommen und gegen jeden Befehl angehen. Aus Erfahrung wusste sie, wie unangenehm das wäre. Für beide Seiten.

„Wir können uns ein bisschen unterhalten." Er packte sie am Arm.

Sie schlug seine Hand weg und zuckte bei seinem Gesichtsausdruck zusammen. „Tut mir leid", sagte sie. „Zu viel Karate in meiner Kindheit." Wieso schaffte sie es nicht, diese Reaktionen zu unterbinden? Sie wollte sich unterwerfen, sehnte sich danach, dass jemand die Kontrolle an sich riss. Der Gedanke machte sie heiß ... und feucht. Dieser Ort jedoch, gefüllt mit machthungrigen Männern, brachte Erinnerungen zurück, bei denen sie instinktiv reagierte. Ihr Vater hatte sie gut trainiert. Zu gut. *Erlaube ihnen nicht, dich zu packen. Erlaube ihnen nicht, dass sie dich in die Ecke treiben. Die beste Verteidigung liegt im Angriff.*

„Kein Problem. Ich mache viele Subs nervös." Stolz streckte er seine Brust heraus.

Oh Dios ... Da hält jemand sehr viel von sich.

Sie ignorierte, wie der Dom versuchte, ihren Blick zu halten, und sah sich stattdessen im Club um.

Tampas Gothic-Anteil war gut repräsentiert. Sie erspähte dunkles Make-up und bizarre Haare. Piercings und Tattoos fanden sich an den ungewöhnlichsten und intimsten Stellen, die man sich vorstellen konnte. *Autsch.* Weiter hinten hatte sich eine Menschenansammlung um eine Flogging-Session gebildet.

„Ich will dich auf einer Spanking-Bank positionieren", sagte er. „Ich denke, dass würde dich antörnen."

Sie drehte sich zu ihm, hoffte, betete, dass sich die Hitze in ihrer Mitte formte, um eine Einwilligung herauszupressen, doch es passierte nichts. Er war nicht der Richtige für sie. „Vielen Dank für das Angebot, aber nein."

Wie fanden andere einen guten Partner an diesem Ort?

Ein freundliches Lächeln später und sie verließ den Club. Antonio sollte bald auftauchen und sie entschied, draußen auf ihn zu warten.

Sie wickelte ihre Lederjacke fest um die Melancholie, die in ihr aufstieg, und fand ihren Weg zu dem Parkplatz, auf dem ihr Van stand. Mit dem rechten unbequemen Schuh kickte sie einen Stein weg. Es war einfach nicht fair. Anderen Frauen fiel es nicht so schwer, sich einen Dom zu angeln. Sie hatte Doms beobachtet, nachdem sie diese abgewiesen hatte, mit Subs, die kein Problem damit hatten, sich zu unterwerfen.

Vielleicht liegt das Problem bei mir.

Die warme Märzluft strich über ihr Gesicht und brachte mit sich den Meergeruch, zusammen mit den Dämpfen des Feierabendverkehrs. Auf und ab lief sie. In der Zwischenzeit betraten zwei Frauen den Club. Gleichzeitig verließ ein Pärchen händchenhaltend das Establishment. Und endlich erschien Antonios roter Camaro. Summend bog er auf den Parkplatz ein. Antonio stieg aus. „Hey. Warum bist du nicht im Club?"

Ihr Blick fiel auf eine weggeworfene Verpackung. Sie hob den Müll auf und warf ihn in einen Mülleimer. „Ich habe niemanden gefunden, dem ich –" *Dem ich mich unterwerfen will.* „– mit dem ich spielen will."

„So wählerisch." Er runzelte die Stirn. Eine Straßenlaterne flackerte unentschlossen und beleuchtete sein Gesicht in einem regelmäßigen Impuls des Abtastens. „Arme kleine *Chiquita*. Warum hast du auch kein Interesse an den gewöhnlicheren Vorlieben wie einem Dreier oder Sex in der Öffentlichkeit?"

„Wenn ich das wüsste." Die Nacht war kühler geworden und Andrea wickelte die Arme fester um sich. „Warum bist du nicht dominant? Dann müsste ich nicht durch Feuerreifen springen, nur um jemanden kennenzulernen. Natürlich solltest du dann auch hetero sein. Hetero wäre hilfreich."

Neben ihn lehnte sie sich gegen sein Auto, ihr Arm freundschaftlich an seinen gepresst. Antonio war schon so lange sie denken konnte ihr bester Freund. Im Alter von fünf gingen sie zusammen auf Feldzüge, benutzten Stöcke als Schwerter und ein altes Dreirad, das sie in einer Mülltonne gefunden hatten, als Pferd. Mit fünfzehn – da hatte er sich geoutet – war sie jedem an die Gurgel gegangen, der es gewagt hatte, ihn zu beleidigen. Nach seinem Collegeabschluss war er von Miami nach Tampa gezogen und wurde somit zu einem inoffiziellen Mitglied ihrer riesigen Familie.

„Ich bin, wer ich bin." Mit einem breiten Grinsen auf dem Gesicht zog er an einer ihrer lockigen Strähnen. „Es fällt mir allerdings noch immer schwer, zu glauben, dass du unterwürfig bist. Wir kennen uns schon so lange und niemals hättest du es jemandem erlaubt, dich herumzukommandieren. Bist du dir sicher?"

„Oh ja, mehr als sicher." Nachdem sie in einem Liebesroman über BDSM gelesen hatte, bat sie ihren damaligen Freund, ein wenig zu experimentieren. „Unterwerfung ist anders, wenn es –" Sie errötete. „– um Sex geht. Sex mit den meisten Männern ist für mich so aufregend wie ... ich weiß auch nicht ... Sex mit einem Bruder oder so ähnlich. Oh je, furchtbarer Vergleich, aber du weißt, was ich meine. Erinnerst du dich, als du festgestellt hast, dass du schwul bist? Du meintest: ‚Deswegen hat es vorher nie gepasst. Genau danach habe ich mich gesehnt'. Genauso fühlt es sich für mich mit BDSM an. Wenn mir jemand etwas befiehlt und der Befehl tief in mir seine Wirkung zeigt, dann schmelze ich regelrecht dahin."

Er schnaufte. „Und wenn es keine Wirkung auf dich hat, machst du sie fertig, Rambolita."

„Ich will doch nur ..." Ich will doch nur einen Mann kennenlernen, der mich erschauern lässt. Wie soll ich mich jemals verlieben, wenn niemand dieses Gefühl in mir auslösen kann? „Ich ... Es spielt keine Rolle, oder? Ich habe alles versucht. So viele Clubs und Gruppen und dennoch habe ich niemanden für mich gefunden. Nicht einmal annähernd."

„Oh, du darfst nicht aufgeben." Antonio zündete sich eine Zigarette an und starrte für eine Weile konzentriert auf das glühende Ende. „Auf deiner Liste mit Clubs hast du einen rausgestrichen. Den Privatclub außerhalb der Stadt."

„Das Shadowlands, in dem als Mitgliedsbeitrag ein Jahresgehalt und mein erstgeborenes Kind verlangt wird? Vergiss es." Schon wurde meine kurz aufkommende Hoffnung im Keim erstickt.

„Vielleicht gibt es eine Möglichkeit."

„Erde an Antonio ... Ich führe eine Reinigungsfirma, kein Multi-Millionen-Dollar-Unternehmen."

„Hab ich nicht vergessen." Er zog an seiner Kippe. „Jemand aus dem Club schuldet mir einen Gefallen."

„Wirklich?" Ein privater Club. Mit erfahreneren Leuten, mehr Sicherheit. Sie starrte Antonio an.

Er starrte zurück. Langsam hob er fragend die Augenbrauen.

Dios, sie hasste es, andere um Hilfe zu bitten. Sogar Antonio. „Und er würde das Problem mit dem Mitgliedsbeitrag ignorieren?"

Antonio warf die Zigarette auf den Boden und trat sie mit dem Fuß aus. „Nicht direkt. Er ist für die Subs zuständig, die tiefer in den Lifestyle eintauchen wollen. Er ist der Ausbilder. Und die Auszubildenden müssen keine Beiträge bezahlen. Ich werde ihn bitten, dich in sein Programm aufzunehmen." Er runzelte die Stirn. „Eine Auszubildende zu sein, könnte sich als zu intensiv für dich herausstellen."

In dem Fall konnte sie bei Doms nicht wählerisch sein. Ihr Mund trocknete aus und doch hob sie entschlossen das Kinn. „Arrangiere es."

KAPITEL ZWEI

Damit beschäftigt, die Bar für den Abend vorzubereiten, hob Cullen den Kopf, als sich die Tür in den Clubraum öffnete. Pünktlich. Dafür verdiente sie einen Pluspunkt, dachte er leicht verdrießlich.

Genervt erinnerte er sich an den Gefallen, den Antonio bei ihm eingefordert hatte. Sicher, der Journalist hatte Cullen die nötigen Informationen über einen Brandstifter gegeben, und ja, mit diesen Informationen hatte er den Bastard hinter Gitter bringen können. Jedoch missfiel es ihm, dass sich nun sein Job als Brandermittler mit seinem Privatleben im Shadowlands vermischte.

Genauso missfiel es ihm, dass jemand in seinem Ausbildungsprogramm herumpfuschte. Normalerweise wählten Z und er die Auszubildenden, bei denen es sich um Subs von einer langen Warteliste handelte. Alles langjährige Mitglieder im Club, die tiefer in den Lifestyle eintauchen und somit ihre Chancen mit ungebundenen Doms erhöhen wollten. Anfänger waren nicht gern gesehen.

Z war nicht gerade begeistert von der Idee. Eine wahre Untertreibung. Er war stocksauer gewesen.

Cullen riskierte also seinen Arsch. Diese Freundin von Antonio sollte besser die beste Auszubildende aller Zeiten sein und sich gut ins Shadowlands einfinden. Oder schnellstmöglich die Fliege machen. *Ich weiß, was ich bevorzugen würde.* Vielleicht sollte er sie genau dazu treiben. Wenn er es richtig anstellte, würde sie bestimmt bald einsehen, dass das Shadowlands nicht der richtige Ort für sie war.

Besagte Frau trat in den Clubraum und hielt inne, damit sich ihre Augen an das gedämpfte Kerzenlicht von den schmiedeeisernen Wandleuchtern gewöhnen konnten. Nach einer Weile setzte sie sich wieder in Bewegung.

Sie war eine hochgewachsene, muskulöse Frau. Von der Statur erinnerte sie ihn an die Schmerzschlampe, mit der er an einer Playparty teilgenommen hatte. Ein Tag, auf den er nicht gerne zurückblickte. Er lehnte den Arm auf den Tresen und beobachtete sie: Enge Latexhose, die sich erregend an ihre langen Beine schmiegte. Hellbraunes Haar in einem straffen Dutt auf ihrem Kopf, eine Frisur, die geradezu *Fass mich nicht an* schrie. Schlichtes Make-up. Als Schmuck trug sie lediglich ein kleines Kreuz um ihren Hals. Die wadenhohen Stiefel mit den riesigen Absätzen deuteten auf eine Domina hin, genauso wie die Motorradjacke und ihre arrogante Körpersprache.

Was für eine Art Sub hatte Antonio ihm da geschickt? Vom ersten Eindruck her würde er sie am liebsten rauswerfen – und zwar hochkant!

„Hallo." Ihre tiefe, geschmeidige Stimme wies einen spanischen Akzent auf und sagte ihm zu. „Ich bin Andrea Eriksson."

Um sie zu testen, schwieg er und betrachtete lediglich ihr Gesicht. Die meisten Subs würden jetzt ihre Augen auf den Boden senken. Aber nicht diese. Stattdessen presste sie die Lippen fest aufeinander und hob ihr Kinn.

„Du kannst mich Master Cullen oder Sir nennen. Ich bin im Shadowlands für die Auszubildenden verantwortlich." Er wies auf einen Barhocker. „Setz dich."

Sie zögerte. Eine Sub, die es nicht mochte, Befehle zu befolgen? Schließlich nahm sie Platz, stützte sich mit den Ellbogen auf dem Tresen ab. Die nächste aggressive Körperhaltung. Domina oder Sub? Das herauszufinden, sollte nicht so schwer sein. Er ließ sich auf dem Weg zu ihr Zeit, lief um die Bar herum und ragte über ihrer sitzenden Form auf, sodass sie den Kopf in den Nacken legen musste. Der Funke in ihren Augen verriet ihm, dass sie das Bedürfnis verspürte, aufzustehen, um auf Augenhöhe mit ihm zu sprechen.

Er schob einen Finger unter ihr stolzes Kinn und richtete ihr Gesicht aus, bis sie ihm direkt in die Augen sah.

Ihre Muskeln spannten sich an und sie versuchte, sich von seiner Berührung loszueisen.

„Stillhalten."

Bei seinem Befehl erstarrte sie. Dann sah er es: Ihre Pupillen weiteten sich und in ihre Wangen stieg Hitze.

Ah, sehr nett. Nichts gefiel einem Dom mehr als die instinktive Unterwerfung eines Körpers unter seinen Händen.

„Es steckt also doch eine Sub in dir", murmelte er. Dann packte er ihren Dutt und hielt sie gefangen, als er mit einem Finger über ihre hohen Wangenknochen strich, über ihre samtweichen Lippen, nach unten über ihren verletzlichen Hals ... und spürte den verräterischen Schauer, der durch ihren Körper jagte.

Hinreißend. Sein Finger folgte dem Reißverschluss ihrer Lederjacke. Und was versteckte sie darunter?

Sie bewegte sich nicht, rührte keinen Muskel. Ihre großen, goldbraunen Augen zeugten von nervöser Unruhe. Auch an ihren Händen konnte er den inneren Aufruhr sehen, denn sie spannte ihre Finger an und er hörte die Papiere in ihrer Hand knistern. Sie gab ihr Bestes. Man brauchte Eier, um in einen fremden Club zu treten und sich einem unbekannten Dom zu stellen.

Er spürte einen Anflug von Mitleid. Ein Teil von ihm wollte sie rausschmeißen, der andere hingegen wollte sie in die Arme nehmen und ihr gut zureden. *Verdammt.* Nichts davon würde er heute bekommen. Mit einem Seufzen ließ er sie los und trat einen Schritt zurück. „Gib mir deine Papiere."

Sie gehorchte und ihre sonnengebräunten Wangen erröteten aufs Neue, als sie bemerkte, wie zerknittert die Dokumente in ihrer Hand waren.

Er glättete das Papier und las zuerst den medizinischen Befund: keine Krankheiten, gesund, nahm Pille. Das sah schon mal gut aus. Er blätterte zur nächsten Seite. Sie hatte die Standardverfügung des Shadowlands über die Mitgliedschaft und das allgemeine Regelwerk gelesen und unterschrieben. Danach folgten die Regeln für die Auszubildenden. Letztes Jahr hatte eine Anfängerin diese wichtigen Dokumente ungelesen unterzeichnet. Dann hatte sie eine Regel gebrochen und die anschließende Bestrafung hatte ihr Weltbild für alle Zeiten verändert. „Hast du alles ausführlich gelesen?"

Sie nickte.

„In diesem Club antwortet eine Sub mit ‚Ja, Sir' oder ‚Ja, Ma'am'."

„Ja, Sir."

Besser. Er nickte ihr zufrieden zu. Obwohl sie nicht den normalen Eifer einer Sub aufwies, konnte er ihr ansehen, wie die Anspannung langsam aus ihrem Körper wich. Seine Meinung war ihr wichtig, auch wenn sie sich weigerte, dies zu zeigen. Warum wollte sie das nicht?

Er ließ den Blick über sie schweifen. Angespannte Körperhaltung, Kinn hoch, Finger verschränkt. Dennoch hatte er gefühlt, wie sie unter seiner Berührung dahingeschmolzen war. Sie stellte ein faszinierendes Rätsel dar. Sicher, er war genervt von der Planänderung, doch er musste zugeben, dass es die Art von Herausforderung war, die er genoss.

Als er die Liste mit den Grenzen erreichte, drückte sie die Schultern durch und ihre Wangen erröteten vor Verlegenheit. Belustigung machte sich in ihm breit, erhellte seine Stimmung. Er würde sehr viel Spaß daran haben, diese Verlegenheit zum

Einsturz zu bringen. Vielleicht könnte er ihr bei jedem Punkt, an dem sie Interesse zeigte, einen neuen Dom zuweisen: Oralsex, Spanking, Pranger, Dildo ... Dann trafen sich ihre Blicke und sie schluckte schwer. Die scharfsichtige kleine Sub konnte ihm seine ruchlosen Absichten ansehen.

Er musterte sie für eine Weile. Wie würden ihre Augen gefüllt mit Begierde und blinder Lust aussehen? *Zur Hölle*, er würde sie gerne sofort am Pranger festschnallen, um sie ... Er warf einen Blick auf die Liste, speziell den Bereich mit der Bereitschaft zu Analsex. Keine Erfahrungen, jedoch hatte sie das Kästchen markiert, das für *Willig, es zumindest zu probieren* stand. Oh ja, er würde es genießen, sie in diese Freuden einzuführen.

Falls sie blieb. Er war gespannt.

Nur männliche Doms. Sie war also nicht bi. Das würde Olivia enttäuschen. Dann kam er zu den Fragen, bei denen es sich um das Thema Schmerz drehte. Wie es schien, war sie keine Schmerzschlampe wie Deborah. „Auf keinen Fall willst du ausgepeitscht, geritzt oder geschlagen werden."

Bei jedem einzelnen Wort zuckte sie sichtlich zusammen.

„Ich kann dich nicht hören."

Sie räusperte sich. „Richtig, das will ich nicht, Sir."

„Bei Spankings, leichtem Flogging und Paddels bist du dir nicht sicher." Diese langen Beine waren perfekt für ein Flogging. Würde sie wimmern oder stöhnen? Unter seiner Führung würde er ihr nicht erlauben, ihre Reaktionen zu verbergen. Aufmerksam betrachtete er ihr Gesicht. „Während deiner Zeit mit uns wirst du einiges ausprobieren können."

Ihre Unterlippe bebte. „Ja, Sir", flüsterte sie.

Er unterdrückte ein Lächeln. *Fällt es dir etwa immer schwerer, gleichgültig zu wirken, kleine Sub?* „Du hast nichts dagegen, gefesselt zu werden. Und auch Sex ist eine Option für dich, korrekt?"

Ihre Wangen erröteten und sie drückte die Schultern durch.

„Korrekt", sagte sie in einem Ton, der in der Lage wäre, ihn in der Mitte durchzuschneiden.

Aggressiv. Interessant. Und nicht akzeptabel. Er warf ihr einen eindeutigen Blick zu.

Sofort senkte sie die Augen auf den Boden. „Ja, Sir." Eine Sub mit einem Auftreten so beeindruckend wie ihre Statur. *Verdammt*, sie war hinreißend. Er nahm sich Anfängerfesseln zur Hand, die er immer hinter der Bar aufbewahrte. Eine hob er hoch, um sie ihr zu präsentieren. „Reiche mir dein Handgelenk."

Ihre Augen schossen zu seinen und weiteten sich bei dem Anblick der goldenen Fesseln aus Leder in seiner Hand. Gerade weiße Zähne bohrten sich in ihre Unterlippe, eine Geste, die zeigte, wie ihre Ängste mit ihren Trieben einen Kampf austrugen. Ihre Finger bebten, als sie ihre Hand in seine legte.

Das erste Zeichen von Vertrauen. Ein wahres Geschenk für jeden Dom. „Braves Mädchen", sagte er sanft.

Bei dem Gefühl ihres muskulösen Armes lächelte er. Wie lange war es her, dass er eine Frau hatte, bei der er nicht befürchten musste, sie mit seiner Größe zu verletzen? Unter dem Muskel hämmerte ihr Puls. *Sehr nett.*

Er legte ihr die erste Fessel um. Als ihre whiskeyfarbenen Augen seine fanden, brachte ihr verletzlicher Ausdruck seinen Beschützerinstinkt an die Oberfläche. War es möglich, dass sich unter der taffen Erscheinung ein weicher Kern verbarg?

Es überraschte ihn, wie sehr es ihn befriedigte, ihr Fesseln anzulegen. Er zwang sich, sich wieder aufs Wesentliche zu konzentrieren. „Goldene Fesseln signalisieren einen Auszubildenden", sagte er. „Dazu gibt es verschieden farbige Bänder, damit jeder deine Grenzen kennt. Ein rotes Band zeigt, dass du eine Vorliebe für Schmerz hast, wie zum Beispiel ein hartes Auspeitschen. Gelb hingegen steht für die sanftere Variante."

Noch immer mit ihrer Hand in seiner zog er an einer ihrer Haarsträhnen. Sofort zuckte sie zusammen. „Wie du in den Clubregeln nachlesen konntest, kann jede Sub, Auszubildende oder nicht, mit einem Spanking oder dem Paddel bestraft werden. Das gelbe Band weist den Dom lediglich darauf hin, wie kreativ er sein kann."

„Super", murmelte sie und er schaffte es gerade so, ein Lachen zurückzuhalten.

„Blau steht für Bondage. Grün für Sex. Ein Auszubildender mit einem grünen Band kann jederzeit an einen Dom übergeben werden, sei es für eine Belohnung oder eine Bestrafung." Ihr Puls unter seinem Daumen hämmerte schneller, ihre Unterlippe bebte und sie schnappte nach Luft. Entsetzen klang anders. Oh ja, der Gedanke faszinierte sie.

Genau wie ihn. Was für eine Reaktion würde sie zeigen, wenn er sie mit ihren Armen über dem Kopf und ihren Beinen weit gespreizt fesseln würde, sie für seinen Anblick und seine Berührungen entblößen würde? Würde ihr Körper von Lustschauern heimgesucht werden? Würden sich ihre Pupillen weiten? Wäre ihre Pussy heiß und feucht?

Jetzt waren ihre Pupillen geweitet, ihre Augen verletzlich, als er sie mit seinem Blick einfing.

„Für den Anfang wird es keine Bänder für dich geben", sagte er und spürte, wie sie sich entspannte. „Heute Abend wird es deine Aufgabe sein, die Clubmitglieder mit Getränken zu versorgen und dich an die Abläufe im Shadowlands zu gewöhnen. Hast du das verstanden, Andrea?"

Sie nickte und fügte dann schnell hinzu: „Ja, Sir."

„Sehr gut. Wenn irgendwann das Bedürfnis aufkommen sollte, den Club zu verlassen, will ich, dass du zu mir kommst. Hättest du gerne einen Drink, bevor es losgeht?"

Ihre Nerven waren zum Zerreißen angespannt. Sie hatte das Gefühl zwischen die Fronten eines Bandenkrieges geraten zu sein. Unfassbar, dass sie es schaffte, ihren Seven-and-Seven-Cocktail zu trinken. „Bleib hier sitzen, Andrea", hatte Master Cullen gesagt, nachdem er ihr den Drink gereicht hatte. Dann war er verschwunden.

Auf diese Weise hatte sie eine kleine Pause. Eine Erleichterung. *Dios mío*, niemals hätte sie erwartet, dass Antonios Kumpel so überwältigend sein würde. Bei der Erinnerung an seine Hand in ihren Haaren erschauerte sie. Wie er sie festgehalten hatte ... *wow*. Seine ... Kontrolle hatte eine Schockwelle nach der anderen durch sie gejagt. Genau, nach was sie sich gesehnt hatte. Absolute Dominanz. Warum fühlte es sich dann so furchterregend an?

Er war zu viel für sie. Sie hatte sich den Ausbilder ... na ja, dominanter als die Männer der anderen Clubs vorgestellt. Jemand, der in ihrer Mitte etwas auslöste, sicher. Stattdessen war er in der Lage, ihre Willenskraft zu Brei zu verarbeiten.

Sie schnaubte. Antonio würde dies wahrscheinlich ‚Die Geschichte von Rambolita und den drei Doms' nennen. Der Dom in dem anderen Club hatte sie nicht überzeugt, dieser Dom war zu viel, zu überwältigend. Vielleicht wäre Dom Nummer Drei die Lösung? Also im noblen Shadowlands bestand zumindest die Chance, dass sie den perfekten Dom für sich fand. Demnach musste sie die beste Auszubildende sein, die Master Cullen jemals gesehen hatte, egal, wie einschüchternd er auch war oder wie oft er in ihr das Bedürfnis weckte, den Club schreiend zu verlassen. Entschlossen drückte sie die Schultern durch.

Sie nahm noch einen Schluck, woraufhin ihr Blick auf die goldenen Fesseln um ihre Handgelenke fiel. Die Innenseite war weich, lag eng an ihrer Haut, und imitierte das Gefühl, das die Hand eines Mannes auszulösen vermochte. Was für ein gruseliger und ... erregender Gedanke.

Nun war sie hier. Ein Traum hatte sich für sie erfüllt. *Dios, steh mir bei.*

Sie schaffte es, den Blick von den Fesseln zu lösen und nutzte die Zeit, um sich im Club umzusehen. Gleichermaßen erschreckend wie von außen. Sie schüttelte den Kopf und erinnerte sich an ihren ersten Eindruck. Beim Shadowlands handelte es sich um ein enormes dreistöckiges Gebäude mit schweren Eichentüren und schwarzen Eisenbordüren. Es erinnerte stark an ein mittelalterliches Schloss, das mitten im Sumpfgebiet Floridas vom Himmel gefallen war.

Im Club gab es im Erdgeschoss den Hauptraum, inklusive einer länglichen Bar aus dunklem Holz, an der sie gerade saß. Mitten auf dem Präsentierteller. An der hinteren Wand stand ein Tisch mit Snacks. Gleich gegenüber fand sich eine Tanzfläche. Das Licht von schmiedeeisernen Fackeln beleuchtete das Equipment: Andreaskreuze, Spanking-Bänke, Strafböcke und Pranger. Einzeln warteten sie in hell erleuchteten, von Seilen abgetrennten Separees auf ihre Benutzung. Dunkle Ledersofas und -sessel kreierten einen Sitzbereich, von dem aus die Mitglieder Sessions beobachten oder sich unterhalten konnten.

Jeder Zentimeter in diesem Club schrie *Luxus, Luxus, Luxus* und sie hatte Angst, irgendetwas dreckig zu machen.

Schwere Schritte rissen sie aus ihren Gedanken. Wenig später erschien Master Cullen auf der Treppe in der hinteren Ecke. Als er auf sie zu lief, musterte sie ihn und ihre Finger wickelten sich fester um das Glas. Einige Männer bewegten sich wie Katzen, andere wie Soldaten und dann gab es diejenigen, die gingen, als hätten sie es nie gelernt. Sein Laufstil jedoch war ihr bisher noch nicht untergekommen. Nicht bei einem Mann.

Letztes Jahr auf einem Wanderweg in Colorado war sie Zeuge von einer Schneelawine geworden, die auf ihrem zerstörerischen Weg alles mit sich gerissen hatte. Die Lawine war nicht elegant verfahren, sondern hatte sich kraftvoll in ihrer natürlichen Schönheit gezeigt.

Sie nahm einen großen Schluck von ihrem Drink, als er näher und näher kam. In einer Lederhose und seinen Stiefeln machte er deutlich, dass er nicht so besessen von Mode war wie Antonio. Zudem war er so viel größer als ihr bester Freund. Die braune Hose schmiegte sich an seine langen Beine und seine Weste entblößte einen beeindruckend durchtrainierten Oberkörper. Sein Hals war solide, genau wie seine mächtigen Arme. Um einen gebräunten Oberarm trug er ein goldenes Band. Sein Gesicht ... Sie runzelte die Stirn. Mit seinen rauen, markanten Gesichtszügen erinnerte er sie an Boromir aus *Der Herr der Ringe*. Immer gab er einem das Gefühl, tief in Gedanken zu sein. Natürlich musste sie ausgerechnet mit Boromir enden. Aragorn hatte wenigstens einen Sinn für Humor.

Vor ihr stoppte er und sie musste den Kopf so weit in den Nacken legen, sodass sie sich wie ein Hobbit vorkam, der zum ersten Mal einem Troll gegenüberstand. Noch nie hatte ein Mann derart über sie hinausgeragt. Sie fühlte sich verunsichert. Ob sich kleine Frauen ständig so fühlten? Sie wollte aufstehen. *Zeige dich ihnen niemals verletzlich.* Er reagierte schnell und legte eine Hand auf ihre Schulter, hielt sie an Ort und Stelle, und das gänzlich ohne Schwierigkeit.

All das zusammen führte zu einer aufkeimenden Hitze in ihrer Mitte.

Die Falten neben seinen Augen vertieften sich, als wüsste er genau, welche Wirkung er auf sie hatte. „In deinen Papieren steht, dass du bereits einige Clubs in Tampa besucht hast. Diese Erfahrungen werden wir später besprechen. Allerdings bin ich bei einer Sache neugierig: Ist es vorgekommen, dass dich Subs mit einer Domina verwechselt haben?"

Kann man so sagen. In einem Club war ein Mann in einer Ketten-Harnisch vor ihr auf die Knie gefallen und hatte gesagt: „*Dieser Sub bittet um die Ehre –*" Andrea verzog das Gesicht. Nur weil sie nah an die einen Meter achtzig heranreichte und einige – ok, sehr viele – Muskeln aufwies, bedeutete das noch lange nicht, dass sie eine Domina war. Es bedeutete lediglich, dass sie eine Reinigungsfirma besaß und an harte Arbeit gewöhnt war. „Haben sie. Ähm ... Ja, Sir."

„Das überrascht mich nicht."

„Aber –"

Er hob einen Zeigefinger, um ihr klarzumachen, dass sie schweigen sollte. Wie selbstverständlich sie ihm gehorchte, war erschreckend. Ohne zu fragen, öffnete er den Reißverschluss ihrer Lederjacke und funkelte sie wenig begeistert an, als sie versuchte, sich ihm zu entziehen. Unter ihrer Jacke trug sie nur einen BH.

„Kleine Subs sollten niemals mehr Kleidung am Körper tragen als ein Dom", sagte er abwesend. Mit den Fingerknöcheln strich er über die Haut direkt unter ihren Brüsten. Sie zuckte zusammen, womit sie sich den nächsten unzufriedenen Blick von ihm einhandelte.

Er kam ihr noch näher, legte seine Hand in ihren Nacken und übte Druck aus. Seine andere Hand entfernte die Klemmen, die ihre Haare oben hielten. Er warf die Teile auf die Theke und sagte: „Du siehst aus und kleidest dich wie eine typische Domina."

Ihre Haare fielen über ihre Schultern, die dunklen Locken kitzelten ihre Haut. Mit den Fingern kämmte er durch ihre Wellen, zerstörte damit ihren Versuch, seriös zu wirken. „Eine Auszubildende in diesem Club muss zu jederzeit das Paradebeispiel für Unterwerfung sein. Durch deine Kleidung, dein Auftreten und deinen Gehorsam kannst du zeigen, wie ernst es dir ist."

Großartig. Normalerweise hatte sie genau damit ein Problem. Gehorsamkeit gehörte nicht zu ihren Stärken. Jedenfalls war das bei anderen Doms immer der Fall gewesen. Bei diesem Dom wollte sie ... ihr Bestes geben. „Ja, Sir."

„Das klingt schon besser. Nach einer Sub. Nun kümmern wir uns darum, dass du auch wie eine aussiehst." Er überreichte ihr ein Kleidungsstück. „Master Z hält für derartige Situationen eine Auswahl an Kleidungsstücken in den privaten Räumen bereit. Heute Abend wirst du das hier tragen."

Er umfasste ihre Oberarme und hob sie vom Barhocker herunter. „Zieh dich um. Und die Stiefel – so heiß sie auch sind – bleiben aus." Anscheinend war er doch in der Lage, zu lächeln.

Ein bisschen jedenfalls. Ein Lächeln, das sie aus dem Ruder laufen ließ.

Sie sah sich um, sah das Zeichen für die Toiletten und nahm den ersten Schritt.

„Oh nein, Andrea. Gleich hier."

Sie sollte sich vor ihm umziehen? „Oh, *Dios mío*", flüsterte sie. Verlegenheit schwappte über sie hinweg, Hitze stieg von ihrem Hals in ihre Wangen. Als sie zu ihm sah, erkannte sie, dass er eine klare Abweisung erwartete. Zudem wurde ihr bei seiner Mimik bewusst, dass ihm das nicht gefallen würde. Antonio hatte sie gewarnt, dass Master Cullen seinen Unmut lautstark zum Ausdruck gebracht hatte.

Sie schloss die Augen und atmete tief ein. *Ich wusste doch, auf was ich mich einlasse. Warum fällt es mir also schwer?* Schwer und doch ... so einfach. Es war erregend.

Ohne ihn anzusehen, versuchte sie, die Ärmel ihrer Leder-jacke über die Fesseln zu bekommen. Schließlich fiel die Jacke zu Boden und sie nahm erneut das Kleidungsstück in die Hand, von dem sie hoffte, dass es ein Oberteil war. Aber nein. Es handelte sich um ein schwarzes Latexminikleid, tief ausgeschnitten und mit Spagettiträgern. Dazu würde ihre Hose nicht passen und auch ihren BH müsste sie ausziehen.

Indessen lehnte er sich gegen die Theke und verschränkte die Arme, seine seegrünen Augen beunruhigend hell in seinem sonnengebräunten Gesicht. Beobachtend, neugierig, was sie als Nächstes tun würde.

Würde er sie rauswerfen, wenn sie ihm ihren Rücken zudrehte? Das konnte sie nicht riskieren. Sie beugte sich vorn über und öffnete ihre Stiefel, schlüpfte heraus und schälte sich dann aus ihrer Latexhose. Sie konnte das Babypuder riechen, das sie benutzt hatte, um die Hose über ihre Beine zu bekommen. Die Hose legte sie über die Hockerlehne, Schweiß rann ihr den Rücken hinunter.

„Den Tanga kannst du anlassen", sagte er.

Wie großzügig. Sie knirschte mit den Zähnen und machte sich daran, ihren BH zu öffnen. *Chingalo,* sie brauchte den BH! Ihre melonengroßen Brüste brauchten den Halt!

Fast nackt. Mitten in einem Club. Und nein, er war kein Gentleman, denn seine Augen blieben die ganze Zeit auf ihr fixiert. Warum war das so beängstigend?

Aber sie wusste es ... Die Luft, die ihre Haut kühlte, fühlte sich zu sehr nach ... ihnen an. Sie konnte geradezu hören, wie ihr T-Shirt zerrissen wurde, konnte den Kettenzaun an ihrem Rücken wahrnehmen. Ihre Schulbücher waren im Matsch gelandet. Dann hatten die drei Highschool-Jungs sie weggetreten. Carlos hatte ihre nackten Brüste gepackt, woraufhin sie ihm gegen sein Kinn geschlagen hatte. Geschrien hatte sie, als dabei ihre Finger gebrochen waren. Sogar als zwei von ihnen weggerannt waren, hatte einer der *Culeros* weiterhin ihre Brüste angestarrt, hatte gejubelt und gegrölt, sie eine riesige, hässliche Puta genannt. *Puta.*

Sie drückte die Schultern durch. „Genießt du die Show?", hatte sie Carlos gefragt. „Soll ich mich für dich im Kreis drehen?"

„Bitte was?"

Sie blinzelte und das Gras unter ihren Füßen verschwand, zeigte wieder einen Holzboden, zeigte den Club. Sie hatte diese Worte zu Master Cullen gesagt. *Dios.* Langsam hob sie den Kopf. Er presste die Lippen fest aufeinander, sein Ausdruck kalt. Entsetzt schloss sie die Augen. Was hatte sie getan? Würde eine ernstgemeinte Entschuldigung hel –

„Du bist neu bei uns, Andrea. Normalerweise akzeptieren wir keine Leute ohne BDSM-Erfahrung in unserem Ausbildungsprogramm. Wie du jedoch weißt, hat mir Antonio keine andere Wahl gelassen." Seine Stimme hallte in der leeren Bar wider. So tief und kalt wie ein See in einer Höhle. „Ich werde dir drei Möglichkeiten geben und damit die erste Kostprobe einer Bestrafung. Erstens: Du bedienst die Mitglieder heute Abend in dem Outfit, das du gerade am Körper trägst. Zweitens: Du entscheidest dich für ein Paddel von der Wand, beugst dich über die Couch und akzeptierst fünf Schläge. Drittens: Du verlässt den Club."

Er bewegte sich keinen Millimeter. Sein Ausdruck veränderte sich nicht, als er ihre Antwort abwartete.

Sie hasste ihn mit jeder Zelle ihres Körpers. Und ein bisschen hasste sie auch sich, schließlich hatte sie keiner gezwungen, den Club zu betreten.

Die Wahlmöglichkeiten waren echt mies. Den ganzen Abend nackt herumlaufen? *Dios mío! Auf keinen Fall!* Das winzige Kleid wäre schlimm genug.

Den Club verlassen? Aufgeben und nachhause gehen? Sie konnte sehen, dass er darauf hoffte. *Nein. Nein, nein, nein.*

Mit einem Paddel versohlt werden? Ihr Vater hatte sie niemals übers Knie gelegt, aber schlimmer als die blauen Flecken durch ihn, um sie auf die Welt vorzubereiten, wie er es genannt hatte, konnte die Bestrafung von Master Cullen auch nicht sein. Sie leckte sich über ihre Lippen und versuchte, eine Antwort herauszubekommen, obwohl sich ihr Mund ausgetrocknet anfühlte. „Ich ... akzeptiere die Schläge."

„Dann hol mir ein Paddel."

Mit durchgedrückten Schultern durchquerte sie den großen Raum. Die gesamte Zeit fühlte sie seine Augen auf sich. Erniedrigung kämpfte gegen die beunruhigende Wärme, die sich langsam in ihrem Körper ausbreitete. Sie zeigte sich nackt vor einem Mann ... diesem Mann. Sie hatte sich absolute Dominanz herbeigesehnt. Na ja, nun wusste sie, wie es sich anfühlte. Master Cullen verkörperte reine Kontrolle.

Sie erreichte die Wand und hielt an. Verschiedene ... Spielzeuge hingen zwischen den Sessionbereichen. Spreizstangen, Lederriemen, Fesseln, Seile. Genau wie Peitschen und Flogger und ... Paddels. Sie bewegte sich zu der riesigen Auswahl dieses Werkzeugs. Nach der Größe angeordnet, alle rechteckig. Bei einem entdeckte sie ein Loch. Wie sollte sie sich entscheiden? Sie rieb ihre schweißnassen Hände gegeneinander. Als ihr Vater sie in

Karate unterrichtet hatte, gab er ihr mit auf den Weg, dass der Schlag einer Frau schmerzhafter war, da sie ja mit einer kleineren Fläche angriff. Im Umkehrschluss bedeutete das, je größer, desto besser. Sie packte das größte Paddel, das sie finden konnte.

Auf dem Weg zurück war sie sich ihrer schwingenden Brüste nur allzu sehr bewusst, erkannte sogar, dass ihre Nippel hart waren ... als wäre sie erregt. Die Klimaanlage war nicht angeschaltet, so konnte sie also nicht der Temperatur im Club die Schuld an ihrer Reaktion geben. *Ja, gib es ruhig zu, Andrea! Dieser einschüchternde Mann, dieser Dom törnt dich an!*

Seine Augen schweiften über ihren Körper, verharrten auf ihren Brüsten und sein Mundwinkel zuckte. Ihre Nippel wurden noch härter, richteten sich schmerzhaft auf.

Als sie ihm das Paddel in Monstergröße reichte, schenkte er ihr ein echtes Lächeln. „Gute Wahl." Er zeigte auf eine Couch, Belustigung klar erkennbar in seinem Ton. „Nimm deine Position ein."

Sie biss sich auf die Lippe, lief zur Couch und beugte sich vorn über, mit ihrem Bauch auf der hohen Rückenlehne.

„Weiter vor. Stütze dich auf deinen Armen ab."

Verflucht sei er! War diese Position nicht bereits schlimm genug? Sie rutschte nach vorn, bis sich ihr Venushügel gegen das kalte Leder presste. Ihre Füße baumelten in der Luft und sie tat, wie befohlen, balancierte mit den Ellbogen auf den Kissen.

Mit der warmen Hand wanderte er von ihrer Schulter über ihren Rücken. „Du hast einen wunderschönen Körper, Andrea. Als Azubi wird von dir erwartet, dich auf Befehl auszuziehen, schnell und ohne einen schiefen Blick. Verstanden?"

„Ja, S-Señor."

„Señor?" Er gluckste amüsiert. „Eine nette Alternative zu Sir. Ich erlaube dir, mich Señor zu nennen." Er rieb über ihren Hintern und ihre Schenkel. Seine Berührung wäre in der Lage, sie zu beruhigen, wenn sie mehr Kleidung am Körper tragen und er ihr nicht mit dem Paddel drohen würde.

„Warum wirst du bestraft?"

Die erste Antwort, die ihr in den Sinn kam, enthielt eine Beleidigung. Sie schluckte den Satz herunter. *Master Cullen, ich bin bereit, belehrt zu werden.* „Weil ich unhöflich war."

„Sehr gut." Er tätschelte sanft ihre linke Pobacke. „Zähle für mich. Da ich Subs nicht dazu anhalte, Lügen zu erzählen, verlange ich nicht, dass du dich danach bei mir bedankst." Eine Sekunde später schlug er mit dem Paddel zu.

„Eins." Es kribbelte, war aber auszuhalten.

Schlag. „Zwei."

Schlag. „Drei."

Aus dem Kribbeln wurde ein Brennen. *Dios*, es tat weh!

Schlag. „Vier."

Schlag. „Fünf." Nach dem letzten Hieb fühlte sich ihr Hintern an, als hätte jemand Benzin darauf vergossen und ihre Haut angezündet. Tränen hatten sich in ihren Augen gesammelt. Sie blinzelte, hasste ihn aus vollem Herzen. *Madre de Dios*, könnte sie das wirklich tun? Würde ihre Zeit als Auszubildende jedes Mal so ablaufen?

Seine Hände landeten auf ihren Hüften und er half ihr auf die Füße. Schwer atmend fiel ihr Blick auf den Boden, damit sie sich nicht seiner Wut stellen musste.

Er entließ ein Lachen. „Du bist ein dickköpfiges kleines Ding." Bevor sie einen Schritt zurücktreten konnte, zog er sie in seine Arme.

„Hey!" Sie versuchte, ihn von sich zu schieben.

Anstatt sie loszulassen, befahl er: „Halt still."

Sie erstarrte, stand stocksteif in seiner Umarmung.

Er gluckste, nahm auf der Sofalehne Platz und zog sie zwischen seine Schenkel. Sie erkannte, dass sie ihm lediglich bis zu seinen Schultern reichte. Schockierend.

„Entspann dich, kleine Sub", murmelte er. „Hier ist eine weitere Lektion, die dir bisher anscheinend niemand nah gebracht hat: Nach der Bestrafung wird gekuschelt."

Trotz ihres nackten Zustandes nutzte er die Situation nicht zu seinem Vorteil. Er hielt sie einfach in den Armen, seine warme Hand strich sanft über ihren Rücken.

Als sich ihre Muskeln entspannten, begann ihr Körper zu beben. Mit Sicherheit fühlte er ihre Reaktion, doch er kommentierte sie nicht. Er presste lediglich ihren Kopf an seinen Hals, während er sie mit dem anderen Arm umschlang. Nicht zu fest, aber fest genug. Die Weste unter ihrer Wange fühlte sich weich an, konnte jedoch nicht die steinharten Muskeln darunter verschleiern. Sie konnte kein Aftershave an ihm wahrnehmen. Stattdessen roch er nach Leder, Seife und Mann. Einfach perfekt.

Seine Brust hob und senkte sich und er schien sie den ganzen Abend in den Armen halten zu wollen.

Ihre Wut erlosch zusammen mit ihrem Zittern. Ja, sie hatte ihm bisher wenig Respekt gezollt. Sie kannte die Regeln. Und er hatte sie nicht hart bestraft. Nur mit fünf Schlägen. Sein muskelbepackter Körper wies darauf hin, dass er ihr ernsthaft Schmerzen hätte zufügen können, wenn er das gewollt hätte. Das hatte er aber nicht. Seufzend schmiegte sie sich an ihn, obwohl es sie zutiefst verwirrte, dass ihr jemand, der größer und auch stärker war, Trost spendete.

„Na bitte", flüsterte er. „Viel besser."

Gerade, als sie genoss, von ihm gehalten zu werden, öffnete sich die Tür zum Clubraum und Schritte ertönten auf dem Holzboden.

Master Cullen ließ sie los und sagte: „Zurück zur Tagesordnung."

Dios, jemand war hier. Sofort schossen ihre Hände nach oben, um ihre nackten Brüste zu bedecken.

Master Cullen umfasste ihre Finger, dabei strichen seine Fingerknöchel über ihre Brüste. „Dein Körper gehört mir, Auszubildende. Also entscheide ich, wann er bedeckt wird." Seine ernsten Lippen formten sich zu einem Lächeln. „Wenn du willst, kannst du dir jetzt das Kleid anziehen."

Oh ja, wollte sie. Sie huschte zur Bar, schnappte sich das Kleidungsstück und wandte der Tür den Rücken zu. Auf diese Weise war sie Master Cullen zugewandt, doch er hatte sie bereits nackt gesehen.

Sein Grinsen überraschte sie. Natürlich musste er den Anblick ruinieren, indem er sagte: „An deiner Schamhaftigkeit müssen wir noch arbeiten."

Oh Mierda! Zügig zog sie sich an und musste erkennen, dass der Saum kaum über ihren Po reichte, während der Ausschnitt ihre Brüste auf obszöne Weise zur Schau stellte. Sie musste zugeben, dass es sexy aussah. Der Rest ... Zwei Bahnen mit Schnürungen verliefen nebeneinander nach unten. Nur ein winziges Stück Stoff bedeckte ihren Schritt. Jedenfalls hoffte sie das. Viel bewegen durfte sie sich nicht.

In der Zwischenzeit hatte Master Cullen auf einem Barhocker Platz genommen und zog sie sogleich zwischen seine gespreizten Schenkel. „Ich helfe dir mit der Schnürung."

Mit einer beunruhigenden Kompetenz straffte er die Schnürung auf beiden Seiten, bis das Kleid unfassbar eng an ihrem Körper anlag. Nach getaner Arbeit drehte er sie, um sie von allen Seiten zu betrachten. Anscheinend gefiel ihm, was er sah, denn er lächelte. Als sich die Lachfältchen um seine Augen vertieften, kam in ihr das Gefühl auf, dass sie auf Zehenspitzen stand.

Sie ging einen Schritt auf Abstand und konzentrierte sich darauf, ihre Fassung zurückzugewinnen. *Madre de Dios*, der Mann hatte eine sündhafte Wirkung auf sie.

Er verengte die Augen, doch die Person, die zuvor in den Club gekommen war, riss ihn aus seiner Konzentration.

Der Neue wirkte recht harmlos. Er trug ein schwarzes Seidenhemd, die Ärmel hochgekrempelt, zusammen mit einer ebenso farbenen maßgeschneiderten Hose. Natürlich wäre sie nicht heil aus dem Elendsviertel gekommen, wenn sie kein Gefühl dafür hätte, von wem Gefahr ausging.

Ihre Augen hüpften von einem Mann zum anderen. Auch

Master Cullen war gefährlich, doch sie war sich sicher, dass der Neue so töten würde, wie er auftrat: anmutig und ohne jegliche Vorwarnung. Dem Ausbilder auf der anderen Seite würde es nicht stören, ein Chaos zu hinterlassen.

„Master Cullen", sagte der Mann, als seine grauen Augen Andrea musterten. „Ist das unsere neue Auszubildende?"

„Ihr Name ist Andrea", stellte Master Cullen sie vor. „Andrea, Master Z ist der Besitzer dieses Clubs."

Die Schläfen des Mannes glitzerten Silber. Sie nahm an, dass er ein paar Jahre älter war als Master Cullen. Mit einem kleinen Lächeln streckte er die Hand aus.

Sie legte ihre Hand in seine.

Anstatt eines Händeschüttelns umschloss er lediglich ihre kalten Finger mit seinen warmen. Ohne zu sprechen, musterte er sie, und fand dann Cullens Blick. „Eine interessante Herausforderung für dich." Die grauen Augen landeten abermals auf ihr und es fühlte sich wie ein Aufprall gegen ihre Brust an. „Andrea, falls du morgen zurückkommst, werden wir uns unterhalten." Sein Mundwinkel zuckte. „Viel Glück wünsche ich dir."

Viel Glück?

KAPITEL DREI

Cullen rollte seine Schultern und verzog das Gesicht. Fast Mitternacht. Zumindest waren die Freitage im Shadowlands ruhiger als die Samstage. Was sicherlich auch auf die Tatsache zurückzuführen war, dass Z erst kürzlich den Freitag im BDSM-Plan aufgenommen hatte. Angespanntheit verlangsamte seine Bewegungen, was ihn leicht reizbar machte und weniger aufmerksam. Die neue Auszubildende verbarg etwas unter der Oberfläche und bisher hatte er nicht den Versuch gewagt, hinter das Geheimnis zu kommen.

Ein Teil von ihm wollte noch immer, dass sie aufgab, doch sie hatte jeden seiner Befehle befolgt und heute Abend ihr Bestes gegeben, ohne sich auch nur einmal zu beschweren. Im Umkehrschluss bedeutete dies, dass er seine Aufgabe als Dom erfüllen musste.

Die Anzahl der Gäste an der Bar war zurückgegangen. Übrig blieben nur drei Shadowlands-Master, die vergangene Sessions besprachen. Wenige Meter weiter saß ein Paar, das nach einem intensiven Spiel zu Atem kam. In einem schwarzen Lederoutfit marschierte Cat in Begleitung ihrer kurvenreichen Sub auf die Bar zu. Cullen schob der Domina ein Guinness zu und reichte der

Sub eine Flasche Wasser, deren rote Haare an ihrem schweiß-nassen Gesicht klebten. Cat nickte ihm dankbar zu und wartete, bis ihre Sub trank, bevor sie selbst einen Schluck von ihrem Bier nahm.

Cullen sah sich um, stellte sicher, dass er jeden bedient hatte. Wie es schien, war das der Fall und damit hatte er Zeit, sich seiner Aufgabe als Ausbilder zu widmen. Im Kopf ging er über die Liste mit Andreas Grenzen und überlegte, was er für Möglich-keiten hatte. Die harmloseren Sachen sollten für heute funk-tionieren.

Nachdem er die nächsten Bestellungen für Andrea vorbereitet hatte, unterbrach er die drei Master. „Raoul, du bist mit deinem Dienst hinter der Bar an der Reihe. Ich habe eine neue Auszubil-dende zu quälen."

Der dunkelhäutige Dom grinste. „Die Amazone? Sie ist eine wahre Schönheit."

„Das ist sie wirklich." Cullen fand Andrea, die gerade ihre erste Bestellung an eine Gruppe junger Doms und ihre Subs verteilte. Nach ihren Sessions hatten sie es sich bequem gemacht und genossen nun ihren zweiten und damit letzten Drink des Abends. Und die Aussicht.

Und was für einen Anblick Andrea bot, dachte Cullen. Das Kleid, das er für sie ausgewählt hatte, schmiegte sich wie eine zweite Haut an ihren hinreißenden Körper. Wenn ihr Gehirn wie das seiner Schwester funktionierte, dachte sie wahrscheinlich, dass sie zu viel auf den Hüften hatte. Und am Arsch. Er hingegen war von weichen runden Hintern angetörnt. Hinzukam, dass Andreas Brüste genau die richtige Größe für seine massigen Hände hatten.

Sie war definitiv eine große Frau, was ihm außerordentlich zusagte. Mit ihr müsste er sich nicht wie eine Brezel verbiegen, um ihr einen Kuss aufzudrücken. Er lächelte. Bei einer Umar-mung würde sich sein Schwanz gegen ihren weichen Bauch drücken. *Netter Gedanke.*

Seine Pläne rechneten nicht ein, dass er etwas mit ihr anfing. Zudem wäre das nicht angemessen als ihr Ausbilder. Die Azubis kamen zu ihm, um die verschiedenen Aspekte des BDSM-Lifestyles und der Unterwerfung kennenzulernen und zu vertiefen. Und um Doms zu treffen. Er wäre ihr keine Hilfe, wenn er sich an sie ranschmiss. Sicher, ein wenig Intimität gehörte zum Job, aber dabei setzte er sich klare Grenzen, die er nicht vorhatte, zu übertreten.

Er beobachtete, wie ein Dom die Hand über Andreas Schenkel gleiten ließ. Sie erstarrte, runzelte die Stirn und schaffte es, ein Lächeln aufzusetzen. Cullen grinste. Ein guter Start. Hinter der Bar lokalisierte er Ketten, eine lange und eine kurze.

Als er die Gruppe erreichte, nickte er ihnen zum Gruß zu und richtete seine Aufmerksamkeit dann auf Andrea.

Zunächst lächelte sie ihn an, doch schnell folgte ein unsicherer Ausdruck. „Master Cullen? Habe ich –" Der Rest des Satzes kam flüsternd über ihre Lippen. „– etwas falsch gemacht?"

Er nahm ihr das Tablett ab, stellte es auf den Tisch und beantwortete ihre Frage: „Ich habe dich den ganzen Abend beobachtet, Andrea. Du hast dich sehr gut geschlagen."

Ihre Augen strahlten. Mit den Fingerknöcheln strich er über ihre weiche Wange. Das Bedürfnis einer Sub, den Dom zufriedenzustellen ... Wie sollte er dem widerstehen? „Jetzt werde ich deinen Job erschweren und den Mitgliedern eine kleine Show bieten."

„Oh *Dios*", murmelte sie, ohne zu ahnen, wie gut sein Gehör ausgeprägt war. Sie rieb die Hände nervös über ihre Schenkel und trat einen Schritt zurück.

Er gluckste amüsiert. Eine Sub sollte in einem BDSM-Club etwas misstrauisch sein. „Deine Hände."

Nachdem er die lange Kette eng um ihre Hüfte gewickelt hatte, befestigte er die kurze Version als Brücke zwischen ihren Fesseln und dem Kettengürtel, um zu garantieren, dass sie die

Hände nicht weiter als Bauchnabelhöhe heben konnte. Ihre Brüste erreichte sie auf keinen Fall.

Er trat zurück und ließ sie die Erfahrung in sich aufnehmen, wenn die Bewegungen eingeschränkt waren. Sie versuchte, ein Glas in die Hand zu nehmen, und stellte fest, dass sie sich für diese Aufgabe nun vorbeugen musste. Schon bald wurde er mit einem Blick auf ihren Hintern belohnt. Als sie sich umdrehte, lächelte sie, stolz auf sich, dass sie trotz der Einschränkungen ihre Arbeit vollrichten konnte.

Es war also nicht so einfach, sie aus dem Konzept zu bringen. Er trat näher und schob mit einem Finger die dünnen Träger ihres Kleides von den Schultern.

Obwohl das Kleid ihre Brüste noch immer bedeckt hielt, bemerkte sie, dass ihr das Material nicht lange treu bleiben würde. Instinktiv hob sie die Hände und erkannte nun, dass durch seine Fesselkunst das Unausweichliche kurz bevorstand. Ihr Lächeln verschwand. Stattdessen funkelte sie ihn an.

„Dieser Ausdruck auf deinem Gesicht sagt mir nicht zu", mahnte er in einem sanften Ton. Sie schluckte schwer. Das Funkeln in ihren Augen erlosch und zurück blieb verführerische Verletzlichkeit. Er umfasste ihre linke Wange und spürte, dass sie erschauerte. „Hübsche kleine Sub", flüsterte er.

Wie eine Maus gefangen zwischen den Pfoten einer Katze starrte sie ihn an.

Er drückte den Drang herunter, ihre Schutzmauern zu testen, um zu sehen, wie weit er vordringen konnte. Nein, nicht heute. Er entschied, auf Abstand zu gehen und den Hautkontakt zu unterbrechen. „Auf der Theke findest du die Drinks für die anderen Doms und Subs der Gruppe. Ich will, dass du das Tablett liegen lässt und stattdessen immer nur zwei Drinks servierst. Das hat zur Folge, dass du öfter den Weg zur Bar antreten musst." Wodurch dem Kleid die nötige Bewegung gegeben wurde, um zu fallen.

Auch sie erkannte dies. Die unterwürfige Körpersprache löste sich auf und sie kämpfte dagegen an, ihn mit einem Todesblick zu bestrafen. Nach einer Weile sagte sie: „Ja, Señor." Dann lief sie los.

„Sie ist sehr neu im Lifestyle, oder?", fragte Quentin. Ein Sub kniete zu seinen Füßen und der Dom streichelte abwesend die Haare des jungen Mannes.

„Ja. Für den Anfang müssen wir etwas Nachsicht mit ihr haben." Er unterhielt sich für einen Moment und ging dann zu einem der Separees. Nachdem er Platz genommen hatte, sah er sich die Session an und zuckte zusammen. Eine ältere Domina hatte ihren Sub ans Spinnennetz gefesselt und strich mit einer Feder quälend sanft über seine empfindlichen Stellen. *Verdammt.* Cullen schüttelte den Kopf. Anstatt gekitzelt zu werden, würde er ein Auspeitschen bevorzugen. Eine Minute hielt er durch, bevor er sich wegdrehen musste.

Indessen hatte es Andrea mit zwei Drinks zu der Sitzgruppe geschafft, ohne sich zu entblößen. Doch das dünne Material des Kleides wurde nur von ihren harten Nippeln an Ort und Stelle gehalten. Cullen grinste. Es war ihr unangenehm, das konnte er sehen, allerdings sah er auch, wie sie die Situation erregte. Ihre Wangen erröteten, als Quentin sie neckte, dennoch schaffte sie es, ihm beim Servieren der Getränke ein Lächeln zuzuwerfen.

Bei der nächsten Runde verabschiedete sich ihr Oberteil und sie packte die Gläser in einem Todesgriff. Wade, einer der Doms, nahm schmunzelnd das zweite Getränk entgegen. Er sagte etwas zu ihr und ausgehend von ihrem roten Gesicht vermutete Cullen, dass er ihre Brüste kommentiert hatte. Jedoch berührte er sie nicht. An sich war es jedem Dom gestattet, einer Auszubildenden simple Befehle zu geben. Dazu gehörte es, Drinks zu servieren oder einen Bereich zu säubern. Auch intim berührt zu werden, zählte in diese Kategorie, doch nur die Shadowlands-Master durften weitergehen.

Cullen hatte Andrea in diesem Punkt nicht aufgeklärt. Ein wenig sexuelle Anspannung hatte einer Sub noch nie geschadet.

Er machte es sich bequem und beobachtete, wie sie die Getränke für die Subs holte. Vor und zurück, vor und zurück. Im Kerzenlicht erinnerte sie ihn an eine goldene Statue, die zum Leben erwacht war – eine griechische Göttin, die bei Kurven nicht zu kurz gekommen war. Ihre Flüche und ihre Hautfarbe wiesen auf einen mexikanischen Hintergrund hin, doch ihre Größe und ihre whiskeyfarbenen Locken ließen anmuten, dass bei ihren Genen noch eine andere Herkunft hineinspielte. Ihm kam ihre Bewerbung in den Sinn. Andrea ... Eriksson. Von skandinavischer und mexikanischer Herkunft? Interessante Kombination. *Eine hinreißende Kombination.*

„Du siehst erschöpft aus, Cullen." In seiner typischen Aufmachung, Leder von Kopf bis Fuß, nahm Dan gegenüber von ihm auf der Couch Platz. „Gibt es ein Problem?"

„Die Arbeit. Jedes Jahr im Frühling kommen die Brandstifter aus ihren Höhlen gekrochen. An manchen Tagen fühlt es sich an, dass ganz Tampa in Flammen steht. Wo ist deine hübsche Sub?"

„Jessica hat sie entführt. Es ging um eine Party oder so." Der Polizist nickte Richtung Andrea. „Wie sind wir zu einer Azubine gekommen, die ich hier noch nie gesehen habe?"

Eine ausgezeichnete Frage. Verflucht sei Antonio. Andreas sanftes Lachen schwebte zu ihm und radierte seine Verärgerung aus. „Ein spezieller Fall. Ich werde sie dir vorstellen."

Er wartete, bis sie mit dem Servieren ihrer Getränke fertig war und rief dann nach ihr. Als er ihren Blick einfing, zeigte sich eine himmlische Röte auf ihren Wangen, die ihm gegenüber weitaus reizender daherkam als bei anderen. *Interessant.*

Auf dem Weg zu ihm schwangen ihre Brüste und die braunen Nippel schienen noch härter zu werden. *Noch interessanter.* Lächelnd standen er und Dan auf. „Sub, das ist Master Dan."

Bei ihrem Blick auf Dans unerbittlichen Gesichtsausdruck schien sie zunächst eingeschüchtert. Es dauerte nicht lange, bis sie stolz ihr Kinn hob. „Wie geht's?", fragte sie, ihre Körperhaltung einer Königin würdig. Oder einer Domina.

Dan blinzelte, dann zog er die Augenbrauen zusammen. „Ich bevorzuge es, wenn du dich hinkniest, bevor du mich ansprichst." Er zeigte auf den Boden.

Cullen unterdrückte ein Lachen. *Willkommen im Shadowlands, kleine Sub.*

Sie spannte den Kiefer an und trat einen Schritt zurück.

Cullen entging der Aufprall zweier willensstarker Persönlichkeiten nicht. Dan hielt Andrea weiter im Blick. Plötzlich fiel sie auf die Knie und senkte unterwürfig den Kopf.

„Sehr gut. Bleib so, bis ich wieder komme", knurrte Dan. Zusammen entfernten sie sich ein paar Meter von ihr. „Was für eine Auszubildende ist das denn bitte?"

„Das werde ich dir ein andermal erklären." Cullen schüttelte den Kopf. „Obwohl ich sie erst kennengelernt habe, kann ich sehen, dass sie eine interessante Ergänzung für mein Programm darstellen wird."

„Wenn sie es wagt, mich auf diese Weise herauszufordern, wie wird sie dann den Anfänger-Doms gegenübertreten?"

„Sie braucht einen Crashkurs in Unterwerfung. Für den Anfang werde ich sie nur den Mastern anvertrauen." Er klopfte Dan auf die Schulter. „Schicke sie zu mir, wenn du deine Lektion abgeschlossen hast."

Cullen nahm in einem leeren Bereich auf einem Ledersessel Platz und lehnte sich zurück, um Dan zuzusehen.

Langsam näherte er sich Andrea, umkreiste sie. Einmal. Zweimal. Dabei verlor er kein Wort. Ein Schauer jagte durch ihren Körper, der ihre Brüste in Bewegung setzte. Dan beugte sich vor, umfasste ihr Kinn und hob ihr Gesicht. Was auch immer er zu ihr sagte, ließ die Röte in ihre Wangen zurückkehren. Dan ging einen Schritt auf Abstand und zeigte auf Cullen.

Die aus der Fassung gebrachte Sub, die stolpernd auf ihn zulief, hatte ihren Hochmut bei Dan gelassen.

Cullen klopfte sich auf den Schenkel. „Komm zu mir und setz

dich." Sie zögerte und er konnte regelrecht hören, wie sie sich selbst die Anweisung gab, seinen Befehl zu befolgen.

Sie drehte sich seitwärts und er schüttelte den Kopf. „Nein, ich will dich rittlings auf meinem Schoß."

Andrea ballte die Hände zu Fäusten.

Er zog eine Augenbraue hoch. „Das ist ein Befehl, kleine Azubine." Sein sanfter Ton konnte nicht verbergen, wie ernst er es meinte.

Die Anordnung schickte Hitze durch ihre Adern. Trotzdem konnte sie nicht anders. Ihre Panik davor, verletzlich zu sein, führte zu Widerstand. Doch dann traf sie auf seinen kontrollierten Blick und was sie dort sah, setzte ihre Beine in Bewegung. Nichts auf dieser Welt hätte sie in diesem Moment aufhalten können. Sie senkte sich auf seine Beine, mit ihren Schenkeln weit gespreizt. Das Minikleid war auf seiner Seite und verhüllte keinen einzigen Millimeter vor ihm.

Sofort fielen seine Augen auf ihr Geschlecht. Ein Lächeln zeigte sich und er zog sie näher zu sich, bis sie die schwarzen Sprenkel in seinen dunkelgrünen Augen sehen konnte. Sein Kiefer war bedeckt von Stoppeln und neben seinen Augen und seinem Mund entdeckte sie harte Linien, sein Antlitz erbarmungslos und kalt.

Bei der Erkenntnis spannte sie sich an, ihr Körper instinktiv im Kampfmodus.

Sein Blick intensivierte sich. „Ganz ruhig." Mit seinen riesigen Händen rieb er über ihre Schenkel, so sanft, dass es sie verwirrte. „Bin ich es, der dir Angst macht, kleine Sub? Oder bezieht sich das auf die Gesamtheit aller Männer?"

Die scharfsichtige Frage kam unerwartet und sie zögerte. Nicht für lange, denn sie konnte ihrem Ausbilder nichts verweigern. „I-Ich ... wenn Männer −" *Vor allem große Männer.* „− mir zu nah kommen, zu schnell zu nah kommen, erstarre ich." *Wie ein Reh im Scheinwerferlicht.*

„Und dann greifst du an?"

Sie zuckte zusammen. „Ähm ... Ich bin in einer gefährlichen Gegend aufgewachsen. Als Mädchen blieb mir keine andere Wahl. Wer sich nicht zu schützen wusste, der wurde ... verletzt." *Kleidung riss, Hände auf meiner Haut ...*

„Ich verstehe", sagte er sanft. „Und du, Andrea? Wurdest du verletzt?"

Sie schnappte nach Luft. „Nicht ... bis zum Ende. Beides Mal habe ich es geschafft, mich zu befreien, bevor ... bevor ..."

Der Ausdruck in seinen Augen war kalt, ein Grün, das an eine Stelle in einem dunklen Wald erinnerte, an den sich nicht viele Menschen vorwagten. Seine Finger jedoch waren sanft und umfassten behutsam ihre schweißnassen Hände. „Arme Kleine. Du hattest es nicht leicht, stimmt's?"

„Du bist wütend."

„Nicht auf dich, Andrea. Es würde mir aber gefallen, diesen Kerlen einen Besuch abzustatten und ihnen zu zeigen, was ich davon halte, dass sie ..." Er beendete den Gedanken nicht, jedoch reichte der Ausdruck in seinen kalten Augen aus, sodass sie sich den Rest denken konnte.

Sie erschauerte.

Dann drückte er ihre Hände und sein Blick verlor an Härte. „Deine Vergangenheit werden wir zu einem anderen Zeitpunkt besprechen. Jetzt möchte ich von deiner patzigen Reaktion auf Master Dan hören."

Dios, über Geheimnisse zu sprechen, klang auf dem Papier gut. Die Realität sah aber anders aus. Sie versuchte, sich zu bewegen, und kam nicht weit. Sie betrachtete seine schwieligen Hände, die sie fest umklammert hielten. Gefesselt. Kontrolliert. Sie entließ ein sanftes Wimmern. Sie wollte sich aus seinem Griff befreien. Erfolglos.

„Deine Augen zu mir, Andrea. Sieh mich an."

Sie hob den Kopf und fand seinen Blick. Durchdringend. Fokussiert. Zuerst hatte er ihr befohlen, sich ihrer Kleidung zu entledigen, und nun wollte er, dass sie sich auch emotional vor ihm entblößte? Sich vor ihm auszuziehen, war einfacher gewesen. Trotz aller Bedenken atmete sie tief ein und sagte: „Wenn ich Angst habe, gebe ich vor, knallhart zu sein. An diesem Ort fällt dieser Abwehrmechanismus noch extremer aus, da ich fast nichts anhabe. Eine Auszubildende zu sein, ist furchterregend."

Er massierte ihre Hände. „Hast du dich jemals einem Mann vollkommen unterworfen?"

Die tiefe Klangfarbe seiner Stimme ließ sie dahinschmelzen. Genau danach hatte sie sich gesehnt. Gleichzeitig machte es ihr panische Angst. „I-Ich bin mir nicht sicher."

„Also nein." Er musterte sie, bis sie unter seinem Blick bebte. „Hast du in den anderen Clubs mit Doms eine Session gespielt?"

Sie nickte.

„Hast du die Befehle befolgt?"

Sie erstarrte. Wenn sie zugab, wie unzulänglich sie als Sub war, würde er sie rausschmeißen.

„Antworte mir, Sub."

Sub. Handgelenke gefesselt. Von seinen Händen. Dominiert. Innerlich schmolz sie dahin. Die Hitze reichte so tief, dass das Gebäude sich aufzulösen schien und sie ohne Schutz zurückließ. *Ich falle.* „Das habe ich. Zunächst. Aber sie waren ... Ich musste ihnen nicht gehorchen, also tat ich es nicht."

„Ich verstehe." Er hob die rechte Hand und streichelte über ihre Wange. Instinktiv lehnte sie sich seiner Berührung entgegen.

„Was ist mit Master Dan und mir?"

Dios, bei ihnen hatte sie sich wie ein Hund auf den Rücken gerollt und ihren Bauch präsentiert. Vor allem Master Cullen schien diesen Trieb in ihr auszulösen. Bei der Erkenntnis erstarrte sie.

„Oh nein, Sub. Eiskönigin spielen wird bei mir nicht funktionieren." Seine Augen nagelten sie mit der gleichen Bestimmtheit fest, wie es die Hand auf ihrer Wange vollbrachte. „Wolltest du uns gehorchen?"

Die Verwirrung, die wellenartig durch ihren Körper schwappte, zeigte sich für ihn als gewalttätiger Schauer. „Du weißt, dass ich das wollte", flüsterte sie. „Die meiste Zeit jedenfalls."

„Deine Ehrlichkeit freut mich." Mit dem Zeigefinger unter ihrem Kinn hob er ihren Kopf ein paar Zentimeter höher und verstärkte damit das Gefühl der Hilflosigkeit. „Andrea, vertraust du mir?"

„Nein." Ein Teil von ihr tat das sehr wohl. Dies war schließlich das erste Mal, dass sie einer Person dieses Ausmaß an Kontrolle über sich gegeben hatte. *Gefesselt. Mit Befehlen um sich geworfen.* Nicht mal den Männern, mit denen sie in einer Beziehung gewesen war, hatte sie diese Freiheiten erlaubt. „Ein wenig."

Sein harter Ausdruck verlor an Intensität, als ein Lachen aus ihm herausbrach. „Damit kann ich arbeiten. Vertrauen braucht Zeit."

Er rieb mit seinem Daumen über ihre Lippen und sein muskulöser Arm kam dabei in Kontakt mit ihren Brüsten. Hitze breitete sich in ihr aus.

Die Lachfältchen neben seinen Augen vertieften sich. „Na gut. Vielleicht wird der nächste Punkt auf unserer Liste nicht so schwierig, wie ich zuerst vermutet habe."

„Was meinst du?" Als wüsste sie nicht genau, was er gleich sagen würde. Dass er erkannte, wie sehr ihre Vermutung sie erregte, brachte sie zusätzlich aus dem Gleichgewicht. Kurzzeitig schloss sie die Augen und nickte ihre Zustimmung. „Bitte fahre fort."

„Mutiges Mädchen."

Es war unglaublich, was zwei Worte mit ihr anstellen konnten.

„Heute Abend hast du eine Kostprobe davon bekommen, wie es ist, im Club eine Auszubildende zu sein. Du solltest in Erinnerung behalten, dass du zwar heute Kleidung tragen durftest, jedoch könnte das morgen schon wieder ganz anders aussehen. Nur die Fesseln am Handgelenk sind dir immer sicher."

Sie biss sich auf die Unterlippe und nickte. „Ich verstehe." *Wenn ich den heutigen Tag überstanden habe, schaffe ich alles. Zumal ich mich bei den Blicken der Männer hier nicht unwohl und schmutzig fühle. Nur nervös machen sie mich.*

„An sich gehören die Auszubildenden allen Doms. Das bedeutet, dass dir Aufgaben zugeteilt werden können. Dazu gehört Getränke servieren. Auch berühren dürfen sie dich. Wie du heute Abend festgestellt hast, gibt es dabei Grenzen."

„Das ist okay." *In den meisten Fällen. Solange sie nicht zu schnell agierten und mich überraschen.*

„Du hast dich sehr gut geschlagen, Andrea. Allerdings sollte ich erwähnen, dass die Shadowlands-Master keinen Grenzen unterstehen."

„Ist nicht jeder Dom in diesem Club ein Shadowlands-Master?"

„Nein. Es gibt nur wenige, die diesen Titel tragen."

Wenige bedeutete immer noch mehr als einer. Sie schluckte schwer, ihr Mund plötzlich wie ausgetrocknet. „Und w-was dürfen sie von mir verlangen?"

„Das hängt von deinen Bändern am Handgelenk ab, Sub."

„Wenn ich das Grüne nicht trage, wie ... weit können sie dann gehen?"

„Im Shadowlands bedeutet das, dass Schwänze und Pussys nicht einbezogen werden dürfen. Ansonsten ist der Körper der Auszubildenden für jeden Master zur Benutzung freigegeben." Seine Hand landete auf ihrer linken Brust, seine Handfläche fühlte sich glühend heiß auf ihrer unterkühlten Haut an. „Überall außer an deiner Pussy können wir dich berühren. Ich nehme stark an, dass Nippelklemmen eine Rolle spielen werden." Sanft zwickte er in ihren Nippel und sie schnappte bei dem erotischen Gefühl nach Luft.

„Zwar wirst du nicht um Hand- oder Blowjobs gebeten, ein

Master hat aber das Recht, dich weit gespreizt zu präsentieren, deine Pussy für alle zur Schau zu stellen. Es kann zu Küssen kommen und vielleicht hat jemand das starke Bedürfnis, an deinen hinreißenden Nippeln zu saugen." Ihr Blick landete auf seinem Mund und der Gedanke seiner Lippen an ihren Brüsten brachte ihr Inneres zum Beben.

Sein Daumen rieb über ihren Nippel, als würde er ihr etwas demonstrieren wollen, und sie fühlte, wie sich ihre Knospe aufrichtete. Dann lehnte er sich zurück, während seine Hände ihre Knie fanden, über ihre Schenkel nach oben wanderten und schließlich nah an ihrem Intimbereich zu einem Halt kamen. So nah an ihrer feuchten Pussy, dass sie durch seine Wärme verstand, was er ihr sagen wollte.

Ein Schauer jagte bei dem kontrollierten Blick in seinen Augen durch ihren Körper. Sie versuchte, zu ignorieren, dass seine Berührung sie noch feuchter machte, noch empfindlicher, noch gieriger.

Ihre Hände zuckten in ihren Einschränkungen, die Ketten klirrten und sie musste den Blick von seinem abwenden. Er sah einfach zu viel.

Nicht weit von ihnen, in einem abgegrenzten Bereich, benutzte ein Dom einen dünnen Rohrstock an seiner Sub, schnippte das Werkzeug gegen ihre Brüste, bis sich die Frau vor Schmerz und ... Erregung auf ihre Zehenspitzen stellte. Wangen rot und wimmernd packte die Sub die Ringbolzen am oberen Ende des Kreuzes. Körperlich nicht gefesselt und doch unter Kontrolle.

Ist es das, was ich will? Andrea grübelte. Ihre Jungfräulichkeit hatte sie vor einer langen Zeit verloren. Seither hatte sie immer wieder Männer in ihr Bett geholt. Sie liebte es, zu flirten. Vor allem auf den Tanzflächen dieser Stadt. Es sollte sie also nicht stören, von Fremden berührt zu werden.

Zumal sie großes Interesse daran hatte, von Master Cullen berührt zu werden. Wie war es also möglich, dass ein einziger

Mann dazu in der Lage war, sie zu erregen und ihr gleichzeitig furchtbare Angst einzujagen? *Dios*, sie schwamm so weit draußen, dass die Gefahr bestand, zu ertrinken.

„Ist es das, was du willst, Andrea?" Señor gab ihre Frage wieder. Sein durchdringender Blick verließ nicht für eine Sekunde ihr Gesicht. „Dass jemand anderes für dich die Entscheidungen trifft, dir dabei hilft, deine Hemmungen zu überwinden. Wünschst du dir, von jemandem genommen zu werden, ohne dass er dich um Erlaubnis bittet?"

Als er sie an sich zog, rieb der Schritt seiner Jeans gegen ihre intimen, geschwollenen Lippen. Es fehlte nicht viel und sie hätte gestöhnt. *Oh ja, ja, ja!*

„Nicht vergessen: Wenn irgendetwas für dich unerträglich wird, ob emotional oder körperlich, dann benutzt du das Safeword des Clubs. Es lautet *Rot*. Sprichst du es aus, stoppe ich sofort. Um das Tempo nur etwas herauszunehmen, kannst du *Gelb* benutzen. Tust du das, unterhalten wir uns über deine Bedenken."

Beim Nicken erinnerte sie sich an die Regeln ihres Vaters. *Niemals darfst du Schwäche zeigen.* So lange hatte sie danach gelebt. Wäre es ihr überhaupt möglich, im Notfall das Safeword auszusprechen?

Cullen neigte ihren Kopf, um sie besser betrachten zu können. „Um sicherzugehen, dass du die Verwendung des Safewords verstehst, werde ich dich zu Beginn in Situationen bringen, in denen du es benutzen musst."

„Großartig", murmelte sie.

Sein Lachen klang befreit und so ansteckend, dass sie sich einem Grinsen nicht erwehren konnte.

„Schon besser", sagte er. „Und jetzt komm her, Kleine. Ich will dich für eine Weile in den Armen halten, bevor ich dich nachhause schicke."

Er hatte sie *Kleine* genannt. Ihr wurde warm ums Herz. Als er sie an seine breite Brust zog, erlaubte sie sich, sich an ihn zu schmiegen. Seit ihrer Kindheit hatte sie sich nicht mehr so sicher gefühlt, vollkommen blind gegenüber dem in der Welt vorherrschenden Grauen. Der Geruch nach Leder und Seife trat an ihre Nase. „Willst du gar nicht meine Antwort hören?", flüsterte sie. Ihre Finger glitten über seine weiche Weste und sie kam in Kontakt mit seinen Brusthaaren.

„Ich kenne deine Antwort, kleine Sub." Eine Hand streichelte ihre Haare. „Ich weiß genau, nach was du dich sehnst. So genau, dass wir demnächst besprechen werden, das grüne Band hinzuzufügen."

KAPITEL VIER

A m nächsten Morgen lief Cullen auf dem Bürgersteig zu dem Restaurant direkt an einem Fluss. Er genoss die kühle Brise in Hillsborough County und sah sich nach Antonio um. Seine Augen fühlten sich an, als hätte er die Augäpfel in Sand gewälzt. Er kniff sie zusammen, das Sonnenlicht zu grell für ihn. *Verdammt*, er war noch nicht auf der Höhe. In der Nacht hatte er mit Albträumen gerungen, bis er es aufgegeben hatte, Schlaf zu finden. Stattdessen ging er am Strand spazieren, bis die Morgendämmerung einsetzte. Schlaflose Nächte gehörten leider zu seinem Beruf als Brandermittler. Immer noch besser, als von Siobhan oder seiner Mutter zu träumen.

Er rollte die Schultern, versuchte, seine Muskeln etwas zu lockern. Zwei Frauen hatte er in seinem bisherigen Leben verehrt und beide hatte er verloren.

Der Feuertod seiner Verlobten hatte ihn früh in die Richtung seines heutigen Berufes gelenkt.

Der Tod seiner Mutter durch Krebs hatte ihn gebrochen und verbittert zurückgelassen. Sie hätte nicht sterben dürfen, *verdammt nochmal*.

Sie hatte niemanden mit ihren Problemen belasten wollen,

wodurch sie niemals an die nötige Behandlung gekommen war. Während sie immer zerbrechlicher geworden war, hatte sein Vater unter den Schuldgefühlen gelitten und war letztlich daran zu Grunde gegangen.

Er erblickte Antonio, der vor dem Restaurant am Flussufer auf ihn wartete. Der schlanke Mann lehnte gegen einen Baumstamm, sein Blick auf das dunkle Wasser vor ihm gerichtet.

Antonio hob den Kopf. „Du hättest sie nicht einschüchtern müssen, Arschloch", sagte er in einem monotonen Tonfall.

Cullen schnaubte. „Ich bin ein Dom; das ist mein Job." Genervt sah er den Reporter an. „Vielleicht hättest du erwähnen sollen, dass sie ein Problem mit Unterwerfung hat."

„Ah, na ja, ich wusste nicht, ob du dann zustimmst, wenn ich es dir erzähle." Der Ausdruck des Mannes verlor an Härte. Er zog eine Zigarette heraus und rollte sie zwischen seinen Fingern. „Anscheinend hast du nicht dein ganzes Potenzial als Arschloch auf sie einwirken lassen; sie meinte, dass sie heute Abend wieder in den Club geht." Ein Lächeln zeigte sich bei ihm. „Du hast sie nicht in panische Angst versetzt. Nicht, dass du dazu in der Lage wärst."

„Du magst sie sehr, oder?"

Antonio nickte. „Wir sind seit der Grundschule befreundet."

Cullen bezweifelte, dass ein hübsches Gesicht den homosexuellen Reporter in die Irre führen könnte. Es gab nicht viele Menschen, die eine derartige Loyalität inspirieren konnten. Dafür hatte die kleine Sub zwei Pluspunkte verdient. Cullen ging zur Tagesordnung über: „Hast du Informationen zu den Feuern in Seminole Heights?"

„Ich habe meine Quellen gebeten, ein wenig nachzuforschen. Wenn ich etwas herausfinde, sage ich dir sofort Bescheid."

„Danke. Wir wissen beide, dass deine Informanten besser sind als meine. Natürlich wüsste ich gerne, wie du es anstellst." Cullen schüttelte den Kopf. „Du musst jede einzelne Prostituierte und alle zwielichtigen Gestalten in der Stadt auf deiner Seite haben."

„Ich zahle gut und ich spreche ihre Sprache. Auch ich bin nicht im besten Viertel aufgewachsen."

„Anscheinend hast du nicht so viel Zeit dort verbracht, um mit einer kriminellen Vergangenheit zu enden."

„Du hast meinen Namen durchs System laufen lassen?"

„Ein Vorteil in meinem Job. Ich weiß immer gerne, mit wem ich es zu tun habe."

„Du bist ein paranoider Bastard, aber ich werde trotzdem mit dir frühstücken", sagte Antonio unbekümmert. Dann zögerte er kurz, bevor er hinzufügte: „Du wirst Andrea gut behandeln, ja?"

„Die Subs, die im Shadowlands als Auszubildende akzeptiert werden, sind erfahren im Lifestyle und kennen sich mit den Regeln im Club aus. Sie wissen, auf was sie sich einlassen. Deine Kleine ist unschuldig." Die Erinnerung von der Bestrafung mit dem Paddel stieg in ihm auf, von ihrem hinreißenden Arsch, und er hätte beinahe gelächelt. „Nichtsdestotrotz hat sie sich in der ersten Nacht gut gemacht."

Antonio zog seine rechte Augenbraue hoch. „Ich sehe dir an, dass du nicht länger wütend auf mich bist. Sie hat dich eingefangen."

Kann man so sagen. Sie hatte etwas mit ihm angestellt, was er in diesem Augenblick nicht näher beleuchten wollte. Sie war wunderschön, eine wunderschöne Herausforderung.

Unterwürfig.

Er erinnerte sich an Verabredungen mit einer Frau, die nichts mit dem Lifestyle am Hut gehabt hatte. Wenn er Bondage erwähnte, hatte sie ihn jedes Mal angesehen, als wäre er Hannibal Lecter. Vielleicht hätte er erwähnen sollen, wie sehr er es liebte, zu kochen ...

Wie auch immer ... ob die Sub nun verlockend war oder nicht, als Ausbilder musste er mit seinen Azubis Grenzen setzen. So war es besser für alle Beteiligten.

Sie war mehr als pünktlich. Das konnte nur bedeuten, dass der Abend gut werden würde. Mit einem Schloss und einem Zettel in der Hand, auf dem die Kombination geschrieben stand, beides überreicht vom Türsteher, betrat sie eine äußerst luxuriöse Umkleide: Ein Marmorfliesenboden unter ihren Füßen, auf der rechten Seite sah sie Duschkabinen mit Glastüren, zu ihrer Linken eine Spiegelwand mit Waschbecken, und es roch erfrischend nach Zitrone.

Der Profi in ihr bemerkte einen kleinen Fleck Schimmel an der Duschtür und ein Spinnennetz am Fenster. Ihre Angestellten hätten einen besseren Job gemacht.

An der hinteren Wand befanden sich eingebaute Holzschränke, die für die Azubis reserviert waren. Vier Frauen standen davor und Andrea erstarrte, als sie sich alle gleichzeitig umdrehten und sie musterten. *Nun kommt der Spießrutenlauf.*

„Hey, komm nur rein", sagte eine hübsche Brünette. „Wir beißen nicht." Ihr Kopf legte sich auf die Seite, als sie ihr Deckhaar zu einem hohen Zopf band. „Du bist mir gestern schon aufgefallen, aber wir sind nicht dazu gekommen, uns zu unterhalten."

„Hi", sagte Andrea. „Ich bin die neue Auszubildende." Hoffentlich hatte keine der Frauen ein Problem damit, eine vollkommen Fremde in ihre Gruppe aufzunehmen. Eine Fremde ohne Bezug zum Club.

„*Du* bist eine Auszubildende?" Die Frage kam von einer Frau, die ihre Haare in einem wunderschönen, klassischen Bob trug. Zudem war ihr Make-up perfekt und ihre blauen Augen, oh je, ihre Augen waren eiskalt. Das türkise Bustier und der Rock zeigten einen Teint ohne Bräunungsstreifen. Ihre gesamte Erscheinung schrie: *Ich bin vermögend!* Sie konnte sich offensichtlich die Beiträge an diesem Ort leisten.

„Ja, das bin ich", erwiderte Andrea entschieden. „Gestern war mein erster Tag."

„Ich habe dich noch nie im Club gesehen." Fest presste die Frau die Lippen aufeinander.

Weil ich mich reingemogelt habe.

„Ich heiße Heather", warf eine Frau mit großen, braunen Augen und langen Haaren in derselben Farbe ein. Sie lächelte Andrea freundlich zu. „Es ist schön, dich bei uns zu haben. Seit Cody einen Dom gefunden hat, sind wir unterbesetzt."

„Mein Name ist Andrea."

„Freut mich, Andrea. Das ist Vanessa." Heather zeigte auf die unfreundliche Kuh, dann wies sie auf eine Frau mit dunklem Make-up und kurzen, blonden Haaren. „Und Dara." Sie nickte zu der hübschen Brünetten, die Andrea zuerst begrüßt hatte. „Sally ist von uns am längsten dabei. Sie findet einfach niemanden, der sie unter Kontrolle halten kann."

Sally lachte. „Ich habe Master Dan im Auge gehabt, doch Kari war schneller."

„Sind die beiden nicht zuckersüß? Die Hochzeit war traumhaft." Heather entließ einen verträumten Seufzer, als sie ihren Spind öffnete. „Ihr solltet euch den neuen Dom ansehen. Master Marcus. Als er mir mit diesem Südstaatenakzent befohlen hat, mich auszuziehen, wäre ich beinahe gestorben!"

„Master Cullen wäre auch eine Option." Dara nahm einen silbernen Totenkopfohrring aus ihrem Spind.

„Als ob", entgegnete Vanessa, während sie sich näher an den Spiegel lehnte, um ihren Lippenstift aufzufrischen. „Master Cullen wird sich mit niemandem auf etwas Festes einlassen, schon gar nicht mit einer Auszubildenden. Er gehört uns allen."

Nachdem Andrea den Zettel mit der Zahlenkombination auf die Bank gelegt hatte, wandte sie sich ihrem Spind zu. Leer, mit einem schwachen Holzgeruch. Viel angenehmer als die Umkleiden im Fitnessstudio. Sie zog sich ihre Jacke aus. „Ähm, gibt es eine Regel, dass er sich auf niemanden einlassen darf?"

Vanessa betrachtete sie mit einem schnöseligen Ausdruck, als konnte sie nicht fassen, dass es Andrea wagte, das Wort zu erheben.

Andrea ignorierte sie.

„Nein, eine Regel gibt es nicht", antwortete Heather hastig, mit einem tadelnden Blick auf Vanessa. „Master Cullen ist einfach nicht der Typ für Beziehungen. Außerdem könnte es zu Problemen kommen, wenn er jemanden von uns bevorzugt behandelt."

„Ich hatte zweimal das Vergnügen." Sally schmunzelte. „Einmal sogar ihn und Nolan zusammen, bevor er und Beth ein Paar geworden sind."

„Vielleicht war das erste Mal so langweilig für ihn, dass er sich nicht erinnern konnte." Vanessa legte sich ihre Fesseln um die Handgelenke. „Ich bin mir absolut sicher, dass er eine Session mit mir nicht vergessen würde."

Sallys Grinsen verschwand und sie wandte sich ab, um sich ihren kurzen, karierten Faltenrock anzuziehen.

„Na ja", fuhr Heather fort, „er benutzt uns für Demonstrationen und so, aber er spielt nur ... ähm, fickt jede nur einmal. Und nur im Hauptraum des Clubs."

Andrea unterdrückte ein enttäuschtes Seufzen. Damit löste sich die Hoffnung in Luft auf, dass Master Cullen an ihr interessiert sein könnte. *Na gut.* Sie verstaute ihre Tasche, ihre Schuhe und die Jacke im Spind, warf einen Blick auf den Code und öffnete das Schloss. Sie führte es ein und klickte es zu. *Na bitte, damit ist es offiziell.* Höchst zufrieden mit der Situation wirbelte sie herum, nur um sich vier geschockten Augenpaaren gegenüber zu finden. „Was ist?"

„*Das* willst du anziehen?", fragte Sally, ihr Blick auf Andreas Latexhose.

„Ja." *Sieht man doch.* Dieses Mal konnte sich Master Cullen nicht über ihren Aufzug beschweren. Ihre Haare hatte sie offen gelassen, sie war barfuß und anstelle ihrer Lederjacke trug sie ein braunes Bustier, das sie erst heute gekauft hatte. *Oh nein, Master*

Ausbilder, heute gibt es keine Träger, mit denen es zu unangenehmen Momenten kommen konnte.

„Dann wünsche ich dir viel Glück." Sallys Tonfall erinnerte an Frodos Ankunft in Mordor und seiner Erkenntnis, dass er hier wohl nicht lebend herauskommen würde. Ein ungutes Gefühl machte sich in ihr breit. Gänsehaut zeigte sich auf ihren Armen, als sie den anderen aus der Umkleide in den Eingangsbereich folgte.

Wenige Meter weiter stolperte sie über Dara, die sich mit einem Mal hingekniet hatte. „Reihe dich ein", flüsterte die Frau mit den kurzen blonden Haaren.

Einreihen? Sie knieten alle in einer Reihe, mit einem jungen Mann an der Spitze. *Ups.* Andrea beeilte sich und fiel neben Dara auf die Knie. Als sie den Kopf hob, erstarrte sie.

Mit der Hüfte gegen den Schreibtisch des Türstehers gelehnt, hatte Master Cullen die Arme vor der Brust verschränkt, offensichtlich darauf wartend, dass Andrea ihre Position fand. Seine Augen schweiften über ihren Körper und sie glaubte, Belustigung darin zu erkennen.

Belustigung?

Wie ein Drill Sergeant lief er beginnend bei Andrea an allen Auszubildenden vorbei. Sein Geruch trat an ihre Nase – Leder und Seife und Mann – und das brachte Erinnerungen zurück, in denen er seine Arme um sie geschlungen oder seine unnachgiebigen Hände auf ihren Schenkeln hatte. Seine tiefe Stimme hatte in seiner Brust vibriert und diese Vibrationen waren auf sie übergegangen. Sie erschauerte.

Vor dem schlanken Mann am anderen Ende stoppte er. „Austin, sehr nett."

Der junge Mann mit den lockigen, braunen Haaren benahm sich wie ein Hund, der den Befehl *Bleib!* erhalten hatte, sodass er in freudiger Erwartung am ganzen Körper bebte.

„Du wirst dich heute um die Themenräume kümmern", sagte Master Cullen. „Wenn du einverstanden bist, dann möchte

Lawson dich für eine Demonstration zu Genitalfolter benutzen."
Andrea schaffte es geradeso, nicht zusammenzuzucken. Vielleicht
schaffte sie es auch nicht, denn Cullens Augen huschten kurz
zu ihr.

Austin sprang auf die Füße. „Oh, Sir, ja, sehr gerne, Sir!"

„Dann darfst du gehen."

Der Sub nahm ein paar Schritte, bevor Master Cullen erneut
seinen Namen rief.

Austin drehte sich zu ihm.

„Nicht vergessen, dass du ein Safeword hast. Wenn ich sehe,
dass du deine Grenze erreicht hast und es nicht benutzt, müssen
wir ein ernstes Gespräch miteinander führen." Die Drohung in
Master Cullens tiefer Stimme war nicht zu überhören.

Der Sub erblasste. „Ja, Sir, ich werde es nicht vergessen."

Master Cullen nickte und schickte ihn von dannen. Als sein
Blick auf Sally fiel, war sein Lachen im gesamten Raum zu hören.
„Ich mag dein Outfit, Süße."

Sally trug eine englische Schulmädchenuniform mit einem
superkurzen Rock, Kniestrümpfen und einem weißen Hemd, das
sie unter ihren Brüsten gebunden hatte. Ihre beiden seitlichen
Zöpfe vervollständigten den Look. Sie grinste ihn an.

„Du wirst heute später beginnen und dann mit Vanessa die
Buffet-Seite abdecken." Sanft zog er an einem Zopf. „Jetzt wirst
du Master Sam aufsuchen, um ihn als freches Schulmädchen eine
Freude zu bereiten."

Grinsend erhob sich Sally mit verführerischer Anmut. Sie
nahm sofort ihre Rolle ein und streckte die Zunge raus, bevor sie
kichernd und mit schwingenden Zöpfen davonhüpfte.

Cullen wandte sich der nächsten in der Reihe zu, inspizierte
Heather, Dara und Vanessa und gab ihnen eine Aufgabe. Der
Raum leerte sich, abgesehen von dem Türsteher an seinem
Schreibtisch, der sein NASCAR-Magazin las, Andrea und dem
Ausbilder war niemand mehr zu sehen. Mit den Händen hinter
seinem Rücken umkreiste Master Cullen sie. Eine befremdliche

Hitze schoss bei der Begutachtung durch ihren Körper und sie spannte instinktiv ihre Muskeln an. Sein dickes, walnussfarbenes Haar war leicht zerzaust und ihre Finger sehnten sich danach, ihn zu berühren und durch seine Wellen zu fahren.

„Aufstehen."

Ohne jegliche Grazie stolperte sie auf ihre Füße. In diesem Moment fühlte sie sich so unbeholfen wie zu ihrer Zeit in der Highschool.

Direkt vor ihr kam er zum Stehen und raunte: „Das Bustier gefällt mir."

Sein Blick haftete auf ihrem Gesicht, als er einen Finger über ihr Bustier gleiten ließ und dabei ihre hochgepuschten Brüste streifte. „Sehr sexy. Die Hose muss jedoch verschwinden."

Schnell schnappte sie den Mund zu, bevor sie etwas sagte, was sie schon bald bereuen würde. Ausdruckslos starrte sie ihn an.

Die Lachfalten neben seinen Augen vertieften sich. „Beeindruckende Zurückhaltung, Liebes." Er nahm etwas vom Schreibtisch und reichte es ihr. „Das wirst du heute Abend tragen."

Dieses *das* belief sich auf einen neonpinken Vinylrock. Die Bezeichnung *Gürtel* wäre auch angemessen. Sie hob es hoch und sagte: „Der ist ja winzig!"

Er spannte den Kiefer an. „Bitte was?"

Der Ausdruck auf seinem Gesicht brachte ihre Knie zum Beben. Sie konnte nicht zuordnen, ob das Gefühl durch Erregung oder Panik ausgelöst wurde. Schnell imitierte sie die Reaktion der Subs, die sie in ihrer Zeit beobachten konnte: „Es tut mir leid, Sir. Bitte vergib mir, Señor."

Er schnaubte. „Es tut dir nicht leid." Er lauschte Stimmen vor der Eingangstür und sein rechter Mundwinkel deutete ein Lächeln an. „Du wirst dich hier umziehen. Genau, wo du gerade stehst. Keine Unterwäsche. Danach verstaust du die Hose bei deinen anderen Sachen, bevor du zu mir an die Bar kommst. Ich gebe dir fünf Minuten."

Dann drehte er sich um und marschierte davon, ließ sie im

Eingangsbereich mit dem winzigen Stofffetzen in ihrer Hand zurück. Ein passendes Oberteil lag auf dem Schreibtisch. Wie es schien, hatte er nur für den Fall Kleidung mitgebracht. Sie machte ein finsteres Gesicht.

Ben sah sie mitleidig an, bevor er ein Paar begrüßte, das gerade den Club betreten hatte. Weitere Mitglieder folgten. *Verdammt seist du, Master Cullen.* Am liebsten würde sie dem *Cabrón* einen nassen Wischlappen um die Ohren hauen! Zittrig atmete sie ein und bildete sich ein, in der Frauenumkleide zu sein, als sie sich aus ihrer superengen Hose schälte. Eine schweißtreibende Angelegenheit, mit der sie ein Publikum anzog. Ihren Tanga auszuziehen, fiel ihr noch schwerer, denn die Zuschauer wollten den Eingangsbereich einfach nicht verlassen. Sie konnte fühlen, wie rot ihr Gesicht war.

„Wir haben doch eine Umkleide, oder?", fragte eine Frau.

„Neue Azubine. Ich schätze, sie hat Cullen verärgert", antwortete ein Mann amüsiert.

Andrea hielt den Blick gesenkt und zog sich den Rock an, führte regelrecht einen Tanz auf, um das Teil über ihre breiten Hüften und ihren Hintern zu bekommen. *Endlich!* Aber ... ungläubig blickte sie an sich herunter. Das verdammte Ding sah an ihr noch winziger aus als befürchtet. Das Material dehnte sich wie Frischhaltefolie über ihren Po und es bedeckte sie lediglich von ihren Hüftknochen bis knapp unter ihren Arschbacken. *Soll das ein Scherz sein?*

Ein Lachen erregte ihre Aufmerksamkeit und sie erkannte, dass sie laut gesprochen hatte.

„Netter Arsch", sagte ein Dom mit silbergrauen Haaren.

Sie erstarrte, funkelte ihn wütend an und marschierte mit erhobenem Kinn in die Umkleide, um ihre Hose wie befohlen im Schrank zu verstauen.

Cullen schüttelte bei Sams Bericht den Kopf. „Ein wirklich niedlicher finsterer Blick", sagte der andere Dom. „Aber ..."

„Aber es muss sich darum gekümmert werden", stimmte Cullen lachend zu.

Er schob ein Coors-Bier über den Bartresen zu Sam und beobachtete, wie die neue Auszubildende auf ihn zu marschierte. Rauch trat regelrecht aus ihren noch immer roten Ohren. Ihre Entrüstung musste groß gewesen sein, denn es brauchte viel, um bei dieser goldenen Haut Schamesröte zu bemerken. Zudem fielen ihm ihre langen Beine auf, die bis in den Himmel zu reichen schienen. Na ja, zumindest bis zu dem Kleidungsstück, das sich als Rock ausgab. Das Neonpink glühte im gedimmten Licht des Raumes und er war nicht der Einzige, der genoss, was das Material mit ihrem Arsch anstellte.

Schnell stellte Cullen sicher, dass alle Mitglieder versorgt waren, bevor er hinter der Bar hervortrat. Im vollen Bewusstsein seiner Größe fiel er in ihren persönlichen Bereich ein. *Verdammt*, er liebte es, dass sie so groß war. Sie reichte ihm bis zum Kinn. Mit Leichtigkeit könnte er die Arme um sie schlingen und seine Wange an ihren weichen Locken reiben.

Gerade würde sie mir bei dem Versuch wahrscheinlich eine verpassen. Mit einem Zeigefinger unter ihrem Kinn zwang er sie, ihn anzusehen. „Du siehst aus, als würdest du mir gerne etwas sagen. Mach nur."

„Das war nicht fair!", zischte sie. „Wieso hast du mich zum Umziehen nicht in die Umkleide geschickt? Stattdessen musste ich mich vor all diesen Leuten ausziehen! Es hat sich wie eine Bestrafung angefühlt."

„Das war es ja auch."

„Aber ... was? Wieso? Ich habe doch das hier an." Sie zeigte auf ihr Bustier. „Ich trage weniger."

Ah, jetzt kommen wir zum Kern des Problems. „Was habe ich dir beim letzten Mal zum Anziehen gegeben? Und warum?"

„Ein Kleid. Du meintest, dass es einer Sub nicht erlaubt ist, mehr zu tragen als ein Dom."

„Habe ich dich in etwas gesteckt, dass deine Beine versteckt?"

„Nein."

„Ah, du hast also so wenig Aufwand wie möglich betrieben, um meine Regeln zu ehren, anstatt mich wahrhaftig zufriedenzustellen." Er streichelte über ihre Wange und lächelte bei dem fassungslosen Ausdruck in ihren großen Augen. *Wenn sie sich irgendwann vollkommen unterwirft, wird sie es verstehen.*

Wenn er ehrlich wäre, müsste er zugeben, dass er bereits jetzt eifersüchtig auf den Dom war, der dieser Sub die absolute Unterwerfung entlockte. „Wir werden das Thema später vertiefen."

„Ja, Sir."

Mit der Handfläche nach oben streckte er seine Hand aus. „Gib mir dein rechtes Handgelenk."

Master Cullen legte Andrea goldbraune Lederfesseln an und das Gefühl seiner starken Hände an ihrer Haut sandte Lustschauer durch ihren Leib.

Eng lagen sie an und er stellte sicher, dass sie die Zirkulation nicht unterbrachen, bevor er ihr ein Lächeln schenkte. „Du siehst mit den Fesseln bezaubernd aus, Andrea." Sein Daumen rieb über ihre Handfläche. „Und es gefällt dir, sie zu tragen."

Ihre Lippen teilten sich, um diese schwächliche Behauptung abzustreiten, doch sie musste erkennen, dass er recht hatte. Sie genoss das Gefühl. Sie nickte.

„Sehr gut." Warnend drückte er ihre Hand. „Lüge niemals, Sub. Bevorzugt gegenüber niemandem, aber vor allem nicht gegenüber einem Dom."

Okay, das stellte für sie kein Problem dar. „Ich lüge nicht, Señor."

„Gut. Die Bestrafung dafür ist einzigartig und nicht besonders erregend." Er zog ein gelbes Band aus seiner Tasche und schob es durch die winzigen Ringe an ihrer linken Handfessel. Danach folgte ein Blaues. *Milder Schmerz und Bondage.* Sie schluckte schwer.

„Ein Abend wurde dir gewährt, um dich an den Club zu gewöhnen, daran, weniger Kleidung am Körper zu haben und ...“ Er grinste beim Blick auf ihren mikroskopischen Rock. „... daran, Befehle zu befolgen und Fesseln zu tragen, die deine Bewegungen einschränken. Heute Abend werden wir richtiges Bondage ausprobieren.“

Oh Dios! Mit einem Schlag meldete sich die Nervosität zurück. „Wie fühlst du dich bei dem Gedanken, Liebes? Dem Wissen, dass dich jemand fesseln wird, vielleicht an ein Kreuz oder an eine Bank?“ Seine durchdringenden Augen hatten die Farbe von einem unberührten Wald in den Bergen.

Wieder schluckte sie. Die Zärtlichkeit, mit der er ihr über die Haare streichelte, stahl ihr den Atem. „Es verängstigt mich, erregt mich. Beides“, presste sie heraus.

„Gut.“ Er schmunzelte. „Wir werden langsam beginnen. Nichts Drastisches. Nicht heute.“ Er rieb mit dem Daumen über ihre Lippen und der Ausdruck in seinen Augen intensivierte sich. „Irgendwann jedoch werde ich deine Hände fesseln. Mit Ketten würde mir gefallen, damit ich sie klirren höre, wenn du dich einem Orgasmus näherst.“

Ihre Lippen teilten sich und sein Finger glitt in die Wärme ihres Mundes, kehrte zurück mit Nässe, die er auf ihrer Unterlippe verteilte.

„Wenn ich deine Beine spreize und festbinde, wird dir kein Bewegungsraum mehr bleiben. Dann bist du vollkommen entblößt. Für mein Vergnügen.“ Seine Hand an ihrem Oberarm festigte sich und sie spürte die Nässe zwischen ihren Beinen. „Ich freue mich darauf, dich zu berühren, dich zu kosten und deinen Körper zu nehmen, kleine Sub.“

Sie erschauerte und sein Lächeln wurde breiter.

Er packte ein Bündel ihrer Haare und riss ihren Kopf in den

Nacken. Die Lippen, die auf ihren landeten, fühlten sich unerbittlich an, so wie auch der Körper, der sie gegen die Bar drückte. Er hielt sie gefangen, als er den Kuss vertiefte, als seine Zunge ihren Besitzanspruch klarmachte und sie dazu verlockte, auf den Kuss einzugehen.

Eine unnachgiebige Erektion presste sich gegen ihren Bauch und Hitze sammelte sich in ihrer Mitte. Als ihre Beine nachgaben, schlang sie die Arme um seinen Hals. Durch seine überwältigende Körpergröße fühlte sie sich weiblich und ... kontrolliert. Er nahm, was er wollte, und sie wollte, oh ja, sie wollte, dass er sich noch mehr nahm.

Er beendete den Kuss und flüsterte in ihr Ohr: „Heute Abend bekommst du nur meine Fesselkunst zu spüren. Sag: Ja, Sir."

„Ja, Sir." Sie klang, als wäre sie gerade erst aus dem Bett gestiegen. Und der Gedanke ans Bett, mit ihm so nah, verwandelte ihre Beine in Wackelpudding.

Sein Lachen dröhnte durch den Raum, was sie zum Grinsen brachte. *Dios*, sie mochte sein Lachen.

„Geh. Dein Dienst ist mit Heather in dem Sitzbereich neben der Tanzfläche. Finde sie und sag ihr, dass sie die ersten zwei Stunden frei hat." Er lächelte. „Deine Schicht als Kellnerin endet um elf. Zu der Uhrzeit übernimmt Raoul die Bar. Ich will, dass du dann zu mir kommst."

Sie beobachtete, als er wieder hinter den Tresen ging. Ohne seine Berührungen fühlten sich ihre Schultern plötzlich so kalt an. Die Wirkung, die er auf sie hatte, war wirklich furchterregend ... und wundervoll. Genau das hatte sie sich doch gewünscht. Jemanden, der diese Gefühle in ihr auslöste.

Aber sie durfte die Warnung der anderen Auszubildenden nicht vergessen: Niemals ließ er sich auf jemanden ein.

Hinter der Bar lachte Master Cullen über etwas, das eine Domina gesagt hatte. Gleichzeitig fand er Andrea mit seinen Augen und zog fragend eine Augenbraue hoch.

Sie musste erkennen, dass sie noch immer auf demselben

Fleck stand. Mit rotem Gesicht hastete sie zur Tanzfläche. Hoffentlich gab sie nicht den Anschein einer Maus, die panisch nach einem Versteck suchte.

Als sie sich durch die Sitzgruppen schlängelte, nickte und lächelte sie den Mitgliedern zu. Einige erinnerten sich sogar an sie und grüßten sie. *Wie cool!* Auf halbem Weg durch den Raum erblickte sie Heather, die zwei Dominas servierte, zu deren Füßen jeweils ein weiblicher und ein männlicher Sub kniete.

Andrea ging zu ihr. „Hey. Master Cullen meinte, dass du jetzt zwei Stunden Pause hast."

„Okay." Heather ließ den Blick über sie schweifen und lachte. „Netter Rock, Andrea. Ich dachte mir schon, dass die Hose nicht lange überleben würde. Master mögen es, nackte Haut zu sehen und zu berühren."

„Ich wünschte, ich hätte es gleich gewusst", sagte Andrea kleinlaut. „Zur Bestrafung musste ich mich vor Ben und allen eintreffenden Mitgliedern umziehen."

„Wirklich gemein von Sir, wenn man bedenkt, wie neu du bist." Heather runzelte die Stirn, ihr Blick auf die Bar gerichtet. Dann zuckte sie mit den Achseln. „Vielleicht ist es eine gute Sache. Je schneller du dich daran gewöhnst, desto besser. Der Befehl, sich nackt auszuziehen, wird recht oft geäußert."

„Na großartig", stöhnte Andrea.

Heather grinste. „Na ja, wenn der Befehl von einem Dom kommt, den du wirklich magst, dann kann es sehr heiß sein." Ihr Blick fiel auf einen Dom mit dunkelbraunen Haaren, der nicht weit entfernt saß. Seine Beine hatte er ausgestreckt, die Arme hinter dem Kopf verschränkt, während er einem anderen Dom zuhörte. Seine Augen jedoch waren auf die braunhaarige Heather gerichtet. Beobachtend, musternd und es war eindeutig, dass ihm gefiel, was er sah. Als sich die Blicke der beiden trafen, sprühten die Funken.

Andrea musste zugeben, dass sie ein wenig eifersüchtig war. „Damit habe ich keine Erfahrung. Irgendwann vielleicht." Wenn sie jedoch jemanden fand, den sie mochte und mit dem sie sich auch außerhalb dieses Clubs eine Beziehung vorstellen konnte, würde er ihr ihre Vergangenheit nachsehen?

„Das wirst du. Und bis dahin wirst du einiges dazulernen. Alle Master werden sich Zeit für dich nehmen."

Als Heather zur Bar ging, um ihr leeres Tablett abzustellen, geriet Andrea ins Grübeln. Wie viele Master gab es in diesem Club? Eine weitere Frage stellte sich: Wodurch identifizierten sich die Shadowlands-Master?

Später an diesem Abend, als Andrea zwischen zwei Barhockern stand und darauf wartete, dass Master Cullen ihre Bestellungen zubereitete, hatte sie ein breites Lächeln auf den Lippen, das sie einfach nicht abschütteln konnte. Sie schuldete Antonio etwas. Wäre sie nur als Mitglied in diesen Club gekommen, hätte sie sich auf einen Barhocker gesetzt und darauf gewartet, dass sie jemand ansprach. Gleichzeitig hätte sie Panik geschoben, dass sie jemand ansprechen würde! Smalltalk war nicht ihre Stärke. Mit ihrem Status als Auszubildende jedoch war sie beschäftigt und durch ihre Azubi-Fesseln gehörte sie automatisch dazu.

Sie schwang ihre Hüfte zu den Death Metal-Klängen von Agonize. In der Nähe versohlte ein Dom seine Sub auf der Spanking-Bank im Rhythmus der Musik und die Reaktion der Sub kam eine Sekunde verzögert.

An der Station daneben benutzte eine ältere Domina in einem maßgeschneiderten Businesskostüm und gefährlich hohen Stilettos einen Rohrstock. Einen bestimmten Takt konnte sie aber nicht feststellen. Schlag. Pause. Schlag. Lange Pause. Dann lief die Domina auf die andere Seite des unterwürfigen Mannes, wartete und schlug erneut zu. Der grauhaarige Sub am Kreuz hielt den Kopf gesenkt. In Erwartung jedes Schlages spannte sich sein Körper an.

Andrea legte den Kopf auf die Seite. Die Ungewissheit, wann der nächste Hieb folgen würde, schien genauso effektiv zu sein wie der eigentliche Aufprall. Die Domina hielt inne, rieb mit der

Hand über die zwei roten Linien, die sie mit dem Rohrstock erzeugt hatte. Der Mann stöhnte, woraufhin sie sich vorbeugte und ihm über die Wange streichelte. Es war deutlich zu sehen, wie sehr sie ihn mochte.

„Die beiden sind seit zwanzig Jahren verheiratet." Cullens tiefe Stimme war hinter Andrea zu hören. „Den Rohrstock hat er ihr als Geschenk zum Jubiläum überreicht."

„Das ist wirklich süß. Nichts sagt ‚Ich liebe dich' besser als ein gut verarbeitetes Werkzeug des Schmerzes."

Sein Lachen machte sie glücklich und veranlasste sie dazu, sich mit einem breiten Grinsen zu ihm umzudrehen.

Mit einem Arm lehnte er sich auf den Bartresen. Sein verdammter Unterarm war breiter als ihr Oberarm. Er sah auf sie hinab. „Wie geht's dir, Liebes?"

„Es geht mir gut, Señor." Jede Zelle in ihrem Körper wollte ihm nah sein. *Berühre mich, berühre mich, berühre mich.* Sie ging einen Schritt zurück und überreichte ihm stattdessen ihren Zettel mit den Bestellungen. Ohne eine Schürze hatte sie improvisieren müssen. Den Stift bewahrte sie in ihrem Ausschnitt auf, während sie den Zettel in den Bund ihres superengen Rocks schob. Da die Drinks in den Mitgliedsbeiträgen eingeschlossen waren, musste sie sich keine Sorgen machen, wo sie das Geld hinpacken sollte.

„Du siehst gut aus. Den ganzen Abend bewundere ich schon deinen Rock."

Den Rock, in den er sie gezwungen hatte, der verdammte *Cabrón.* Sie grinste, denn sie schaffte es nicht, weiterhin böse auf ihn zu sein. Sein Sinn für Humor ließ dies nicht zu. Mittlerweile überraschte es sie, dass sie sich jemals gewundert hatte, ob er überhaupt in der Lage war, zu lächeln. Der Mann war ein geborener Barkeeper. Teilweise fanden die Mitglieder den Weg zur Bar nur, um ein Schwätzchen mit ihm zu halten. Er scherzte mit den Männern und neckte die Frauen. Zudem flirtete er mit den anderen Auszubildenden und Andrea hoffte, dass es auf ihrem Gesicht nicht abzulesen war, wie sehr sie dieser Umstand störte.

Wahrscheinlich schwärmten alle Auszubildenden ein bisschen für ihn, ähnlich wie beim Stockholm-Syndrom.

Oder wie bei einer Frau und ihrem männlichen Gynäkologen. Als sie an seinen Kommentar zurückdachte, wie er sie weit gespreizt fesseln wollte, stieg Hitze in ihre Wangen und sie wandte den Blick ab.

Unerwartet landete seine große Hand auf ihrer Wange, umfasste sie sanft. So richtete er ihr Gesicht aus, bis ihr nichts anderes übrig blieb, als ihm in seine einnehmenden Augen zu sehen. „Was für ein Gedanke ist dir gerade durch dieses hübsche Köpfchen geschwirrt?"

Wie gelang es ihm, so schnell von seiner unbekümmerten Art in den Dom-Modus zu schalten? Sie versuchte, auf Abstand zu gehen, doch der Mann neben ihr stellte einen Fuß auf den Barhocker und presste sie gegen den Tresen. Nun war es ihr unmöglich, zu fliehen und sie funkelte den Fremden an.

„Subs haben Fragen zu beantworten." Die tiefe Stimme des Mannes hielt eine ähnliche Schlagkraft bereit wie die von Master Cullen ... von Señor.

In die Enge getrieben. Sie hob den Blick zu Master Cullen, fühlte die Unnachgiebigkeit seiner Hand auf ihrer Wange, und sie schmolz dahin. „Ich dachte daran, dass ... ich ... also, dass ich dich mag, und ich gebe dem Stockholm-Syndrom die Schuld."

Belustigt sah er sie an, doch seinen Griff lockerte er nicht. „So rot, wie du bist, hast du mir wohl noch mehr zu berichten."

In dem Moment mochte sie ihn kein bisschen. „Und ... und ich habe daran gedacht, ob Frauen sich jemals in ihre Gynäkologen verknallen."

„Was für ein Gedankensprung", kam es von dem Mann hinter ihr, der nun sein Bein vom Hocker entfernte.

„Nicht wirklich", flüsterte Señor, während er sie mit seinem Blick festnagelte. Sie sah ihm an, dass er genau wusste, wie die beiden Themen zusammenhingen. „Da du so ein großes Interesse an Frauenärzten zeigst, werde ich meine Pläne anpassen."

Er lehnte sich zurück, und als seine Hand ihr Gesicht verließ, musste sie sich am Tresen festkrallen. Es fühlte sich an, als entzog er ihr damit jegliche Kraft.

Sein Mundwinkel zuckte. „Ich denke, ich habe dir die Themenräume noch nicht gezeigt, in denen Austin heute eingeteilt wurde."

Sie schüttelte den Kopf. Als wüsste er das nicht genau.

„Ein Raum ist mit medizinischem Equipment ausgestattet, inklusive eines Gynäkologiestuhls."

Jesús, María y José! Der Gedanke, nackt auf diesem Stuhl zu sitzen und sich die Füße von Señor auf den kalten Ablagen positionieren zu lassen, seine Augen allein auf sie gerichtet ... *Oh Dios*, Hitze sammelte sich so schlagartig in ihrer Mitte, dass ihre Beine einknickten.

Der Mann neben ihr packte sie rechtzeitig am Arm. „Ich hab dich, Chiquita", murmelte er.

„Danke", flüsterte sie gedankenverloren.

Als sie wieder zu Señor blickte, sah sie die Entschlossenheit auf seinem Gesicht. Schmunzelnd sagte er: „Oh ja, der Plan gefällt mir."

Er nahm den Zettel mit ihren Bestellungen und spazierte hinter die Bar. Ein riesiger Mann. Seine enge Lederhose betonte seine muskulösen Beine. Nur daraus bestand er, aus Muskeln, ohne ein Gramm Fett.

Der Mann neben ihr hielt noch immer ihren Arm, während sie beim Anblick von Master Cullen ins Sabbern geriet. *Oh je.* Sie drehte sich zu ihm um. „Ah, vielen Dank, Sir."

Er war um die einen Meter neunzig groß, in Topform, mit beeindruckenden Armen, die eines Kraftdreikämpfers würdig waren. Mit seinen dunkelbraunen Augen und schwarzen Haaren war sie an sich selbst erinnert. „Ich bin Raoul. Und du bist Andrea, unsere neue Azubine?"

Unsere. „Sind —" War es ihr erlaubt, Fragen zu stellen? Sie schluckte die Frage herunter und stand dann wie bestellt und nicht abgeholt vor ihm. „Ja, ähm, bin ich."

Er zog die Augenbrauen zusammen, seine Finger noch immer um ihren Arm gewickelt. „Was wolltest du mich fragen?"

Der nächste viel zu scharfsichtige Dom. In den anderen Clubs hatten die Männer sogar ein Problem damit gehabt, sie zu deuten, wenn sie Worte benutzt hatte. Hier musste sie nicht mal reden, um verstanden zu werden. Warum empfand sie das als ein wenig gruselig?

Tief atmete sie ein und sagte: „Señor meinte, dass ich den Befehlen der Shadowlands-Master folgen muss. Das Problem ist nur, dass ich sie noch nicht alle kennengelernt habe. Wie soll ich also wissen, ob der Mann vor mir dieser Kategorie zuzuordnen ist?"

„Eine sehr gute Frage", sagte er und ließ dann ihren Arm los. Er schien sich nicht angegriffen zu fühlen, weshalb sie sich etwas entspannte. „Du bist nicht die erste Auszubildende, bei der das zu Schwierigkeiten geführt hat. Letztes Jahr im Herbst gab es diesen aufgeblasenen Dom, der sich als Shadowlands-Master ausgegeben hat. Mittlerweile sagen wir *Master Was Auch Immer*. Dann kann ein Dom selbst entscheiden, ob er mit Master, König oder Lord angesprochen werden möchte. Der Titel Master im Shadowlands ist jedoch ein Ehrentitel, den man sich zunächst verdienen muss. Danach entscheidet eine Wahl, ob der Dom den Titel tragen darf."

„Ich verstehe. Vielen Dank, Master."

Er blinzelte und lachte plötzlich los. „Oh nein, *Gatita*. Wenn du mich Master nennst, ohne meinen Vornamen dranzuhängen, macht es den Anschein, als gehörtest du mir. Benutze Master Raoul oder Sir."

„Oh! Tut mir leid. Danke, Sir."

„Gern geschehen." Seine dunklen Augen nahmen einen ernsten Ausdruck an. „Ich freue mich darauf, dich schon bald mit jemandem zu sehen, den du Master nennst."

Bei dem Gedanken jagte ein Lustschauer durch ihren Leib, der mit einem Nervenkitzel einherging. *Master.*

Wechsle das Thema. „Was ist aus dem Dom geworden, der sich Master genannt hat?"

„Oh, seine Mitgliedschaft wurde ihm entzogen. Z gefiel es nicht, dass die Subs Probleme dabei hatten, die Master zu identifizieren, weshalb wir kurz danach diese Teile bekommen haben." Mit der Hand klatschte er gegen ein goldenes Elastikband um seinen Oberarm. „Die Aufseher im Kerker tragen Lederwesten mit goldenem Saum, Auszubildende goldfarbene Fesseln um die Handgelenke, und die Master weisen sich nun durch goldene Bänder aus. Fällt dir ein Muster auf?"

Bei seinem betrübten Ton entrang ihr ein Lachen. „Ich für meinen Teil schätze es sehr. Danke für die Information." Sie würde sichergehen, immer nach dem goldenen Band um den Oberarm Ausschau zu halten.

KAPITEL FÜNF

S päter an diesem Abend lief Cullen zu Nolan. „Kannst du dich für eine Weile um die Bar kümmern? Raoul ist spät dran, da eine Sub nach einer Panikattacke nachhause gefahren werden musste. Es ist Zeit, die Auszubildenden für ihre nächsten Aufgaben einzuteilen und dann muss ich bei einer Session mit einer neuen Azubine Aufsicht führen."

Sein Freund blickte bei einem lauten Dom auf der anderen Seite der Bar finster drein. „Ich weiß nicht, wie lange ich den Lärm ertrage."

„Zur Hölle, wenn du mit diesem Gesichtsausdruck in seine Richtung gehst, wird er sich den Mund wahrscheinlich eigenständig zunähen." Obwohl Nolan wesentlich ruhiger geworden war, seit er Beth gefunden hatte, würde der Master mit den Narben dennoch lieber die Mitglieder zusammenschlagen, als sie zu bedienen.

„Hmm ..." Nolan blickte auf seine schlanke, rothaarige Sub und fragte sich offensichtlich, was sie in der Zeit tun sollte. Nur selten ließ er sie unbeaufsichtigt.

„Sie kann dir helfen oder sich einfach an den Tresen setzen."

Cullen schüttelte den Kopf. „Wenn ich bedenke, wie oft wir Frauen geteilt haben, bist du wahnsinnig territorial geworden."

„Auch du wirst noch erkennen, dass es Frauen gibt, die man nicht teilen will." Nolan schob eine Hand in Beths halb geöffnetes Korsett und umfasste eine kleine Brust. Die helle Haut der Sub färbte sich rot.

„Ah ja." Klang nach langweiligen Partys. Alle seine Freunde hatten ihre Würze verloren. *Meine Fresse*, Dan hatte seine Sub bereits geheiratet und Cullen gezwungen, den Trauzeugen zu spielen. Es machte den Eindruck, dass Z und Nolan ihm bald folgten. Wie oft würde er noch einen Smoking ausleihen müssen? „Sie hat dich ruiniert, Kumpel."

„Da liegst du falsch", sagte Nolan in einem sanften Ton und küsste Beths Stirn. „Aber gut, ich übernehme deine verfickte Bar."

Als die Übergabe abgeschlossen war, drehte Cullen eine Runde durch den Club, um nach seinen Auszubildenden zu schauen. Vor einiger Zeit hatte er beobachtet, wie Heather mit Jake ins Obergeschoss verschwunden war. Mit einem gesunden Glühen auf den Wangen war sie zurückgekehrt. Wenn es zwischen den beiden so weiterging, würde er bald die nächste Azubine verlieren. Nichtsdestotrotz verstand er, warum Z so gerne Paare verkuppelte; zwei Menschen zu sehen, die gut zusammenpassten, die darauf bedacht waren, sich gegenseitig ihre Vorlieben und Wünsche zu erfüllen, fühlte sich wirklich befriedigend an.

Im Kerker reichte Austin einen Drink an eine Domina, die auf dem königlichen Thron saß, mit einer Sub zu ihren glänzenden, roten Stiefeln.

„Cullen." Ein Dom in seinen Dreißigern legte beim Säubern einer Liebesschaukel eine Pause ein und nickte in die Richtung von Austin. „Ich möchte ihn für eine weitere Session entführen, solange auch er damit einverstanden ist."

„Seine Schicht ist vorbei; die Entscheidung liegt also bei ihm.

Und vergiss nicht, dass sein Eifer manchmal dazu führt, dass er sein Safeword nicht angemessen verwendet."

Lawson zog die Augenbrauen zusammen. „Das ist nicht gut. Soll ich mit ihm daran arbeiten?"

„Eine gute Idee." Zurück im langen Korridor sah Cullen nach Dara. Sie trug einen befriedigten Gesichtsausdruck. Das hübsche Gothic-Mädchen hatte rote Streifen auf ihren Schenkeln, wahrscheinlich von einer Session im Bürothemenraum. *Nicht schlecht.*

Vanessa hatte den Club heute frühzeitig verlassen. Indessen fand er Sally vor, wie sie zwei Doms in ihrer Rolle als Schulmädchen unterhielt.

Wo war seine neue Auszubildende? Er entdeckte sie bei einer Vorführung mit dem Violettstab, ihre Augen weit aufgerissen. Cullen grinste. Neue Subs musste man einfach lieben. Jetzt musste er nur Marcus finden. Cullen ließ den Blick schweifen. *Ah, da ist er ja.*

Marcus saß abseits und musterte Andrea ausführlicher als die Session mit dem Stab.

Er spürte ein merkwürdiges Kribbeln in seinem Nacken, als wäre er in ein Spinnennetz geraten, denn er hätte es bevorzugt, Andrea selbst in die Freuden der Fesselkunst einzuführen. Da er für die Auszubildenden zuständig war, führte er ständig einen Balanceakt vor. Einerseits war es wichtig, dass er eine Verbindung mit den Auszubildenden aufbaute – sie sollten das Bedürfnis entwickeln, ihn zufriedenzustellen. Andererseits musste er auf Abstand bleiben, damit sie einen passenden Dom für sich finden konnten. Mit Andrea könnte das zu einem Problem werden. Ihre Verletzlichkeit war dermaßen anziehend und er fühlte, dass er bei ihr Distanz halten sollte.

Sie war einfach so faszinierend. Allerdings hatte er kein Interesse an einer Beziehung. Nicht nochmal würde er sich von einer Frau einwickeln lassen. *Oh nein.* Die eine Verlobung reichte ihm für dieses Leben.

Zumal die Familienmitglieder des O'Keefe-Clans traditionell sowieso später heirateten. Erst weit in den Dreißigern. Cullen runzelte die Stirn. Er war Mitte dreißig. *Na dann stelle ich eben einen neuen Rekord auf.* Er fing Marcus' Blick ein und nickte ihm zu. Danach ließ sich Cullen neben der Kettenstation in einen Sessel fallen. Hatte er die kleine Sub richtig gedeutet?

Marcus ging zu Andrea, kam ihr so nah, dass sie einen eingeschüchterten Schritt von ihm weg machte. Er reagierte, indem er seine Hand auf ihre Schulter legte.

Sofort schlug sie seinen Arm weg und ballte die Hände auf Brusthöhe zu Fäusten.

Marcus sagte etwas zu ihr, woraufhin sie erblasste und auf ihre Knie fiel, ihre Hände noch immer angespannt.

Perfekt. Nun musste er seinen Part spielen. Cullen erhob sich und lief zu den beiden. „Gibt es ein Problem, Master Marcus?", fragte er. Grinsend beobachtete er, wie Andrea bei dem Titel Master zusammenzuckte. Er konnte regelrecht hören, wie sie sich selbst sagte, dass sie tief in der Scheiße steckte.

Oh, verdammt, ich hab's verkackt. Andrea hielt den Blick gesenkt, sodass sie nur ihre nackten Schenkel sah, ihre Knie, den Parkettboden, die schicken Schuhe eines Mannes. Keine Stiefel, nein, der Mann − Master Marcus − trug einen Anzug. *Madre de Dios, beinahe hätte ich ihm eine verpasst.*

Die Männer unterhielten sich, doch sie konnte nicht hören, was sie sagten. Würde Señor sie jetzt hinauswerfen? Würde er eine Bestrafung anordnen?

War er enttäuscht von ihr? Bei dem Gedanken schmerzte ihre Brust, als ruhte ein Fuß auf ihren Rippen.

„Andrea." Master Cullens Stimme.

Sie hob den Kopf.

Sein Kiefer war angespannt, seine Augen hatten die Farbe von

Smaragden. Sie hatte ihn enttäuscht, hatte ihn wütend gemacht. Ihre Augen füllten sich mit Tränen und sie senkte den Blick. „Es tut mir leid, Master", flüsterte sie.

Er atmete zittrig ein und aus, als hätte sie ihm mit der Faust in den Magen geschlagen. Dann seufzte er. Seine Hände schlossen sich um ihre Oberarme und er hob sie auf die Füße. Noch immer war sein Ausdruck von Unmut gezeichnet. Diese unheimliche Kälte in den Augen war jedoch verschwunden. „Andrea, es stellt ein Problem dar, dass du sofort ausholst, sobald dir ein Mann zu nah kommt. An sich ist die Reaktion nicht schlecht, sie kann dir in gefährlichen Situationen sogar von Vorteil gereichen. Allerdings solltest du manchmal auch einfach abwarten, um nicht gerade einem Blinden den Arsch zu versohlen, der durch Zufall über deine Person gestolpert ist."

Ihr Gesicht war knallrot. Das könnte passieren.

„Wie du bereits meintest, liegt es an der Atmosphäre, an dem Sex und der Gewalt, dass du etwas schreckhaft bist. Hier im Club, generell in diesem Lifestyle, ist es nicht akzeptabel, dass du jemanden schlägst, nur weil er dich berührt."

„Ich weiß." Er würde sie rauswerfen. Sie hatte keine Kontrolle über ihre Reaktionen und –

„Wir werden gegen diesen Reflex also auf zweierlei Weise angehen. Erstens, wenn du dich gegenüber einem Dom aggressiv zeigst, verlierst du ein Kleidungsstück an deinem Körper." Er tippte gegen ihr Bustier. „Ausziehen."

Er schmeißt mich nicht raus. Danke, danke, danke! Darüber war sie so glücklich, dass sie nicht einen Gedanken auf die Menschenmenge verschwendete, die sich um sie gebildet hatte, als sie die Haken ihres Bustiers öffnete. Nachdem sie es auf eine Couch geworfen hatte, fand sie seinen Blick. *Hat sie das Richtige gemacht?*

Sein anerkennendes Lächeln setzte Erleichterung in ihr frei. „Sehr schön, Kleine", sagte er in einem sanften Ton. „Bist du bereit für den schwierigen Teil?"

Schwierig? Ihr Atem stockte, doch sie nickte.

„Da du zunächst jeden fremden Mann als Feind ansiehst, werden wir die Liste der Fremden einstampfen und dafür sorgen, dass du viele Freunde hinzugewinnst."

Das klang ... okay.

„Master Marcus." Cullen wandte sich zu dem großen, schlanken Mann.

Master Marcus' Haare waren einen Farbton dunkler als ihre, seine Haut heller und seine blauen Augen hielten eine beängstigende Qualität inne. Er trug das goldene Band, das jedoch von dem Material seines Anzugs verdeckt wurde. Irgendwie fühlte sich das wie Betrug an. Nicht, dass sie sonst das Recht gehabt hätte, gegen einen Dom – Master oder nicht – die Hand zu erheben.

Master Cullen umfasste ihre Hand. „Das ist Andrea. Bitte bringe sie zum Andreaskreuz und macht euch besser bekannt." Er legte ihren Arm in die Hand des anderen Doms.

Kreuz? Bekanntmachen? Aber ... Andreas Kinnlade klappte herunter. *Aber, aber, aber ...*

„Vielen Dank, es wird mir ein Vergnügen sein", antwortete Master Marcus.

Señor lächelte und lief davon. Er lief einfach davon! Sie nahm einen Schritt in seine Richtung und zuckte zusammen, als sich die Hand des Doms um ihr Handgelenk festigte. Sie wandte sich ihm zu, starrte ihn ungläubig an.

Wortlos stand er vor ihr und er erlaubte ihr die nötige Zeit, sich zu fassen.

Eine Minute verging und sie schaffte es zumindest, ihren Mund zu schließen. Ihre Atmung jedoch, ihre Atmung war außer Kontrolle geraten. Wahrscheinlich schuldete sie diesem Mann eine Entschuldigung, schließlich hätte sie ihm beinahe eine verpasst. „Es tut mir leid, Master Marcus", flüsterte sie kaum hörbar.

Ein letztes Mal sah sie auf Master Cullens Rücken, bevor sie die eifrigen Augen des Doms fand, Augen in einem Königsblau.

„Ich vergebe dir, Sub", sagte er mit seiner tiefen Stimme. Er hielt ihren Blick gefangen, als er näher trat, bis nur noch wenige Zentimeter sie trennten. Mit der freien Hand umfasste er ihre Wange und rieb den Daumen über ihre Lippen.

Sie unternahm den Versuch, einen Schritt nach hinten zu gehen, woraufhin sich die Hand um ihren Arm festigte. Eine Warnung, und sie erstarrte.

Er lächelte, was seinem gefährlichen Ausdruck etwas die Härte nahm. „Da du neu bist, werden wir es langsam angehen. Sag: Ja, Sir."

„Ja, Sir." Ihr Herz raste los. Master Cullens Wirkung auf sie war überwältigend. Wie eine Lawine riss er sie mit seiner Dominanz mit sich. Dieser Dom erinnerte sie an ein geschärftes Messer, bereit, die nötigen Schritte zu gehen, um eine köstliche Mahlzeit zuzubereiten.

„Wie lautet dein Safeword?"

„Rot ... Sir."

„Ich möchte, dass du es benutzt, wenn es dir zu viel wird – sei es auf körperliche oder auf emotionale Weise." Seine Hand rieb über ihre Wange, glitt zu ihrem Hals und über ihre nackten Schultern. „Wurdest du schon mal gefesselt, Süße?"

Sie nickte. „Ein paar Mal. Im Bett." In den Clubs hatte sie es nie bis zu diesem Punkt geschafft.

„Okay." Seine Hand glitt ihren Arm herunter, während er seine Augen immer auf sie gerichtet hielt. Das Gefühl berührt zu werden, ohne die Möglichkeit zu haben, diese Berührung zu erwidern, verwirrte sie. Deshalb hob sie den Arm, wollte ihn –

„Nicht bewegen, Süße", sagte er unbeschreiblich sanft. Ihr Arm senkte sich. „Hat es dich erregt, gefesselt zu sein? Oder hat es dir eher Angst gemacht?"

Sie versuchte, den Blick abzuwenden. Mit Master Cullen über ihre intimen Erfahrungen zu sprechen, war ihr furchtbar unangenehm gewesen, aber diese Person – diesen Dom – kannte sie doch überhaupt nicht.

„Antworte mir."

„Erregt." Aus diesem Grund hatte sie diesen Club aufgesucht. „Meistens jedenfalls. Ihm hat es nicht … als ich bemerkte, dass es ihm nicht gefiel …"

„Es hat ihm nicht gefallen, dich zu fesseln, weshalb auch du keinen Spaß an deiner eigenen Fantasie hattest?"

Sie nickte. *Was für ein peinliches Thema!*

„So ein gutes Mädchen, so ehrlich." Er schenkte ihr ein Lächeln. „Gibt es irgendwelche körperlichen Probleme, von denen ich wissen muss? Hast du vielleicht Arthritis oder Tendinitis?"

„Nein, Sir."

„Sehr gut." Ohne seinen Griff zu lockern, führte er sie durch das geschäftige Treiben des Hauptraums und entschuldigte sich, wenn er auf dem Weg gegen jemanden stieß. Schließlich hielt er vor dem Andreaskreuz im vorderen Bereich des Raumes an, an dem Seil hing ein Reserviert-Schild. Master Marcus gluckste und entfernte es. „Z meinte bereits, dass dein Ausbilder stets auf alles vorbereitet ist."

Master Cullen hat diese Situation vorausgeplant? Andrea runzelte die Stirn.

Master Marcus stellte sie mit dem Rücken gegen das Kreuz. Das Holz an der riesigen Konstruktion fühlte sich samtweich an, doch gleichzeitig auch sehr kühl an ihrer nackten Haut.

Der Dom kniete sich hin, umfasste ihr linkes Bein und schnallte es unten fest. Danach wandte er sich ihrem rechten Bein zu, bis sie an dem X weit gespreizt gefesselt war. Ohne Unterwäsche und dem schockierend kurzen Rock, ihrer Pussy vollkommen entblößt, fühlte sie sich so verletzlich wie nie. Der Gedanke löste eine hitzige Lustwelle in ihr aus.

Aber … würde er sich daran erinnern, dass sie kein grünes Band an ihren Fesseln trug?

Nichtsdestotrotz war sie an diesen Dingen interessiert, richtig? Und der Mann war ein Master. Erfahren und alles. Leider, wie schon so oft zuvor, spielte ihr Körper nicht mit. *Warum kann es nicht Master Cullen sein, der sie berührt?*

Der Dom überprüfte die Fesseln um ihre Fußknöchel, schob jeweils einen Finger zwischen das Leder und ihre Haut. Er verblieb in der knienden Position, glitt mit seiner warmen Hand über ihre Wade nach oben, dann wieder runter. „Deine Haut ist so weich, Sub", sagte er, während sich die Hand erneut nach oben bewegte, höher und höher, stoppend an einer kitzeligen Stelle direkt über ihrem Knie.

Er erhob sich und befestigte die Fesseln um ihre Handgelenke an den oberen Armen des X. Sie zog daran und erkannte, dass sie nicht nachgaben. Auch ihre Beine waren fest fixiert.

Sofort meldete sich eine Panikattacke an, so schlagartig, dass ihr von einem Atemzug zum nächsten die Luft wegblieb. Verzweifelt riss sie an ihren Armen. „I-Ich –"

Entschieden legte sich eine Hand auf ihr Gesicht. Der Dom stellte sich direkt in ihr Sichtfeld, blockierte die Blicke der Zuschauer, sodass ihr keine andere Wahl blieb, als ihn anzusehen. „Tief einatmen. Ich bin bei dir und du bist sicher. Erinnerst du dich an meinen Namen?"

Sie sog scharf die Luft ein und langsam floss die Panik dahin, als hätte sie den Stöpsel gezogen. „Master Marcus." *Akzeptiere die Angst und dann überwinde sie.* „I-Ich kann mir die Reaktion nicht erklären."

Seine Hand auf ihrer Wange besänftige ihre Nerven, und er stand ihr nah genug, sodass sie seinen warmen Atem an ihrer Schläfe spürte. „Angst ist normal. Du bist noch neu und du kennst mich nicht." Er spielte mit ihren Haaren, zog an einer Locke und ließ sie in ihre Ursprungsform zurückspringen. „Ich mag deine Haare."

„Ähm, danke."

Bei ihrer Antwort fiel ihr sofort die Belustigung in seinen Augen auf. Dann ließ er von ihren Haaren ab, wanderte zu ihrem

Ohr, neckte ihr Ohrläppchen, bevor er über ihren Hals glitt und schließlich ihr Schlüsselbein erreichte.

„Was –" Sie schluckte schwer, ihr Mund vollkommen ausgetrocknet. „Was machst du?"

Seine anziehenden blauen Augen fanden die ihren. Heißer, heller und dermaßen versengend richtete er seinen Blick auf sie.

„Ich genieße den Körper einer kleinen Sub."

„Aber –"

„Andrea, sei ruhig."

Sie wollte sprechen, wollte Fragen stellen, um gegen die ansteigende Hitze in ihrem Körper anzukämpfen, und gegen die Hände, die mit jeder Berührung einen weiteren Bereich an ihr sensibilisierten. Seitlich strich er über ihre Brüste, legte die Hände auf ihre Hüften, bis er mit den Fingerspitzen die empfindliche Stelle direkt über ihrer Pospalte necken konnte. Eine Hand glitt unter ihren Rock und ein Finger zeichnete die Spalte zwischen ihren Arschbacken nach. Sie erstarrte. *Er darf doch nicht ...*

Schmunzelnd verlagerte er seine Aufmerksamkeit. Nun fuhren seine Hände über ihre Schenkel, hoch und runter, und bei jeder Runde kam er ihrer Pussy näher. Da er ihr Geschlecht jedoch niemals berührte, pulsierte es immer verzweifelter. Instinktiv zuckte sie mit der Hüfte nach vorn.

Er ging nicht darauf ein. Stattdessen krallte er sich mit seinen langen Fingern in ihre Hüften. „Diese hübschen Brüste unterstehen nicht den Regeln des grünen Bandes, Süße."

Als er eine Brust packte, entrang ihr ein Wimmern, das ihm ein Schmunzeln entlockte.

„Weißt du ..." Er stützte eine Hand auf dem Holz ab, gleich neben ihrem Arm. „Manche Frauen haben empfindliche Nippel." Mit dem Zeigefinger umkreiste er ihre Knospe, immer und immer wieder, die Berührung federleicht, bis er direkt über ihren harten Nippel fuhr. Sie erschauerte. Daraufhin wechselte er zur anderen Knospe und innerhalb einer Minute schmerzten ihre beiden Brüste.

„Ich denke, dass du zu dieser Kategorie gehörst", murmelte er.

Es war unerträglich heiß geworden. Das schien der Dom nicht zu merken, denn er spielte unbehelligt mit ihren Brüsten, neckte die eine, dann die andere, bis sie anschwollen und ihre Nippel hart und gierig auf ihn zeigten.

Sein Körper war nur wenige Zentimeter von ihr entfernt, als seine Hand auf ihrer Schenkelinnenseite landete. Unweit ihrer Pussy zeichnete er Muster, wodurch sich jedes Mal etwas ihrem Geschlecht näherte. Sie fühlte sich wie die Saite einer Gitarre, die kurz davor stand, zu reißen.

Unerwartet küsste er sie. Seine Lippen gingen besitzergreifend vor, sodass ihr schon bald schwindelig wurde. Seine Zunge drang tief vor, während seine Hand fest ihre Schenkelinnenseite packte. Dabei streifte er mit dem Arm ihre Schambehaarung. Ein Schauer nach dem anderen erfasste sie.

Er entriss ihr seinen Mund, um mit seinen Lippen ihren Nippel einzufangen. Er saugte an der Knospe und schickte eine elektrisierende Empfindung durch sie, sodass sich ihr Körper am Kreuz ihm entgegen wölbte.

Sie versuchte, sich zu bewegen, wollte ihn berühren, doch ihre Arme blieben an das X gebunden. Keine Kontrolle. Sie konnte nicht kontrollieren, was er mit ihr machte. Das Wissen brachte eine Hitze mit sich, die bei jedem Atemzug ihre Lunge zu versengen drohte.

Und als er zu ihrer anderen Brust wechselte, glitten seine Hände unter ihren Rock, um ihre Pobacken zu packen, sie zu kneten und weit zu spreizen. Die Wände ihres Geschlechts zuckten, als sich der Druck zu reiner Begierde auftürmte.

Alsbald kehrten seine Lippen zu ihrem Mund zurück und sie konnte schwören, dass es sich anfühlte, als küsste er ihre intimen Lippen. Eine Hand knetete ihre Brust, sanft und dennoch bestimmt. Er war ein Mann, der genau wusste, wie er eine Frau berühren musste. Ein Stöhnen entrang ihr.

Er hatte den mitleidigen Laut doch hoffentlich nicht gehört! Nicht, dass sie ihre Erregung vor ihm verheimlichen konnte. Mittlerweile war sie so verdammt feucht! Plötzlich kam ihr in den Sinn, wie weit sie für jedermann, der an dem Schauspiel Interesse zeigte, gespreizt war. Daraufhin unternahm sie den Versuch, ihre Beine zu schließen. Wieso vergaß sie immer wieder, dass sie gefesselt war? Die Fesseln hielten sie an Ort und Stelle und es gab nichts, was sie dagegen unternehmen konnte. Heißer und heißer wurde ihr, ihr Inneres schien dahinzuschmelzen.

Als könnte er ihre Gedanken lesen, kniete er sich vor sie hin und fuhr mit seinen großen Händen ihre Schenkelinnenseiten hinauf und übte Druck aus, um ihr vorzuführen, was er mit ihr tun würde, wenn er die Erlaubnis bekäme.

Seine Zähne knabberten an ihrem empfindlichen Fleisch, hart genug, um ihr ein Wimmern zu entlocken, während ihre Begierde direkt zu ihrer Pussy schoss. Sein Mund, heiß und feucht, bewegte sich höher.

Seine Zunge leckte über ihren Schenkel, zeichnete Kreise auf ihrer Haut. Ihre Klitoris pulsierte, gierte nach mehr. Jegliche Kontrolle fiel von ihr ab, ihre Beine zitterten und wären allein nicht in der Lage, sie aufrechtzuhalten.

Er lehnte sich etwas zurück, sein Gesicht direkt vor ihrem Geschlecht. Er war ihr so nah, dass sie seinen Atem durch ihre Löckchen wehen spürte. Sie unterdrückte das Wimmern, das sich ihre Kehle hinaufstahl. Dann packten seine Hände ihre Schenkel fester, seine Daumen glitten entlang dem Tal, das den Übergang zwischen Bein und Hüfte bildete. „Du bist so feucht, Süße."

Oh, das wusste sie. Sie konnte die Nässe fühlen und wie geschwollen sie dort unten war. *Dios*, sie wollte, dass er sie berührte.

Er erhob sich, um ihr in die Augen sehen zu können. Indessen streichelte seine Hand über ihren Venushügel, direkt über der

Stelle, wo ihre Haare begannen. „Wärst du meine Sub, würde ich deine kleine Pussy rasiert und entblößt wollen", raunte er. „Wahrscheinlich würde ich es selbst tun, um in den Genuss davon zu kommen, die scharfe Klinge über deine empfindliche Haut fahren zu lassen."

Der darauffolgende Lustschauer führte dazu, dass seine Augen auf ihre bebenden Brüste fielen. „Und diesen hübschen Nippeln würde ich Schmuckstücke anlegen." Seine Hand legte sich auf eine schmerzende Brust. Dann zwickte er in eine harte Knospe, erhöhte allmählich den Druck, bis sie sich ihm entgegenwölbte. „Langsam würde ich die Klemmen enger drehen. Enger und enger." Sie wimmerte, als er dies mit den Fingern demonstrierte. „Und wenn ich dann mit deiner Pussy spiele, würden die Klemmen an deinen Nippeln ziehen, wenn du vor Erregung zitterst."

Hitze breitete sich in ihr aus. Nur seine Augen nahm sie durch den Lustnebel wahr.

Er umfasste ihre Oberarme und lehnte sich gegen das Kreuz, wodurch er das Gefühl in ihr verstärkte, gefesselt zu sein. „Deine Beine würde ich auf meine Schultern heben, würde dich weit für mich öffnen, um deine feuchte Pussy wieder und wieder zu lecken, bis ..." Er biss in ihr Ohrläppchen. Der stechende Schmerz wrang ein Stöhnen aus ihr. „Bis dieser Laut alles ist, was du noch von dir geben kannst."

Seine Lippen fanden ihre. Er küsste sie, tief und leidenschaftlich. Als er sich zurückzog, blinzelte Andrea durch den Lustnebel und starrte ihn an. Jede Zelle in ihr sehnte sich nach Erlösung. Er lächelte und trat zurück. Nun blockierte er sie nicht länger vor den interessierten Gästen.

Um den abgetrennten Bereich hatten sich Menschen versammelt. *Dios hilf mir*, Master Cullen saß nicht weit von ihr auf einer Couch. Sie fühlte, wie ihr das Blut in den Kopf stieg.

„Andrea und ich sind uns nun sehr viel vertrauter." Master

Marcus legte eine Hand auf ihre Schulter. „Gibt es andere, die sie kennenlernen soll?"

„Nein, du kannst sie losmachen."

Master Marcus löste die Fesseln und legte einen kräftigen Arm um ihre Taille, als ihre Beine drohten, nachzugeben. „Ganz ruhig. Ich hab dich", flüsterte er. Mit der freien Hand unter ihrem Kinn hob er sich ihre Augen zu seinen. „Dich in Fesseln zu sehen, hat mir viel Freude bereitet, Süße. Ich hätte es nicht mehr genießen können, deine Bekanntschaft zu machen."

Sie lächelte ihn an. Sie war sich nicht sicher, ob sie ihm für die Lektion danken oder ihm eine verpassen sollte, da er sie nun unbefriedigt zurückließ.

Anscheinend sah er ihr an, wie ambivalent sich ihre Gedanken verhielten, denn er lachte und sagte: „Wagst du noch einen Schlag, werde ich dich wieder anbinden und deine Situation um einiges verschlimmern."

Madre de Dios, der Gedanke allein war schmerzhaft.

Er strich mit dem Zeigefinger über ihre vom Kuss geschwollenen Lippen. „Sag: Danke für die Lektion, Sir."

„Danke für die Lektion, Sir", wiederholte sie. Aufrichtig fügte sie hinzu: „Ehrlich, vielen Dank."

„Gern geschehen, Süße." Er brachte sie zu Cullen und nahm erst dann den Arm von ihr.

Cullen klopfte auf den Platz neben sich und Andrea landete erschöpft auf der Couch. Sofort legte er den Arm um sie, stark und muskulös, und sie erschauerte. Nach einer Sekunde kuschelte sie sich an ihn, genoss die Wärme seiner Umarmung, die Sicherheit, die er ausstrahlte.

„Gut gemacht", hörte sie ihn zu Master Marcus sagen.

„War mir ein Vergnügen. Danke, dass du sie mir anvertraut hast."

. . .

Master Marcus lief davon. Nun konnte sich Cullen voll und ganz auf die kleine Sub konzentrieren, die sich bebend an seine Seite schmiegte. Zu beobachten, wie Marcus sie erregt hatte, war befriedigend gewesen. Ihr Gesicht gerötet, ihre großen Brüste vor Erregung angeschwollen und ihr Fokus hatte sich nach innen gedreht, bis der Raum und die Zuschauer aus ihrem Bewusstsein verschwanden. Marcus hatte sie perfekt gespielt.

Jedoch musste er auch zugeben, dass es ein komisches Gefühl in ihm ausgelöst hatte, zu beobachten, wie Marcus sie berührte. Erst, als sie sich an ihn gekuschelt hatte, kam er langsam wieder zur Ruhe. *Sie gehört mir!*

Was zum Teufel war los mit ihm? Er ließ sich nicht auf Auszubildende ein. Er bevorzugte es sogar, sich mit niemandem auf etwas Langfristiges einzulassen.

Im Moment hatte er jedoch keine Zeit, sich mit idiotischen Gedanken auseinanderzusetzen. *Auszubildende, Cullen. Sie ist eine Auszubildende. Reiß dich zusammen und konzentriere dich auf deine Aufgabe als Ausbilder.* „Also, kleine Sub, hast du deine Zeit am Kreuz genossen?"

Bei seiner Frage setzte sie sich aufrecht hin, ihre Brüste schwingend und um seine Aufmerksamkeit bettelnd. *Die hat sie sich sicher.* „Weißt du, Master Cullen, abgesehen von meinem Vater bist du die einzige Person, die mich jemals als klein bezeichnet hat."

Ah, da versucht jemand der Frage auszuweichen. Für den Moment würde er sich darauf einlassen. „Du bist klein. Siehst du?" Er nahm ihre Hand und platzierte seinen Unterarm neben ihrem. Seine Muskeln ließen ihren definierten Arm wie einen Zahnstocher aussehen.

Sie schnaubte. „Im Vergleich zu dir bin ich ein Zwerg."

„Und jetzt beantworte meine Frage. Hast du es genossen, gefesselt zu sein?"

Seiner Beharrlichkeit folgte ein finsterer Blick ihrerseits. Hastig legte sie den Ausdruck ab.

Er schmunzelte. Anscheinend hatte sie diese Lektion bereits verinnerlicht. Eine Schande. Er hätte nichts dagegen gehabt, ihren hübschen Hintern zu versohlen. „Antworte mir. Sofort."

„Ähm, ja. I-Ich ... zuerst hat es mir Angst gemacht, aber dann ... ja, dann habe ich es genossen." „Braves Mädchen." Ehrliche kleine Sub. Natürlich hatte er die Antwort bereits gekannt. Ihre Erregung hatte sich jedes Mal verstärkt, wenn sie bemerkte, dass sie nicht fliehen konnte.

Auch er war nicht immun gewesen. Sie in Fesseln zu sehen, hatte bei ihm zu einer Erektion aus der Hölle geführt. „Na gut. Mehr Bondage also. Denkst du, dass du gegen Master Marcus noch einmal die Hand erheben wirst?"

Sie zog die Augenbrauen zusammen und er lachte. Ihre Stimme, durchzogen von Erregung, ließ seinen Schwanz in seiner Hose zucken. „Ich denke, er ist vor mir sicher. Die Bestrafung war allerdings merkwürdig", fügte sie hinzu. „Ich dachte, du würdest mich auspeitschen."

„Dich auszupeitschen, nur weil du dir Männern in deiner Nähe bewusst bist, wäre kontraproduktiv."

„Gutes Argument." Mit einem hinreißenden Seufzer schmiegte sie sich wieder an ihn und er konnte nicht anders und zog sie noch näher an sich.

Ihre Wange ruhte auf seiner Brust, ihre Haare offen, die Farben so vielfältig, reichten sie in der Kerzenlichtbeleuchtung doch von einem hellen Whiskeybraun zu dunklem Rum. Er schob einen Finger in eine Locke und hob sie an, bis die seidenweichen Strähnen von ihm abfielen. Cullen schüttelte den Kopf. *Wir besprechen gerade das Thema Bestrafung. Okay, konzentriere dich.* „Eine Bestrafung wird stets am Vergehen bemessen. Nicht immer fällt sie dermaßen befriedigend aus, Kleine."

„Ich weiß." Ihr Mundwinkel zuckte. „Heute Morgen hat mein Hintern wehgetan. Und mich vor Publikum aus einer hautengen Hose zu schälen, war wirklich schrecklich."

Er lachte und genoss das Funkeln, das dabei in ihren Augen

aufleuchtete. Eine temperamentvolle Sub mit einem Sinn für Humor. *Das könnte zu einem Problem werden. Für mich.* Als er ihre Wange umfasste und sie sich an seiner Handfläche rieb, wurde er von der vertrauensvollen Geste vollkommen aus dem Gleichgewicht gebracht.

Mit dem Daumen zeichnete er ihre weichen Lippen nach und musste sich zwingen, wieder zum Thema zurückzukehren. „Du weißt schon, Sub, dass die Erfahrung als Auszubildende eine andere ist, als sich in einer Dom/Sub-Beziehung zu befinden. Was du momentan erlebst, ist nur eine Kostprobe. Sich auf eine Beziehung mit einem Dom einzulassen, die Lektionen, die beide Seiten mitnehmen, wenn du dich unterwirfst und kontrolliert wirst, ist damit nicht zu vergleichen."

Komischerweise erstarrte sie bei seinen Worten. Warum?

„Cullen", brüllte Nolan von der Bar.

Zur Hölle nochmal. Cullen hob den Kopf. „Scheint so, als wäre Raoul noch nicht zurück und Master Nolan hat keine Lust mehr auf Menschen. Ich muss ihn ablösen."

Sie lächelte ihn an, ihre Augen dieselbe Farbe wie die goldbraunen Fesseln um ihre Handgelenke. Löwenaugen. „Danke fürs Kuscheln."

Er küsste sie auf die Stirn, schwelgte in ihrem Vanille-Zitronen-Duft. Sie roch so köstlich, dass er sie am liebsten verschlingen würde, *verdammt nochmal.* „Deine Schicht ist vorbei. Du kannst dich also umsehen oder jemanden zum Spielen finden. Eine Session ist dir für den Moment jedoch nur mit einem Shadowlands-Master erlaubt. Keine Ausnahmen."

Er wartete, bis sie nickte.

„Und, bevor du nächste Woche zurückkommst, will ich, dass du deine hübsche Pussy rasierst."

Bei ihrem schockierten Quietschen grinste er und lief davon. Gott sei Dank blieb ihm eine Woche, um sich wieder zu fangen.

KAPITEL SECHS

Gleich nach dem Gottesdienst fuhr Andrea in Tampa zum Drew Park-Wohngebiet, wo heruntergekommene Wohnkomplexe neben kleinen neugebauten Häusern zu finden waren. Der Regen von letzter Nacht hatte in den schmalen Straßen überall zu Pfützen geführt und sie lenkte ihren Van, um die Tiefsten zu umfahren. Nachdem sie kurzzeitig abbremsen musste, damit ein Palmenwedel über die Straße fegen konnte, setzte sie ihren Weg fort und parkte schließlich am Bordstein. Mit der Tasche in der Hand lief sie über den unebenen Bürgersteig zu dem weißen Haus ihrer Tante.

Jeden Sonntag, seit sie mit achtzehn ausgezogen war, kam sie nach Hause, um mit ihrer Familie zu Abend zu essen. Nach dem ereignisreichen Wochenende fand sie in dieser Tradition heute Trost. Kirche und Familie ... anscheinend hatte die dunkle Seite sie noch nicht vollständig vereinnahmt. Was sie nächste Woche in ihre Beichte einschließen sollte, wusste sie allerdings noch nicht.

Grinsend spazierte sie ins Haus und begrüßte alle lautstark.

Tante Rosa steckte den Kopf aus der Küche, dabei fielen ihr die silbernen Strähnen aus ihrem Dutt. „Ich werde mit dem Abendessen erst in einer Stunde anfangen. Mama ist noch in ihrem Zimmer. Sie ist gestern hingefallen und ist nicht besonders flink auf den Füßen."

„Madre de Dios."

Rosa hob eine Hand. „Nein, nein, es geht ihr gut. Sie hat nur ein paar blaue Flecken davongetragen und ist ein wenig steif in den Gelenken."

Dennoch kroch Panik durch Andreas Magen und sie hielt lange genug inne, um zu sagen: „Ich gehe kurz zu ihr und werde dir dann beim Kochen helfen."

Sie lief durch den Flur, wo der Geruch nach frischer Farbe noch immer präsent war. Letzte Woche hatten ihr Julios Kinder, Miguel und Graciela, geholfen, die Wände in einem Himmelblau zu streichen. Das Ziel war es gewesen, den Kindern zu zeigen, in welcher Situation es erlaubt war, Wände zu beschmieren und dass sie von nun an, ihre Kunstwerke aufs Papier beschränken sollten. Jedoch hatten sie so viel Spaß an der Aufgabe gehabt, dass sie ihre Lektion wohl nicht gelernt hatten.

Würde sie jemals mit Kindern gesegnet werden? Einem Ehemann? Andrea berührte die Wand, entließ einen Seufzer und lief weiter.

„Abuelita?" Ihre *kleine Großmutter* war in den letzten Jahren stetig geschrumpft, sodass ihr Kosename wahrhaftig zutraf. Andrea klopfte sanft gegen die Schlafzimmertür.

„Mija, komm rein", sagte eine ältere Stimme, die noch immer klar und deutlich klang.

Der Anblick ihrer Großmutter, die mit funkelnden braunen Augen im Schaukelstuhl saß, wärmte Andrea das Herz. „Was hast du dir dabei gedacht, hinzufallen und dich zu verletzen?", tadelte sie, bevor sie sich vorbeugte, um den zerbrechlichen Körper zu umarmen.

„Ach, was für ein Theater *por nada.*"

Nach einer Unterhaltung übers Fallen, ihren Gehstock und den Allmächtigen, der ältere Menschen widerstandsfähiger machen sollte, wechselte Andrea das Thema: „Ich habe dir

Cookies mitgebracht." Sie hatte ihre Aufnahme im Shadowlands gefeiert, indem sie Chocolate-Chip-Cookies gebacken hatte. Abuelita konnte sie mit ihren Cousins und Cousinen teilen. Na ja, abgesehen von Estelle, die Crystal Meth zu bevorzugen schien und kaum noch etwas aß. In dieser Gegend galt es als Glücksfall, nur ein Kind an Drogen zu verlieren.

In ihrer Tasche hatte sie neue Baumwollnachthemden, die sie in die Kommode ihrer Großmutter schmuggeln wollte, bevor sie nachhause fuhr. Letzte Woche hatte sie mitbekommen, wie Rosa ihre Großmutter damit geneckt hatte, dass sie die Hand durch den dünnen Stoff sehen konnte. Abuelita hasste es, Dinge wegzuwerfen, und versuchte daher alles, um die Lebensdauer zu verlängern.

Abuelita lächelte. Sie liebte Süßes. „Bist ein braves Mädchen."

Cullen hatte dies in seiner tiefen und erregenden Stimme zu ihr gesagt, sodass die Worte noch immer in ihr nachhallten. Andrea schüttelte den Kopf. *Hier nicht ans Shadowlands denken! Lasse deine dunkle Seite, wo sie hingehört.* Sie schenkte ihrer Großmutter ein Lächeln. „Hast du Schmerzen? Vielleicht sollten wir dich zum Arzt bringen."

Hervorstehende blaue Venen zeigten sich auf der fragilen Hand, die Andreas Knie tätschelte. „Meine Rosa hat mich gestern schon untersuchen lassen. Sie ist genauso herrisch wie du."

Trockene Haut. Andrea runzelte die Stirn und notierte sich im Geiste, nächste Woche an Handcreme zu denken. Da Rosa kein Geld akzeptierte, brachte Andrea Geschenke. Alltägliche Dinge, die das Leben ihrer Großmutter vereinfachten und gleichzeitig Rosas Sorgen mindern sollten. „Du bist so dickköpfig, dass du herrische Menschen in deiner Nähe brauchst." Andrea rutschte mit dem Stuhl näher zu ihr. „An was arbeitest du im Moment?"

„Das wird ein Pullover für Estelle. Das Mädchen ist so dünn geworden; kein Fett mehr am Leib, das sie warm hält."

„Eine gute Idee." Andrea griff unter ihren Stuhl und zog ihr Strickzubehör heraus. „Wie macht sich Miguel in der Schule?"

Nachdem sie von ihrer Großmutter auf den neusten Stand gebracht worden war, packte sie die pinke Decke weg, die sie als Geschenk für die Geburt des Babys ihrer Cousine geplant hatte. Beim Stricken waren ihre Hände beschäftigt und es machte ihre Großmutter glücklich, denn sie hatte ihr das Handwerk beigebracht. Nicht jeder Person in ihrem Leben hätte es gefallen, sie stricken zu sehen. Grinsend schob sie den Korb mit ihrem Fortschritt wieder unter den Stuhl. „Papa wäre entsetzt gewesen, mich mit Stricknadeln in den Händen vorzufinden."

Abuelitas faltige Lippen zeigten ihren Unmut. „Dein Vater hätte dich nach dem Tod meiner Maria nach Tampa bringen sollen."

Das stimmte. Ihr Vater aber hatte keine Hilfe von anderen annehmen wollen, obwohl er es alleine nicht geschafft hatte. Schließlich war er ganz allein mit ihr gewesen und hatte nur ein Bein und eine Hand zum Navigieren gehabt. Andrea zuckte bei der Erinnerung zusammen, als sie ihren Vater auf dem Küchenboden gefunden hatte, blutend, Scherben um ihn herum und der Geruch von Alkohol in der Luft. Zu dem Zeitpunkt war sie erst neun Jahre alt und ihn bei einem Alkoholrausch weinen zu hören, hatte ihr Angst gemacht. Bis dahin war sie davon ausgegangen, dass Erwachsene – vor allem ihr Vater – für jedes Problem eine Lösung parat hätten. Sie erinnerte sich, wie sie an der Wand heruntergerutscht war und in sein Weinen eingestimmt hatte.

So verloren hatte sie sich nie wieder gefühlt. *Papa hat vielleicht nie gelernt, mit seinen Dämonen umzugehen, ich aber schon.*

Andrea zuckte mit den Achseln. „Er hat sein Bestes getan, und er hat mich stark und unabhängig gemacht." Mit zwölf hatte sie bereits viele Aufgaben übernommen. Kochen, einkaufen, putzen. Und sie hatte die Lektionen im Kämpfen gemocht. Jedenfalls an den Tagen, an denen er nüchtern war. Sie zwang sich ein Lächeln auf ihre Lippen. „Noch vor meinem fünfzehnten Lebensjahr war ich in der Lage, Leute, die mir in Miami dumm kamen, zu verprügeln."

„Ein Mädchen braucht ihre Familie." Abuelitas Stricknadeln machten wütende Klickgeräusche, während sie auf ihrem Stuhl vor und zurück schaukelte.

Andrea lächelte, erwiderte aber nichts. Schließlich hatte sie wegen dieser Familie einen Eintrag im Strafregister der Polizei. Dios sei Dank hatte der Richter die Akte versiegelt, so hatten die reichen Leute im Shadowlands keinen Schimmer von ihrer Vergangenheit. Die meisten würde es wahrscheinlich nicht interessieren, aber es gab immer diesen Anteil, zu dem auch die arrogante Vanessa gehörte, der sich diese Information zu Nutzen machen würde.

Ihre Großmutter schnaubte. „Julio und Tomás hätten dich niemals auf diese Weise verraten dürfen. Deine Cousins waren älter. Sie sind Männer. Du hättest die Schuld nicht auf dich nehmen und sie beschützen dürfen."

„Ich beschütze alle." Erst ihren Vater und Antonio, dann hier in Miami die Familie ihrer Mutter. Andrea stand auf und beugte sich vor, um die Wange ihrer Großmutter zu küssen. Schon lange war die Haut nicht mehr straff, doch immer noch war sie weich und behaftet mit einem tröstenden Gardenienduft. „Lass uns in die Küche gehen und Rosa beim Kochen helfen. Nach dem Abendessen kann ich nicht so lange bleiben. Ich muss noch eine Praxis reinigen."

Danach könnte sie für den kommenden Freitag shoppen gehen. Vielleicht würde sie etwas Heißes finden. Sexy. Und, *oh Dios*, wie rasierte man sich am intelligentesten an dieser intimen Stelle?

Der Ausbilder war dermaßen fordernd. Ihr Mundwinkel zuckte. Sie liebte es. Wie seine Stimme tiefer wurde, wenn er … Ihr Blick fiel auf ihr Strickkörbchen unter dem Stuhl. Ihr Vater hätte ihr kleines Hobby gehasst. Was würde er dann über ihren Besuch im Shadowlands sagen?

Ihre Haut kühlte sich ab. Er hatte ihr beigebracht, für sich selbst einzustehen, jedem Angriff zuvorzukommen. Und nun bettelte sie darum, unterworfen zu werfen. *Papa würde mich dafür verabscheuen.*

Sie hob ihr Kinn. Nein, er hatte ihr so viele Erfahrungen gestohlen. Diese würde er sich nicht auch nehmen.

Einen Schritt machte Andrea ins Shadowlands und schon schwappten die Laute wie ein Fass mit heißem Öl über sie hinweg, siedend in seiner Intensität. Wimmern, Erlösungsschreie, gebrüllte Befehle. Pulsierende Musik vermischte sich mit Klatsch- und Schlaglauten. Nicht weit hinter der vollen Tanzfläche benutzte eine Domina ein übergroßes Paddel an einem Mann, der ans Andreaskreuz gefesselt war.

Die Muskeln in ihrem Hintern spannten sich an, als sie sich erinnerte, wie Master Cullen sie mit einem ähnlichen Werkzeug bestraft hatte. Warum bestanden Leute darauf, dass es erregend war? Es tat weh!

Ok, eins nach dem anderen. Sie musste sich beim Boss anmelden. Vielleicht würde er sie für ihre Unpünktlichkeit nicht bestrafen. Ihr Blick fiel wieder auf die Domina mit dem Paddel. Das würde Master Cullen doch nicht nochmal mit ihr tun, oder? Die Nachrichten hatten über die Massenkarambolage in Tampa berichtet. Natürlich konnte sie dann nicht pünktlich hier sein. Sie hoffte also, dass er ein Auge zudrückte.

Tief atmete sie ein und der Geruch nach Schweiß und Leder, Schmerz und Sex übertönte den schwachen Duft nach Eau de Cologne und Parfum. Antonio behielt recht; sie hätte sich einen Kink mit weniger Aufwand aussuchen sollen. Kopfschüttelnd lief sie auf die ovale Bar mitten im Raum zu.

Alle abgetrennten Bereiche waren in Benutzung. In einem Separee gab eine große, schlanke Frau einem fülligen Mann auf einem Strafbock ein Spanking. Daneben wurde ein Mann an einer Palisade mit dem Rohrstock bearbeitet, während ein Stück weiter ein Dom eine brennende Kerze über dem nackten Körper seiner Sub positionierte.

Andrea verzog das Gesicht bei der letzten Session, dennoch konnte sie den Blick nicht abwenden. Ihr Intimbereich war noch nie mit heißem Wachs in Kontakt geraten. War das gut oder schlecht? Ausgehend von der schweißnassen Sub und ihrem Keuchen würde sie wohl bald kommen. Für sie war heißes Wachs anscheinend eine gute Sache. *Vielleicht bekomme ich irgendwann mal die Chance, es zu testen.* Könnte sie dazu aber genug Vertrauen in eine Person aufbringen?

Die meisten Mitglieder hatten sich von der Bar verabschiedet und im Raum verteilt. Nur wenige verblieben, unterhielten sich, einige tranken allein. Andrea lächelte bei dem Anblick eines weißhaarigen Mannes in einem schwarzen Anzug, der seine Partnerin, die ein blaues Halsband trug, mit Ananasstücken fütterte. Sie schätzte die beiden auf mindestens siebzig.

In dem Augenblick hörte Andrea Cullens Lachen und ihre Stimmung hob sich. Leute um ihn herum schienen immer Spaß zu haben. Warum konnte sie nicht so entspannt und gesellig sein?

Sie wartete an der Bar und beobachtete ihn. Er befand sich im Gespräch mit einer Domina und gab ihr Ratschläge für Bestrafungen. *Ay caray*, er war riesig und doch so perfekt proportioniert und muskulös, was erst auffiel, wenn sich Señor neben eine andere Person stellte. Seine dunkelgebräunten Arme waren nur wenige Farbtöne heller als seine braune Lederweste. Seine beeindruckenden Schultern ließen seinen Po vergleichsweise winzig erscheinen. Wie sich allerdings diese Lederhose um –

Er drehte sich zu ihr. *Mist.* Obwohl sie schnell den Blick abwandte, hatte er genau gesehen, worauf sie fixiert gewesen war. Er schmunzelte und die Intensität in seinen Augen führte dazu, dass sie einen Schritt zurücknahm.

„Wird auch Zeit." Er duckte sich unter der Bar durch, lehnte sich gegen den Tresen und ließ den Blick über ihr Outfit schweifen. Dann rotierte er mit dem Zeigefinger in der Luft, damit sie sich um die eigene Achse drehte.

Die Mitglieder an der Bar beobachteten das Spektakel. Ihre Wangen erröteten. Sicher, sie hatte Modelgröße, aber so schlank war sie dann doch nicht. Heute hatte sie sich bei der Kleiderwahl wirklich Mühe gegeben. In dem Versuch, etwas zu finden, das Master Cullen gefallen würde – knapp, knapper, am knappsten –, hatte sie sich für ein schwarzes, bauchfreies Latextop entschieden. Dazu passende Shorts, die tief auf ihren Hüften saß und beim Laufen ihre Pobacken hin und wieder aufblitzen ließ. Wenn sie sich vorbeugen würde, könnte er sehen, dass sie –

„Vorbeugen", sagte er.

„Was?" Sie ging einen Schritt nach hinten.

Sein belustigter Ausdruck verschwand. „Falsche Antwort, Sub. Ich wollte nett sein, aber ... na ja, seien wir ehrlich, diese Version von mir werde ich – und alle Anwesenden – mehr genießen." Er pausierte lange genug, damit ihr gesamtes Blut in ihren Kopf steigen konnte. „Runter mit der Shorts. Ich will sehen, ob du meiner Anweisung von letzter Woche gefolgt bist."

Mierda. Gerade war auf seinem Gesicht kein Anzeichen von Freundlichkeit zu erkennen. Nur das unbestreitbare Selbstvertrauen und die Autorität eines Doms.

Sie zögerte keinen Augenblick und öffnete mit zitternden Fingern den Reißverschluss ihrer Shorts. Sie schob das Kleidungsstück nach unten und entblößte ihre frisch rasierte Pussy.

Für eine halbe Ewigkeit sagte er nichts, erlaubte lediglich, dass jedes Mitglied an der Bar einen guten Blick auf sie erhaschte. „Gut gemacht", gab er zufrieden von sich. „Wieder anziehen."

Erleichtert entließ sie einen Seufzer. Hastig zog sie ihre Shorts hoch. Beim Betreten des Clubs hatte sie die Shorts noch für winzig gehalten, nun war sie froh, wie viel sie bedeckte.

Er wartete geduldig, bis sie sich gerichtet hatte und sagte: „Du bist heute zusammen mit Heather auf der Seite mit dem Buffet eingeteilt und wirst wieder die zweite Hälfte des Abends frei haben. Bevor du aber anfängst, möchte Master Z mit dir reden. Du findest ihn bei den Palisaden."

Master Z? Sie biss sich auf die Unterlippe und rieb ihre mit einem Mal schweißnassen Hände an ihren Schenkeln. Er wollte sie rausschmeißen. Was sollte es sonst sein? Sie wollte nicht gehen! So viel hatte sie bereits über sich selbst herausgefunden und der Gedanke, niemals zurückkommen zu dürfen ... Señor nie wieder zu sehen ... „Habe ich etwas falsch gemacht, Master Cullen? Ist er ... Muss ich den Club verlassen?"

Seine dunkelgrünen Augen hellten sich auf. Er drückte sich vom Tresen und legte seine riesigen Hände auf ihre Schultern. „Nein, Kleine, er will dich nicht rausschmeißen. Es ist nur ein Gespräch. Master Z fragt neue Mitglieder immer mal wieder, wie es ihnen im Club ergeht. Vor allem die Auszubildenden hat er stets im Auge. Und du gehörst beiden Kategorien an. Damit stehst du unter seinem Schutz."

Sie war so erleichtert, dass sie schwankte. „Nicht unter deinem ... Schutz? Señor?"

Die Lachfältchen um seine Augen vertieften sich und er beugte sich zu ihr runter, um wenige Millimeter von ihrem Mund zu flüstern: „Auch unter meinem, Andrea." Dann küsste er sie, kostete von ihr, sodass ihre Knie einknickten und er die Arme um sie wickeln, sie an seine Brust pressen musste. Alles an ihm war riesig und hart. Von seinen Armen aus Stahl um ihre Taille bis hin zu der Erektion, die sich gegen ihren Bauch presste.

Als er sie losließ, konnte sie ihn nur mit offenem Mund anstarren. *Christos*, niemand hatte sie bisher auf diese Weise geküsst. Es hatte sich angefühlt, als wäre sie ein kleines Boot auf hoher See, das gerade von einer Monsterwelle erwischt worden war.

Mit einem Finger tippte er gegen ihre Wange. „Master Z, kleine Sub. Rede mit ihm."

Er lief davon und ließ sie erregt zurück. Sie musste ihre Fassung wiedererlangen, doch die Begierde rauschte weiterhin durch ihre Adern. *Ich will mehr Küsse*, verlangte ihr Körper. Zittrig atmete sie ein. Ein zweiter tiefer Atemzug folgte. *Master Z. Bei den Palisaden.* Sie lief in die Richtung, erleichtert darüber, dass sie barfuß war. Ihre Beine bebten so stark, dass sie auf High Heels in ihren Tod stürzen würde.

Der Besitzer des Shadowlands saß auf einer Couch, von der aus er eine Session beobachtete, bei der eine Frau mit dem Kopf und den Händen an die Palisade befestigt wurde. Ihre grauhaarige Domina klappte den Rock ihrer Sub um und hob einen dünnen Stock mit einem flachen Ende. Was für ein interessanter Rohrstock.

Master Z musste ihr die Verwirrung angesehen haben. „Das ist eine Reitgerte." Der Mann stand auf, geschmeidig und anmutig. Das absolute Gegenteil zu Master Cullen, der immer irgendwie zerzaust und wild aussah, als hätte er gerade erst jemanden mit bloßen Händen verprügelt. Und dennoch, genau wie bei Señor, strahlte auch dieser Mann eine unverkennbare Dominanz aus.

„Bitte nimm Platz." Er gesellte sich zu ihr, vollkommen gelassen. Einen Arm legte er auf die Rückenlehne und drehte sich ihr zu. In dem gedämpften Licht wirkte sein Gesicht markant und gefährlich. Er machte ihr keine Angst, aber er machte sie verdammt nervös.

„Entspann dich", sagte er. „Ich hatte zum Frühstück bereits meine benötigte Menge an Subs." Sein Lächeln wirkte seinen dunklen Augen entgegen und ließ ihn ... beinahe ... menschlich wirken. „Du hattest zwei Tage als Auszubildende, dann eine Woche, um das Erlebte zu verarbeiten. Und du bist zurückgekommen." Er stoppte.

Sie nickte.

„Was ich nun wissen möchte, kleine Sub: Genießt du es, kontrolliert zu werden? Ans Andreaskreuz gebunden zu werden? Deinen Körper jemandem anzubieten, den du gerade erst kennengelernt hast?"

Sie leckte sich über die Lippen und fühlte, wie sich ihr Gesicht rot färbte. „Ich ..." Stolz hob sie das Kinn. Wenn sie diese

Sache wollte, musste sie es auch aussprechen. „Ja, Sir. Das tue ich."

„Mutiges Mädchen." Er musterte sie. „Und als Master Marcus dich berührt hat, wolltest du da mehr?"

Dios, sie konnte sich auch eine Woche danach noch erinnern, wie es sich angefühlt hatte, wie ihr gesamter Körper nach seinen Berührungen gegiert hatte. Irgendwie schien es nicht richtig, seine Hände auf ihr zu haben, und doch, hätte er weiter gemacht, wäre sie sich nicht zu fein gewesen, ihn um einen Orgasmus anzuflehen. „Ja, Sir."

„Also dann." Er nahm ihr Handgelenk und rieb über ihre Lederfessel. „Bist du bereit für das grüne Band?"

Die Frage traf sie unerwartet. Schnell erkannte sie aber, dass ihr Gegenüber genau das bezweckt hatte. Wollte sie, dass Geschlechtsverkehr in ihre Ausbildung inkludiert wurde? „Es könnte jeder im Club sein? Ich habe kein Mitspracherecht?"

„Du hast immer dein Safeword, Sub." Seine Augen waren grau, stellte sie fest. Dunkelgrau, nicht schwarz. „Aber ja, jeder Master in diesem Club kann dich nehmen. Die restlichen Doms müssen zunächst Master Cullens Genehmigung einholen. Nur Master Cullen und ich dürfen dich an jemanden übergeben, der nicht den Titel Master trägt."

Jeder Master kann dann mit mir Sex haben. Sie kannte nicht mal alle. Die Master, denen sie bisher über den Weg gelaufen war, waren wirklich und wahrhaftig dominant. Im Gegensatz zu den sogenannten Doms der anderen Clubs wäre sie nie auf die Idee gekommen, mit Master Marcus oder Master Dan zu argumentieren. Genau nach dieser Dominanz sehnte sie sich.

Aber wollte sie noch weiter gehen? Wollte sie das grüne Band?

Dann konnte ich endlich Sex mit Master Cullen haben. Wenn er mich denn will. Der Lustschauer kam so plötzlich wie ein Erdbeben und schüttelte sie durch. Master Z wartete mit einem geduldigen Lächeln, wahrscheinlich aber kannte er schon ihre Antwort. „Ich bin bereit für das grüne Band", sagte sie beherzt.

Mit seinen warmen Fingern unter ihrem Kinn richtete er ihren Kopf aus. Für eine lange Zeit musterte er sie, bevor er schließlich nickte. „Ja, das bist du." Er zog ein grünes Band aus seiner Tasche und fädelte es durch einen goldenen Ring an ihrer Fessel. „Sehr hübsch. Rechtzeitig für die Feierlichkeiten zum St. Patrick's Day in ein paar Wochen."

Sie starrte auf ihr neues Band und ihr blieb die Luft weg. Ihr eigener Herzschlag übertönte die Musik im Club. Was hatte sie getan? Zu was hatte sie sich bereiterklärt? *Was, wenn mich jemand packt und ...*

„Andrea." Wieder berührte Master Z sie am Kinn und zwang sie, ihm in die Augen zu sehen. „Wir sind hier nicht in einem Bordell. Die meisten Master haben bereits eine eigene Sub, und selbst den Ledigen mangelt es nicht an willigen Partnern. Wir genießen es, Auszubildende zu haben, aber ohne sie würde es auch funktionieren." Mit dem Daumen streichelte er über ihre Wange, so sanft, so tröstend. „Wenn du dich dazu entscheidest, im Shadowlands Sex zu haben, Bondage auszuprobieren, oder dich bestrafen lässt, dann tust du das für dich, kleine Sub, um deine Begierden zu stillen. Und wir werden alles tun, damit du bekommst, was du brauchst." Nachdem er ihren Blick für eine Weile gehalten hatte, stand er auf und zog sie mit sich.

Okay, das ist ja mega gelaufen. Ja, gib mir ein grünes Band, hatte sie gesagt, nur um gleich darauf einer Panikattacke zu verfallen. Sie sah zu ihm auf. „Danke, Master Z."

Er schmunzelte. „Gern geschehen. Du kannst gehen und dich nun deinen Aufgaben für den Abend widmen."

Sie nickte und durchquerte den Raum, sich ihrer Fesseln so bewusst wie noch nie. Obwohl sie wusste, dass das grüne Band nicht plötzlich aufleuchtete und wie ein Neonschild in Pfeilform auf ihre Person wies, fühlte es sich dennoch stark danach an.

Der Abend verlief gut. Mehrere Doms musterten ihre Fesseln und versuchten, mit ihr ins Gespräch zu kommen. Sie sprach mit ihnen, konnte ihnen aber nichts abgewinnen. *Verdammt*, sie wollte keinen von ihnen. Wieso war sie nur so fixiert auf den Ausbilder? Das durfte sie nicht! Antonio und auch die Auszubildenden hatten klargestellt, dass sich Master Cullen nicht auf Subs einließ, vor allem nicht auf eine Azubine. Sie spannte den Kiefer an. Es wurde Zeit, dass sie sich für andere Doms öffnete.

Mit dem Ellbogen auf dem Tresen beobachtete er Andrea, wie sie sich mit einem jungen Dom unterhielt. *Sehr gut.* Sie ging auf Menschen zu und lebte sich ein. Genau, was er für sie wollte. Als der Dom mit den Fingern über ihren Arm glitt, schaffte er es kaum, ein Knurren zu unterdrücken.

„Hey, Cullen." Mit dem Arm um seine Sub drehte sich Dan in die Richtung, in die Cullen starrte. „Hübsche Azubine, obwohl ihr Benehmen zu wünschen übrig lässt."

Ein Benehmen, das sehr wohl Sinn ergibt, dachte Cullen. Dass sie in jungen Jahren attackiert und beinahe vergewaltigt worden war, machte ihn verdammt nochmal wütend. Warum zum Teufel war er nicht dort gewesen? „Sie wird noch dahinter kommen", antwortete er.

Nachdem Dan seine winzige Sub auf den Barhocker gehoben hatte, nahm auch er Platz.

Kari schob sich ihre langen braunen Haare aus dem Gesicht und lächelte Cullen an. Sie war reizend und mit ihrer Art hatte sie seinen Freund regelrecht verzaubert. „Ihre Größe ist perfekt für dich."

„Das stimmt." Cullen reichte Dan ein Glas Wasser und mischte dann eine Rum-Cola für Kari. „Ihr winzigen Subs macht mich nervös. Jedes Mal wenn ich mit euch im Raum bin, habe ich das Gefühl, Katzenbabys um mich herum zu haben, auf die ich keinesfalls treten möchte."

Dan schnaubte. „So wahr. Ständig hast du sie unter der Sohle."

Kari pikste ihm in die Seite. „Sei nicht so fies."

Sie quietschte, als Dan ein Bündel ihrer langen Haare packte. „Hast du deinen Dom gerade mit dem Finger gepikst?", knurrte er.

Karis Augen weiteten sich. „Nein. Ja. Es tut mir le –"

Blitzschnell reagierte Cullen, brachte die Getränke aus dem Weg, bevor Dan seine Sub mit dem Gesicht nach unten auf dem Tresen positionieren konnte.

„Hey!" Mit ihren nackten Beinen trat sie um sich, als Dan ihren engen Rock hochschob und drei Schläge auf ihren runden Arsch austeilte. „Aua!"

„Willst du mehr?" Dan rieb über ihre rosaroten Pobacken.

„Nein, Sir. Master. Nein."

„Zeig dich mir."

Begleitet von einem peinlich berührten Wimmern spreizte Kari die Beine. Dans Finger glitten über ihre Pussy und es war klar und deutlich erkennbar, wie erregt sie war. „Sieh mal einer an." Er grinste Cullen an. „Ich denke, dass diese kleine Sub und ich uns jetzt auf der Spanking-Bank vergnügen werden."

Der Schauer, der von Kari Besitz nahm, hatte nichts mit Angst zu tun. Und schon hob Dan sie von der Bar und legte sie sich über die Schulter. Er trug die kleine, kurvige Frau, als hätte sie das Gewicht einer Handtasche.

Amüsiert schüttelte Cullen den Kopf. Er genoss diese Größe. *Zum Teufel*, er genoss alle Größen, bevorzugte jedoch hochgewachsene Frauen. Andrea in seinen Armen zu haben, hatte sich unfassbar befriedigend angefühlt. Ihr Kopf reichte ihm nicht nur bis zu seiner Brust, nein. Wenn sie das Bedürfnis hatte, konnte sie ihre Wange sogar im Stehen an seine Schulter schmiegen. Im Gegensatz zu Deborah, eine andere große Sub, mit der er vor einiger Zeit gespielt hatte, kuschelte Andrea so gerne wie ein kleines Kätzchen und genoss die Zärtlichkeiten, die er anbot.

Er seufzte, schüttete die beiden vernachlässigten Getränke in die Spüle und wischte den Tresen ab. Auf der anderen Seite des

Raumes hatte Dan gerade Kari an die Spanking-Bank gefesselt. Trotz ihrer offensichtlichen Erregung wehrte sie sich, recht laut sogar, bis Dan entschied, sie zu knebeln. Das hatte Cullen noch nicht oft beobachten können. Normalerweise nahm Dan seiner kleinen Lehrerin nicht die Stimme.

Cullen grinste, neidisch auf seinen Freund. Karis hinreißender Arsch war wie gemacht für ein Spanking.

Wie lange war es her, dass er jemanden übers Knie gelegte hatte? Cullen rieb sich das Kinn. Letzte Woche mit Andrea? Ein Spanking als Bestrafung einzusetzen, unterschied sich jedoch von einem Spanking zum Vergnügen. Er ließ den Blick über die rückläufige Menge schweifen. In einer Stunde würde er sehen, dass er von der Bar wegkam, um sie zu finden.

Er sollte ihr wirklich den Unterschied zwischen den beiden Varianten zeigen.

KAPITEL SIEBEN

Andrea zuckte bei dem Laut zusammen, den die Peitsche von sich gab – einschwänzig, wie ihr gesagt wurde. Ihr gefiel der Anblick nicht und von den roten Striemen auf der Haut wollte sie erst gar nicht anfangen. Die Domina handhabe die Peitsche sehr gut, platzierte jeden Hieb mit Bedacht, ohne jemals den hängenden Hoden des Subs zu erwischen. Als Kind hatte sie die Jungs um ihre Ausstattung beneidet. Sie konnten im Stehen pinkeln, in hohen Bögen, und mussten sich nicht hinhocken. In diesem Augenblick erkannte sie, wie verletzlich dieser männliche Körperteil war. Die Peitsche wanderte über den Schenkel des Subs und seine Muskeln spannten sich an. Nein, es wäre den Tausch nicht wert.

Als sich Andrea von der Szene wegdrehte, wurde sie von einem riesigen Mann am Arm gepackt. Mit einem entsetzten Grunzen schlug sie seine Hand weg und holte mit der geballten Faust für einen Schlag aus. Sie reagierte instinktiv, seit frühster Kindheit antrainiert und –

Er fing ihre Faust mit seiner Hand ein, als hätte sie ihm einen Tennisball zugeworfen. Sie riss an ihrer Hand, doch er ließ sie nicht los.

„Master Cullen hat schon mal einen besseren Job als Ausbilder gemacht." Seine Stimme erinnerte sie an einen Küchenabfallzerkleinerer, in dem ein Löffel steckte. Andererseits war dieser Kerl wahrscheinlich dazu fähig, den Löffel zwischen seinen Zähnen zu zerkleinern. Er trug eine schwarze Lederhose und ein T-Shirt in der gleichen Farbe über seiner muskelbepackten Brust, und *Madre de Dios*, um seinen Oberarm entdeckte sie ein goldenes Band.

Oh mierda, sie hatte es wieder getan. „Das tut mir so leid!", sagte sie hastig. „Sir, es tut mir leid. So –"

„Sei still." Gemeine schwarze Augen starrten sie nieder.

Den Rest ihrer Entschuldigung schluckte sie herunter.

Er ließ von ihrer Hand ab. „Ich erinnere mich sehr gut an die vorgesehene Strafe für dieses Vergehen. Ausziehen."

Dios, würde sie jede Nacht nackt enden? Mit einem resignierten Seufzer riss sie sich ihr Oberteil über den Kopf und entledigte sich ihrer neuen Shorts. Und schon stand sie vor ihm – ohne auch nur ein Kleidungsstück am Leib. Heute konnte sie sogar noch etwas hinzufügen: nackt und mit einer rasierten Pussy. Sie presste die Schenkel fest zusammen.

„Hat dir Cullen bereits Positionen gelehrt?"

Positionen? „Nein, Sir", sagte sie so höflich wie möglich.

Er grunzte und drehte den Kopf. „Beth, zeig ihr Präsentation."

Eine zierliche Rothaarige, die einen hinreißenden Latexrock und ein goldenes Bustier trug, näherte sich. Sie schenkte Andrea ein mitleidiges Lächeln, bevor sie sich wie ein Soldat kerzengerade hinstellte, ihre Hände hinter ihrem Nacken, mit ihren Ellbogen zu den Seiten zeigend.

„Jetzt du, Sub", sagte der Master zu Andrea.

Sie musterte Beth und imitierte die Pose.

„Fast akzeptabel." Er stand vor ihr, so wie das auch Master Cullen während der Inspektion tat, nur hatte sie gerade nichts am Körper. Sie kannte noch nicht mal seinen Namen. Als er einen großen Fuß zwischen ihre Beine schob und somit bewirkte, dass sie sich breitbeinig hinstellte, musste sie alles geben, um nicht zusammenzuzucken. Dann trat er hinter sie. „Verschränke die Finger."

Sie passte ihre Hände seinen Anordnungen an und erstarrte, als er ihre Ellbogen nach hinten drückte, was ihre Brüste hob. *Dios, wie demütigend.*

Er lief um sie herum. „Besser." Es folgte ein vergleichender Blick zur anderen Sub und er nickte.

„Perfekt, Süße. Danke dir." Als der Master seine Hand ausstreckte, legte die Rothaarige ihre eigene in seine und presste sich ohne zu zögern an seine Seite. Bei ihrem Mut konnte Andrea nur blinzeln. Ihr Dom sah aus, als würde er zum Spaß Steine verspeisen.

Die schwarzen Augen begutachteten Andrea erneut. „Mitkommen."

Oh je ... Sie hatte jetzt ein grünes Band. Er wollte doch nicht ... Er hatte doch schon eine Sub!

Er hob seine Tasche mit den Spielzeugen auf und marschierte auf einen unbenutzten Bereich für Sessions zu. Aus besagter Tasche zog er ein Seil, das noch immer in der Originalverpackung steckte.

Ein Seil? Andrea trat einen Schritt zurück, erstarrte jedoch, als sie merkte, was sie tat und betete, dass er ihren Fehltritt nicht bemerkt hatte.

Hatte er. Kurz flimmerte ein Funke auf, der auf Belustigung hinwies und der genauso schnell wieder verschwand. Er zeigte auf die Mitte des Separees. „Stell dich dort hin und nimm die Position ein, die du gerade gelernt hast. Nicht bewegen."

Als er die Plastikverpackung aufriss, hörte Andrea das Gemurmel der sich sammelnden Zuschauer: „Nolan ... Shibari ... Azubi."

Die rothaarige Sub lächelte Andrea aus ihrer knienden Position an. Der Dom blickte zu Beth, holte eine Flasche Wasser aus der Tasche und ging zu ihr. „Trink, Süße." Er streichelte über ihre Haare und die Zärtlichkeit auf seinem Gesicht veränderte ihren gesamten Eindruck, den sie von ihm hatte. „Du hast im Kerker so nach Luft geschnappt, dass du bestimmt völlig ausgetrocknet bist."

Verdrießlich sah Beth zu ihm hoch. „Und wessen Schuld war das, du fieser Bastard?"

Anstatt sie für ihr freches Mundwerk zu bestrafen, gluckste er. Anschließend wandte er sich wieder Andrea zu: „Ich bin Master Nolan. Wie lautet dein Safeword?"

Es fühlte sich an, als hätte jemand Gewichte an ihre Handgelenke befestigt. „Rot, Sir."

„Sehr gut. Master Cullen meinte, dass du medizinisch in Ordnung seist." Er fixierte sie mit seinen schwarzen Augen. „Stimmt das?"

„Ja, Sir."

„Gut." Nun legte er ihr das Seil um den Hals, die Enden baumelten an ihrer Vorderseite und neckten ihre Brüste. „Es wird Shibari genannt und ist eine Form des Bondage. Eine Kunstform, die erotisch und wunderschön sein kann. Das ist unser Ziel."

Während er sprach, arbeiteten seine Hände und er erzeugte mit dem Seil komplizierte Muster. Über, zwischen und unter ihren Brüsten, die sie so nach außen pressten. Eng um ihre Hüfte, was sich anfühlte, als hätte sie ein Korsett am Körper. Dann über ihre Pobacken und um ihre Schenkel, das dem Gefühl von engen Shorts gleichkam.

Für eine Sekunde musterte er sie, bevor er das Seil von hinten durch ihre Beine schob. Nach einem Blick auf ihre Pussy fügte er einen Knoten hinzu und befestigte das Ende an ihrer Taille. Enger und enger presste sich das Seil zwischen ihren Beinen gegen ihre Klitoris.

Dios! Der Druck auf diese empfindliche Stelle löste Schockwellen in ihr aus.

„Die japanische Version tendiert dazu, die Sub bewegungsunfähig zu machen. Ich persönlich finde, dass Bewegung erregender ist." Er brachte ihre Arme hinter ihren Rücken und imitierte mit dem Seil die Schnüre eines Korsetts. Es war nicht unangenehm, aber eng genug, sodass ihre Brüste stolz nach vorne zeigten. Zudem gab es keinen Zweifel daran, dass sie nicht in der Lage wäre, sein ... Kunstwerk zu öffnen.

„Das sollte funktionieren." Er verschränkte die Arme vor seinem schwarzen T-Shirt und betrachtete sie. „Gehe zu Master Cullen und erkläre ihm, warum du nackt bist. In meiner Verschnürung wirst du dreißig Minuten verbleiben." Er schmunzelte. „Wenn du Master Cullen auf welche Weise auch immer verstimmen solltest, könnte es ein langer Abend für dich werden."

Dann gab er ihr einen Klaps auf den Hintern, als wäre sie ein Pferd.

Sie ging zwei Schritte und musste erschreckt innehalten. Bei jeder Bewegung schlängelte sich das Seil durch ihre Schamlippen und der Knoten attackierte ihre Klitoris. Mit den Armen hinter ihrem Rücken konnte sie das Seil nicht justieren. Sie warf einen Blick über ihre Schulter. Master Nolans Ausdruck blieb kalt, doch in seinen Augen, oh ja, in seinen Augen konnte sie die Belustigung sehen.

Vielleicht bleibe ich einfach die nächsten dreißig Minuten hier stehen und gebe vor, eine Statue zu sein.

„Dir wurde ein Befehl erteilt, Sub", kam es von Master Nolan.

Oder auch nicht. Sie ging es langsam an, versuchte, ihre Hüften ruhig zu halten, hielt die Luft an. Doch gegen den Knoten hatte sie keine Chance. Hinzukam, dass die Stimulation nicht ausreichte, um ihr einen Orgasmus zu verschaffen. Als sie endlich die Bar erreichte, war ihre Klitoris geschwollen und Schweißtropfen rannen ihre Schläfen herunter. Sie hielt an, um ihre Fassung zurückzugewinnen. Wie auch immer sie das bewerkstelligen sollte ...

„Da hat jemand Master Nolan wütend gemacht." Master Cullens tiefe Stimme.

Sie drehte den Kopf und fand ihn neben Marcus auf einem Barhocker sitzend vor.

Master Marcus sah zu Cullen. „Wunderschöne Arbeit. Warum denkst du, dass er wütend auf sie war?"

„Das Seil zwischen den Beinen fügt er nur bei Bestrafungen hinzu", erläuterte Master Cullen.

Andrea lief rot an, als Marcus' Blick auf ihren Intimbereich fiel. „Ja, ich verstehe, warum das mit der Zeit unangenehm werden könnte", sagte er.

Cullens Lachen amüsierte sie kein bisschen.

Und dann wagte er es doch tatsächlich, einen Finger zwischen das Seil und ihre Schamlippen zu schieben – und die Folge? Nun attackierte der Knoten ihre Klitoris! Dieses Stöhnen zu unterdrücken, kam einer Mammutaufgabe gleich.

Als er sie zwischen seine Beine holte und seine Hände auf ihre Schultern legte, wünschte sie sich so verzweifelt, dass er sie in die Arme nahm. So verzweifelt, dass sie am ganzen Leib bebte.

„Was ist passiert, Kleine?"

„Er hat mich überrascht." Sie senkte den Blick auf seine Schenkel. „Ich hab mit der Faust ausgeholt."

„Der falsche Mann, um deine Technik zu üben."

Untertreibung des Jahres. „Ja." Sie überlegte, Master Nolans Unterweisungen zu unterschlagen. Allerdings war sie ein gutes katholisches Mädchen und zu lügen, das gehörte weiß Gott nicht zu ihrer Art. „Er meinte, dass ich mindestens für dreißig Minuten verschnürt bleiben solle." Vielleicht würde Señor die Bestrafung als übertrieben ansehen.

Ihre Hoffnung hielt nicht lange. „Dreißig Minuten also." Dann sah er zu Marcus. „Nolan bevorzugt die japanische Alternative, die kaum Knoten verwendet. Siehst du, wie er die Seile stattdessen gebunden hat?" Master Cullens Finger fuhren über das Seil, sodass er immer wieder in Berührung mit ihrer Haut kam. Er rieb über das Seil, das ihre geschwollene linke Brust umgab und ihr Nippel wurde so hart, dass es schmerzte.

„Du siehst bezaubernd aus, Andrea", raunte er. „Und wie ich sehe, hat er deine Arme verschnürt, sodass du nicht zum Schlag ausholen kannst ... unter keinen Umständen." Direkt in die Augen sah er ihr, als er mit den Fingerknöcheln über ihre aufgerichtete Knospe strich.

Ein Wimmern entrang ihr und sie riss hilflos an ihren Armen. Die Lachfalten neben seinen Augen vertieften sich. Anstatt die Hände von ihr zu nehmen, spielte er mit ihren Brüsten, rieb seine Daumen über die harten Nippel und führte sie zu einer brodelnden Hitze in ihren Adern.

Als er schließlich von ihr abließ, fühlten sich ihre Beine wie Wackelpudding an. „Für die nächste halbe Stunde wirst du Runden um die Bar drehen. Nach jeder Runde kommst du kurz zu mir", sagte er.

Carajo. Sie blinzelte ihn an.

Er zog herausfordernd die Augenbrauen hoch.

„Ja, Señor." Sie setzte sich in Bewegung. Langsam. Vorsichtig. *Cabrón. Hijo de puta.*

Zur Musik summend lief Señor wieder hinter die Bar.

Eine Runde. Zwei. Wie angewiesen legte sie nach jeder Runde einen Stopp bei ihm ein. Er kam hinter der Bar hervor und neckte sie, spielte mit den Seilen, betörte ihre Nippel. Nachdem er das Seil zwischen ihren Schamlippen verlagert hatte, folterte es nun eine andere Stelle, und ihre Klitoris konnte durchatmen. Das änderte nichts an der Tatsache, dass sie immer feuchter wurde, immer erregter.

Knapp zwanzig Minuten später, als sie eine neue Runde startete, bemerkte sie, dass ihr schwindelig war. *Oh Dios, nein!* Manchmal, wenn sie eine Mahlzeit ausließ oder nicht genug trank, wurde ihr schwarz vor Augen. Sie war nur ein paar Mal ohnmächtig geworden, da sie normalerweise die Chance hatte, sich hinzusetzen, etwas Wasser zu trinken und zu warten, dass es ihr besser ging. Aber jetzt konnte sie sich nicht hinsetzen. *Zeige niemals Schwäche.*

Sie presste die Zähne aufeinander, versuchte, sich aus der Dunkelheit zu ziehen, die sich an den Augenwinkeln androhte.

Sie hatte einen metallischen Geschmack im Mund, ihr Gesicht fühlte sich heiß an, dann kalt. *Ich schaffe das, verdammt!* Sie krachte in einen Tisch, schüttelte den Kopf und lief weiter.

Eine Hand umfasste ihr Kinn. Sie blinzelte, um durch den Nebel zu finden. „Nicht. Ich brauche keine Hilfe."

„Zur Hölle nochmal."

Ihr Kopf drehte sich so schnell, dass ihr Magen rebellierte und dann erkannte sie, dass Master Cullen sie in die Arme gehoben hatte. Er legte sie auf eine Couch.

Mit angehobenen Füßen löste sich das Schwindelgefühl auf. Gleich darauf folgte das Gefühl der Schande. Sie hatte versagt. Nicht einmal ein paar Runden um die Bar schaffte sie.

„Heather, bring mir Wasser", rief Señor. Kurze Zeit später hielt er ihr eine Flasche an den Mund. Sie versuchte, die Flasche zu umfassen, doch ihre Arme waren noch immer hinter ihrem Rücken verbunden.

„Trink."

„Ich –"

„Trink, Sub. Dann reden wir."

Das Wasser kam und spülte den Geschmack nach Metall weg. Sie trank und trank, bis die Flasche leer war.

Dann schnappte sich Master Cullen eine Schere und befreite sie aus den Seilen, legte sie auf einen kleinen Haufen. Während Blut die zusammengepressten Körperteile erreichte, kribbelte und brannte ihre Haut. Sie stöhnte, als er ihre Arme nach vorn holte.

„Arme Kleine", gluckste er. An den Füßen zog er sie nach unten, bis ihr Kopf auf der Armlehne ruhte. Er massierte ihre verspannten Muskeln mit starken Händen. Ihren Nacken, ihre Schultern, ihre Arme, so hart, dass es an Schmerz grenzte.

Die Knoten in ihren Schultern lösten sich und sie seufzte. Nichtsdestotrotz fühlte es sich falsch an, dass er sich um sie kümmerte. Das war ihr Job! Sie versuchte, sich aufzusetzen.

Mit der Hand zwischen ihren Brüsten drückte er sie auf die Couch zurück. „Nicht bewegen, Sub."

Sie musterte sein Gesicht. Er sah so wütend aus. Gleich würde er sie für ihr Versagen anschreien. Sie konnte ja nicht mal ein paar Runden um die Bar drehen! „Es tut mir leid, Señor", flüsterte sie.

Er verengte die Augen. „Was genau tut dir leid?"

Seine Hand presste sie noch immer gegen die Kissen; er erlaubte ihr nicht den erhofften Rückzug. „Ich habe nicht getan, was du mir gesagt hast. Ich habe es nicht geschafft, die ganze halbe Stunde zu laufen. Ich −" *Ich bin eine Versagerin, ein Schwächling.*

„Ah ja." Mit den Fingerknöcheln streichelte er über ihren Kiefer. Er hielt sie nicht länger gegen die Couch gedrückt, weshalb sie −

„Liegen bleiben", befahl er.

Sie ließ sich fallen, konnte sich aber nicht entspannen.

„Andrea, hast du gemerkt, dass dir schwindelig wurde?"

„Ja." *Ups.* „Ja, *Señor.*"

„Warum bist du dann weitergelaufen?"

Was war das denn für eine dumme Frage? „Weil du es mir gesagt hast."

Er schnaubte. „Und wenn du auch nur ein paar Sekunden weitergelaufen wärst, hätte dein Gesicht Bekanntschaft mit dem Boden gemacht."

Sie errötete und senkte den Blick. *Loser.*

„Zur Hölle nochmal." Mit einem Finger unter ihrem Kinn hob er ihr Gesicht. „Sieh mich an." Für eine halbe Ewigkeit musterte er sie. „Kleine, ich erwarte wirklich viel von meinen Azubis, aber du bist nur ein Mensch. Wenn dir schwindelig wird, wenn du deine Periode hast oder dich nicht ganz auf der Höhe fühlst, will ich das wissen. Das gehört zu der Aufrichtigkeit, die zwischen einem Dom und einer Sub besteht."

Als würde er ihr zuhören. Ihr Vater hat das auch nicht getan.

Er zog die Augenbrauen zusammen und spannte den Kiefer

an, als hätte er sie gehört. „Und falls ich aus irgendeinem Grund nicht zuhören sollte, will ich von deinen Lippen das Wort *Rot* hören. Laut und deutlich, verstanden?"
Eine Schwäche zugeben? Aufgeben? Ganz bestimmt nicht!

Die Muskeln der kleinen Sub spannten sich wieder an. Das sah für Cullen nicht nach einer Zustimmung aus. Und warum zum Teufel war sie weiter gelaufen, obwohl sie sich einer Ohnmacht genähert hatte? Seit seiner Zeit als Waldbrandbekämpfer hatte er nicht mehr diese Entschlossenheit bei jemandem gesehen. Bei Kandidaten, die ihre Drei-Meilen-Aufnahmetests mit ihrer Ausrüstung auf dem Rücken durchstanden.

Er sah ihr an, dass sie Aufgeben nicht akzeptieren konnte. Die Frage war, ob sich diese Einstellung auch darauf bezog, Hilfe anzunehmen. Zu viele Cops und Feuerwehrmänner legten dieses Verhalten an den Tag. Vor allem die Machos, die glaubten, dass die einfache Bitte nach Hilfe den Stempel als Weichei zur Folge hätte.

Allerdings hatte er das noch nie bei einer Sub beobachtet. „Warum höre ich kein *Ja, Sir, wenn ich mich nicht gut fühle, dann werde ich um Hilfe bitten*?" Als sie ihre Hände zu Fäusten ballte, erkannte er, dass er die Frage geknurrt hatte. Nichtsdestotrotz ... „Antworte mir."

„Ich frage nicht gerne nach Hilfe." Ihre Augen kollidierten mit seinen. Ernst. Dickköpfig. Miss Macho. Es war an der Zeit, sie daran zu erinnern, dass – jedenfalls im Shadowlands – Subs nicht die Entscheidungen trafen. Mit der Hüfte presste er ihren linken Arm nach unten, umfasste ihr Handgelenk und hob seine freie Hand, um eine ihrer Brüste zu packen.

Der überraschte Ausdruck in ihren Augen war befriedigend. Sie versuchte, die Arme zu heben, erkannte jedoch schnell, dass er ihr keine Freiheiten gab. Ihre Pupillen weiteten sich. *Kleine Sub.* Er umkreiste mit den Daumen ihre Nippel, neckte ihre Brüste, knetete sie und presste sie zusammen. Das Recht eines Masters. Ihre Atmung beschleunigte sich, der Puls hämmerte an ihrem Hals. Doch die Befriedigung, die er aus ihrer Unterwerfung zog, hatte nichts mit dem Thema dieses Gesprächs zu tun. „Warum fragst du nicht gerne nach Hilfe, selbst wenn du sie dringend nötig hast?"

Als die Antwort nicht schnell genug folgte, zwickte er in einen empfindlichen Nippel.

Er sah ihr an, dass sie ein Quietschen zurückdrängte, dass sie sich ihm gierig entgegenwölbte, konnte sie allerdings nicht unterdrücken.

„Warum?" Er rollte die süße Knospe zwischen Daumen und Zeigefinger, übte Druck aus, bis sich ihre Wangen erregend röteten. Empfindliche Brüste. Demnächst würde er testen, ob sie allein von Brust-Play einen Orgasmus haben konnte.

„Weil es nichts ändert." Ihre Augen nahmen einen gequälten Ausdruck an.

Jemand hatte sie enttäuscht. Vielleicht mehrere Personen?

Hastig fügte sie hinzu: „Was ich meine – Ich meinte, dass mein Vater es nicht geschätzt hat, wenn ... Er hat im Militär gedient. Dort fragst du nicht nach Hilfe."

Ihre Hüfte rotierte, reagierte auf seine Berührungen.

Cullen schnaubte, ließ von ihrer Brust ab und wandte sich der anderen zu. Das tiefe Stöhnen von ihr konnte nicht reizvoller sein, und sein Schwarz wurde hart. Sie über die Rückenlehne zu beugen und von hinten zu nehmen, wäre für sie beide ein Hochgenuss, doch zuerst musste er hinter ihr Problem kommen und es verstehen. „Hatte er niemals ein Team bei sich? Hatte er niemals einen Kameraden gebeten, kurz seinen Rucksack zu übernehmen? Seine Waffe? Was für eine Art Teamwork ist das bitte?" Er zwickte in ihre Knospe, während sie offensichtlich versuchte, die richtigen Worte zu finden. „Nicht nachdenken. Antworte mir einfach."

Wimmernd sagte sie: „Er war ein Scharfschütze. Er mochte Teams nicht."

Einzelgänger ohne Rückendeckung? *Das ist furchtbar und erklärt so einiges.* Diese Kerle glaubten an diesen *Verlasse dich auf niemanden*-Scheißdreck. *Zur Hölle.* „Kleine, seine Philosophie, dass du dich auf niemanden verlassen kannst, wird hier nicht funktionieren. Wir müssen sicher sein, dass du dein Safeword benutzt."

„I-Ich kann nicht ..."

Nicht die Antwort, die er wollte, aber wenigstens log sie ihn nicht an. Seine Berührung wurde sanfter. Er streichelte sie, von ihrem anmutigen Hals zu ihrem Venushügel, ihre rasierte Pussy mit der geschwollenen Klitoris zwischen den Schamlippen so verlockend.

Sollte er sie aus dem Programm schmeißen? Es stellte ein Sicherheitsproblem dar, wenn sie nicht bereit war, eine Session zu beenden. Aber Miss Unabhängig war auf jeden Fall unterwürfig und der Dom in ihm wollte ihr helfen. Zumal er es nicht riskieren wollte, dass sie in einen Club stolperte, in dem sie nichts von ihrem Problem ahnten und sich daher nicht die nötige Zeit für sie nahmen.

So streichelte er sie weiter und sie presste die Schenkel zusammen. Sie wurde immer roter. Er lächelte, obwohl sein Schwanz steinhart war. Sie brauchte einen Orgasmus, gierte nach Erlösung.

„Ich werde jetzt nachhause gehen." Ihr Ton begann sanft und endete entschlossen.

Wahrscheinlich konnte sie es nicht erwarten, ein wenig Privatsphäre zu haben, um zu masturbieren. Vor allem, da sie so vehement dagegen war, um Hilfe zu bitten. Irgendwann würde er sie bis an diesen Punkt führen ... immer und immer wieder. Eine spaßige Lektion, auf die er sich schon jetzt freute.

Wie es schien, hatte er eine Entscheidung getroffen: Er wollte sie behalten. Sie blieb und zusammen würden sie an ihrem Problem mit dem Safeword arbeiten. Er zeichnete die rosafarbene Linie nach, die das Seil unter ihrer Brust kreiert hatte, runter zu ihrem Bauch, an ihrem Bauchnabel vorbei und zu ihrem Geschlecht. „Du wirst noch nicht heimgehen."

Ihre Augen schlossen sich und sie rieb ihre Pussy an seiner Hand, wie ein Kätzchen, das nach mehr Streicheleinheiten verlangte. Er schmunzelte. Master Z nannte seine Sub Kätzchen. Andrea jedoch war kein Kätzchen, sie war ein Tiger. Größer, die Klauen schneller und tödlicher, und dennoch sehnte auch sie sich nach Zärtlichkeiten.

Mal sehen, wie verzweifelt sie das tut ... „Weißt du, früher am Abend ist mir klar geworden, dass ich dir in deiner ersten Nacht nur die Hälfte einer Lektion erteilt habe."

Erregung färbte ihre Wangen. Sein Finger glitt zwischen ihre äußeren Schamlippen, verharrte wenige Millimeter von ihrer Klitoris. So angetörnt, wie sie aussah, würde jede Stimulation zum Höhepunkt führen. Sie überlegte, zog die Augenbrauen zusammen. „Welche Lektion?"

„Das Spanking, erinnerst du dich?"

„Als würde ich es vergessen, wenn mir jemand mit einem großen Holzstück den Hintern versohlt."

Er lachte. Bei ihrem Grinsen konnte er sich nicht länger zurückhalten und ließ sich auf den Drang ein, ihre Lippen zu nehmen. Hart und leidenschaftlich. Befriedigend, vor allem da sie den Kuss so wunderschön erwiderte und sich vollkommen auf ihn einließ. Widerwillig zog er sich zurück und sah, wie geschwollen ihre Lippen waren, so feucht wie ihre Pussy.

„Ich werde dich wieder spanken." Er packte ihre Arme, um gegen ihren instinktiven Rückzug anzugehen. „Das erste Spanking gab es als Form der Bestrafung; jetzt geht es um Spaß."

„Spaß für dich vielleicht. Mir hat es nicht gefallen. Ganz und gar nicht gefallen." Sie wehrte sich gegen seinen Griff und er musste ein Lachen unterdrücken.

„Azubine", sagte er in einem Ton, der ihre Aufmerksamkeit verlangte. „Ich habe dich nicht um Erlaubnis gebeten."

Sie erstarrte, ihre Atmung beschleunigt. Ihre Lippen bewegten sich – *Nein* –, doch kein Ton entrang.

Seine Stimmfarbe füllte sich mit Lob. „Sehr gut. Nun gib mir deine Hand." Beide wussten sie, dass er sie mit Leichtigkeit überwältigen konnte, aber das wäre keine Unterwerfung. Unterwerfung zeigte sich in dem Kampf, den sie in ihren Augen austrug. Ihre Begierde gegen seinen Befehl.

Unterwerfung zeigte sich in dem Augenblick, in dem sie ihre Hand in seine legte.

Gemeinsam liefen sie durch den Raum, über die kreisförmigen Schatten, die durch die Wandleuchter erzeugt wurden. Ein tiefer gregorianischer Gesang pulsierte unter dem Gemurmel der Mitglieder und den Schmerzlauten, die auf das Abendprogramm im Shadowlands hinwiesen.

Nun führte er sie zu dem speziell entworfenen Spanking-Thron und dabei war er sich natürlich im Klaren, dass er diese Aufgabe an einen anderen Master abgeben sollte. Aber er wollte ihr diese Seite der Lust näherbringen – *er* wollte Andrea zu ihrem ersten Orgasmus im Shadowlands treiben.

Von der Wand nahm er sich eine Spreizstange. „Nicht bewegen."

Nachdem er die Stange an ihrem linken Knöchel befestigt hatte, zeigte er auf die andere Seite. „Stell deinen rechten Fuß dort hin."

Sie zögerte und er gab ihr einen Klaps auf den Schenkel. Ihre Beine bewegten sich, ihre Schenkel spreizten sich.

Er legte ihr die andere Fessel an. Die Metallstange hielt sie davon ab, ihre Beine zu schließen, entblößte ihre Pussy und machte ihr Geschlecht für ihn zugänglich. Kniend konnte er den berauschenden Duft ihrer Erregung riechen, konnte die Nässe zwischen ihren Schenkeln sehen. Ihre gequälte Klitoris, noch immer zu geschwollen, um sich in die Vorhaut zurückzuziehen, wartete auf seine Berührung.

Am liebsten hätte er sie für seine Zunge weiter gespreizt, aber täte er das, würde sie nicht in den Genuss dieser Lektion kommen. Also stand er auf und setzte sich auf den Stuhl, seine Füße auf den Metallstützen. Die Position des erhobenen Stuhls – des Throns – brachte seine Knie auf die Höhe ihres Bauches. Er umfasste ihr Handgelenk und zog sie zu sich, lächelte bei ihren getippelten Schritten. „Über meine Knie, Sub."

Ihr ungläubiger Gesichtsausdruck ließ ihn auflachen. Er könnte ihr erklären, wie viel intimer sich ein Spanking anfühlte, das mit der bloßen Hand ausgeführt wurde, aber das würde sie bald selbst merken. Stattdessen fing er ihren Blick ein, bis sie unterwürfig die Augen senkte und sich brav auf seinem Schoß positionierte. Nur nicht so, wie er das wollte. Ihr Bauch lag auf seinem Bein.

Er entließ ein amüsiertes Schnauben. „Ich will nicht deine Schultern spanken, Liebes." Mit einer Hand zwischen ihren Beinen, schob er sie nach vorn, mit dem Kopf nach unten.

Obwohl sie groß war, erreichte sie auf dem erhobenen Stuhl mit den Fingerspitzen kaum den Boden. Auf der anderen Seite baumelten ihre Beine, ohne Chance auf Halt. Cullen grinste. Z hatte den Schreiner gebeten, den Stuhl extra hoch anzubringen, um das Gefühl der Hilflosigkeit in ungeahnte Höhen zu treiben.

Andrea schluckte lautstark.

Die perfekte Reaktion. Cullen presste seine linke Hand gegen ihre Schultern, erhöhte damit das Gefühl der Hilflosigkeit. Mit der rechten massierte er ihren Arsch. Weich und rund, mit harten Muskeln unter der Haut. *Perfektion.*

„Dein Arsch ist hinreißend, Andrea." Er wanderte mit der Hand von der Mitte ihres Rückens bis zum Anfang ihres Hinterns.

Als seine Finger ihre Pospalte neckten, erstarrte sie.

„Heute nicht, Liebes, aber ich habe vor, dir schon bald eine Kostprobe in Analsex zu geben." Und er wusste, dass sein Versprechen ihre Anspannung mit jedem Tag erhöhen würde.

Er tätschelte leicht ihren Arsch, sensibilisierte die warme

Haut unter seiner Handfläche. Anschließend schob er die Hand zwischen ihre Schenkel.

Mit ihren Schultern nach unten gedrückt, konnte sie nur hilflos zappeln, als er einen Finger durch ihre feuchte Spalte und über ihre Klitoris gleiten ließ. Das Nervenbündel war geschwollen und zu empfindlich, um hineinzuzwicken. Jedenfalls für den Moment. Behutsam strich er entlang ihrer Spalte, immer und immer wieder, mit dem wiederkehrenden Gefühl, dass seine Hände für dieses Vergnügen viel zu groß waren.

Was ihn niemals störte.

Er neckte sie und die Muskeln in Andreas Rücken spannten sich an. Ihre Atmung beschleunigte sich.

Na bitte. Er ließ von ihrer Pussy ab, übte einen Schlag auf ihre rechte Arschbacke aus, dann die linke. Sie versuchte, mit den Beinen um sich zu treten, doch die Spreizstange unterband jegliche Bewegung. Er schlug härter zu, führte sie an ihre Schmerzgrenze, während ihre goldene Haut einen rosafarbenen Ton annahm.

Und dann schob er die Hand wieder zwischen ihre Schenkel.

KAPITEL ACHT

Master **Cullen drückte** ihre Schultern nach unten, während er mit der anderen Hand ihre Pussy berührte und jede Zelle in ihrem Körper in Brand steckte. *Dios*, was machte er mit ihr? Sie wand sich auf ihm, doch seine Finger ließen nicht nach. Jeden Millimeter ihres Geschlechts erkundete, erforschte er, bis ihre Klitoris geschwollen und ihre Pussy vor Erregung durchtränkt war.

Dann glitt er mit den Fingern in sie und schaffte es, mehr Empfindungen freizusetzen. Die Wände ihrer Pussy dehnten sich und sie riss bei dem Gefühl die Augen weit auf. Oh ja, es war eine Weile her, dass sie das letzte Mal Sex hatte.

„Es ist etwas länger her für dich", murmelte er. Seine Finger drangen tief vor, bevor er sich zurückzog, um ihre Klitoris zu necken. Es dauerte nur einen kurzen Moment, bis sie in einem Meer aus Lust ertrank.

Sie versuchte, gegen die Strömung anzukämpfen, sich zu bewegen. Das ließ er jedoch nicht zu und drückte ihre Schultern gnadenlos nach unten. Gleichzeitig schob er seine Finger wieder in ihre Hitze. Unterworfen und vereinnahmt. Das Gefühl der

Hilflosigkeit entzündete ein Feuer in ihr und verstärkte jede noch so kleine Empfindung.

Als er von ihrer Pussy abließ, wimmerte sie.

Nasse Finger legten sich auf ihren Hintern. Dann ein Schlag. Härter, so viel härter als zuvor und sie entließ einen Schrei, gefolgt von einem Stöhnen.

Irgendwie gelangte der Schmerz zu ihrer empfindlichen Pussy und trieb sie tiefer in eine Welt, die nur noch aus Verlangen bestand. „Ich will –"

„Kleine Sub ..." Erneut landete seine Handfläche auf ihrer Pobacke und der Aufprall schickte eine Schockwelle an ihr Nervenbündel. „Du bekommst nur, was ich dir gebe." Zwei weitere Hiebe folgten, die ihren Hintern in Flammen steckten.

Seine Hand fand wieder ihre Pussy.

Oh ja! Sie wollte die Beine noch ein Stückchen öffnen, doch die Spreizstange unterband ihr Vorhaben und rief ihr in Erinnerung, wie hilflos sie war. Ihre Klitoris pulsierte. Sie brannte so heiß, dass es nur eine Berührung brauchte, um sie in Ekstase zu versetzen. „Bitte –"

„Wenn ich dich nochmal reden höre, kneble ich dich und schnalle dich an die Wand", sagte Cullen und stieß mit zwei Fingern in ihr Geschlecht.

„Oh, oh, oh!" Sie wollte sich bei der intensiven Lust ihm entgegen wölben, konnte sich jedoch nicht bewegen. *Dios ...* Er zog seine Finger zurück und drang dann gewalttätiger in sie. Ihre Nervenenden schlossen sich kurz, als sich die Wände ihres Geschlechts um seine Finger legten. Die pulsierende Lust schoss durch ihren Leib und versuchte, mit ihrer Klitoris zu verschmelzen. *Oh Dios!* Beinahe. Sie hörte ein Wimmern. *Oh, das war ich!* Fest presste sie die Lippen aufeinander.

Die zwei nächsten Schläge trieben sie noch höher, jeder Hieb von einer zischenden Welle begleitet, die sich ohne Umwege auf ihr Geschlecht zubewegte. Ihre Beine, von der Spreizstange bewegungslos gehalten, bebten.

Wieder drang er in sie ein. Rein, raus, ihre Klitoris umkreisend, rein. In ihr bündelten sich die Empfindungen, verknoteten sich enger und enger, bis ihr gesamter Körper erstarrte. Mit den Nägeln kratzte sie über den Boden. Sie fand nichts, an dem sie sich festkrallen konnte. Doch dann fiel ihr Blick auf seinen Knöchel. Instinktiv packte sie ihn und trieb ihre Nägel in seine Haut.

„Nicht mehr lange, Kleine", flüsterte er. Erneut stieß er mit seinen Fingern in sie, tiefer und tiefer. Die Hand zwischen ihren Schulterblättern entfernte sich. Eine Sekunde später landete ein Schlag auf ihrem Po, der das Feuer in ungeahnte Höhen trieb.

„Komm für mich, Sub." Mit dem Daumen glitt er über ihre Klitoris, drückte dagegen, rieb und rieb, bis die exquisite Empfindung zu ... zu ...

Sie explodierte. Wellenartig schwappte der Höhepunkt durch ihren Leib. Wellen der Ekstase schwappten über sie hinweg. Sie vergrub ihr Gesicht an ihrem Arm, als sich Lustschreie von ihren Lippen lösten. Ihre Hüften zuckten und rotierten an seiner Hand.

Bevor ihr Geschlecht zur Ruhe kommen konnte, drangen seine Finger erneut in sie. Gleichzeitig landete seine Hand auf ihrem Hintern. Hart und gewalttätig, und sie kam ein zweites Mal, ihr Körper bebte unkontrolliert. Ihre Pussy zog sich um seine lustbringenden Finger zusammen und schickten die nächste Welle, die sie direkt ins Nirwana führte.

Sie wackelte mit dem Hintern, woraufhin er sie mit einer Hand festnagelte, um sie weiterhin mit seinen Fingern zu foltern. Die unerbittliche Kontrolle löste ein Nachbeben in ihr aus.

Ihr bebender Körper beruhigte sich allmählich, was bedeutete, dass seine Hand die Kontrolle aufgab. Dann zog er seine Finger aus ihr heraus. Daraufhin jagte ein Schauer durch ihren Leib und sie schaffte es nicht, das Wimmern zu unterdrücken. Ihr Herz polterte hart gegen ihre Rippen. *Dios mío!* Sie versuchte gar nicht erst, sich zu bewegen, sondern lag einfach wie eine Puppe über seinen Knien. Indessen rieb er sanft über ihren Rücken, beruhigend und tröstend.

„Wunderschön bist du gekommen, Liebes." Bei seiner tiefen Stimme pulsierten die Wände ihres Geschlechts und sie wimmerte. „Komm hoch." Er packte sie an den Hüften und positionierte sie mit Leichtigkeit auf seinem Schoß.

Ihre Haut war schweißnass, kühlte sich nur langsam ab. Sie erschauerte. Angespannt und mit ausgetrocknetem Mund saß sie auf ihm, als er nach unten griff und die Stange zwischen ihren Beinen öffnete. Mit einem lauten Knall landete das Folterwerkzeug auf dem Holzboden. Sofort schloss sie die Beine, um ihren geschwollenen Intimbereich abzuschirmen.

Was machte sie hier? Auf dem Schoß eines Fremden? Das war einfach nicht richtig. Mitten in einem Raum mit so vielen Menschen fühlte sie sich allein. Die Blicke der Mitglieder, die sich um den Bereich versammelt hatten, kratzten wie grobe Bürsten über ihre Haut. Sie senkte den Blick auf ihre Hände, geballt zu Fäusten in ihrem Schoß. *Ich will nach Hause. Sofort.*

Warum fühlte sie sich so furchtbar? *Ich habe bekommen, was ich wollte, und es war großartig.* Ein bewusstseinserweiternder Orgasmus. Aber was nun? Ihre Brust fühlte sich hohl an, zu leer, um die Tränen zu verarbeiten, die in ihren Augen schwammen. *Dios, oh nein,* das würde sie nicht tun ... sie würde nicht zusammenbrechen und heulen!

Er zog sie enger an sich und sie wehrte sich dagegen. Er stoppte. Eine große Hand rieb über ihre verschränkten Finger. Dann benutzte er dieselbe Hand, platzierte sie unter ihrem Kinn und hob ihre Augen zu seinen.

Sie wand sich aus seinem Griff und senkte den Blick.

„Nein, Liebes, sieh mich an." Er legte die Hand auf ihre Wange, sein Daumen direkt an ihrem Kinn, um einen stetigen Druck auszuüben. „Sieh mich an", wiederholte er in einer tieferen Tonlage.

Mit dem Wissen, dass sie Tränen in den Augen hatte, hob sie den Blick und fand sich zusammengezogenen Augenbrauen gegenüber.

„Ah. Okay." Ihren Versuch, ihm zu entfliehen, ignorierte er. Stattdessen zog er sie an seine Brust, seine starken Arme wickelten sich beschützend um sie. „Austin", rief er. „Bring mir bitte eine Decke."

Schon bald löste sich seine Umarmung und er umfing ihre Schultern mit einer weichen Decke. Dann stand er auf, mit ihr in seinen Armen, die Muskeln in seinen Oberarmen vor Anstrengung angespannt.

Ihr Kopf drehte sich und sie sog scharf den Atem ein. „Was ...?"

„Alles ist gut, kleine Sub." Er durchquerte den Raum zu einem abgeschiedenen Eckchen und wählte einen tiefen Sessel. Als er sich zurücklehnte, folgte sie ihm und schmiegte sich an seine Brust. Mit der Hand an ihrem Hinterkopf manövrierte er ihren Kopf zu seinem Hals. Auf dieser Seite des Clubs pulsierte der gregorianische Gesang wie ein Herzschlag; die Stimmen und die Laute im Raum drehten sich zu einem Murmeln herunter.

„Ich werde jetzt nach Hause gehen." Sie lallte die Worte, als hätte sie eine Flasche Gin getrunken.

„Nein. Du wirst in meinen Armen bleiben, bis du dich wieder erholt hast." Sie konnte fühlen, wie er mit dem Kinn über ihre Haare strich, spürte, wie er ihren Schopf küsste. „Dein Abend war nicht einfach, aber niemals hätte ich erwartet, dass du so tief fallen würdest." Er gluckste. „Wie wirst du nach einem Flogging oder nach Wachs-Play reagieren?"

Ihr Gehirn war so weit entfernt, dass seine Worte nicht mal Angst in ihr auslösten. Sie rieb einfach ihre Wange an seiner weichen Lederweste und atmete seinen maskulinen Duft ein. Seine Arme festigten sich um sie, sodass sie sich nicht bewegen konnte. Panik empfand sie dabei nicht. Komischerweise gab er ihr mit seiner Stärke den Trost, den sie gerade dringend nötig hatte. Während seine Hand über ihre Haare strich, füllte sich die Leere in ihr und sie konnte wieder ihre Arme und Beine fühlen. Als wäre sie in ihren Körper zurückgekehrt.

Schritte. Dann hörte sie Austin flüstern: „Master Z hat mich gebeten, diese zwei Dinge vorbeizubringen. Er meinte, dass sein Kätzchen Schokolade immer sehr schätzt."

Etwas senkte sich auf Andreas Schoß. „Danke dir, Austin", raunte Señors Stimme an ihrem Ohr. „Kehre zu Master Z zurück und sage: ‚Danke, Mami'."

„Sir!", quietschte Austin entsetzt. „Das kann ich nicht tun!"

„Oh doch, das kannst du. Geh schon." Austins Schritte entfernten sich. Master Cullen schob indessen die Hand in ihre Decke und holte Andreas Arm heraus. Er drückte ihr eine Flasche Wasser in die Hand, legte ihre Finger darum und führte die Öffnung zu ihrem Mund. Sie nahm einen Schluck und er blieb für eine Weile in ihrem Hals stecken, bevor es ihr schließlich gelang, die Flüssigkeit aufzunehmen.

„Mehr", sagte er und sie nahm einen zweiten Schluck. Sie konnte es sich nicht erklären, aber plötzlich fühlte sich ihr Mund wie ausgetrocknet an. In diesem Moment konnte sie nicht froher sein, Wasser zur Verfügung zu haben. Sie setzte sich aufrecht hin und trank gierig von dem lebensspendenden Elixier.

Ein zufriedenes Lachen kam von ihm und er sagte: „Es geht doch."

Nachdem sie fast die ganze Flasche geleert hatte, stoppte sie mit einem Seufzen. „Danke."

Er stellte die Flasche auf einen Beistelltisch und nahm das Etwas, das auf ihrem Schoß gelandet war. „Mund öffnen."

Wie ein Kleinkind kam sie sich vor und der Gedanke allein trieb Tränen in ihre Augen. Dennoch gehorchte sie. Schokolade – von der Marke Hershey's. Die reichhaltige Süße erreichte ihre Geschmacksknospen und sie stöhnte, bevor sie den Blick zu Señor hob, der sie mit einem Lächeln auf den Lippen beobachtete.

Ihre Hand ignorierend fütterte er sie mit dem nächsten Stück Schokolade. Sie seufzte, ein zufriedener Laut, bei dem sein Mundwinkel zuckte. „Wie ich sehe, habe ich einen einfachen Weg gefunden, um dich zu belohnen."

Wieder schmiegte sie ihre Wange an seinen Oberkörper, die Leere in ihr war verschwunden, ersetzt durch eine Zufriedenheit, die ihr das Herz wärmte. „Schokolade ist besser als Sex."

Oh, wie unhöflich, erkannte sie, als sie den amüsierten Funken in seinen Augen aufblitzen sah. Seine Augenbrauen hoben sich und das erinnerte sie an seine Finger an ihrer Klitoris, wie er sie ausgefüllt hatte.

Sie erschauerte und ihre Wangen erröteten. „Na ja, jedenfalls dachte ich das immer."

Sein Lachen übertönte sogar die Musik. Dann wickelte er seine Arme fester um sie und ihr Glücksbarometer jagte durch die Decke.

Was für ein wunderschöner Tag. Andrea trat auf Antonios Balkon. Perfekt geformte Wolken schwebten am hellblauen Himmel. Die Palmen rund um den Wohnkomplex schwankten in der kühlen, salzigen Brise. Ein Gebäude weiter hatten sich Möwen auf dem Dach eingefunden, wie Soldaten in einer Reihe – ein merkwürdiger Kontrast zu ihrem Freund, der auf seiner Liege faulenzte.

„Lange Nacht?" Sie stellte eine Kaffeetasse vor ihm ab.

„Ich werde langsam zu alt für Partys. Was für ein furchtbarer Gedanke!", stöhnte Antonio. Mit dunklen Augenringen, seine Gesichtsfarbe gräulich und seinem Atem abartig genug, um ein Nashorn zu töten, war deutlich, dass er es wohl übertrieben hatte. „Warum bist du so nervig gut gelaunt? Warst du gestern nicht im Shadowlands?"

Mitfühlend rieb sie seine Schulter und setzte sich auf einen der Stühle. „Das war ich. Im Club sind mehr als zwei alkoholische

Getränke nicht erlaubt. Selbst, wenn ich mich hätte abschießen wollen, wäre es mir nicht erlaubt gewesen."

Vielleicht hätte sie vorglühen sollen, um Señors bedingungslosen Griff zu vergessen, mit dem er sie gehalten und kontrolliert hatte. Durch die Erinnerungen hatte sie die halbe Nacht in einem Zustand der Erregung verbracht. Sie rutschte auf ihrem Stuhl herum. Unangenehm bewusst war sie sich über die wunden Stellen. Ihr Hintern trieb sie noch in den Wahnsinn!

„Läuft es gut?" Er schluckte den Kaffee auf eine Weise, die an einen Süchtigen erinnerte, der seinen nächsten Schuss brauchte.

„Gut genug." Nein, sie schuldete Antonio mehr als das. Sie biss in ihren warmen, glasierten Donut. Zucker, Koffein, ein Freund zum Reden, ein toller Mann später am Abend – *was will man mehr?* „Richtig gut, wenn ich ehrlich sein soll. Danke, dass du mich dort reingebracht hast. Ich weiß zwar nicht, wie du es angestellt hast, aber danke. Bist du mit Mas – Cullen befreundet?"

„Wir kennen uns. Wir haben gemeinsame Ziele." Antonio stellte seine leere Tasse auf den kleinen Tisch. „Ich nehme an, er ist nicht mehr wütend auf mich?"

„Ich schätze nicht." Wenn sie daran dachte, wie sanft seine Augen wurden, wie er sie in den Armen hielt, seine Küsse ... sie schmolz regelrecht dahin, wenn sie an ihn dachte.

Antonio verengte die Augen. „Andrea, du hast dich doch nicht in ihn verknallt, oder?"

„Natürlich nicht."

„Scheiße verdammt", murmelte Antonio. Nun lehnte er sich vor und nahm ihre Hand in seine. Die Sorge, die sie in seinen blutunterlaufenen Augen sah, brach ihr das Herz. „Hör mir zu, *Chica*. Cullen hat in der BDSM-Welt einen Ruf. Er hat das Auszubildendenprogramm gestartet, geht darin seit Jahren auf. Er liebt es. Niemals, nicht in einer Million Jahren, würde er sich auf eine der Subs einlassen. Sicher, er amüsiert sich im Club, aber Verabredungen sind nicht sein Ding. Zur Hölle, ich habe noch nie gesehen, dass er es mit einer Frau länger als zwei Monate ausgehalten hat. Der Kerl ist ein Frauenheld. Hoch anrechnen muss ich ihm, dass er mit dieser Information nicht hinterm Berg hält."

Das süße Gebäck in ihrem Magen verwandelte sich in einen harten Klumpen, in einen schwer verdaulichen Klumpen, und sie schob den Rest des Donuts von sich. Nur mit Mühe gelang es ihr, die Proteste herunterzuschlucken. *Aber er mag mich! Zwischen uns ist es anders! Für mich wird er sich ändern!*

Dios, ich bin so dämlich! Dumm wie ein Stein.

Sie hob den Blick zum Himmel. Die Sonne stand noch am Himmel, also war nur ihre Hoffnung erloschen. „Ich bin nicht in ihn verknallt", sagte sie entschieden. *Nicht mehr.* „Er beweist sehr viel Geduld mit mir. Und es gefällt mir, dass er so viel größer ist als ich."

„Oh ja, das ist er. Groß." Antonio zog das letzte Wort extra in die Länge und wackelte anzüglich mit den Augenbrauen, was ihr wahrscheinlich sagen sollte: *Ich bin schwul und hinreißend. Du kannst froh sein, dass ich niemals deinen Männern nachjagen würde.*

„*Cabrón.*" Sie blickte auf ihre Füße. Mit gerunzelter Stirn überlegte sie, ob Señor auffallen würde, dass sie ihre Fußnägel lackiert hatte. Würde es ihm gefallen? *Estúpida!* „Alle Master, die ich bisher kennenlernen durfte, sind groß. Ist das so ein Dom-Ding?"

„Ach Quatsch. In dem Club liegt es wohl eher daran, dass der Besitzer viele Freunde hat, die mal im Militär gedient haben. Auch Polizisten sind dabei."

Polizisten? Oh, bitte nicht! Sie erschauderte bei dem Gedanken, die Hände von einem Polizisten auf sich zu spüren, der sie unterwarf, sie kontrollierte. Das durfte nicht passieren. Durfte es einfach nicht! Sie war sich ziemlich sicher, dass sie einige Veteranen kennengelernt hatte. Wenn sie nicht gerade ein Lächeln umhertrugen, hatten viele der Männer – Master Cullen eingeschlossen – diesen *Leg dich nicht mit mir an oder sieh zu, was passiert*-Ausdruck. „Na ja, ich schätze die Größe."

„Gut." Antonio zog besorgt die Augenbrauen zusammen.

„Rambolita, was ich aber über Cullen gesagt habe, meine ich ernst. Ihr beiden seid nicht füreinander bestimmt. *Comprendes?"* Ihr guter Freund war ein Meister darin, Menschen zu durchschauen. Er musste also etwas über den Ausbilder wissen, von dem sie keine Ahnung hatte. Sie nahm einen Schluck von ihrem Kaffee. Viel zu stark. „*Comprendo.*"

Es war an der Zeit, dass sie verschwand. Am besten wäre es, sie würde sich einen Boxsack suchen. *Ich will etwas treten.* „Ich muss los." Sie stand auf und hielt dann inne. „Wie lief die letzte Nacht für dich? Hast du jemand Nettes kennengelernt?"

„Einen heißen Kerl mit dem Namen Steven. Erinnert mich irgendwie an dich. Wunderschöne dunkle Haare und mit deiner Hautfarbe. Etwas heller vielleicht." Ein Lächeln zeigte sich auf seinen Lippen.

Sie schnaubte. „Sein schwedischer Vater hat aber wahrscheinlich keine Mexikanerin geheiratet." Sie lief um den Tisch und küsste ihn auf die Wange. „Sei vorsichtig, ja? Die Welt ist kein sicherer Ort und ich kann es mir nicht leisten, meinen besten Freund zu verlieren."

Er wagte nicht mal den Versuch, aufzustehen. „Keine Bange. Abgesehen davon brauchst du mich nicht mehr. Schließlich hast du jetzt die ganzen Master, um dich zu quälen."

„Auch wieder wahr." Sie gab ihm einen Klaps auf den Hinterkopf und grinste, als er quietschte.

Heute Abend würde es einen Master weniger geben, der sie quälen durfte. *Meine Tagträume über Master Cullen gehörten der Vergangenheit an.*

KAPITEL NEUN

Gibt es ein Problem?"

„Cullens Aufmerksamkeit kehrte zur Bar zurück und er sah Z verwirrt an. Seit wann stand er schon dort? „Nein. Kein Problem."

Z warf einen Blick über seine Schulter, der scharfsichtige Bastard, und sah, was – *wen* – Cullen im Auge gehabt hatte. *Die kleine Amazone.* In den letzten beiden Wochen hatte sie sich schnell an die Kleidung der Subs gewöhnt. „Hast du ihr Klamotten gegeben?", fragte Cullen.

„Das habe ich. Ich bezweifle, dass ihr Budget viele Outfits zulässt, weshalb ich zu ihr meinte, dass sie sich gerne an den Schränken im Obergeschoß bedienen kann, um herauszufinden, welcher Style zu ihr passt." Z lächelte. „Sie hat einen guten Geschmack."

Der cremefarbene Rock reichte ihr bis zu den Knöcheln und war durchsichtig genug, um ihre dunklen Beine aufblitzen zu sehen und einen Mann mit der Andeutung auf ihre Pussy zu verführen. Ihr schulterfreies Top in demselben Material zeigte ihre dunklen Nippel, die sich gegen den dünnen Stoff pressten. So verdammt verlockend. Mit gerunzelter Stirn schenkte Cullen ein Glas Glenlivet-Whiskey für Z ein und stellte es dann vor ihm ab. Z nahm einen Schluck. „Wie macht sie sich?"

„Gut."

Z zog bei der knappen Antwort eine Augenbraue hoch, in Erwartung einer längeren Erklärung. *Er kann mich mal.* Cullen ließ die Augen über die Bar schweifen. Olivia musste nachgeschenkt werden. Möglich, dass ihr Glas noch halb voll war, aber ... man musste stets auf alle Eventualitäten vorbereitet sein.

Er ließ Z allein und spürte regelrecht, wie er von ihm mit dem Blick durchlöchert wurde. Ja, nun wusste er, dass es eine gute Entscheidung gewesen war, die Länge der Bar zwischen den verdammten Gedankenleser und sich zu bringen.

Bis Cullen fertig war und alle bedient hatte, hatte sich Z in Luft aufgelöst. Stattdessen war Raoul nun hier, um ihn an der Bar abzulösen. „Alles deins", sagte Cullen.

„Geht klar, *'mano.* Geh."

Als Raoul hinter den Tresen ging, trat Cullen heraus.

Zuerst befreite er Austin aus den Themenräumen, rannte dabei in Jonathon und half ihm bei einer Flogging-Technik. Dann teilte er Vanessa mit, dass ihre Schicht vorbei war, bevor er endlich nach Andrea sehen konnte.

Für einen Moment beobachtete er sie, beobachtete, wie sie über Geralds Scherze lachte. Keine Skepsis auszumachen – nicht mit dem älteren Herrn und seiner Frau. Andreas goldbraune Haut funkelte in dem Licht der Wandleuchter und Cullens Hände ballten sich zu Fäusten, als er sich daran erinnerte, wie sich ihre samtweiche Haut unter seinen Berührungen angefühlt hatte. Wie Schweiß die Haare in ihrem Nacken durchtränkt und wie lange der Duft ihrer Erregung an seinen Fingern verharrt hatte.

Ruckartig schüttelte er den Kopf. *Auszubildende, Cullen. Sie ist eine Auszubildende.*

Zumal sie ihm deutlich zu verstehen gegeben hatte, dass sie an mehr nicht interessiert war. Nicht, dass *er* an mehr interessiert war. Nein, *verdammt,* er würde sich nicht einfangen lassen!

Sie ließ den Blick schweifen und als sie ihn bemerkte, riss sie die Augen weit auf. Er sah, dass sie scharf den Atem einsog, er sah die Kontrolle, die sie sich selbst auferlegte, bevor sie sich ohne ein Lächeln wegdrehte.

Er zog die Augenbrauen zusammen. Nach dem Spanking war sie so anschmiegsam und willig gewesen, hatte sich offensichtlich nach mehr verzehrt. Nach mehr Zeit in seinen Armen, mehr Streicheleinheiten – er hätte sie in diesem Moment nehmen können und sie hätte ihn willkommen geheißen.

Das Problem: Seit diesem Abend sah sie ihn mit einem Blick an, der andeutete, dass sie ihm den Schwanz abhacken würde, wenn er sie ein weiteres Mal berührte. Und doch ...

„Hey, Cullen." Wade kam zu ihm. Seine schwarze Lederhose war etwas steif, noch nicht eingetragen.

„Wie läuft's?" Cullen lehnte sich mit der Hüfte gegen einen Tisch, Andrea stets in seinem Blickfeld. „Hast du nette Subs kennengelernt?"

„Na ja, gestern hatte ich eine Session, aber irgendwie lief etwas falsch. Z meinte, ich solle eine Auszubildende benutzen, während du zusiehst und mir Tipps gibst." Mit einem Nicken verwies er auf Andrea. „Andrea ist seiner Meinung nach so uner-fahren, dass sie nicht so ... kritisch ... mit mir umgehen wird wie die anderen."

Cullen strich mit den Fingern durch seine Haare. Was hatte sich Z nur dabei gedacht? Es wäre wahrscheinlicher, dass die Eiszeit in Florida eintrat, als dass Andrea sich diesem unsicheren Dom unterwarf. Allerdings war ein Vorschlag des Clubbesitzers gleichbedeutend mit einer Anordnung und Cullen bräuchte einen verdammt guten Grund, um ihn zu ignorieren.

Er hatte keinen Grund. Abgesehen von der Tatsache, dass er dem Kerl allein für den Gedanken, Andrea berühren zu wollen, das Genick brechen wollte.

Das war jedoch sein Problem, nicht Andreas. Sie wollte keine Intimität zwischen ihnen und er musste ihren Wunsch respektieren. Stattdessen sollte er seine Energie darauf richten, ihr einen fähigen Dom zu suchen. „Na gut. Hole deine Sub. Sag ihr, dass du meine Erlaubnis hast. Ich folge euch."

Wade strahlte vor Freude. *Heilige Scheiße, bin ich auch mal so jung gewesen?* Der junge Dom hastete zu Andrea, fing sich aber und wechselte in ein würdevolleres Tempo.

Cullens Augen waren einzig und allein auf Andreas Gesicht gerichtet. Verwirrt runzelte sie die Stirn. Dann fand sie seinen Blick und er nickte. Ihr Kiefer spannte sich an, bevor sie schließlich für Wade den Kopf unterwürfig senkte.

Während die beiden zu einem Bondage-Tisch marschierten, gesellte sich Cullen zu Gerald und Martha. Der ältere Mann zog die Augenbrauen hoch. „Es gefällt mir nicht, das zu sagen, Cullen, aber der Junge wird mit dieser Sub total überfordert sein. Sie ist keine Sub, die ihre Kontrolle an jeden Dom abgibt."

„Ich weiß. Z hat den Vorschlag gemacht."

„Merkwürdig. Ich frage mich, warum." Gerald streichelte über Marthas Haare und die ältere Dame legte ihre Wange an seine Schulter. Was für ein Paar ... Als ihr Gelenkverschleiß in den Knien schlimmer geworden war, hatte Gerald ihr das Hinknien untersagt und zu ihr gemeint, dass Hinknien nicht helfen würde, wenn sie nach über zwanzig Jahren noch immer nicht ihren Platz kannte.

Mit jemandem alt zu werden ... Schon komisch, dass Cullen mittlerweile Gefallen an der Idee fand. Er wurde eindeutig alt. „Bei Z weiß man das nie so genau." Cullen lächelte Martha an, nickte Gerald zu. „Ich sollte zu ihnen gehen, schließlich muss ich die beiden beobachten und Ratschläge geben."

Als er davonlief, hörte er Martha flüstern: „Es ist längst überfällig, dass dieser Mann eine Sub für sich findet." Das sagte sie oft.

Cullen erwartete Geralds übliche Antwort: *Alles zu seiner Zeit.*

123

Beinahe wäre er gestolpert, als der alte Mann stattdessen von sich gab: „Oh ja ..."

Wade schien wirklich ein netter Kerl zu sein, dachte Andrea, als er ihre Arme über ihrem Kopf befestigte. Anschließend spreizte er ihre Beine und fesselte auch diese an dem Tisch. Wenn er aber dachte, dass seine Handlungen und seine Befehle ihre Unterwerfung und Erregung hervorrufen, hatte er sich geschnitten. Sie sah, dass er versuchte, ganz Dom zu sein, während sie einfach nur genervt war.

Wie es schien, kam Dominanz in verschiedenen Größen. In der Gegenwart einiger Doms zeigte sich ihre unterwürfige Seite, vor allem bei den Mastern. Gruselige Gesellen waren das. Master Cullen bildete da keine Ausnahme, hinter dessen froher Natur eine dominante Energie versteckt lag, die einschüchternder nicht sein konnte.

Wade prüfte die Enge der Fesseln. *Gut ausgebildet der Kleine.* Dann öffnete er den Verschluss ihres Oberteils und entblößte ihre Brüste.

Zumindest war es ihr nicht mehr so furchtbar unangenehm, wenn sie nackt war. *„An deiner Schamhaftigkeit müssen wir noch arbeiten"*, hatte Master Cullen am ersten Abend zu ihr gesagt. Warum schlich er sich ständig in ihre Gedanken?

Dieser Dom – sie sollte ihn nicht als jung bezeichnen, da sie wahrscheinlich im gleichen Alter waren – gab sein Bestes. Das tat er wirklich. Nun berührte er ihre Brüste, dann ihre Pussy. Sehr nett und sehr langweilig.

Schließlich richtete sich der junge Dom auf – *Ups* – und sagte zu jemandem außerhalb des abgegrenzten Bereiches: „Was mache ich falsch?"

„Zuerst einmal solltest du wissen, dass diese Sub besonders dickköpfig ist." Es war Señor, Señors tiefe Stimme. Ihr Herz setzte einen Schlag aus, bevor es entschied, mit einer Geschwindigkeit fortzufahren, die nicht von dieser Welt war.

„Nur wenige kommen zu ihr durch. Vergiss das nicht", sagte Señor. „Und dann, Wade, geht es nicht darum, was du falsch machst, sondern was du *nicht* machst."

Master Cullen trat in ihr Sichtfeld und ihr gesamter Körper erwachte, als wäre ein Alarm in ihrem Inneren losgegangen. *Nein, nein, nein, böser Körper!* Auf keinen Fall durfte sie sich auf diesen ... Frauenheld einlassen.

„Was mache ich denn nicht?", hakte Wade nach.

Eine große Hand berührte ihre Pussy – Master Cullens Hand – und sofort rieb sie sich an ihm.

„Sie ist trocken. Das sollte dir alles sagen. Du hast ihren Verstand nicht eingefangen. Bei Dominanz geht es nicht ums Körperliche. Genauso wenig wie beim Sex."

Señor presste Wades Hand gegen ihr Geschlecht und stellte sich dann seitlich neben sie. Seine unnachgiebigen Finger fingen ihr Kinn ein. „Sieh mich an, Andrea."

Sein Befehlston schickte eine elektrisierende Welle durch ihren Leib und als sie den Blick zu ihm hob, betrachtete er sie so aufmerksam, dass sie wegschauen musste.

„Deine Augen zu mir, Sub."

Wieder einmal ließ er sie dahinschmelzen. *Nein, nein, nein!* Sie wollte dieses Gefühl nicht! Sie wollte *ihn* nicht ... Sie versuchte, ihr Kinn aus seinem Griff zu befreien, sich zu bewegen, doch eines musste sie zugeben: Der junge Dom wusste, wie man eine Sub fesselte. Nichts rührte sich.

„Du kannst nichts tun, kleine Sub." Sein Daumen strich über ihre Lippen. „Dein Körper ist gefesselt und für meine Benutzung bereit."

Der Gedanke allein, von Señor *benutzt* zu werden, dass er sie nahm, sie berührte, schickte einen Lustschauer durch sie.

„Verdammt, sie ist feucht." Wade klang schockiert. „Ich

bemühe mich eine halbe Ewigkeit und komme nicht weiter. Du musst sie nur anschauen und ihr Nektar fließt."

Master Cullen hielt den Blick weiterhin auf sie gerichtet, sodass er sah, wie sie errötete. Im Umkehrschluss sah sie ein Lächeln. Aber es war nicht das Lächeln, das sie von ihm kannte und der Verlust schmerzte.

Er löste die Armfesseln, seine Hände schnell und effizient. Er half ihr in eine sitzende Position, ihre Beine weiterhin gefesselt. „Um diese Lektion ging es Z, Wade. Dominanz beginnt im Kopf."

Sie konnte sich nur auf Señors Hände konzentrieren. Señors Hände auf ihrem Körper. Er löste eine unbändige Begierde in ihr aus. Jede Berührung verschlimmerte ihren Zustand.

Wade entfernte die übrigen Einschränkungen. Sich ihrer Erregung bewusst, wollte sie ihre Schenkel schließen.

„Habe ich dir die Erlaubnis gegeben, dich zu bewegen?", fragte Master Cullen, sein unterkühlter Ton ließ sie augenblicklich erstarren.

„Nein, Señor."

Er wandte sich wieder der Unterhaltung mit dem jungen Dom zu. „Denk immer daran, warum du es tust. Denk daran, was du davon hast und wie du dich fühlst, wenn sich eine Frau aus eigenen Stücken unterwirft. Vergiss das niemals. Und jetzt suche dir eine von den jüngeren Subs – eine, die dir nicht länger als eine Sekunde in die Augen sehen kann, bevor sie demütig den Blick senkt. Befehle ihr, sich hinzuknien, stelle ihr Fragen und lass dich nicht von deinem Weg abbringen. Dringe tief in ihre Gedanken vor. Verlange, dass sie dich ansieht, und mustere ihre Augen. Interpretiere ihre Körpersprache. Kein Sex, Wade. Genieße zunächst das Gefühl, jemanden zu dominieren."

Wade nickte und ging. Nun war Andrea mit Master Cullen allein. Das hatte sie nicht gewollt. Blieb sie auf Abstand von ihm, war alles in Ordnung. Solange er sie nicht berührte oder sie –

Sie fühlte, dass er näherkam. Indessen starrte sie angestrengt auf ihre Hände.

„Wirst du mir jetzt verraten, was mit dir los ist?", fragte er, sein Ton trügerisch sanft.

Nicht lügen. „Nein, Señor. Mir wäre es lieber, wenn ..." *Schlage Zeit heraus.* „Ich muss mir über einiges klar werden." *Ich muss mich wieder unter Kontrolle bekommen. Meine Kontrolle, nicht deine.*

Er umfasste ihre Hände mit seinen, so warm fühlte er sich an. Sanft streichelte er sie. „Na gut, Andrea. Dann tue das. Und in einer Woche werden wir deine Gedanken besprechen." Pause. „Verstanden?"

„Ja, Señor."

„Deine Schicht ist für heute vorbei. Wenn du jemanden findest, mit dem du gerne spielen möchtest, kommst du zu mir." Er drückte ihre Hände und ließ sie dann los.

Als er davon marschierte, konnte sie nur denken: *Mit dir will ich spielen. Mit dir, mit dir, mit dir!*

„**Schau, dieses Mal** bin ich vor der Geburt des Babys fertig geworden." Andrea schüttelte die kleine Decke aus und das pinke und weiße Garn fing die Sonnenstrahlen ein.

„Sehr hübsch." Andreas Großmutter berührte die Fransen. „Und so weich. Du hast einen guten Job gemacht, *Mija*."

„Ich werde besser." Gleichmäßig, keine komischen Ecken, keine Löcher. Zufrieden lehnte sie sich auf dem Terrassenstuhl zurück und ließ ihren Blick über Tante Rosas winzigen Garten schweifen. Die letzten beiden Jahre ihrer Highschool-Zeit hatte sie hier gelebt. Seither hatte sich nicht viel verändert. Die wuchernden Hecken, die die Grenze zu den Nachbargrundstücken bildeten, waren lediglich einen halben Meter höher. Ein Zitronenbaum hatte einen Orangenbaum abgelöst. An der Seite stand die riesige Radkappe eines Monstertrucks, den Julio in einen Grill umgebaut hatte. Gegenüber weigerte sich das Gras unter der alten Schaukel, zu wachsen.

Und Andrea kam jeden Sonntag zu dem Haus ihrer Tante, um sich zugehörig zu fühlen. Da ihre Reinigungsfirma endlich Gewinn abwarf, konnte sie nun zurückgeben. Bei ihrer Ankunft hatte sich Andrea entschuldigt, um ins Badezimmer zu gehen. Dort war sie nicht hingegangen. Nein, sie hatte die Zeit genutzt, um ihre Einkäufe von heute wegzuräumen: Die neue Bettwäsche hatte sie aufs Bett gelegt, die Bodylotion aufs Nachttischschränkchen, Snacks und Proteinshakes in den kleinen Eckschrank. Am Ende blieb nur eine Box mit Cookies in ihrer Tasche. Ihre Großmutter würde die Sachen erst sehen, nachdem sich Andrea verabschiedet hatte. So funktionierte ihr Spiel. Der Stolz war auf beiden Seiten ihrer Familie tief verankert.

Nachdem sie die Box herausgeholt hatte, faltete Andrea die Decke und legte sie in die Tasche, um sie später hübsch einzupacken. „Hier, Abuelita, ich habe dir Cookies gebacken."

Das Gebäck und das schöne Wetter genießend wurde Andrea über den Klatsch aus der Nachbarschaft informiert. Wer war schwanger? Wer hatte sich für eine Scheidung entschieden? Wessen Ehe näherte sich dem Untergang? Welcher Ehemann schlug seine Frau? Wessen Kinder waren im Gefängnis, auf dem College oder hatten neue Partner?

„Über dich haben wir noch gar nicht gesprochen, *Mija*." Weise Augen musterten Andrea. „Du siehst anders aus. Deine Kleidung. Weiblicher."

In den letzten Wochen war ihr aufgefallen, wie sehr es ihr gefiel, sich femininer zu kleiden. Nun ließ sie ihre Haare offen, trug engere Shorts und ein Tanktop, das ihre Kurven betonte.

„Hast du einen Mann gefunden?"

„Abuelita!"

„Ich bin vielleicht alt, aber ich habe Augen. Du siehst wie eine verliebte Frau aus."

„Schön wär's." Mit jedem weiteren Besuch im Club verschlimmerte sich die Sehnsucht nach Master Cullen. „Ich habe jemanden kennengelernt, jedoch hat er kein Interesse an Beziehungen."

Ihre Großmutter knabberte wie eine Maus an einem Cookie.

„Aber du willst ihn?"

Die Frage verarbeitete ihr Herz zu Rührei. „Oh ja. Ich bezweifle allerdings, dass er sich auf jemanden wie mich einlassen würde."

„Wie dich? Du bist eine wunderschöne und kluge Frau!"

„An dem Ort, an dem ich ihn kennengelernt habe, gibt es nur reiche Leute." Obwohl ein Barkeeper wahrscheinlich nicht die Welt verdiente, richtig? „Irgendwann wird er herausfinden, wo ich herkomme." Sie wedelte mit der Hand, schloss die gesamte Nachbarschaft mit der Geste ein, die verfallenen Häuser und die vernachlässigten Wohnkomplexe. Zwei Straßen weiter standen Prostituierte, während in den Gassen rundherum Drogen verkauft wurden und sich an jedem Wochenende Messerattacken ereigneten.

„Ist er denn so oberflächlich? Richtet er über eine Frau wegen ihrer Herkunft?"

„Menschen tun das generell." In seiner Vergangenheit war Rosas Ehemann ein bekannter Drogendealer gewesen; ihre Cousins hatten Zeit in der Jugendstrafanstalt verbracht. Jobangebote wurden zurückgenommen, nachdem Andreas Hintergrund geprüft worden war. Banken verweigerten ihr Kredite aus diesem Grund. Potenzielle Freunde hatten sie gemieden, als die Eltern von dem Ruf ihrer Familie erfahren hatten. Schon lange verstand sie, dass der Charakter einer Person nichts wert war; es zählte nur die Herkunft.

Abuelitas Augen verengten sich. „Ist er ein guter Mann?"

Auf Andreas Gesicht zeigte sich ein Lächeln, als sie an Señors Sinn für Humor dachte, an seine Beharrlichkeit, wenn es um Ehrlichkeit ging. Wie er über seine Auszubildenden wachte und wie jeder, von den Clubmitgliedern bis zu den Mastern, ihn stets um Rat fragte. Wie er sie in seine Arme genommen und sie mit Schokolade gefüttert hatte ... „Oh ja."

„Dann musst du dich um ihn bemühen. Deine Vergangenheit könnte für ihn wichtig sein, *Mija*, oder auch nicht. Das wirst du jedoch nur herausfinden, wenn du ihm eine Chance gibst." Abuelita verschränkte ihre von Arthritis geplagten Finger. „Menschen – vor allem Männer – wissen oft nicht, was sie wollen. Das sollte dich aber nicht davon abhalten, es zu versuchen. Und wenn es nicht das erwünschte Ergebnis bringt, dann darfst du aufgeben."

Mit einem gebrochenen Herzen.

Als hätte ihre Abuelita ihre Gedanken gelesen, runzelte sie die Stirn. „Herzen heilen, aber verlorene Chancen kommen nie wieder."

„Ich –"

„Meine Enkelin ist kein Feigling."

KAPITEL ZEHN

Cullen betrat das Shadowlands zwei Stunden zu spät und in einer furchtbaren Laune. Schlimmer, als eine üble Verbrennung zu haben und in die Notaufnahme zu müssen, war es, danach den Bericht zu schreiben. *Verdammte Vorschriften.* Um den Verband zu verstecken, hatte er sich heute Abend für ein Hemd im mittelalterlichen Stil aus seinen Collegetagen entschieden, als er zur SCA Group gehört hatte. Das Design mit den langen Ärmeln passte recht gut zu seiner Lederjeans, und das Grün war perfekt für St. Patrick's Day.

Im Eingangsbereich nickte er Ben zu und der Türsteher erwiderte den Gruß, indem er salutierte. Und schon betrat Cullen den Clubraum. Anscheinend hatte sich Z für einen romantischen Kelten-Themenabend entschieden. Anstelle der harten Rhythmen von Aggrotech hörte man heute das sanfte Trällern der irischen Musikgruppe Clannad. *Nicht schlecht.* Die Atmosphäre erinnerte ihn an das Pub seines Großvaters. Na ja, die Peitschengeräusche, das Rasseln von Ketten, die Schreie und die Stöhnlaute waren nur hier zu finden.

Cullen duckte sich unter der Bar durch und sein Blick landete auf Dan, der Bestellungen erfüllte.

„Wird auch Zeit, dass du auftauchst", sagte Dan.

Sein Freund wollte ihm verspielt gegen die Schulter boxen. Cullen sah dies kommen, wich aus und verzog das Gesicht zu einer Grimasse, als der Verband bei der ruckartigen Bewegung seine Wunde irritierte.

Dan erstarrte. „Was ist passiert?"

„Nur eine Verbrennung. Nicht so schlimm." *Zur Hölle nochmal*, fünf Minuten an diesem Ort und es wusste schon jemand.

„Setz dich. Ich werde heute Abend deinen Job machen."

„Ich schaff das." Cullen bewegte seinen Arm und seufzte. Wem wollte er etwas vormachen? Es würde scheiße wehtun, wenn er den ganzen Abend zu tun hätte. „Für ein paar Stunden."

Dan musterte ihn und nickte. „Dann rotieren wir heute, bis Raoul mit seiner Schicht beginnt. Ich werde den anderen Bescheid geben."

„Danke. Ich schulde dir was." Cullen lief um ihn herum und stellte das bestellte Bier vor Adrian ab. „Wie geht es meinen Auszubildenden?"

„Sie sind eine Augenweide. Sie haben sich mit den Outfits abgesprochen, sogar Austin." Dan zeigte mit dem Finger und Cullen sah in die angewiesene Richtung.

„Na sieh mal einer an", murmelte er bei dem Anblick, den Andrea beim Servieren von Drinks an eine Gruppe von Dominas bot. Herzallerliebst würde seine Großmutter sagen. Der dunkelbraune Vinylrock erregte bereits seine Aufmerksamkeit, aber was ihm wirklich den Atem raubte, war das grüne Makramee-Oberteil. Ihre lockigen Haare trug sie in einem Pferdeschwanz, in dem grüne Bänder aufblitzten. Mehr dieser Bänder fand er um ihre Knöchel, die ihre sonnengebräunten Beine betonten. „Sehr nett."

Ihre Woche des Nachdenkens war vorbei. Heute Abend würde sie ihm endlich verraten, was in ihrem hübschen Köpfchen vorging. Warum verhielt sie sich ihm gegenüber so unterkühlt? Anschmiegsam den einen Tag und am nächsten ging sie ihm aus dem Weg. Die wichtigere Frage war allerdings: Wieso kümmerte ihn das?

Nur eine weitere Auszubildende, Cullen. Sie ist nur eine weitere Auszubildende. Und sie hatte an ihrem Ausbilder kein Interesse. Er sah zu einem Mitglied, das sich der Bar näherte. „Was willst du?", zischte er.

Die junge, brünette Sub erblasste und trat einen Schritt zurück. *Scheiße*, jetzt machte er schon den kleinen Subs Angst. „Tut mir leid, Süße", sagte er in einem sanften Ton. „Was kann ich dir Gutes tun?"

Misstrauisch beäugte sie ihn, bevor sie wieder zu ihm kam und schließlich ihre Bestellung abspulte.

Danach schaffte es Cullen, sich auf seine Arbeit als Barkeeper zu konzentrieren, auf die Musik, seine Freunde, was letztendlich zu einer Verbesserung seiner Stimmung führte. Im Shadowlands hinter der Bar zu stehen, bedeutete für ihn einen Ausgleich zu seiner Arbeit als Brandermittler. Es gefiel ihm, die einfachen Bedürfnisse von Menschen zu erfüllen, ob es dabei um Getränke, ein Gespräch oder einen Ratschlag ging.

Als Cullen einen klassischen White Russian vor einer neuen, rothaarigen Sub abstellte, kam Marcus hinter die Bar und sagte: „Dan hat mich geschickt, um dir zu helfen und zu lernen, damit ich in Zukunft einspringen kann."

Doms waren die reinsten Helikoptereltern. Cullen war nicht anders, aber das bedeutete nicht, dass er es mochte, mit dieser Überfürsorglichkeit überschüttet zu werden. Er seufzte, lenkte aber ein. „Das Bier steht im Kühlschrank ..."

Nachdem sie sich um die aktuellen Bestellungen gekümmert hatten, lehnte er sich neben Marcus an die Theke.

Bei der Kettenstation genoss es Nolan sichtlich, seiner kleinen Rothaarigen ein Flogging zu verpassen. Wie immer sanft. Er stoppte. Von dem genervten Ausdruck auf seinem Gesicht konnte Cullen sehen, dass Beth wohl den Mund zu voll genommen hatte.

Er warf den Flogger beiseite und packte ein Bündel ihrer Haare. Er starrte auf sie herunter und sogar von hier war die sexuelle Spannung spürbar.

„Die Kleine ist temperamentvoll", kommentierte Marcus. „Ich bevorzuge die ruhigere Sorte."

„Ich eigentlich auch." Zumindest war dies vor ein paar Wochen noch der Fall gewesen. Bis die kleine Amazone in sein Leben getreten war. „Gibt es jemanden im Club, der dir zusagt?"

Marcus schüttelte den Kopf. „Ich bin noch im Begriff, alle Mitglieder kennenzulernen."

Staatsanwalt, erinnerte sich Cullen. Die Polizisten, die ihn vor einer Geschworenenjury gesehen hatten, meinten, dass er verdammt gut war. „Du bist von Virginia hergezogen, richtig?"

„Ich brauchte etwas Abstand von meiner Scheidung."

Wieder einmal ein Beweis dafür, dass es keinen Sinn ergab, sich auf Beziehungen einzulassen. „Verstehe ich. Gefällt es dir im Shadowlands?" Erneut drehte sich Cullen zu der Session an der Kettenstation.

Nolan nahm einen Rohrstock in die Hand und Beths Augen fielen ihr nahezu aus dem Kopf. Vertrauen fassen, bereitete der Sub Schwierigkeiten und Nolan testete immer wieder ihre Grenzen. Sanft schnippend fing er an, wärmte sie auf, wartete, dass sie sich etwas entspannte. Der erste härtere Hieb auf ihre Brüste animierte sie dazu, sich auf ihre Zehenspitzen zu stellen.

Cullen grinste.

„Der Club gefällt mir", sagte Marcus mit einem identischen Grinsen zu Cullens. „Eure Auszubildenden sind interessant. Ich hatte ein Auge auf eine der Subs geworfen, aber ich denke, dass ihr Interesse bereits einem anderen gehört."

Was? Cullens Magen rebellierte und er versuchte alles, um nicht seine Muskeln anzuspannen, sich nicht zu verraten. „Andrea?"

„Korrekt." Marcus betrachtete ihn aufmerksam. „Ich habe die

Zeit genossen, die du mir mit ihr zugesprochen hast. Wenn sie dir aber wichtig ist, dann ..."

„Der Master, der die Auszubildenden beaufsichtigt, muss auf Abstand bleiben", sagte Cullen automatisch. Was auch der einzige Grund dafür war, warum Marcus noch nicht seine Faust im Gesicht hatte. Er rieb sich übers Kinn. *Verdammt*, das Gefühl, seinen Besitz auf sie klarzumachen, verstärkte sich mit jedem Tag.

„Ja, das habe ich mitbekommen", sagte Marcus. „Aber auch dieser Master kann verlockt werden."

Richtig, und dieser Master steckte wirklich in der Scheiße.

Andreas Energie verblasste wie das Pink bei einem Höschen, das mit Bleichmittel behandelt wurde. Den gestrigen Abend hatte sie damit verbracht, zwei Unternehmen zu reinigen. Im Bett daheim fiel es ihr danach schwer, Schlaf zu finden. Sie war zu aufgeregt gewesen. Sie war bereit, den Ratschlag ihrer Großmutter umzusetzen, doch daraus wurde nichts. Dan stand hinter der Bar. Cullen war nirgendwo zu finden. Was für eine Enttäuschung. Trotz der lebhaften Gäste und der animierenden keltischen Musik war die Kohlensäure wie bei einer Pepsi, die zu lange gestanden hatte, aus dem Abend gewichen.

Mit einem tiefen Seufzer schrieb Andrea weitere Bestellungen nieder und fand dann ihren Weg zur Bar. Sie stellte ihr Tablett auf den Tresen.

„Hinreißendes Outfit." Die tiefe Stimme raubte ihr den Atem.

„Master Cullen, du bist hier!" *Dios, seht ihn euch nur an.* Anstatt seiner üblichen Weste trug er ein langärmliges Hemd und der mittelalterliche Stil des Oberteils ließ ihn noch größer erscheinen, seine Schultern breiter. Die hochgekrempelten Ärmel entblößten seine muskulösen, gebräunten Unterarme, die zu, das wusste sie, talentierten, großen Händen führten.

„Sehr aufmerksam von dir, Liebes." Er kam hinter der Bar nicht hervor, so wie er das sonst tat, lehnte sich nicht neben ihr gegen den Tresen. Ihre Bemühungen, auf Abstand zu gehen, hatten zu gut funktioniert.

Bemühe dich um ihn, hatte ihre Großmutter gesagt. *Na gut, Abuelita, ich wage es.* Wenn er nicht zu ihr kam, musste sie eben zu ihm. Sie stützte die Ellbogen auf dem Tresen ab, eine Nachahmung seiner üblichen Haltung. Nur hatte sie Brüste und natürlich wusste sie, dass ihre Arme diese gerade zusammenpressten, und das bot einen beeindruckenden Anblick.

Oh, und es fiel ihm definitiv auf.

„Du siehst auch hinreißend aus", sagte sie. Und alles in ihr wollte ihn. „Das Grün in dem Hemd erinnert mich an deine Augen."

Besagte Augen verengten sich.

Sie fühlte seinen Blick auf sich, als sie in ihrem provisorischen Oberteil nach dem Zettel mit ihren Bestellungen suchte. Wenn man davon ausging, dass die Aussparungen den eigentlichen Stoff anteilmäßig überwogen, konnte sie sich glücklich schätzen, dass die Schleifen den Zettel überhaupt hielten.

„Brauchst du Hilfe?"

Sie hob den Kopf, obwohl sie genau wusste, dass er mit diesen grünen Augen alles sah. Er würde sehen, wie verzweifelt sie ihn wollte. Allerdings wollte sie ihre Gefühle nicht länger vor ihm geheimhalten.

Nun lehnte er sich über die Theke und schob einen Finger in ihren geflochtenen BH, während er mit der anderen Hand den Zettel herausfischte. Damit ließ er sich Zeit, rieb mit den Fingerknöcheln über ihre stetig härter werdenden Nippel. Zu Beginn des Abends hatte sie versucht, den BH auf eine Weise auszurichten, sodass ihre Nippel verdeckt wären, aber ihre Brüste schwangen bei Bewegung eben und es hatte nicht lange gedauert, bis ihre Knospen an die frische Luft gelangt waren.

Anscheinend mochte er entblößte Dinge. Sie sollte im Club eindeutig mehr Kleidung im Makramee-Stil tragen.

Sie schloss die Augen, als ihre Nippel schmerzhaft erhärteten und sie fühlte, wie feucht sie mittlerweile war. Als sie die Augen wieder öffnete, musste sie erkennen, dass sein Blick nicht auf ihren Brüsten lag. Stattdessen musterte er ihr Gesicht. Dieses Wissen heizte sie nur noch mehr an.

Lächelnd rieb er mit dem Daumen über ihre Lippen. „Sobald deine Schicht vorbei ist, werden wir reden, kleiner Tiger."

„Ja, Señor."

Er lehnte sich weg von ihr und verzog das Gesicht zu einer Grimasse, als würde seine Schulter schmerzen. Nachdenklich zog sie die Augenbrauen zusammen. Er lief auch komisch. Steif und –

„Master Cullen!" Ohne Andrea eines Blickes zu würdigen, stieß Vanessa sie zur Seite. „Du hast mir versprochen, mir heute ein Flogging zu geben. Ich warte schon den ganzen Abend."

„Stimmt, das habe ich versprochen." Cullen betrachtete Andreas Bestellung. „Gib mir eine Minute." An der Cocktail-Station streckte er die Hand nach einer Flasche aus, zuckte zusammen und trat dann näher an die Station, um einen neuen Versuch zu starten.

„Ich sehe, wie du ihn ansiehst", zischte Vanessa wie eine Schlange. „Bilde dir bloß nichts ein. Schließlich kenne ich den Van, den du fährst. Ich kann dir versichern, dass er nicht an einer Putzfrau interessiert ist."

Vanessas Verachtung ihr gegenüber füllte den Raum wie ein fauler Gestank und Andrea ging einen Schritt auf Abstand. Ihr blieben die Worte im Hals stecken.

„Du gehörst hier nicht hin", fuhr die andere Sub fort, bevor auf ihren Lippen ein zuckersüßes Lächeln erschien, das sie nur für Master Cullen übrig zu haben schien.

Er stellte die Getränke auf Andreas Tablett. „Bitte sehr, Kleine."

Verdammt, irgendetwas stimmte mit ihm nicht! Sein Mund war angespannt, seine Augen ohne jeden Humor.

„Vanessa, gib mir eine Stunde und dann –"

„Nein", unterbrach Andrea ihn.

Mit zusammengezogenen Augenbrauen sah er zu ihr. *Oh Carajo,* was hatte sie sich nur dabei gedacht? Egal, nun war es zu spät. Sie wandte sich Vanessa zu. „Ich weiß nicht, was er gemacht hat, aber sein Arm oder seine Schulter machen ihm Probleme. Er hat offensichtlich Schmerzen. Auf keinen Fall wird er heute Abend den Flogger benutzen."

Ein Blick auf Master Cullen ließ sie zusammenzucken, weshalb ihre nächsten Worte nur flüsternd herauskamen: „Ich wette, dass er deshalb ein Hemd trägt."

Nach einem wütenden Blick zu Andrea drehte sich Vanessa wieder Master Cullen zu. „Natürlich will ich nicht, dass deine Schmerzen schlimmer werden, Master Cullen", sagte sie in einem Ton, bei dem Andrea am liebsten die Augen gerollt hätte. „Wie wäre es stattdessen mit nächster Woche, Sir?"

Master Cullen lächelte die Brünette an. „Danke, Vanessa. Nächste Woche klingt gut."

Indessen schnappte sich Andrea die Getränke und mischte sich unter die Menge. Wenn genug Zeit verging, würde er vielleicht vergessen, dass sie sich nicht nur in eine Unterhaltung eingemischt, sondern es zudem gewagt hatte, *Nein* zu ihm zu sagen.

Sie fühlte seine Augen auf ihrem Rücken und bekam Gänsehaut. Ihre Nackenhaare stellten sich auf. Dachte sie wirklich, dass der Barkeeper, der jedes Lieblingsgetränk der Mitglieder kannte, vergessen würde, dass eine Sub sich gegenüber einem Dom herrisch verhalten hatte?

„**Was ist mit** deiner Schulter?"

Nur mit großer Mühe schaffte er es, den Blick von der kleinen Amazone zu nehmen. Als ihm das gelungen war, entdeckte er Z an der Bar. „Ich bin unter eine einstürzende Decke geraten und habe mir an der Stelle eine Verbrennung zugezogen."

„Sie beobachtet dich sehr aufmerksam."

Es würde nichts bringen, Ignoranz vorzutäuschen. „Scheint so." Er grinste. „So mutig, die Kleine. Sie hat kein Gegenwort zugelassen."

Das hatte er noch nicht erlebt. Eine Sub, die seine Verärgerung riskierte, weil sie um ihn besorgt war. Er hatte Subs kennengelernt, die frech waren, um Bestrafungen zu bekommen. Subs, die seine Befehle ignoriert hatten, weil Unterwerfung neu für sie war. Subs, die einfach nicht gehorchen wollten. Andrea jedoch ... Er erhaschte einen Blick von ihr, wie sie anmutig durch den Raum lief. Mit langen und selbstbewussten Schritten. Sie war anders.

„Was hast du heute für sie geplant?", fragte Z.

Cullen schenkte ihm seinen Whiskey ein und schob das Glas zu ihm. Dann nahm er sich ein Dosenbier. Er brauchte es. „Letzte Woche habe ich sie nicht unter Druck gesetzt. Es wird also Zeit. Da sie nun ein grünes Band trägt, sollte sie eine Session mit einem ledigen Master spielen. Vielleicht mit Marcus."

Sein Vorschlag hinterließ einen komischen Geschmack in seinem Mund. Er wollte sie nicht mit Marcus sehen. Auch nicht mit Sam oder ... Die Dose in Cullens Hand knackte und Bier schwappte heraus. *Zur Hölle nochmal, sie gehört nicht mir! Auszubildende! Hier, um etwas zu lernen.* „Marcus sollte funktionieren."

Zs Lippen zierten ein unpassendes Grinsen. „Na dann." Er stand auf und hielt lange genug inne, um zu sagen: „Ich schicke Daniel zu dir, sobald ich ihn finde. Er und die anderen werden für den restlichen Abend die Bar übernehmen."

Sein flacher Ton war der Beweis dafür, dass es keinen Sinn ergab, mit ihm eine Diskussion anzufangen. Die Master wurden nicht bezahlt, dennoch hatte der Besitzer stets das letzte Wort. „Verstanden, Boss."

Der Abend hatte furchtbar begonnen. Zuerst hatte sie Master Cullen mit ihrer Art verärgert, die so gar nicht unterwürfig war. Hatte sie ihm wirklich Anordnungen gegeben? *Madre de Dios*, sie war verrückt geworden. Dann, bevor sie sich entschuldigen konnte, hatte Master Z sie an diesen unfassbar langweiligen Dom übergeben.

Nackt, mit den Händen über ihrem Kopf gefesselt, senkte sie den Blick auf die sandfarbenen Haare des jungen Doms, der mit einem Vibrator in sie stieß. Das sollte sie doch eigentlich zu einem Orgasmus führen. Tja, vielleicht auch nicht. Sie drängte einen Seufzer zurück.

Gary schob den Vibrator härter in sie und sagte: „Komme! Jetzt!"

Stand er tatsächlich unter der Annahme, dass er ihr befehlen konnte, wann sie zu kommen hatte?

Andererseits: Wenn sie käme, wäre der Spuk vorbei, richtig? Genug war genug. Andrea schloss die Augen und stöhnte, rotierte ihre Hüften, um es glaubhaft zu machen.

Mit einem zufriedenen Grinsen auf den Lippen erhob sich Gary. *Sehr gut. Jetzt mach mich los!* „Okay", sagte er. „Ich denke –"

„Dürfen wir kurz die Session unterbrechen, Gary?" Master Z betrat den abgetrennten Bereich. „Ich glaube, Master Cullen muss mal ein ernstes Wörtchen mit seiner Azubine wechseln. Währenddessen unterhalten wir uns."

„Oh, natürlich."

Bevor er den Dom wegführte, sah Master Z wenig begeistert in ihre Richtung. *Was ist denn los?*

An sich war ihr das egal. Sie wollte die Gegenwart von Master Cullen genießen. Sie hob den Blick zu seinem Gesicht und ... erstarrte. Sein Kiefer war angespannt, seine Lippen pressten sich fest aufeinander. Im Moment war er nicht zum Scherzen aufgelegt, das war mal klar. Dennoch half er ihr aus den Einschränkungen.

„Señor?"

Er wies auf den Boden. Klopfenden Herzens fiel sie auf die Knie und senkte den Blick. Ihre eiskalten Hände legten sich sanft auf ihre Schenkel – eine Position, die sie letzte Woche gelernt hatte. In ihrem Sichtfeld sah sie nur seine Stiefel. Er bewegte sich nicht. Er stand einfach nur vor ihr, während das Gewicht seines Blickes ihre Schultern zusammensacken ließ.

„Weißt du, warum ich unzufrieden mit dir bin?" Seine tiefe Stimme löste Gänsehaut bei ihr aus.

Dios, sie hatte ihn so wütend gemacht. Warum hatte er sie nicht schon vorhin gemaßregelt? „Weil ich zu Vanessa meinte, dass sie heute kein Flogging von dir bekommt."

„Nein. Versuche es nochmal."

Bitte was? Sie verstand nicht. Was hatte sie sonst falsch gemacht? Als Kellnerin war sie akzeptabel. Sie hatte nicht erneut den Drang verspürt, einen der Master zu schlagen. Sie hatte sich vorbildlich verhalten, wie eine wahre Sub, auch wenn sie von einem Dom gefesselt wurde. Sogar ihren eigenen Orgasmus hatte sie … Ihr Atem stockte. Nein, das war nicht möglich. Er konnte nicht wissen, dass sie den Orgasmus vorgetäuscht hatte. Den Dom hatte sie schließlich in die Irre geführt.

Sie musste es sich eingestehen. Weder Master Z noch Master Cullen hatte sie etwas vormachen können. *Madre de Dios* … „Es tut mir l-leid."

„Sag mir, für was du dich entschuldigst."

„Ich habe einen Orgasmus vorgetäuscht", flüsterte sie mit dem Blick starr auf ihre Hände gerichtet.

„Sieh mich an." Ein Finger unter ihrem Kinn hob ihren Kopf, doch sie wollte nicht in seine kalten Augen schauen.

„Sieh. Mich. An."

Sie zuckte zusammen und folgte seiner Anweisung. Er hielt ihren Blick gefangen und sagte: „Die Beziehung zwischen einem Dom und seiner Sub basiert auf Ehrlichkeit. Wenn du nicht mal ehrlich sein kannst, wenn es um dein eigenes Verlangen geht, dann bist du hier fehl am Platz."

Seine Worte waren schlimmer als ein Schlag in die Magengegend. Es schmerzte so sehr! „Nein! Oh nein!" Sie packte sein Handgelenk, umschloss ihn so fest, dass er ihr zuhören musste! „Ich habe nicht nachgedacht. Ich wollte nur, wollte nur ..." *Den Dom zum Aufhören bewegen. Ihn mit einer Lüge manipulieren.* Nicht mit ihren Worten hatte sie gelogen, sondern mit dem Körper. Tränen meldeten sich an, als ihr die Tragweite ihres Fehlers bewusst wurde. Emotionslos starrte er sie an. Sie hielt es nicht mehr aus und schloss die Augen.

Trotz allem bewegte er sich nicht, lief nicht davon. Gab es noch eine Chance für sie? „Es wird nie wieder passieren. Jetzt, da ich es verstanden habe." Sie schaffte es nicht, das eine Wort über ihre Lippen zu bringen – ein Wort, das unbedingt nach draußen wollte. *Bitte, bitte, bitte.*

Sein Blick erweichte etwas. „Kleine, du – vor allem du – wirst die Art der Bestrafung nicht mögen, die wir in solchen Fällen anwenden."

„Ich tue es. Schlag mich, peitsche mich aus. Es ist mir egal!" *Schicke mich nicht weg. Nicht, wenn ich noch nicht mal den Mut gefunden habe, dir meine Gefühle zu gestehen.*

Er seufzte und hob sie auf die Füße. „Ich bezweifle, dass es dir egal sein wird." Seine Hand legte sich in ihren Nacken und er führte sie in den hinteren Teil des Hauptraums, einen Korridor entlang, an den Themenräumen vorbei und in einen schwach beleuchteten Kerker.

Kein glänzendes Holz, keine bronzefarbenen Akzente wie in den übrigen Räumlichkeiten des Shadowlands. Die Kerkertür kam aus einer lange vergangenen Zeit. Einer brutalen Zeit. Die eingefassten Handschellen in den Felswänden zeigten Subs, sowohl männliche als auch weibliche. Auf der rechten Seite saß eine schlanke Sub in einer Schaukel, ihr Master hämmerte hart in sie. Links stand ein Bondage-Tisch, der gerade nicht in Benutzung war. In der Mitte des Raumes hing eine Frau von der Decke, ihre Augen halb geschlossen, tief ins Subspace eingetaucht, während ihr Dom Wäscheklammern an ihrem Rücken anbrachte.

Bis sie die hintere Ecke erreichten, bebte Andrea am ganzen Leib.

Eine geschnitzte Statue in der Form eines braunen Pferdes stand auf einem Podest, dazu ein Ledersattel auf dem schlanken Rücken. An der Wand dahinter gab es eine beeindruckende Auswahl an Dildos. Ein ungutes Gefühl machte sich in Andrea breit. Zum Auspeitschen war diese Station nicht gedacht.

Master Cullen zeigte auf den Boden. „Hinknien."

Sofort ließ sie sich auf ihre Knie herunter und senkte den Blick. Ihre Hände zitterten so stark, dass sie ihre Finger zwischen ihre Schenkel schob. Von dem harten Schieferboden schmerzten ihre Beine. Ohne zu blinzeln, starrte sie auf ihre Schenkel und lauschte. Was machte er? Um sie herum erklangen die verschiedensten Geräusche: Eine Peitsche knallte. Befehle kamen von einer Domina. Das Stöhnen eines Mannes. Das Knistern einer Kondomverpackung. Gemurmel und Geflüster, das immer näher kam. *Oh Dios*, ihre Bestrafung war zu einem Schauplatz mutiert.

Was hatte es mit dem Pferd auf sich?

Als hätte er sie gehört, sagte Master Cullen: „Dieses Holzpferd ist verwandt mit dem Sybian und du wirst nun darauf reiten, Auszubildende." Er packte sie an den Oberarmen, hob sie hoch und lenkte sie zu dem Sexgerät.

Sie musterte das Ding und legte instinktiv den Rückwärtsgang ein. Auf dem Sattel thronte ein Dildo, eingehüllt in ein Kondom. Ihre Augen fielen auf eine Gummivorrichtung vor dem Phallus und sie runzelte die Stirn. Sie wurde von Master Cullen aus ihren Gedanken gerissen, als dieser Gleitgel auf dem Dildo verteilte. Dann positionierte er eine Holzkiste neben dem Pferd. „Aufsitzen, Sub."

Panisch schüttelte sie den Kopf. Das ... konnte sie nicht tun. Sie trat einen Schritt zurück. Einen zweiten.

Ausdruckslos verschränkte er die Arme vor der Brust und wartete.

Es blieben ihr nur zwei Möglichkeiten: Die Bestrafung akzeptieren – dieses Ding reiten – oder das Shadowlands verlassen und nie wieder zurückkehren. Ihre Augen füllten sich mit Tränen. *Das will ich nicht.* Also betrat sie die Kiste, warf ein Bein über den Sattel und positionierte sich über dem Dildo.

„Hoch mit dir, kleiner Tiger." Er legte die Hände auf ihre Hüften und hob sie direkt über das Spielzeug, senkte sie und erlaubte ihr, sich mental auf die Invasion vorzubereiten. Dann war es so weit, der Dildo glitt in sie. Nicht so dick wie von einem Mann, aber es war so lange her bei ihr, so lange hatte sie nichts in ihrer Pussy gespürt! Nichts, abgesehen von seinen Fingern. Sie knirschte mit den Zähnen und ließ das gesamte Objekt in sich gleiten. Erst in diesem Moment fiel ihr auf, dass sich der gummiartige Bereich vor dem Dildo direkt gegen ihre Klitoris presste.

Master Cullen rieb mit den Händen über ihre Arme, seine Nähe und seine Zärtlichkeiten vermochten es, Trost zu spenden, als sich die erste Träne bei ihr löste. Sie senkte den Kopf und schloss die Augen. Schlimm genug, dass er sie für eine Lügnerin hielt. Sie hatte kein Interesse daran, dass er sah, was für eine Heulsuse sie sein konnte.

„Oh, Kleine." Seine Finger wischten die Nässe hinfort. Anschließend legte er seine Hand auf ihre Wange. „Schau mich an, Andrea." Die Kälte war aus seiner Stimme verschwunden.

Sie gehorchte. Durch ihre wässrigen Augen sah sie ihn nur verschwommen. „Es tut mir leid, Señor", flüsterte sie.

„Ich weiß, meine Kleine." Seine Stimme wickelte sich um sie und donnerte in der Ferne. Er lehnte sich vor ihrem Bein gegen das Pferd, wodurch sie sich dem Ding in ihr so viel bewusster wurde. Warum konnte er nicht in ihr sein?

„Nun wirst du reiten, bis ich mir sicher bin, dass du den Unterschied zwischen einer Lüge und der Wahrheit kennst, zwischen einem unechten und einem echten Orgasmus. Wie lautet das Safeword?"

„Rot, Señor."

„Benutze es, wenn nötig."

Niemals. Sie würde ihm beweisen, dass sie alles ertragen konnte.

Er verengte die Augen. Dann seufzte er. Nachdem er ihre Füße auf die Steigbügel gestellt hatte, passte er die Länge an, damit sie in der Lage war, sich etwas anzuheben, nur nicht weit genug, um dem Dildo zu entkommen.

Zittrig atmete sie ein und arbeitete daran, ihre Fassung zurückzuerlangen. Auf dem Ding sitzen, kein Problem. Wenn er aber dachte, dass sie auf- und abhüpfen würde, um den Zuschauern eine Show zu bieten, verstand er nicht, mit wem er es hier zu tun hatte. Orgasmen – ihre Orgasmen – waren nicht für die Öffentlichkeit gedacht.

Das eine Mal, bei dem sie durch Master Cullen im Club gekommen war, hatte er sie überrumpelt. Er hatte sie überwältigt, hatte sie mit seinen Berührungen überschwemmt, sodass sie niemanden außer ihn bemerkt hatte. Aber heute? Hier? Jede einzelne Person konnte sie sehen, immer mehr fanden sich an dem Abtrennseil ein. Erwartungsvoll. *Das gefällt mir nicht.* Sie wickelte die Arme um sich und rührte sonst keinen Muskel.

Master Cullen nahm etwas vom Tisch. Eine Fernbedienung? Plötzlich summte der gesamte Sattel und der Dildo verwandelte sich in einen Vibrator, rotierte in ihrer Pussy, langsam und gemächlich. *Oh! Immer im Kreis.* Sie spannte den Kiefer an, in dem Versuch, nicht auf die Hitze zu reagieren, die durch ihren Leib jagte.

Eine Minute später vibrierte auch das Ding an ihrer Klitoris los. Sie lehnte sich zurück, musste entkommen, doch nun traf der Vibrator eine extrem empfindliche Stelle. Nein, oh nein, nach hinten lehnen war keine Option.

Wenn sie sich aber nach oben drückte, entfloh sie zumindest den Vibrationen. Sie knirschte mit den Zähnen. Er wollte, dass sie hier einen Orgasmus hatte. Vor allen Anwesenden. Dies hatte nichts mit Liebemachen gemein. Es fühlte sich falsch an. So falsch!

Sie könnte das Safeword benutzen ... *Niemals!* Nein, sie würde das Ding reiten, jedoch hatte sie nicht vor, nicht in einer Million Jahren, für sein oder das Vergnügen der anderen zu kommen. Sie legte die Hände auf den Hals des Pferdes, drückte sich in den Steigbügeln hoch, um so viel Abstand wie möglich zwischen sich und den vibrierenden Teil mit den Noppen zu bringen.

Ein amüsiertes Schnauben war hinter ihr zu hören. Es folgte ein Klaps auf ihr Hinterteil und sie quietschte.

„Wirst du versuchen, meinen Befehlen zu folgen? Willst du mich zufriedenstellen?"

Seine Worte drangen tief in ihre Seele vor und brannten schmerzhafter als der Schlag. Sie kannte die Antwort. Sie senkte den Kopf und ließ sich auf den Sattel fallen. *Eine Heulsuse und ein Weichei.*

Die Vibrationen attackierten ihre Klitoris, aber das spielte nicht länger eine Rolle. Sie war nicht erregt. Kein bisschen. Sogar weniger, als bei den Versuchen des jungen Doms.

„So eine dickköpfige kleine Sub", murmelte Master Cullen.

Erleichtert nahm sie den Mangel an Wut in seiner Stimme wahr.

„Ich denke, ich werde dir ein wenig zur Hand gehen." Plötzlich knackte das Foltergerät, als er sich hinter ihr aufs Holzpferd schwang. Er griff um sie herum und legte eine Hand direkt auf ihre Pussy. Die andere fand ihre rechte Brust.

Erregung explodierte so unerwartet in ihrer Mitte, dass sie laut nach Luft schnappte.

Sein muskulöser Oberkörper wärmte ihren Rücken. Wenn er mit der Hüfte gegen sie stieß und sie damit gegen das Gummiding presste, jagten Vibrationen durch ihr empfindliches Nervenbündel. Seine Finger wandten sich ihrem Nippel zu, umkreisten die Knospe und sandten erregende Signale an ihre Pussy.

Als der Klitorisbetörer und der Dildo in ihr die Anstrengungen intensivierten, beschleunigte sich ihre Atmung. Keuchend näherte sie sich einem Orgasmus. Näher und näher kam sie dem Höhepunkt. Sie konnte nichts dagegen tun. Ihre Beine spannten sich um den Sattel an, ihre Hände krallten sich an den Hals des Pferdes. Plötzlich stoppten die Vibrationen an ihrer Klitoris, der Dildo rotierte langsamer. Für eine Sekunde bewegte sie keinen Muskel, zu schockiert über das jähe Ende dieser Stimulationen. Sie konnte ein Wimmern nicht zurückhalten. Ein Wimmern, das deutlich ihre Enttäuschung kommunizierte. Ihre gesamte Pussy pulsierte.

Eine Weile verging, bevor sie es schaffte, einen zittrigen Atemzug zu nehmen. *Gut. Okay. Prima.* Sie wollte ohnehin nicht vor all diesen Leuten kommen.

„Es hat mich doch überrascht, dass du vorhin nicht gekommen bist. Schließlich hat der Dom einen Vibrator benutzt." Master Cullens Finger rieben über ihren Venushügel. Die sanfte Berührung neckte nur hin und wieder ihre Klitoris. Bei jedem Kontakt zischte sie. „Aber du warst einem Orgasmus nicht mal nah, stimmt's?"

„Nein", hauchte sie.

Seine Hand massierte ihre Brust, betörte ihren Nippel. Sein warmer Atem wehte über ihr Ohr und kitzelte ihre Wange. „Warum nicht, Kleine? Warum hast du mit ihm keine Erregung verspürt?"

Sie zuckte mit den Achseln. Sie wollte nicht an den anderen Dom denken. Nicht jetzt. Sie legte ihren Hinterkopf gegen seine harte Schulter und ließ sich von seinem Geruch verzaubern. Seife, Leder und darunter lag seine Einzigartigkeit. Gab es jemanden, der mehr nach Mann roch als Master Cullen?

„Na gut." Seine Hand entfernte sich von ihrem Geschlecht und die Vibrationen erwachten wieder zum Leben.

Ihr Körper spannte sich an, als sie direkt aufs Karussell der Erregung geworfen wurde. Dieses Mal benutzte er seine Hüfte, um sie in einem vernichtenden Rhythmus gegen das gummiartige Ding mit den Noppen zu pressen. Alles zusammen führte zu –

Die Vibrationen stoppten. Ein verzweifeltes Stöhnen entrang ihr. Auf diese Weise unterbrochen zu werden, war unfassbar schmerzhaft. *Verdammt nochmal!*

Es folgte ein Klaps auf ihren Schenkel. Durch seine große Hand war der Schlag elektrisierend und die Schockwelle schoss durch ihren Leib. „Andrea, warum musstest du den Orgasmus vortäuschen? Warum konntest du bei ihm nicht zur Erlösung finden?"

Sie schüttelte den Kopf, ihr Körper bebte, ihre untere Hälfte gierte. Der Dildo drehte und drehte sich in ihrer Hitze. Langsam, so langsam, aber schnell genug, damit sie auf diesem Level der Erregung verharrte.

Wieder teilte er einen Klaps auf ihren Schenkel aus. Sie versuchte, sich nach oben zu drücken, doch der unerbittliche Arm um ihre Taille hielt sie an Ort und Stelle. Die Vibrationen kehrten zurück. Brutaler, intensiver, während der Dildo in ihr sein Tempo erhöhte.

„Oh, oh, oh!" Ihre Hände krallten sich an dem Pferd fest und sie lehnte sich dem Klitorisspielzeug entgegen. Nur ein wenig.

Die Vibrationen stoppten und seine Hand teilte den nächsten Schlag aus, etwas höher, etwas brutaler. Ein weiterer Klaps jagte ihre Gedanken in den Wind und sie wölbte sich in Schmerz und Lust, verwirrt über die gegensätzlichen Empfindungen. Was erwartete er von ihr? Was wollte er von ihr hören?

„Warum bist du bei ihm nicht gekommen?" Er wartete eine Sekunde und schlug nochmals gegen ihren Schenkel. Tränen füllten ihre Augen.

Die Vibrationen begannen erneut und katapultierten sie hoch, höher ... aber nicht hoch genug.

Alles stoppte. Trotz ihres Wimmerns schlug er ihr ein weiteres Mal auf den Schenkel. „Warum nicht?"

Sie konnte nicht denken, konnte nicht kommen, alles brannte

und pulsierte, als die Begierde in ihr die Zügel an sich riss. Er erlaubte ihr nicht, sich zu bewegen. Er hielt sie ... er verletzte sie ... er beschützte sie ...

„Warum nicht, Andrea?"

„Weil er nicht du ist." Die Worte brachen aus ihr heraus. „Ich vertraue dir." Unterwürfig senkte sie den Kopf und flüsterte: „Ich will nur dich."

KAPITEL ELF

I hre geflüsterten **Worte** sprengten sich einen Weg durch seinen Verstand. Sie wollte ihn ...

Fuck, das war nicht der Plan gewesen. Sein Arm um sie festigte sich dennoch und er zog ihren weichen Körper eng an seine Brust. Sie erreichte mit anderen nicht den Höhepunkt, weil sie ihn wollte. *Nur mich.* Nicht irgendeinen Dom oder Master, sondern ihn allein. Bei der Erkenntnis würde er am liebsten laut brüllen und wie ein Gorilla mit den Fäusten auf seine Brust trommeln. Sie gehörte ihm, ihm allein. Das hatte sie selbst gesagt.

Aber sie *durfte* nicht ihm gehören. *Was soll ich nur tun?* Er kannte die Antwort, aber verdammt nochmal, er wollte sie nicht loslassen.

Als er spürte, wie sie bebte, schob er seine Gedanken zur Seite. Schließlich hatte er eine kleine Sub in den Armen, die sich eine Belohnung verdient hatte. Er bezweifelte jedoch, dass sie später noch wissen würde, was sie ihm gerade anvertraut hatte. Er schaltete den Vibrator an und ihr Körper reagierte, als hätte sie einen Stromschlag bekommen. Mit seinem harten Schwanz an ihrem Po konnte er jede einzelne Vibration spüren.

Er stellte ein intensiveres Level ein. Das tiefe Wimmern, das ihr entrang, übertönte sogar die Vibrationen. Ihre Hände ballten die Mähne des Pferdes fester, während ihr Körper von Lustwellen heimgesucht wurde. *So nah.* Er wickelte beide Arme um sie, hielt sie und biss ihr dann sanft in den Hals. Sie zuckte und wölbte sich, als der stechende Schmerz sie direkt an die Klippe führte.

„Dios!", schrie sie. Ein Schrei, der nur von einer Frau kommen konnte, die vollkommen ihre Kontrolle abgegeben hatte. Von einer Frau, die ihm vollkommen vertraute. Der Gedanke machte ihn steinhart, mehr als es die Vibrationen und ihr windender Körper vermochten.

Der Orgasmus erschütterte die kleine Sub in ihren Grundfesten, Wellen der Lust überwältigten sie, bis er schließlich entschied, die Maschine auszustellen. Erschöpft brach sie an ihm zusammen. Das Gefühl, sie in den Armen halten zu dürfen, schwer keuchend, die Wangen gerötet und über alle Maßen befriedigt, füllte ihn mit unbändiger Freude.

Hinter ihrem Ohr platzierte er einen sanften Kuss, dann küsste er sie auf den Hals, die Schulter. Jede Berührung seiner Lippen schickte eine weitere Lustwelle durch ihren kurvenreichen Körper.

„Lass sie noch einmal kommen, Master Cullen." Z stand mit Gary direkt hinter dem Seil, das die Grenze zum Bereich markierte. „Ich würde Gary gerne zeigen, nach was er Ausschau halten muss."

Cullen zog die Augenbrauen zusammen. *Noch einmal?* Andrea lag vollkommen erschöpft in seinen Armen, ihr Körper wurde noch immer von Nachbeben heimgesucht. Bei Zs Anordnung versuchte sie, sich aufzusetzen und das sanfte Wimmern von ihren Lippen brach ihm das Herz. Seine Arme legten sich fester um sie. „Nein, sie hat genug."

„Noch ein Mal", verlangte Z.

Was zum Teufel war los mit dem Bastard?

Cullens Beschützerinstinkt schaltete sich ein. Verletzliche kleine Sub ... *meine* kleine Sub.

„Nein, Z. Sie ist fertig." Cullen erhob sich von dem Sexgerät und nahm Andrea sogleich in seine Arme. Diskussion beendet. Wenn Z von seiner Entscheidung genervt war, konnten sie das später besprechen.

Er wickelte Andrea in eine Decke, nahm sich die Zeit, um das REINIGUNG ERFORDERLICH-Schild aufzustellen, bevor er sie erneut in seine Arme zog. Er grunzte, als ihr Gewicht ihn an seine verletzte Schulter erinnerte. Tat verdammt weh und doch interessierte es ihn einen Scheiß. Er liebte es, dass seine Sub kein Leichtgewicht war. *Genau richtig für mich.*

Sie blinzelte zu ihm auf. „Du hast *Nein* zu Master Z gesagt", flüsterte sie, ihre Worte gelallt. „Er ist doch der Besitzer."

Cullen knurrte. „Und ich bin dein Master. Er wird es überleben." Er sah sich um, darauf vorbereitet, seine Entscheidung zu verteidigen, doch Z und Gary hatten sich in Luft aufgelöst. *Was zum Teufel war das denn bitte?*

Aber egal, dachte er sich. Mit einem Kuss auf ihre weichen Locken suchte er sich ein gemütliches Eckchen. Ihre Worte hallten in seinem Kopf wie eine tröstende Melodie nach. *„Ich will nur dich."*

Schließlich nahm er auf seinem Lieblingssessel Platz und positionierte sie auf seinem Schoß. Der Duft ihrer Erlösung zusammen mit ihrem einzigartigen Aroma wehte von dem Kokon in ihrer Decke zu ihm. Seine Kontrolle wurde auf die Probe gestellt; sein Schwanz war noch nie so hart gewesen. Seine Eier schienen in einem Schraubstock zu stecken. Er runzelte die Stirn. War es möglich, dass er, seit Andrea in den Club getreten war, mit keiner anderen Sub Sex gehabt hatte? Er konnte sich nicht erinnern, wann er das letzte Mal so lange ohne Geschlechtsverkehr durchs Leben gewandelt war. Es war also nicht verwunderlich, dass er Schmerzen hatte.

Die Frau in seinen Armen hatte ihn unerwartet getroffen, hatte sich unbemerkt angeschlichen. Er positionierte sie um, woraufhin sie ihren Blick zu ihm hob. Goldbraune Augen. Wie von einem Löwen.

Als sie mit ihrem hinreißenden Arsch auf seinem Schoß umherrutschte, festigte er seine Arme, fixierte sie. Wenn sie so weitermachte, müsste er sie über die Sessellehne beugen und sich nehmen, was er brauchte.

Sie blinzelte, schien zu spüren, was unter ihrem Po lauerte. „Du brauchst ..." Sie zog die Augenbrauen zusammen. „Darf ich ...?" Er sah ihr an, wie sie ihre Worte zurechtlegte. „Ähm, also, wenn du willst ... Ich bin gerne dazu bereit ..."

So besorgt und großzügig. Er schmunzelte und sah, wie sich ihre Schultern entspannten. Mit einer Hand richtete er ihren Kopf aus. Dann küsste er sie.

Ihre Lippen waren so weich und ihr Mund öffnete sich für ihn, ihr Körper und auch ihr Geist gaben sich ihm hin. Es war ein liebevoller Kuss und doch leidenschaftlich. Eine Frau konnte mit ihren Worten lügen, manchmal auch mit ihrem Gesicht, aber selten mit einem Kuss.

Die Unterwerfung, die ihr zu Beginn so viele Schwierigkeiten bereitet hatte, bot sie nun aus vollem Herzen an. Würde er sie akzeptieren?

Sein Schwanz schmerzte wie ein fauler Zahn, als er ihr seinen Mund entriss.

„Du brauchst mich", flüsterte sie.

„Kleine, ich habe vor, mit dir Sex zu haben, bevor der Abend zu Ende geht. Ich möchte aber warten, bis du wieder bei Sinnen bist. Du brauchst eine Ruhephase. Hast du deinen Ritt genossen?"

Anklagend sah sie ihn an und sie unternahm erneut den Versuch, sich aufzusetzen. „Wie konntest du mir das antun? Vor all den Leuten!"

Mit einer Hand zwischen ihren Brüsten drückte er sie wieder nach unten. „Im Shadowlands wird das Lügen generell als ein

Problem angesehen. Dass du einen Orgasmus vorgetäuscht hast, gilt als schweres Vergehen."

„Oh. Okay. Na gut."

„Und jetzt beantworte meine Frage."

Ihre Augen schossen zu seinen. „Ich ... du weißt sehr wohl, dass ich einen Orgasmus hatte. Aber es war so ... unpersönlich." Sie zögerte und fügte dann mit einer Aufrichtigkeit hinzu, die ihn unglaublich glücklich machte: „Dass du mich gehalten hast, hat geholfen."

„Braves Mädchen", sagte er in einem sanften Ton und konnte beobachten, wie ein Lächeln ihr Gesicht zum Strahlen brachte.

Eine kleine Sub mit einer fürsorglichen Natur. *Verdammt*, lange würde er sich nicht zurückhalten können. Vor allem nicht, wenn sie ihm so nah war.

Zur Hölle nochmal, er kannte sie ja nicht mal.

Und doch tat er das. BDSM umging die höflichen Rituale und offenbarte den Charakter einer Person. Er wusste, dass sie auch in unheimlichen Situationen Mut bewies; sie ließ sich nicht unterkriegen. Ihre Art Humor war zurückhaltender als seine und dennoch schien es perfekt zu passen. Er hatte gesehen, wie viel Spaß sie daran hatte, zu helfen und zu bedienen. Ihre Schamhaftigkeit war für ihn so erregend wie ihre offensichtliche Leidenschaft. Spielte es also eine Rolle, ob er ihre – und er bezweifelte, dass es Pink war – Lieblingsfarbe kannte?

Tiefe Männerstimmen waren das Erste, was Andrea wahrnahm. Sie musste eingeschlafen sein.

„Das ist nicht akzeptabel!" Master Z klang stinksauer.

Oh Dios! Hatte er vor, Señor zu feuern, weil er seine Anordnung ignoriert hatte? Augenblicklich war sie hellwach und setzte sich in Master Cullens Armen aufrecht hin. „Sei nicht böse auf Señor. Er hat mich doch nur verteidigt", sagte sie. „Das ist sein

Job als Ausbilder. Dafür sollte er keine Schwierigkeiten bekommen."

Master Z wirkte verwirrt. Dann erschien ein Lächeln auf seinem strengen Gesicht. Sein Blick wanderte zu Señor. "Sie steht für dich ein. Das freut mich." Seine dunkelgrauen Augen landeten wieder auf ihr. "Ich bin nicht wütend auf Master Cullen, Süße. Wir besprechen gerade ein Problem, das sich in einem der Clubs in der Stadtmitte zugetragen hat."

Ups. Sie hatte sich in eine Unterhaltung unter Doms – Mastern – eingemischt. Und wieder einmal hatte sie mit Befehlen um sich geworfen. "Es tut mir leid."

Wie ein Kind, das sich in der Dunkelheit unter seiner Bettdecke vergrub, duckte sie sich in ihren weichen Kokon und schmiegte sich mit der Wange an Señors Schulter. Ein Lachen vibrierte durch seine Brust und sie schloss die Augen. Okay, das klang gut.

Beim Einatmen seines wundervollen maskulinen Duftes spendete die Erinnerung an das *Nein*, das er Master Z an den Kopf geworfen hatte, mehr Wärme, als es eine Decke jemals konnte. Niemand hatte sich jemals für sie stark gemacht und Gefahr von ihr abgewendet.

"Wir werden die Hitzewelle nutzen und den St. Patrick's Day privat weiterfeiern", verkündete Master Z. "Bringe deine Sub und folge mir nach draußen, Cullen."

Deine Sub? Meint er mich? Sie hob ihren Kopf hoch genug, um aus ihren Deckenfort sehen zu können.

Master Zs Augen funkelten amüsiert, als er sagte: "Mach dir keine Mühe mit Klamotten."

Oh ... Dios. Nachdem Master Z gegangen war, stellte Señor sie auf die Füße und erhob sich. Er umfasste ihr Kinn und sah ihr tief in die Augen. "Ist es ein Problem, wenn der Abend länger wird?"

"Nein. Ich arbeite oft abends und bin an diese Uhrzeit somit gewöhnt." Sie rieb sich die Augen und erkannte, dass sich der Raum geleert hatte. Ihr Schlafmangel hatte sie wohl eingeholt. Es gab jedoch Schlimmeres, als ein Schläfchen auf Master Cullens Schoß zu halten. „Tut mir leid, dass ich eingenickt bin."

„Ich habe es genossen, dich in meinen Armen zu halten, Kleine." In seinen Augen sah sie ... Sie wusste nicht, wie sie es beschreiben sollte, aber der Anblick löste in ihr das Bedürfnis aus, sich wieder an ihn zu kuscheln.

Sie sollte ihr Glück nicht herausfordern und ging einen Schritt zurück. „Was für eine Party wird das?"

„Denke daran, dass du zu jeder Zeit dein Safeword benutzen kannst, Sub." Bei seinen Worten und dem belustigten Ausdruck stellten sich ihre Nackenhaare auf. Gleichzeitig meldete sich Erregung in ihrer Mitte.

Er entledigte sie ihrer Decke und warf sie auf einen Stuhl. Nun war sie vollkommen nackt, als sie ihm durch den leeren Hauptraum folgte.

An der Wand, wo immer das Buffet zu finden war, öffnete sich eine Tür mit der Aufschrift PRIVAT zu einem Korridor, der zu einer Tür nach draußen führte. Die ungewöhnlich warme Nachtluft für diese Jahreszeit strich über ihre Haut. Ein Steinpfad, nass unter ihren Füßen, zeigte ihr den Weg um eine Ecke und zu einer überdachten Terrasse. Sanftes Licht kam auch hier von gusseisernen Wandleuchtern. Weitere Lichtquellen bildeten Laternen auf den Tischen.

Gelächter und Gespräche drangen an ihre Ohren. Instinktiv hielt sie an. *Dios*, sie trug nicht den kleinsten Fetzen Stoff am Leib!

Cullen legte eine Hand auf ihren Rücken und übte Druck aus. „Die Master kennst du alle schon, Liebes. Ich denke, du wirst ihre Subs mögen."

Die opulenten Pflanzen um die Terrasse und die Blumen in den hängenden Töpfen füllten den Bereich mit einem tropischen Duft. In der Mitte des Außenbereiches standen Stühle und ein passender Eichentisch mit gusseisernen Akzenten. Sie senkte den Blick, denn unter ihren Füßen befand sich ein orientalischer

Teppich. Am hinteren Ende wartete ein riesiger Grill auf seine Benutzung. Gleich daneben holte eine nackte Frau Limonade aus einem winzigen Kühlschrank.

Zu viele Leute ... Wieder kam Andrea zu einem Halt.

Nicht weit entfernt entdeckte sie Master Dan, seine Arme vor der Brust verschränkt, darauf wartend, dass sich eine kleine, kurvige Sub ihres Kleides entledigte. Master Nolan – ein Meister mit Seilen, wie sie hatte lernen müssen – hatte den Arm um seine schlanke, rothaarige Sub, die bereits nackt war.

Allmählich entspannte sich Andrea. Vielleicht würde sie sich doch nicht so fehl am Platz fühlen, wie zunächst angenommen. Die Doms trugen jedoch alle Kleidung. *War ja klar.*

„Besser?", fragte Cullen.

Sie sah zu ihm auf und bemerkte die Sorgenfalte zwischen seinen Augenbrauen. Er hatte ihr Unbehagen registriert und ihr die nötige Zeit gelassen. Wie konnte sie diesen Mann nicht verehren? „Ja. Danke, Señor."

„Sehr gut." Dann erhob er die Stimme: „Freunde, das ist meine Sub Andrea. Sie war noch nie auf einer privaten Party, also benehmt euch." Er zog Andrea an sich und zeigte auf jede anwesende Frau. „Beth, Master Nolans Sub. Sie hat ihre eigene Firma und bewirkt als Landschaftsgestalterin wahre Wunder. Beweisstück A: die Gärten des Shadowlands. Master Dans Sub heißt Kari. Sie ist Lehrerin. Jessica, Master Zs Sub, ist Steuerberaterin."

Die Subs lächelten sie alle freundlich an, sagten aber nichts. Deshalb entschied auch Andrea, besser den Mund zu halten und nur zu nicken.

Über ihr hörte Andrea, wie eine Tür geschlossen wurde, und sogleich hob sie neugierig den Blick. Stufen führten ins zweite Obergeschoss. Mit einem Tablett in der Hand stieg Master Z die Treppe hinunter.

„Seine Wohnung befindet sich im zweiten Obergeschoss", klärte Cullen sie auf, als sich Z ihnen näherte.

„Andrea", begrüßte Z sie. „Willkommen. Wir haben Regeln,

an die du dich bei Partys halten solltest. Zu den üblichen Regeln, die du als Auszubildende befolgst, kommt hinzu, dass es den Subs nur erlaubt ist, zu sprechen, wenn sie dazu aufgefordert werden oder nachdem sie die Erlaubnis eingeholt haben. Wie lautet dein Safeword?"

Warum erschauerte sie stets bei dieser Frage? „Rot, Sir."

„Sehr gut." Er streckte seine Hand aus und seine Sub, die gerade an seiner Seite aufgetaucht war, legte ihre vertrauensvoll in seine. Wie hatte er Jessicas Anwesenheit bemerkt? „Kätzchen, ich bezweifle, dass Andrea schon zu Abend gegessen hat." Sein Mundwinkel zuckte. „Und ich möchte, dass sie eine Flasche Wasser leert, bevor sie sich einen Drink gönnt. Master Cullen hat sie heute den Sybian reiten lassen."

„Ja, Sir", antwortete sie gehorsam.

Master Z küsste seine Sub auf den Handrücken und verschwand.

Cullen rieb über ihre Wange. „Erlaube, dass Jessica dich versorgt", flüsterte er. „Wenn du mich brauchst, findest du mich gleich dort drüben." Dann folgte er Z.

Bei dem Gefühl, von ihm im Stich gelassen zu werden, ballte sie die Hände zu Fäusten. *Dios*, sie hatte hier inmitten dieser reichen Leute nichts verloren. Die Frauen arbeiteten, erinnerte sie sich, und dennoch, keine von ihnen war im Ghetto aufgewachsen. Sie −

„Es ist überwältigend, oder?", unterbrach Jessica ihren Gedankengang. „Die Doms, dieser Ort, die Party."

Überrascht sah Andrea sie an.

„Ich bin auch noch nicht lange in diesem Lifestyle unterwegs." Nach diesem Geständnis zeigte die Blondine auf einen Tisch gleich neben dem Grill. „Wir sollten dir Nahrung und Wasser holen, bevor ich Ärger bekomme."

„Was würde er tun?" Master Cullen wütend zu sehen, war unheimlich, aber sie vertraute ihm. Master Z wütend? *Ay diablo!*

Jessica rollte mit den Augen. „Er ist viel zu einfallsreich. Beim letzten Mal hat er –" Ein Lachen brach aus ihr heraus, das auch Andreas Lippen zu einem Schmunzeln motivierte. „Na ja, danach habe ich ihm eine Rechnung über meine Dienstleistungen geschickt."

„Zu Master Z? Bist du wahnsinnig?"

„Hey, ich bin eine Finanzexpertin; das tue ich nun mal. Und was hat der Blödmann getan? Er ist mit mir jeden einzelnen Punkt durchgegangen, um mir zu erläutern, warum diese Preise übertrieben waren." Als sich Andrea an einem Lachen verschluckte, richtete Jessica einen finsteren Blick an die Doms.

„Aber egal, er ließ mir die Wahl: Einen Analplug bei der Arbeit tragen oder im Shadowlands mit einem Paddel bestraft zu werden."

Okay, Paddels waren nicht so furchtbar. „Für welche Option hast du dich entschieden?"

„Den Plug." Jessica verzog das Gesicht. „Dumme Idee. Weißt du, wie nervig es ist, sich mit den Dingern hinzusetzen? Meine Kollegen dachten wahrscheinlich, ich hätte Würmer."

Andrea kicherte. „Die Erfahrung habe ich noch nicht gemacht. Aber ... ähm ..." Misstrauisch sah sie zu Master Cullen. „Er wird doch nicht ... Weißt du, ob er ...?"

„Viel Glück sage ich nur." Der Schalk war Jessica ins Gesicht geschrieben. Aus dem Kühlschrank zog sie eine Flasche Wasser.

„Großartig." Andrea akzeptierte die Flasche. Dann nahm sie sich einen übergroßen Cookie von einem Teller und biss hinein. Buttrig, cremig und die perfekte Konsistenz. „Wow, köstlich. Wie die Cookies meiner Großmutter."

„Kari liebt es, zu kochen und zu backen. Hast du sie und Beth schon kennengelernt?" Jessica wies auf die beiden Subs, die sich bei der Männergruppe aufhielten.

„Nein, aber ich habe geradeso ein Lächeln geschafft, bevor mich Beths Dom wie ein Weihnachtsgeschenk mit Seilen verschnürt hat."

Jessicas Kichern zog die Blicke der Doms auf sich. Señor

schenkte ihr ein Lächeln, bevor er sich wieder der – keine Frage – super wichtigen Unterhaltung mit den anderen Doms zuwandte. Wahrscheinlich ging es um das letzte Basketballspiel oder etwas Ähnliches.

Kari sah zu den beiden Frauen. Dann rieb sie sich wie ein Kätzchen an Master Dan, was er nicht zu bemerken schien. Die Augen der Sub verengten sich, bevor sie ihrem Master in die Seite zwickte. Andreas Kinnlade klappte herunter. Sie erinnerte sich noch sehr gut an den Vortrag dieses Doms, nur für ihre patzigen Antworten.

Obwohl Master Dan seine Sub kritisch beäugte, verriet ihn das Schmunzeln auf seinen Lippen. Nach einer Weile nickte er, aber dem Klaps auf ihren Po, als sie aufstand und sich von ihm entfernte, entkam sie nicht.

Über ihren Hintern reibend näherte sich Kari den beiden. „Ich hätte bei meiner Anfrage wohl intelligenter vorgehen sollen."

„Ja, dein Stil lässt zu wünschen übrig." Jessica grinste. „Du solltest Beth beobachten. Sie ist ein Meister in dem Fach."

Die Drei drehten sich rechtzeitig, um zu beobachten, wie sich Beth zu den Füßen ihres stehenden Doms hinkniete und ihre Brüste an seinen Beinen rieb. Als er den Blick senkte, presste sie die Handflächen zusammen und sah flehend zu ihm auf.

Ein Grinsen zeigte sich auf seinem unheimlich wirkenden Gesicht. Ruckartig zog er sie nach oben, bis sie sich auf die Zehenspitzen stellen musste, um ihr einen harten Kuss aufzudrücken. Beth wirbelte sogleich herum und gesellte sich zu ihnen.

„Du bist so ein manipulatives Biest", sagte Jessica in einem bewundernden Ton. „Wie hast du ihn dieses Mal angesprochen?"

„Mit ,Oh strahlender und großzügiger Lord'." Grinsend sah Beth zu Kari. „Die besonderen Anreden hebe ich mir für Partys auf, weil es deinen Master so verdammt eifersüchtig macht. Jedes Mal fragt er Nolan, warum er dich nicht dazu bringen kann, ihn so anzuflehen."

Kari brach in Gelächter aus. „Du bist so fies."

„Ich weiß", sagte Beth mit offensichtlicher Genugtuung. Ihre Augen wanderten zu Andrea. „Ich habe gehört, dass dir Master Cullen verraten hat, was wir beruflich machen. Darf ich fragen, was du machst?"

„Ich habe eine Reinigungsfirma."

Jessica stoppte mit dem Anfertigen eines Getränks und wirbelte herum, ihre blonden Haare folgten der plötzlichen Bewegung. „Oh, wirklich? Privathäuser oder Firmen?"

„Häuser und kleine Unternehmen. Die großen Firmen meide ich."

„Sehr cool. Wir sollten uns demnächst zusammensetzen und reden. Z ist mit der derzeitigen Reinigungsfirma nicht zufrieden. Die vorigen Besitzer haben verkauft, sind in Rente gegangen und ..." Sie zuckte mit den Achseln. „Du weißt, wie das läuft."

Das Shadowlands in meinen Kundenstamm aufnehmen? Andrea musterte das gewaltige Gebäude. Machbar. Vielleicht sollte sie es persönlich reinigen. Schließlich hatte sie ein großes Interesse daran, alles besonders sauber und ordentlich zu halten. „Wenn ich meine Tasche wieder habe, kann ich dir meine Visitenkarte geben."

„Super!"

Während sich Jessica Kari zuwandte und fragte, was sie gerne zum Trinken hätte, lehnte sich Beth mit der Hüfte gegen den Tisch und sagte: „Nur so als Info: ein Teil meiner Bezahlung für die Pflege der Gärten ist eine kostenlose Mitgliedschaft."

Jesús, María y José! Gerade als sie entschieden hatte, dass ihre Stellung als Auszubildende nicht länger funktionieren würde, kam diese Information. „Das würde ich ... wirklich sehr schätzen."

Beth nickte. „Dachte ich mir. Ich habe dich vorhin mit dem unerfahrenen Dom gesehen."

„Ja, was für ein Desaster." Da sie ihr Herz so früh an Cullen verloren hatte, war es unmöglich gewesen, sich einem anderen Dom zu unterwerfen. Es hatte sich verdammt falsch angefühlt. Allerdings konnte eine Auszubildende keine Männer in den Wind schicken. Nicht, ohne guten Grund. Nicht, ohne die Benutzung des Safewords. Ein Mitglied konnte das schon. „Danke, Beth."

Beth lächelte. „Ich wünsche mir schon so lange, dass Master Cullen eine Sub für sich findet. Immer kümmert er sich um alle, aber hin und wieder scheint durch, wie sehr er sich nach einer besonderen Frau sehnt."

Andrea verschränkte die Arme unter ihren Brüsten und nickte entschlossen. *Oh ja, und diese Frau bin ich!*

Beth erwiderte das Nicken. Keine weiteren Worte waren notwendig. Im nächsten Moment drehte sie sich weg, um nach den Doms zu sehen und Andreas Augen weiteten sich bei dem Anblick. Der Rücken der Rothaarigen war überhäuft mit weißen Narben. Das Resultat einer Peitsche, aber nicht nur. *Dios mío!* Was für ein Monster war ihr Dom? Sofort landete ihr finsterer Blick auf Master Nolan.

Eine Hand wickelte sich um ihr Handgelenk. „Nolan ist dafür nicht verantwortlich", sagte Jessica.

Beth sah über ihre Schulter und erkannte, wen Andrea mit ihrem Blick töten wollte. Sie lächelte. „Zu denen bin ich vor meiner Zeit mit ihm gekommen. Nolan hat mich gerettet." Sie spannte den Kiefer an. „Jetzt versucht er, mir Selbstverteidigung beizubringen. Was für ein Albtraum. Er ist wirklich gut, aber viele Techniken sind für mich nicht umsetzbar. Er weiß einfach nicht, wie es ist, wenn man kleiner und schwächer als der Gegner ist."

Jessica tätschelte Beths Schulter. „Oh, ich weiß genau, was du meinst. Mit Z habe ich das gleiche Problem."

„Ah, vielleicht kann ich euch helfen. Ich weiß, auf was geachtet werden muss", bot Andrea an.

Kari stemmte die Hände in die Hüften. „Darf ich erwähnen, dass du nicht gerade winzig daherkommst?"

„Das stimmt natürlich." Andrea grinste, hob die Fäuste und kämpfte gegen einen unsichtbaren Gegner. „Jedoch trainiere ich, seit ich zehn Jahre alt bin. Mein Papa hat mir Tipps gegeben.

Zum einen bedeutet klein sein, dass du wendiger bist. Dinge in diese Richtung."

„In dem Fall bin ich dabei!", sagte Beth.

Kari nickte ihre Bereitschaft.

„Ich auch!", kam es von Jessica. „Das klingt wirklich –"

„Das klingt für mich danach, dass wir unsere Subs wieder unter Kontrolle bekommen müssen." Master Nolans Reibeisenstimme ertönte. Er sah zu Master Cullen. „Deine Sub ist ein schlechter Einfluss."

Andrea erinnerte sich an ihre simulierten Hiebe und flüsterte: „Ups."

„Gentlemen", sagte Z. „Zum Abkühlen schlage ich ein Volleyballspiel vor. Damit sollten wir das aggressive Verhalten einiger Anwesender im Keim ersticken. Doms gegen Subs. Wenn ein Dom einen Punkt macht, kann er die Sub dekorieren. Wer zuerst sieben Punkte hat, gewinnt. Das Gewinnerteam darf vom Verlierer Gefallen einfordern."

„Volleyball zum Abkühlen?", murmelte Andrea.

Jessica flüsterte als Antwort: „Das Netz ist im Pool."

Die Doms sammelten ihre Subs ein, und so bekam Andrea nicht die Chance, zu fragen, was mit *dekorieren* gemeint war. Nichts Gutes, wenn sie raten müsste. Master Cullen nahm ihre Hand und zusammen folgten sie den anderen über einen Pfad zu etwas, was niemand mit klarem Verstand als Pool bezeichnen würde. Okay, die Größe stimmte vielleicht, aber durch die Felsen, Büsche, die tropischen Blumen und den kleinen Wasserfall erinnerte es eher an einen Teich tief verborgen in einem Zauberwald.

KAPITEL ZWÖLF

Nachdem sich Cullen ausgezogen hatte und in eine Schwimmshorts geschlüpft war, sprang er in den geheizten Pool und streckte die Arme nach seiner Sub aus. Er ignorierte seine schmerzende Schulter, als er die kleine Amazone hochhob. Eine nackte, warme Frau, weich an den richtigen Stellen. Vielleicht sollte er sie gegen die Poolwand drängen und sie hier und jetzt nehmen.

„Lass sie runter, Cullen", sagte Dan. „Wir versuchen, hier ein Spiel zu spielen. Du musst warten."

Nur widerwillig tat er das und es befriedigte ihn ungemein, dass sie sich an ihn lehnte. Auch sie hatte es nicht eilig, von ihm wegzukommen. Er entfernte ihre Handgelenksfesseln und warf sie auf den Pfad, drückte ihr einen Kuss auf die Lippen und schob sie in den seichten Bereich des Pools, der die Seite der Subs markierte.

Als sich Cullen zu den Männern gesellte, lag Zs besorgter Blick auf seinem Verband. Auch Dan trug einen wenig begeisterten Ausdruck und Nolans Augenbrauen zogen sich zusammen. Cullen schüttelte den Kopf. *Überfürsorgliche Doms.* „Ich wechsle den Verband nach unserem kleinen Spielchen."

Nach einem weiteren besorgten Blick sagte Z: „Mach den Aufschlag."

Cullen schickte den Ball übers Netz.

Quietschlaute, Kichern, Lachen, Platschen. Brüste bebten und glitzerten in dem Licht der Gartenlaternen, versteckt inmitten der Vegetation. Dan machte den ersten Punkt und wies Kari an, zu ihm zu kommen. Aus einem Korb, den Z am Poolrand bereitgestellt hatte, wählte Dan Nippelklemmen und befestigte diese an den Nippeln seiner Frau. Sie wimmerte und er runzelte die Stirn.

„Deine Brüste sind in letzter Zeit sehr empfindlich."

„Ja ... komisch", presste sie heraus.

Er löste die Klemmen etwas.

Obwohl Cullen nur einen Arm benutzen konnte, erzielte er den nächsten Punkt. Groß zu sein, hatte seine Vorteile. Mit dem Zeigefinger lockte er Andrea zu sich.

Sie watete durchs Wasser, ihre Brüste erregend schwingend, als sie sich auf die Seite der Doms begab.

„Was ist deine Lieblingsfarbe?", erkundigte sich Cullen. Seit ihm der Gedanke vorhin in den Kopf gekommen war, fragte er sich, wie die Antwort lautete.

„Blau."

Er wühlte durch die Schmuckstücke, bis er ein Set mit blauen Steinen fand. Mit einer Hand auf ihrem Hintern fixierte er sie, während er sich vorbeugte und einen ihrer Nippel mit seinen Lippen einfing. Samtweich, kühl vom Wasser. Gemächlich saugte er an der stetig härter werdenden Knospe. Er musterte ihr Gesicht aufmerksam, als er die Klemme befestigte und drehte an dem Rädchen, bis sie den Kiefer anspannte und ihre Augen einen glasigen Ausdruck annahmen. Die kleine Sub war keine Frau, die ihr Unbehagen quietschend zum Ausdruck brachte, oh nein, das war sie nicht. Das bedeutete, dass er sie immer im Blick haben musste. Er lockerte die Klemme etwas. Sein Ziel war ein Level an Schmerz, um ihr Bewusstsein auf ihre Brüste zu lenken, ohne lähmend zu sein.

Er wandte sich dem anderen Nippel zu und trat dann einen Schritt nach hinten, um seine Arbeit zu bewundern.

„Sehr hübsch, Sub. Du hast hinreißende Brüste."

Das Kompliment entrang ihr ein Lächeln und als er sanft an der Kette zwischen den Klemmen zog, weiteten sich ihre Augen auf eine Weise, die ihn unglaublich antörnte.

Madre de Dios, das fühlte sich merkwürdig an, dachte Andrea, als sie sich wieder zu den anderen Subs begab. Man mochte es nicht glauben, aber dies war das erste Mal, dass sie mit – sie senkte den Blick – Wäscheklammern an ihren Nippeln klarkommen musste. Das Schmuckstück schickte bei jedem Schritt elektrisierende Wellen durch ihren Leib und erinnerte sie somit an das Gefühl von Master Cullens Mund. Er hatte seine Hand auf ihren Po gelegt, um sie von einer Flucht abzuhalten. Warum das so heiß war, konnte sie nicht sagen.

Das Spiel setzte fort. *Verdammt*, sogar beim Heben ihrer Arme, um den Ball zu spielen, folterten die Klemmen ihre Nippel. Eine Schockwelle nach der anderen schüttelte ihren Körper durch. Sie sprang nach oben, blockte einen Ball ab und hätte beim Landen doch beinahe ein Quietschen abgegeben. Sie packte ihre Brüste. *Carajo*, das hatte wehgetan.

„Das sah extrem schmerzhaft aus", kommentierte Jessica. „Deswegen bekommen wir die seichte Seite –"

„Kätzchen", wurde sie von Master Z unterbrochen. „Hast du die Erlaubnis, zu reden?"

„Nein, Sir", erwiderte die Blondine. Murmelnd fügte sie hinzu: „Verdammt, verdammt, verdammt."

„Komm zu mir."

Jessica fand ihren Weg zu der anderen Seite des Netzes. Z beugte sie über die Poolkante, wo ein abgerundeter Felsen einen Vorsprung bildete. Dreimal schlug er sie auf den Hintern und schob seine Hand dann zwischen ihre Beine, streichelte und neckte sie, bis sie wimmerte.

Andrea beobachtete die Szene und biss sich auf die Unterlippe. Die Klemmen an ihren Brüsten machten sie so reizempfindlich, dass sich sogar das Wasser um ihre Hüfte wie eine zärtliche Berührung anfühlte. Und zu sehen, wie Master Z seiner Sub den Hintern versohlte und sie betörte ...

Andrea schluckte schwer, gefangen in einer Erinnerung, in der Master Cullens große Hand den Weg zwischen *ihre* Schenkel gefunden hatte. Instinktiv fand sie ihn mit ihren Augen.

Mit den Armen verschränkt und gegen die Poolwand gelehnt, lag sein Blick nicht auf Master Z und Jessica, nein, er musterte allein sie. Sein markantes Gesicht lag halb im Schatten. Er wirkte so gefährlich, dass sich eine Hitzewelle anmeldete. *Dios*, sie wollte ihn, wollte seine Hände auf ihrer Haut spüren.

Als sich ein Grinsen auf seine Lippen stahl, musste sie ein Stöhnen unterdrücken.

Jessica kehrte zu den Subs zurück, ihre Wangen vor Verlegenheit knallrot.

Das Spiel wurde fortgesetzt. Andrea erkannte, dass sich die *Cabrónes* wissentlich den Ball untereinander zuspielten, um immer einen anderen Gewinner zu haben. Demnach dauerte es nicht lange, bis alle Subs Nippelklemmen trugen.

Ihr Señor machte den fünften Punkt.

Hitze breitete sich in ihrer Mitte aus, als er sie grinsend zu sich lockte. Sie hatte doch bereits Nippelklemmen, mit was wollte er sie also noch ... dekorieren? Sie bezweifelte, dass er eine Halskette für sie im Sinn hatte. Dieses Grinsen sprach schließlich Bände. Er wühlte durch den Korb, zog eine Verpackung heraus, eine zweite, bevor er sie an der Hand zu dem Felsen führte, auf dem sich Jessica ein Spanking abgeholt hatte.

„Was hast du –"

„Na aber, Liebes. Reden ist nicht gestattet. Damit hast du dir drei weitere Klapse eingebrockt."

Sie schloss die Augen. *Idiota!*

Seine Hand legte sich auf ihre Wange und sie hob die Lider. „Es gefällt mir mehr und mehr, diesen wohlgeformten Hintern pink zu färben." Ohne auf ihre Antwort zu warten, packte er sie und positionierte sie mit dem Gesicht nach unten auf dem Felsen. Ihr blieb keine Zeit, die Folterwerkzeuge an ihren Nippeln auszurichten, bevor seine Hand mit ihrem Po kollidierte. Hart. Der Schlag brannte und ihm folgten zwei mehr. Ihre Pobacken kribbelten und irgendwie schien sich diese Empfindung auf ihre schmerzenden Brüste auszuwirken.

„Beine spreizen, Sub."

Hier? *Oh Dios!* Unnachgiebige Hände packten ihre Schenkel und spreizten diese. Er berührte sie, glitt mit den Fingern zwischen ihre Schamlippen. Sie erschauerte. „Du bist bereits so feucht", flüsterte er hinter ihr. Seine Finger fuhren über ihre Klitoris. Bei der hemmungslosen Lust, die er dabei in ihr entfachte, wand sie sich und schaffte es nur geradeso, ein Wimmern zu unterdrücken. Er umkreiste das Nervenbündel, immer und immer wieder, bis sich jeder Muskel in ihrem Körper anspannte. Als ein Stöhnen ihre Kehle hochkroch, biss sie sich in die Hand, um es vom Entkommen abzuhalten.

„Du lässt mich vergessen, dass du hier bist, um dekoriert zu werden." Mit den Fingern spreizte er ihre Pobacken.

Sie schnappte nach Luft, als kaltes Gel in ihre Spalte tropfte. Er würde doch nicht. Sicher nicht.

„Wir haben das noch nicht gemacht. Allerdings hast du es auf deiner Liste mit den Grenzen nicht ausgeschlossen." Pappe riss, Plastik knisterte und dann presste sich etwas gegen ihren Anus.

Sie spannte sich an, versuchte, ihm den Eingang zu verweigern.

„Das wird nicht funktionieren, Liebes", sagte er, das Mitgefühl in seiner Stimme klar und deutlich zu hören. „Ich habe extra eine kleine Version gewählt, damit das Spielzeug ohne große Probleme in dich gleiten kann. Ich demonstriere es dir." Druck, gefolgt von einem unnachgiebigen Objekt, das in sie eindrang.

„Ah!" Sie mochte das Gefühl nicht. Durch ihr Gezappel verdiente sie sich einen harten Klaps auf den Hintern, direkt in die Mitte und über der Stelle, wo das Ding in ihr steckte.

„Still halten."

Aber, aber, aber ... Er hatte sie nicht mal gefragt! *Warum hast du dann das Safeword nicht benutzt?*

Sein Finger glitt über ihre Klitoris und die Berührung schockierte sie, brachte ihre Begierde zurück. In diesem Fall verschmolz ihre Erregung mit dem Brennen ihres Hinterns und dem merkwürdigen Gefühl der Invasion in ihrem Anus. Sie stöhnte, unfähig, die drei unterschiedlichen Empfindungen zu differenzieren.

„Ein guter Laut", flüsterte er. Seine starken Hände legten sich auf ihre Hüfte und stellten sie auf ihre Füße.

Sie bewegte keinen Muskel. Das Ding steckte in ihr und der Teil, der das nicht tat, rieb zwischen ihren Pobacken. Es fühlte sich so falsch an und der erste Schritt verschlimmerte die Situation.

Unerwartet teilte er einen Schlag auf ihren Hintern aus. Das Ding wurde von dem Aufprall durchgerüttelt. Sie konnte ihre Reaktion nicht unterdrücken, sah über ihre Schulter und funkelte ihn wütend an.

„Kleine Sub, wenn du dich in zehn Sekunden nicht bewegt hast, muss ich einen größeren Plug für dich finden."

Pendejo! Sie hastete los. Na ja, so schnell das mit diesem Teil in ihrem Po möglich war. Sie hatte das starke Gefühl, dass sie wie eine Ente watschelte.

Das Spiel ging in die nächste Runde. *Dios,* dem Ball nachzujagen, führte nun zu einer Palette aus Empfindungen, als die Nippelklemmen ihre Brüste reizten, der Plug sich in ihr bewegte und das Wasser gegen ihre geschwollene Klitoris schwappte.

Obwohl sie als Verlierer davongingen, entließ Andrea den erleichtertsten Seufzer aller Zeiten. Das Spiel war zu Ende.

Kari konnte sich glücklich schätzen. Sie war die Einzige, die keinen Analplug abbekommen hatte, und sie sah hochzufrieden mit sich aus.

Alle stiegen aus dem Pool. Master Nolan zog seine Sub an seine Brust und tippte gegen ihre Wange. „Dir ist kalt, Süße." Er sah zu Master Z. „Können wir den Jacuzzi benutzen?"

„Aber natürlich."

Master Dan grinste Z an. „Wir ziehen uns in die Frühstücksecke mit dem runden Tisch zurück." Er hakte Karis Fesseln ineinander. „Komm, kleine Sub. Du hast Gefälligkeiten einzulösen."

Als die beiden sich entfernten, landeten Zs Augen auf Señor.

„Die Reflexionsgrotte, wenn du sie nicht willst", beantwortete Master Cullen die unausgesprochene Frage.

„Kannst du haben." Z wickelte Jessicas Haare um seine Faust und zog leicht. „Ich werde mein vorlautes Kätzchen auf der Terrasse fesseln. Wenn ihr vor uns fertig seid, lade ich euch herzlich zum Zuschauen ein."

Jessica starrte Master Z mit offenem Mund an. „Du –"

Sie stoppte sich selbst, als er den Kiefer anspannte. „Oh, Kätzchen, ich kann es nicht erwarten, die Laute aus deinem Mund zu hören, wenn ich dir einen Ballknebel verpasse."

Jessicas schockiertes Schnappen nach Luft ignorierend, zog Z seine zögerliche Sub mit sich.

Andrea sah mit weiten Augen zu Cullen. *Ballknebel? Bitte nicht!*

Er grinste. „Besorgte kleine Sub. Heute nicht, Liebes." Er umfasste ihr Handgelenk. „Noch vertraust du mir nicht genug. Das Vertrauen für einen Knebel braucht Zeit." Er hob die Fesseln vom Pfad auf und legte sie ihr wieder an.

„Vorbeugen."

Sie folgte der Anordnung. Er entfernte den Analplug und warf das Spielzeug in einen Behälter zwischen den Blumenbeeten. Ihr Hintern fühlte sich leer an, noch empfindlicher.

Wortlos führte Master Cullen sie tiefer in die Gärten. Miniaturlaternen erleuchteten den windenden Pfad. Parallel dazu plätscherte ein Bach, unter einer Brücke hindurch und endete bei einer Ansammlung von Felsen geschmückt mit Pflanzen und einem paradiesischen Wasserfall. Mehr Blumen, die im Mondlicht weiß und blau leuchteten, umrahmten die Lichtung. Der süßliche Geruch nach Mandeln wehte durch die Luft. *Wunderschön.*

In Andrea steigerte sich die Erregung, als Master Cullen sie zu einer Sitzgruppe führte. Auf einer breiten Liege nahm er Platz und zog sie neben sich. Mit einer Hand schob er ihr die Haare aus dem Gesicht und küsste sie sanft. Ihre Hände fanden seine Oberarme und sie krallte sich an ihm fest, während das Rauschen eines Brunnens von ihrem laut schlagenden Herzen übertönt wurde. *Dios*, es fühlte sich an, als hatte sie eine halbe Ewigkeit auf seine Berührung warten müssen.

Zu ihrem Missfallen lehnte er sich zurück und rieb stattdessen mit seinem Daumen über ihre Unterlippe. Dann verführte er sie mit seiner Zunge, seinen Zähnen und den Lippen, gemächlich und in seinem Tempo, obwohl sie immer wieder versuchte, ihn zu sich zu ziehen.

„Bitte ... mehr", hauchte sie an seinen Lippen.

Seine Faust packte ein Bündel ihrer Haare und dann küsste er sie leidenschaftlich, brutal, mit einer erregenden Dominanz. Seine talentierten Lippen ließen sie dahinschmelzen und erweckten ihre schamlose Seite.

Eine Hand wanderte unter eine Nippelklemme, streichelte die empfindliche Haut. Bei jeder Bewegung wackelte die Klemme und neckte ihren Nippel. Die kombinierte Empfindung aus seinen Zärtlichkeiten und dem Schmuckstück folgte zu einem Stöhnen ihrerseits. Sie verschränkte die Hände hinter seinem Hals, wollte ihn an sich ziehen, wollte ihn näher haben. *Mehr, mehr, mehr.*

Er lachte. „Fordernde kleine Sub." Unerwartet rollte er sich auf sie und presste sie gegen die Liege. Sein beeindruckender

Oberkörper blockierte ihren Blick auf den Nachthimmel. „Gib mir deine Handgelenke, Sub."

Kurzzeitig blieb ihr die Luft weg. Er hatte vor, sie zu fesseln. Hier draußen. Im Gegensatz zum Club stand hier kein Aufseher bereit, um sie aus einer unschönen Situation zu befreien. Seine Hand öffnete sich, sein Ausdruck gelassen, als er geduldig darauf wartete, dass sie ihre Bedenken meisterte.

Sie vertraute ihm. Oh ja, das tat sie wirklich, und sie wollte es. Mit ihm. Und so legte sie ihre Hände in seine. Das darauffolgende Lächeln auf seinen Lippen wärmte ihr das Herz.

Er befestigte die Fesseln ihrer Handgelenke an einer Kette, die von einem Baum baumelte. Der Klicklaut des Hakens wirkte auf der ruhigen Lichtung erschreckend laut und unheimlich.

„Wo sind hier eigentlich *keine* Ketten und Handschellen angebracht?"

Anstatt sie dafür zu bestrafen, dass sie ohne Erlaubnis das Wort erhoben hatte, lachte er. „Z hat viel Freude an Bondage." An ihren Schenkeln zog er sie auf der Liege nach unten, bis die Kette straff gespannt war. Ihr Hintern saß auf der Kante der flachen Liege und ihre Beine lagen im kühlen Gras.

Master Cullen spreizte ihre Beine. Der Wind kitzelte ihre feuchte Pussy. „Ich will, dass du stillhältst. Nicht bewegen." Seine Finger wickelten sich um ihre Schenkel und das Gefühl seiner starken Hände sandte Hitze zu ihrer Klitoris. „Verstanden, Andrea?"

Ihr Herz setzte einen Schlag aus. „Ja, Señor."

Er schenkte ihr ein Lächeln und glitt mit den Fingern durch ihre feuchte Spalte, die Empfindung so exquisit, dass sie scharf den Atem einsog. Ihre Beine bebten mit dem Bedürfnis, sich zu bewegen. Er hielt ihren Blick gefangen und als er ihre Klitoris erreichte, das Nervenbündel umkreiste, hob sie sich auf die Fersen, die Lustwelle zu überwältigend. *Nicht bewegen.* Sie musste sich zwingen, die Füße wieder flach auf dem Gras abzustellen.

„So ein braves Mädchen", lobte er sie in einem sanften Ton.

Als sein Blick auf ihre Pussy fiel, fühlte sie sich unbeschreiblich entblößt. Ihr ganzer Körper bebte in Erwartung auf das Kommende. Sie wollte ihn so verzweifelt und er machte nichts, rein gar nichts, um ihre Lust zu stillen! Sie presste die Zähne aufeinander, um ihr Verlangen nicht herauszubrüllen. *Berühre mich!*

Seine Augen funkelten, als hätte sie ihren Befehl laut ausgesprochen, ein Schmunzeln erschien auf seinen Lippen. „Ich wollte dir Ketten anlegen, seit ich dich das erste Mal in den Club habe sehen kommen. Süße Sub, ich habe vor, mir alle Zeit der Welt zu nehmen und zu genießen, was du anbietest."

Seine Worte schickten Begierde durch ihren Leib und sein Schmunzeln wandelte sich zu einem breiten Grinsen. Er setzte sich auf der Liege neben sie. Mit einem Finger spielte er mit ihrem Nippelschmuck. Kribbelnd bahnte sich die Empfindung einen Weg bis zu ihrem Geschlecht.

„Diese hübschen Teilchen hattest du jetzt lange genug dran. Zumal ich es nicht erwarten kann, an deinen süßen Nippeln zu saugen." Er entfernte die erste Klemme.

Blut strömte an die Stelle und der Schmerz blühte so plötzlich auf, dass sie quietschte. Sie riss an ihren Einschränkungen, brachte die Kette zum Klirren, als sie versuchte, dem Schmerz zu entkommen, was – natürlich – nicht möglich war. Zähneknirschend unterdrückte sie ein wehleidiges Wimmern.

Cullens Lippen zierte ein verschmitztes Grinsen, bevor er über ihre pochende Knospe leckte und somit das erotische Brennen intensivierte.

„Ah!" Sie schnappte nach Luft, als sich seine Lippen um ihren Nippel schlossen. Sein Mund war heiß und nass. Er saugte an der empfindlichen Knospe, bis sich Andrea ihm entgegenwölbte. Schmerz und Lust verschmolzen, sodass sie die beiden Empfindungen nicht länger auseinanderhalten konnte.

Er ließ von ihr ab.

Ihre Atmung hatte sich beschleunigt. Die frische Brise wehte über ihre angefeuchtete, schmerzende Knospe. Er setzte sich aufrecht hin. Sie seufzte und entspannte sich ein wenig, die exquisite Folter vorüber.

Seine Lachfalten vertieften sich. „Es ist dir vielleicht nicht bewusst ...", sagte er in einem Ton, der an ein Gespräch in einem Café erinnerte, „... aber soweit ich weiß, haben Frauen zwei Brüste."

Was? Sie runzelte die Stirn.

„Schlussfolgernd bedeutet das, dass ich zwei Klemmen entfernen muss."

Bevor sie *Nein* schreien konnte, öffnete er das Folterwerkzeug.

„Oh *Dios!*" Wie das Blut in ihre geschundene Knospe zurückkehrte, war sogar schmerzhafter als beim ersten Mal. Sie verlor die Kontrolle über ihre Arme, riss verzweifelt an der Kette, um zu der Quelle des Schmerzes zu gelangen. Dann schloss sich sein Mund um den brennenden Punkt und sogar sie hörte, wie mitleiderregend ihr Wimmern klang.

Seine Zunge, so unerbittlich, leckte über ihre malträtierte Knospe. Es dauerte eine Weile, bis der Schmerz verging und Platz machte für eine erregende Empfindung. So erregend, dass ihre Pussy im Takt mit ihrem Herz pochte.

Beide Hände legte er seitlich an ihre Brüste, drückte die zwei Hügel zusammen und wandte sich dann mit vollem Eifer ihren Nippeln zu. Saugend und leckend, immer im Wechsel.

Ihr Kopf fiel in den Nacken, ihre Zehen spannten sich an. Sie musste sich bewegen, musste ihn berühren ... Die Kette klirrte, prallte gegen den Metallrahmen der Liege. Ihre Fesseln gaben nicht nach und die Hitze, die bei dieser Erkenntnis in ihr entfachte, war überwältigend.

„Dir gefällt die Kette, stimmt's?" Er lächelte, umfasste ihre Arme und ließ sein Gewicht auf sie runter – das verstärkte das Gefühl der Unterwerfung. Er senkte den Mund auf ihre Lippen, küsste sie, saugte an ihrer Zunge, so wie er das bei ihren Nippeln getan hatte, und wüsste sie es nicht besser, würde sie denken, dass er auch jetzt ihre empfindlichen Knospen verwöhnte.

Seine Kontrolle über sie entledigte sie jeglicher Handlungsmöglichkeit. Sie konnte nur noch fühlen und es schien sein Ziel zu sein, ihre Sinne über ihre Grenzen hinaus zu bringen.

Er entriss ihr seinen Mund, wanderte nach unten, knabberte an ihrer Hüfte, umkreiste ihren Bauchnabel mit seiner Zunge und platzierte einen wertschätzenden Kuss auf ihrem Venushügel. Jeder Kontakt seiner Lippen mit ihrer Haut schickte eine elektrisierende Empfindung zu ihrem Geschlecht. Als er sich am unteren Ende der Liege hinkniete, erstarrte sie. Ihre Pussy gierte nach mehr, nach ihm.

Warme Hände fuhren über ihre Knöchel, drückten ihre Waden, ihre Schenkel. Ein Finger wanderte höher, über empfindliche Haut, direkt zu ihrem Intimbereich.

Sie wollte sich aufrichten und erinnerte sich geradeso daran, dass sie sich nicht bewegen durfte. Die Erinnerung an seine Anweisung ließ sie erschauern.

„Samtweiche Schenkel", murmelte er. „Und darunter so erregend muskulös."

Er lehnte sich vor, seine Lippen fanden ihre Schenkelinnenseite. Sein zotteliger Haarschopf streifte ihre Schamlippen für eine einnehmende Sekunde, bevor er am oberen Ende ihres Beines an ihrer Haut knabberte. Sie stöhnte, als die Empfindung ihre Klitoris attackierte.

„Ich kann sehen, dass du nicht lange durchhalten wirst", hauchte er an ihrer Klitoris. Im nächsten Augenblick leckte er über das Nervenbündel. Berauscht hob sie ihm ihr Becken entgegen und er wickelte die Hände um ihre Beine, drückte sie aufs Polster zurück. Seine Hände dienten als weitere Einschränkung, hielten sie an Ort und Stelle, während er seine Sehnsüchte mit ihr erfüllte. Alles, was er mit ihr machte, ließ sie nach mehr gieren.

Sie stöhnte, als er mit der Zunge seitlich an ihrer Klitoris vorbei leckte, dann auf der anderen Seite und zurück. Immer und immer wieder, bis ihr Nervenbündel geschwollen war und schmerzhaft pochte. *Oh, bitte* ... Es fehlte nicht mehr viel und sie würde explodieren. Nichts konnte dies verhindern. Die Wände ihres Geschlechts bebten in Ankündigung. Dann leckte er mit seiner heißen Zunge direkt über das Nervenbündel.

Eine Hand bewegte er, sodass er mit dem Daumen ihre Schamlippen necken, ihren Eingang umkreisen konnte. Am ganzen Leib bebte sie, versuchte, sich ihm entgegenzuheben, wollte ihn dazu verführen, mit dem Finger in sie einzudringen, die schmerzende Leere zu füllen.

Seine Zunge schnellte über ihre Klitoris, sein Daumen umkreiste. Es spielte keine Rolle mehr, wo er sie berührte. Jeder Kontakt schubste sie näher an die Klippe. Der Druck fühlte sich vernichtend an, war nicht mehr zu ertragen, was sie mit jedem verzweifelten Wimmern zum Ausdruck brachte.

Er stoppte. Sie stöhnte. *Mehr! Oh, bitte!* Er bewegte sich, es knisterte. Ein Kondom? Seine Zunge fand sie erneut, leckte ihre Klitoris und sie trat näher an die Klippe, wartete nur auf ...

Er packte ihre Hüften und schob sie auf der Liege nach oben. Anschließend legte er sich auf sie, sein riesiger Körper eine willkommene Last. Ihre Hände rissen an ihrer Einschränkung, ihr Bedürfnis, ihn zu berühren, überwältigend. „Mach mich los. Bitte, Señor."

Für eine Weile musterte er sie. Dann landete seine Hand auf ihrer Brust, ein breites Grinsen auf seinen Lippen. Entschlossen fuhr er mit den Fingern über ihr empfindliches Fleisch, zwickte in ihren Nippel, bis sie sich unter ihm wand.

„Bitte!"

„Nein." Er schob sich vollständig über sie, seine Größe einschüchternd, was zu dem Gefühl der Unterwerfung beitrug. Seine Erektion fand ihre Öffnung. Er glitt mit der Eichel durch ihre Nässe und drang dann ein wenig in sie, weit genug, um den Bereich um ihre Klitoris anzuspannen und neue Nervenenden zum Leben zu erwecken. Er neckte sie, stieß hinein und wieder raus.

Dann fand sein Finger ihr Nervenbündel. Eine winzige Berührung und ihre Hüfte zuckte, ihre Pussy motiviert, seine dicke Länge in sich aufzunehmen. *Dios*, nur ein bisschen mehr ...

„Komme für mich, Andrea", raunte er. Gleichzeitig rieb er entschlossen über ihre Klitoris. Endlich die erlösende Berührung, nach der sie sich gesehnt hatte. Endlich stürzte sie von der Klippe und der Erlösung entgegen.

„Oh, oh, oh!" Ein unbeschreibliches Gefühl detonierte in ihr, das sich bis in ihre Fingerspitzen ausbreitete. Sie wand sich unter ihm – soweit er das erlaubte –, während ihre Pussy pulsierte und seine Eichel mit ihrem Nektar tränkte.

Nach dem Orgasmus küsste er sie. „Braves Mädchen. Gott, du bist hinreißend, wenn du kommst." Neben ihrem Kopf stützte er sich auf seinen Unterarmen ab und drang endlich, wenn auch quälend langsam, in sie ein.

„Langsam?", presste sie heraus, ohne genau zu wissen, was sie meinte. Sein Schwanz traf eine besonders erregende Stelle und sie schnappte nach Luft.

„Es ist eine Weile für dich her, Sub. Schnell kann warten." Doch seine Erektion ließ nicht nach und mittlerweile fühlte sie sich wahrlich von ihm aufgespießt. Sie wollte seiner Größe ausweichen, aber die Beine zwischen ihren Schenkeln machten dies unmöglich. Sein Gewicht auf ihr ließ ihr keine andere Wahl, als zu akzeptieren, was er ihr gab.

Indessen hatten seine Augen nicht für einen Moment ihr Gesicht verlassen. „Jetzt, Andrea, solltest du *Gelb* sagen."

Nein, sie konnte ihn in sich aufnehmen. Konnte sie. Sie keuchte. *Er ist zu groß!*

„Sag es, Andrea." Sein Blick hielt ihren gefangen, als er sich weiter in sie vorwagte. Ein Fortschritt, dessen sie sich schmerzlich bewusst war. „Jetzt."

„G-Gelb."

Und er stoppte. „Es geht doch. Und wie du siehst, hat die Welt sich nicht aufgehört, zu drehen, nur weil du einem Dom gesagt hast, dass es dir zu viel wird." Mit einer Hand umfasste er ihre Wange. „Ich muss es wissen, Kleine, und du musst in der Lage sein, es mir zu sagen. Verstehst du das?"

Sie schluckte schwer und flüsterte widerwillig: „Ja, Señor."

„Sehr gut." Er zog sich etwas aus ihr zurück und sie erschauerte vor Erleichterung. Sein Schwanz bewegte sich in ihr, rein und raus, kleine Stöße, sanfte Stöße, bis sie es schaffte, sich ein bisschen zu entspannen. Dann wagte er den nächsten Versuch, tiefer in sie vorzudringen. Sie stöhnte. Dieses Gefühl war ihr neu. Es fühlte sich an, als würde er sie vollkommen in Besitz nehmen. Vollkommen und unwiderruflich.

Die kleine Sub hatte länger keinen Sex mehr gehabt, dachte Cullen. Seine Hände klammerten sich am Rahmen der Liege fest, um Zurückhaltung zu üben. So eng, sie war so verdammt eng, dass das Bedürfnis mit jeder Sekunde stieg, sich tief in ihr zu vergraben. Er fühlte, wie sich die Wände ihrer Pussy für seinen Schwanz dehnten. Er nahm Tempo heraus und drang Millimeter für Millimeter vor, bis er schließlich vollständig in ihr war. Seine Eier pressten sich gegen ihren hinreißenden Arsch, der mit Sicherheit vom Analplug wund war.

Sie quietschte.

Gott, er liebte die Laute, die sie von sich gab. Wie würde sie bei Analsex klingen?

Er musterte sie für einen Moment. Ihr Atem war beschleunigt, ihre Augen weit aufgerissen, ihre Muskeln angespannt. Dennoch schaffte sie es, an ihren Fesseln zu ziehen. Sie brauchte mehr Zeit.

Also stützte er sich auf einen Ellbogen und nutzte die Hand des anderen Armes, um sich mit einer ihrer Brüste abzulenken. Genau die richtige Größe für seine Hand. Ihr Nippel drückte sich gegen seine Handfläche und als er ihn zwickte, pulsierte ihre Pussy um seinen Schwanz.

Er küsste ihre weichen Lippen, stieß mit der Zunge in ihren Mund, eine Bewegung, die er gleich mit seinem Schwanz vornehmen würde. Belohnt wurde er mit einem Lustschauer, der durch ihren Körper jagte, eine Vibration, die er auch an seinem guten Stück merkte.

Mit beiden Händen packte er den Rahmen der Lehne, zog sich aus ihr zurück und glitt vorsichtig in sie. Er bewies Geduld und erkannte schon bald, wie ihr Körper ihn akzeptierte und ihre Pussy feuchter und feuchter wurde. *Gott steh mir bei.* In der Zwischenzeit hatten sich ihre Augen geschlossen und ihre Wangen waren vor Erregung köstlich gerötet.

Seine Finger wickelten sich fester um den Rahmen und er wagte einen harten Stoß.

Der Schock stand ihr ins Gesicht geschrieben, weit riss sie die Augen auf, schnappte nach Luft.

Zwei weitere Stöße folgten. Sie stöhnte, ein sinnlicher Laut, der unbeschreiblich befriedigend für ihn war. Es machte den Anschein, dass seine kleine Sub bereit für ihn war. Und verdammt, er war das auch. Er setzte einen stetigen Rhythmus, um die Befriedigung beider zu garantieren. Nur die ganze Nacht würde er nicht durchhalten, schließlich war er seit Stunden steinhart, und sie war so verdammt eng.

Eine Hand fand ihre Klitoris, neckte und betörte das Nervenbündel, woraufhin sie einen abgewürgten Schrei entließ. Schon bald trat ihre Klitoris aus der Vorhaut heraus, schwoll an und bettelte nach mehr.

Und ein Dom liebte es, diesen Appell zu erfüllen. Er fing ihre Klitoris mit Daumen und Zeigefinger ein. Tief vergrub er sich mit seiner Länge in ihr. Als er sich zurückzog, zwickte er in die Perle verborgen zwischen ihren Schamlippen. Ihr Becken versuchte, seinem Rückzug zu folgen, und er kam der Aufforderung nach, indem er hart in sie stieß. Er fuhr mit einem gemäßigten Tempo fort, ihre Schenkel bebten an seinen Hüften. Stöhnend warf sie den Kopf in den Nacken. *Nicht mehr lange.* Er wechselte zu einem brutalen Rhythmus und ihre Vagina schloss sich enger und enger um seinen Schaft. Dann durfte er beobachten, wie sich ihr wunderschöner Körper ihm entgegenwölbte.

Oh ja, und er hörte klar und deutlich, wann sie ihre Erlösung fand. Ihr hoher Schrei brach durch die stille Nacht – die himmlischste Melodie auf dieser Welt. Indessen massierte ihre Pussy seinen Schwanz. Eine perfekte Nacht.

Schließlich ließ er von seiner Kontrolle ab und der Druck entlud sich, schoss durch seine Eier und aus seinem Schwanz. Er brüllte seine Erlösung hinaus, übertönte sogar ihre Lustschreie und das Rauschen seines eigenen Blutes in seinen Ohren.

Als er wieder zu klarem Verstand kam, stützte er sich auf seinen Ellbogen ab. Der weibliche Körper unter ihm bebte noch immer, ihre Pussy massierte seine Länge mit sanften Vibrationen. Mehrmals atmete er tief ein und lächelte auf sie herunter. „Du bist wunderschön, meine Kleine", flüsterte er.

Aus glasigen Augen sah sie zu ihm hoch, ihre Lippen geschwollen und so anziehend, dass er sie einfach küssen musste. Ein liebevoller Kuss, der kein Ende fand. Dass die Zeit verging, wusste er nur, da er an seiner Brust ihren Herzschlag fühlte.

Er entschied, ihre Arme loszumachen. Augenblicklich schlang sie diese begleitet von einem glücklichen Seufzer um seinen Hals. Starke Arme an einer starken Frau. Er bewegte sich erneut in ihr. Weil er es konnte, und ihre Pussy pulsierte, verwöhnte ihn mit den Nachbeben ihres Orgasmus.

Er knabberte an ihrem Kinn und sah mit einem Lächeln in ihre goldenen Augen. „Ich hätte nichts dagegen, für immer in dir zu verbringen."

Ein sanftes Lächeln zierte ihren Mund. „Okay."

Die Antwort fühlte sich so gut an und er konnte sich gegen eine weitere Kostprobe ihres Mundes nicht erwehren. Wie schaffte es diese kleine Amazone mit einem einzigen Wort, seine Schutzmauer zum Bröckeln zu bringen? Er ließ sich Zeit mit ihren köstlichen Lippen, bevor er den Kopf hob und aus ihr glitt. Ihr unglückliches Stöhnen brachte ihn zum Lachen. Er entledigte sich des Kondoms und richtete seine Schwimmshorts. Anschließend nahm er sie in die Arme, legte sich auf die Liege und positionierte sie auf sich. Die Verbrennung an seiner Schulter meldete sich, aber es war ihm egal. Er hatte so lange darauf gewartet, sie in den Armen zu halten, und er hatte vor, den Moment in vollen Zügen auszukosten.

Sie zappelte, bis sie es sich mit ihren hinreißenden Kurven auf ihm bequem gemacht hatte. Zufrieden lächelnd bedeckte er sie und somit sich selbst mit einer Decke. Ihre Haut war von der Anstrengung schweißnass und ihr Atem wehte über seine nackte Brust.

Mit beiden Händen packte er ihre Pobacken und genoss das Gefühl ihrer weichen Kurven, unter denen sich beeindruckende Muskeln verbargen. Ihr Körper erinnerte ihn an ihre Persönlichkeit: entschlossen und stark, aber auch erregend verletzlich.

Diese Gedanken, das wusste er, bedeuteten, dass er ein Problem hatte.

Sie stützte sich mit den Unterarmen auf seiner Brust ab, hob den Kopf und sah ihm von oben in die Augen. Ihre Locken hüpften um ihr Gesicht, das schwüle Wetter und der Sex ließen sie noch wilder und ungezähmter erscheinen. „Ähm, hast du nicht …? Ich dachte …"

Er streichelte ihre Wange, grinste bei ihren unvollständigen Sätzen. So wohl hatte er sich seit Jahren nicht gefühlt. „Sprich weiter, Kleine."

„Ähm, nicht so wichtig."

Aha. Er musterte sie. Sie wich seinem Blick aus. Was für Hirngespinste gingen ihr nun wieder durch den Kopf?

Während er tröstend über ihren Rücken rieb, ließ er sich ihre Reaktion durch den Kopf gehen. Nach dem Sex kam es oft vor, dass Frauen eine Verbindung aufbauen wollten. Das war ein Grund dafür, dass er Sex nur im Club hatte oder mit Frauen, die an langfristigen Beziehungen kein Interesse hatten. Seine eigene Regel hatte er heute gebrochen. Wie viele würde er noch ignorieren?

„Frag mich, Andrea."

KAPITEL DREIZEHN

Master Cullen hatte die Anweisung in dieser autoritären Stimme ausgesprochen, die deutlich machte, dass sie um eine Antwort nicht herumkam. Warum war ihr diese dämliche Frage nur in den Kopf gekommen? Wie sollte sie die Worte formulieren, um nicht abschreckend anhänglich zu klingen? Na gut, sicher, sie wollte mehr von ihm, aber nicht, wenn er –

Er entließ ein ungeduldiges Schnauben. „Hör mit dem Grübeln auf, Sub, und spuck es aus."

„Mir wurde erzählt, dass du dich mit Auszubildenden niemals außerhalb des Clubs verabredest."

„Scheint wohl so, als hätte ich meine eigene Regel gebrochen." Sein Gesicht zierte ein Lächeln, doch in dem dumpfen Licht konnte sie seine Augen nicht lesen. Anscheinend wollte er ihr bei dem unangenehmen Thema nicht entgegenkommen.

Seufzend senkte sie den Kopf wieder auf seine Brust, genoss den einlullenden Takt seines Herzschlages. Sie wollte diese Frage-runde nicht weiterführen. Sie hatte ihn jetzt und das war genug. Sie schlang die Arme um ihn, hielt sich an ihm fest und wollte ihn nie wieder loslassen.

Wechsle das Thema. „Ihr habt das Spiel gewonnen. Heißt das nicht, dass du von mir einen Gefallen einfordern kannst?"

Die Vibrationen seines Lachens schüttelten auch sie durch. „Das ist richtig. Glaube mir, Liebes, ich werde darauf zurückkommen."

Es klang wie eine Drohung. Zweifellos beabsichtigt. Doch es machte ihr keine Angst. Ganz im Gegenteil, Hitze breitete sich in ihr aus.

Wieder lachte er.

Gleichzeitig vernahm sie die lauten Schreie einer Frau. Andrea verzog das Gesicht zu einer Grimasse und schmiegte sich mit der Wange an Cullens Schulter. Sie erinnerte sich nicht, aber so laut war sie nicht gewesen ... oder?

Amüsiert glucksend streichelte er ihre Haare und beantwortete ihre unausgesprochene Frage: „Ich genieße deine Lustschreie, kleiner Tiger. Nächstes Mal werde ich dich noch lauter schreien lassen."

Dios, steh mir bei. Sie erschauerte.

„Wir sollten reingehen." Cullen erhob sich mit ihr. „Das war Jessica. Z muss ihr den Ballknebel abgenommen haben."

Als sie ins Haus traten, fanden sie Nolan und Beth. Jessica, eingewickelt in einen Frottee-Bademantel in der Farbe ihrer Augen, verteilte weitere Bademäntel.

Señor half Andrea in einen, als wäre sie ein Kleinkind. Er selbst weigerte sich, sich einen überzuziehen. Stattdessen wechselte er schamlos die Shorts gegen seine Lederhose aus.

Dabei wandte er ihr den Rücken zu und sie sah den weißen Verband auf seiner gebräunten Haut. Ihre Augen weiteten sich. Wie hatte sie seine Verletzung vergessen können?

„Andrea", sagte Master Z, der plötzlich direkt neben ihr stand. „Dort drüben auf dem Tisch findest du einen Erste-Hilfe-Kasten für deinen Master."

Andrea nickte, dann erstarrte sie. *Master?* Ihr Blick wanderte zu Cullen, der sich mit Nolan darüber unterhielt, einen Kerker in seinem Strandhaus zu bauen. Er hatte Z also nicht gehört.

Sie verschränkte die Hände vor ihrem Bauch, während Zs Worte warme Gefühle in ihr auslösten. *Dein Master.* Sie legte den Kopf auf die Seite und versuchte, sich ihn in dieser Rolle vorzustellen. Als ihren Master. Dummerweise war es schwierig, sich zu konzentrieren, wenn sie von seiner Präsenz abgelenkt wurde. Sie würde ihn nicht als wunderschön bezeichnen. Nein, seine Männlichkeit ließ diese Beschreibung nicht zu, denn in gigantischen Wellen schwappte das Testosteron zu ihr. Große Nase, markante Gesichtszüge. Seine Augenbrauen waren dick, dunkler als seine braunen Haare, und Stoppeln säumten seinen Kiefer. Boromir in der Wildnis. Er brauchte nur noch ein Schwert und ein paar Orks zum Töten.

In dem Moment fand er ihren Blick und bemerkte, dass sie ihn angestarrt hatte. Anstatt sich über sie lustig zu machen, legte er einen Arm um sie und zog sie an seine Seite. Als gehörte sie dorthin. Sie wollte nicht mal wissen, warum sich dieser Gedanke so wundervoll anfühlte.

Als sich die Unterhaltung dem Ende näherte, tätschelte sie seinen Arm. „Señor, ich muss deinen Verband wechseln."

„Es geht mir gut, Kleine." Cullen schenkte ihr ein Lächeln und wandte sich wieder Nolan zu. „Wenn wir aber –"

„Nichts ist gut", unterbrach Andrea ihn. „Der Verband ist nass und muss gewechselt werden."

Meine Güte, wie dunkel seine Augen wurden, als er die Augenbrauen zusammenzog. „Kleine Sub ..."

Dickköpfig hob sie das Kinn und ließ sich nicht von ihrer Mission abbringen, obwohl sie innerlich schlotterte.

Zu ihrer Überraschung schüttelte er den Kopf und grinste. „Meine süße Amazone." Er hielt ihr seine Hand hin und wartete, bis sie ihre hineinlegte. Sie hörte Master Nolan lachen, als Señor sie voller Eifer zum Erste-Hilfe-Kasten zerrte.

Sie machte sich an die Arbeit, doch natürlich musste er sich bewegen, was zu tanzenden Muskeln führte. Sie brauchte eine Sekunde, um sich zu sammeln. Schließlich schaffte sie es, den Verband zu entfernen. Die Haut darunter sah erschreckend aus, hellrot mit schwarzen Rändern.

„*Madre de Dios*, was hast du gemacht?"

„Mir ist etwas Heißes auf die Schulter gefallen", sagte er, als wäre das eine alltägliche Begebenheit für Menschen.

„Tut es nicht weh?" Jedes Mal, wenn er seinen Arm oder seine Schulter bewegte, spannte sich die Haut an. „Du hast mich getragen, hast Volleyball gespielt. *Estúpido babaso*, was hast du dir dabei nur gedacht!"

Er drehte sich weit genug, um an einer ihrer Locken zu ziehen und zu knurren: „Ich denke, dass ich immer noch in der Lage bin, dich über mein Knie zu legen und deinen Arsch zu versohlen. Wechsel den Verband, Sub."

Upsi.

Hinter ihr gluckste jemand und dann stellte Z ein kleines Gläschen neben den Erste-Hilfe-Kasten. „Benutze es für die Wunde."

Das tat sie, tupfte die kühle Salbe auf die roten Stellen, legte eine Mullkompresse darauf und wickelte dann den Verband um die Schulter. Cullen bewegte den Arm und nickte. „Gut gemacht, Liebes. Das fühlt sich um einiges besser an. Danke dir."

Das Lob wärmte sie von innen heraus. Lächelnd begab sie sich allein auf den Weg zu den anderen Subs.

Auch Kari ließ nicht lange auf sich warten, noch immer feuerrot im Gesicht, und Jessica fragte sie, was sie gerne zum Trinken hätte.

„Nur Wasser, danke."

„*Nur Wasser*. Das hattest du schon den ganzen Abend", sagte Beth in ihrer sanften Stimmlage. „Bist du schwanger?"

Kari zuckte zusammen. „Wie hast du −"

„Oh, mein Gott!", quietschte Jessica. „Du bist schwanger!"

Freudestrahlend umarmte sie die Lehrerin und Beth folgte dem Beispiel.

Andrea lächelte, während sie sich wünschte, die Frauen bereits besser zu kennen.

Kari zwinkerte ihr zu und breitete die Arme aus. „Es bringt Glück, eine schwangere Frau zu umarmen. Komm schon, trau dich." Dann bekam Andrea eine Umarmung, bei der sie sich zugehörig fühlte.

Als sie einen Schritt zurücktrat, war Stille eingekehrt. Die Doms redeten nicht mehr miteinander und alle Augen waren auf die Subs gerichtet.

„Oh Gott", hauchte Kari.

Jessicas Augen weiteten sich. „Er weiß es noch nic –"

„Ich wollte es ihm später sagen. Unter vier Augen, verdammt nochmal."

„Kari." Master Dan marschierte zu ihr, und *Dios*, er sah riesig aus, als er auf seine winzige, kurvige Sub starrte. Mit einem Finger unter ihrem Kinn fragte er: „Warum wurdest du gerade von allen umarmt?"

„Äh, also, technisch gesehen, haben sich nur die Frauen uma –"

„Kleine Sub", knurrte er. „Antworte mir."

„Meine Güte, ist ja gut!" Sie trat einen Schritt zurück, schob sich ihre langen Haare aus dem Gesicht und sah ihn stirnrunzelnd an. „Wir bekommen ein Baby."

Ein sanftes Lächeln stahl sich auf sein Gesicht. Im Bruchteil einer Sekunde zog er sie in seine Arme. „Das war die richtige Antwort."

Sie lehnte sich etwas zurück, um ihm in die Augen sehen zu können. „Warte. Du wusstest es?"

„Natürlich." Glucksend schob er eine Hand in ihren Bademantel, um eine Brust einzufangen. „Das hier ist mein Körper, kleine Sub, und ich kenne jeden Millimeter davon. Es ist also nicht möglich, dass mir entgeht, wie meine liebsten Körperteile größer und empfindlicher werden."

„Oh." Lächelnd warf sie sich in seine Arme. „Ein Baby! Wie cool ist das bitte!"

Andrea sah die Freudentränen in seinen Augen, bevor er sein Gesicht an ihren Haaren vergrub und ihr etwas ins Ohr flüsterte.

Er war nicht der Einzige, der von Emotionen überwältigt wurde. Tränen rannen über Jessicas Wangen, Beths Augen funkelten vor Freude, während Z und Master Cullen Hände schüttelten, als hätten die beiden persönlich diesen Moment arrangiert. Master Nolan, was die eigentliche Überraschung bildete, grinste. Ein echtes Grinsen.

Indessen überlegte Andrea, ob Kari eine Babydecke gefallen würde.

Nach einer Weile bewegten sich alle zu der Sitzgruppe auf der Terrasse. Nolan schnappte sich seine Sub und machte es sich mit ihr auf einem Stuhl bequem. Z stellte seinen Drink auf den Tisch und streckte seine Hand nach Jessica aus. Cullen umfasste Andreas Handgelenk und zog sie auf seinen Schoß. Zuerst war sie ein wenig steif, aber schon bald kuschelte sie sich begleitet von einem zufriedenen Seufzer an Señors Brust. *Dios*, niemals hätte sie gedacht, dass ihr Kuscheln so sehr gefallen könnte. Zudem beruhigte es sie, dass die Doms nicht verlangten, dass sich die Subs stets zu ihren Füßen hinknieten.

Bevor Dan und Kari wieder zur Gruppe stießen, unterhielt sich der Rest über mögliche Sub-Outfits.

Master Z hob sein Glas zu einem Toast: „Ein denkwürdiger St. Patrick's Day. Auf Daniel und Kari!"

Kari saß auf Dans Schoß und als die Gläser in die Höhe gingen, war ihr Lächeln so breit, dass es wahrscheinlich wehtat.

Andrea versuchte zu ignorieren, wie neidisch sie war.

Jessica fragte: „Wie viele wollt ihr?"

„Mindestens zwei." Kari tätschelte die Hand ihres Doms, die

beschützend auf ihrem Bauch lag. „Ich habe vor, seine Überfürsorglichkeit auf mehrere Personen aufzuteilen."

„Klingt nach einem Plan." Beth seufzte. „Ich war immer neidisch auf Leute mit großen Familien. Nolan hat sechs Geschwister. Hast du nicht auch einige, Cullen?"

„Genug für ein Baseballteam. Wenn am Sonntag der gesamte O'Keefe-Clan zum Abendessen zusammenkommt, gehen die Nachbarn in Deckung." Er zog sanft an einer Locke von Andreas Haaren. „Was ist mit dir, Liebes? Hast du Brüder oder Schwestern? Hast du deine Eltern in der Nähe?"

Der Schmerz des Verlustes traf sie unerwartet. „Es gibt nur mich. Meine Eltern sind beide tot."

„Das ist hart, Baby." Señor rieb sein Kinn über ihre Haare. „Was ist mit Cousins?"

Die Frage raubte ihr den Atem. *Dios*, gerade konnte sie nur daran denken, wie er bei Tante Rosas Haus auftauchte und herausfand, dass das Haus aus Drogengeld finanziert worden war. Tief atmete sie ein. „Hier und da. Kari, hast du Familie, die das Baby verwöhnen können?"

Als Kari antwortete, sah Andrea aus den Augenwinkeln, dass Master Cullen sie aufmerksam betrachtete. Anscheinend war ihr Ablenkungsmanöver schief gegangen.

„Wie läuft das Brandstiftergeschäft, Cullen?", fragte Nolan.

„So hast du dir doch sicher auch die Verletzung zugezogen, oder?"

„Ja, ich war unvorsichtig."

Brandstifter? Ist er ein Straftäter? Andrea drehte sich, um ihn direkt ansehen zu können. „Du brennst Häuser nieder?" Die Frage war bescheuert, das wusste sie. Niemals würde er etwas Derartiges tun.

„Nein, Süße, ich verhafte diejenigen, die es tun. Ich bin Brandermittler."

Jeder Muskel in ihrem Körper spannte sich an, ihre Kehle schnürte sich so fest zu, dass sie die nächste Frage krächzte: „Du bist ein Polizist?"

Er verengte die Augen. „Streng genommen, ja."

Sie schlang die Arme um sich selbst. Trotz des Bademantels fröstelte es ihr. „Ich dachte, du bist ein Barkeeper. Du benimmst dich wie ein Barkeeper." Nicht wie ein Polizist. Das durfte nicht passieren.

„Ich habe meinem Großvater immer in seinem Pub in Chicago ausgeholfen, also hat mich Z darum gebeten, ein bisschen auf die Bar im Club zu achten." Er grinste. „Er wusste, wenn er Nolan oder Dan den Job machen ließ, würde er die Hälfte seiner Mitglieder verlieren."

„Hey!", beschwerte sich Dan.

Von Nolan war nur ein Schnauben zu hören.

Andrea verzog das Gesicht. Sie hatte die anderen ganz vergessen.

Master Z musterte sie für einen Moment und drehte sich dann zu Nolan: „Wenn wir schon von der Arbeit sprechen, wie läuft es mit der Umgestaltung deines Grundstücks? Hat Beth dir den Rosengarten angelegt?"

Als Nolan etwas über Kräuter grummelte, legte Master Cullen einen Finger unter Andreas Kinn und zwang sie damit, ihn anzusehen. „Warum stört es dich, dass ich ein Polizist bin?", fragte er in einem schmerzlich sanften Ton.

Stören? Es machte ihr eine Heidenangst! Bereits normale Menschen reagierten furchtbar auf ihre Vergangenheit! Aber ein Bulle? Oh, sie wusste genau, was die Sorte von ihr dachte. Tiefste Verzweiflung setzte sich in ihr fest, kühlte sie bis auf die Knochen. „Ich muss gehen."

Seine Arme um ihre Taille festigten sich. „Noch nicht."

„Señor, bitte."

Seine grünen Augen verdunkelten sich wie ein Kiefernwald in der Dämmerung. Seine Hand fand ihre Wange, sodass sie den Blick nicht abwenden konnte. Dummerweise führte seine Zärtlichkeit dazu, dass ihr Tränen in die Augen stiegen. „Ist deine Reinigungsfirma eine Fassade für die Mafia?"

Bei der unerwarteten Frage blinzelte sie. „Nein."

„Okay, das ist ein guter Anfang." Sein Mundwinkel zuckte.

„Wirst du für ein Verbrechen gesucht?"

„Nein."

„Nein, was?"

Sie starrte ihn an. Wie konnte er ausgerechnet jetzt auf seinen Titel bestehen? Konnte er denn nicht sehen, dass ihre Welt gerade wie ein Kartenhaus zusammenfiel?

„Andrea ..."

„Nein, Señor, ich werde nicht gesucht. Für nichts." Sie legte die Finger um sein Handgelenk und versuchte, seine Hand wegzuschieben. „Ich will nicht darüber sprechen. Ich will nach Hause."

„Ich gebe dir, was du brauchst, aber nicht immer, was du willst. Und du, meine Kleine, musst dir ganz dringend etwas von der Seele reden." Sein Kiefer spannte sich an, während sein Daumen ihr Kinn streichelte. „Ich will hier und jetzt eine Erklärung."

Sie konnte sich nur selbst die Schuld an dieser Situation geben. Schließlich hatte sie sich nach einem Mann gesehnt, der ihr sagte, was sie zu tun und zu lassen hatte. Nun erwartete er alles von ihr, wollte, dass sie sich öffnete, dabei war er der Feind und gehörte damit zu den Männern, die –

„Wie heiße ich, Andrea?" Mit der Frage fiel er in ihre Gedanken ein.

„Master Cullen." *Mi Señor.*

„Gut. Und jetzt erzähle es mir."

„Ich habe eine ... Vergangenheit. Ich komme nicht aus der besten Gegend, also hat auch meine Familie eine Vergangenheit."

Er lachte und der Laut vibrierte durch seine Brust, übertrug sich auf ihren Körper. „Vergangenheit ist ein gutes Wort. Liegt alles davon in der Vergangenheit oder gibt es gegenwärtige Probleme?"

Seine Reaktion verwirrte sie. Was lief nur falsch mit ihm? Ihr

Herz schlug gegen ihre Rippen, als sie wie benommen ein Nicken schaffte.

„Oh, kleine Sub", hauchte er. „Es gibt nur wenige Menschen, die mit einer reinen Weste durchs Leben gehen. Die meisten haben etwas getan, das sie bereuen. Ich lege niemanden seine Vergangenheit zur Last. Auch nicht der Familie dieses jemanden." Er grinste. „In meiner Familie gibt es einige, die in der Strafverfolgung tätig sind, das stimmt, aber mein Onkel zum Beispiel hat mal als Buchmacher sein Geld verdient, mein Cousin hat Drogen verkauft und nur mein Urgroßvater weiß, wo das Geld für das Pub und andere Geschäfte hergekommen war."

„Wirklich?" Es störte ihn nicht?

„Ich mag die Person, die du gerade bist, Andrea. Ich mag deine Intelligenz. Es gefällt mir, wie mutig du Bestrafungen von mir riskierst, weil du dir Sorgen um mich machst. Besonders genieße ich deinen Humor, der meinem in nichts nachsteht." Er küsste sie. „Du wurdest oft enttäuscht, deswegen bist du reserviert. Und ich werde herausfinden, wer und was dich zu der Person von heute gemacht hat, um deine Schmerzen zu lindern."

Sie erstarrte erneut. Niemals sprach sie über ihre Vergangenheit. Und mit ihm würde sie das schon gar nicht. Ihre Hände machten sich daran, den Gürtel ihres Bademantels zu öffnen. „Ich muss gehen. Wo kann ich den Bademantel hintun?"

Er legte seine Hand auf ihre. „Wir bringen ihn morgen zurück und holen dann auch deine Tasche."

„Morgen?"

Mit einem Finger streichelte er über ihre Wange. „Oh ja, morgen."

„Aber ich habe dir doch gerade gesagt, dass ich ..." Sie lehnte sich zurück, ging so weit von ihm auf Abstand, wie er es zuließ. Sie musste nach Hause. Sie musste nachdenken. „Ich ... nein."

„Du kannst gerne ins Obergeschoss gehen und einen der Räume benutzen", unterbrach Z. Er stand in der Nähe. Erst jetzt erkannte Andrea, dass die anderen verschwunden waren.

„Danke, das werden wir." Master Cullen wies Z mit einem Kopfnicken an, das Weite zu suchen.

Glucksend folgte Z der wenig subtilen Aufforderung.

„Du wirst die Nacht mit mir verbringen", sagte Señor.

„Das geht nicht. Ich muss arbeiten."

„Du meinst deine Reinigungsfirma?"

„Ja. Ich bin unterbesetzt und bis ich jemanden finde, muss ich einspringen. Morgen früh muss ich bis sieben Uhr zwei Unternehmen gereinigt haben."

„Bist du dir sicher? Schließlich habe ich mich darauf gefreut, mich erneut in dir zu verlieren."

Sie erschauerte und er lächelte, bevor seine Mimik einen ernsten Ausdruck annahm. „Und wir sollten reden."

Er war so verwirrend. „Master Cullen, ich bin eine Auszubildende. Im Club. Warum tust du das?"

Beide Hände legte er auf ihre Wangen. „Ich will herausfinden, ob wir mehr als Auszubildende und Ausbilder sein können." Seine Daumen rieben über ihre Wangenknochen und ihr Atem stockte.

Oh ja, bitte! Sie wollte so viel mehr. Sie schluckte lautstark. „Ich ... Können wir später darüber sprechen?" Würde er morgen noch genauso empfinden?

Zwar runzelte er die Stirn, doch er nickte. „Dein Vertrauen kann ich nicht befehligen. Aber, Andrea, eins kann ich dir versprechen: Schon bald wird der Moment kommen, in dem sich dein Geist ebenso für mich öffnen wird, wie es dein Körper bereits getan hat."

Ein Lustschauer erfasste sie, vollkommen eingenommen von dem dunklen Versprechen in seinen Augen.

KAPITEL VIERZEHN

Beim **Eintreten in** die Umkleide zögerte Andrea, als sie Heathers Stimme und das Thema auf der Agenda hörte.

„Als ich ging, lag sie noch in seinen Armen. Und Jessica meinte, dass Z nach den offiziellen Öffnungszeiten noch eine Privatparty für die Master geplant hatte."

„Du irrst dich. Auf keinen Fall ist Master Cullen an einer wie der interessiert", sagte Vanessa. „Das ist doch verrückt. Meine Güte, sie ist nicht besser als ein Zimmermädchen."

„Na und?" Sally bemerkte Andrea und zwinkerte ihr zu.

„Sie gehört hier nicht hin. Sie ist –"

„Andrea, du solltest dich beeilen und dich schnell umziehen", rief Heather.

Vanessa sah über ihre Schulter und verzog das Gesicht zu einer Grimasse. „Nun sieh mal einer an. Bist du auch schon hier."

Andrea hob das Kinn. Es war nicht das erste Mal, dass sie Menschen wie Vanessa begegnete, und es wäre sicher nicht das letzte. Auf keinen Fall würde sie sich vertreiben lassen. Vor allem nicht nach dem gestrigen Abend.

Sie öffnete ihren Spind. So stark und selbstbewusst sie sich auch geben wollte, ihre Finger zitterten. Gleich würde sie Cullen sehen. Würde er sie heute anders behandeln? Sicher, er hatte gemeint, dass ihre Vergangenheit für ihn keine Rolle spielte, aber nun hatte er Zeit gehabt, sich die Sache mit ihr zu überlegen. Hatte er seine Meinung geändert?

Auch sie hatte in den letzten Stunden nachgedacht und sie war zu einer unangenehmen Entscheidung gekommen: Wenn er wirklich Interesse an einer Beziehung mit ihr hatte, müsste sie ihm von ihrer Vergangenheit erzählen. Von Enrique Marchado, von ihren Cousins. *Alles über mich.* Ihr Magen rebellierte. Vielleicht würde es ihn nicht kümmern. Vielleicht meinte er, was er zu ihr gesagt hatte. Hoffnung vermischte sich mit Panik, bis es sich anfühlte, als würde ihr Herzschlag von ihren Emotionen gesteuert.

Bald wäre sie schlauer. Nachdem sie ihren Mantel in den Schrank gehängt hatte, warf sie einen Blick in den Ganzkörperspiegel. Ihr Outfit hatte Señor gestern als Wunsch für heute Abend geäußert. Zwischen ihren beiden Reinigungsaufträgen war sie auf die Jagd nach dem perfekten Kostüm gegangen.

„Oh, wie niedlich!", sagte Dara. Die taff aussehende Gothic-Frau entließ ein erstaunlich hohes Kichern. „Die Katzenohren! Süß!"

Andrea grinste. Die meisten Kostüme hatten albern ausgesehen oder an ein Zimmermädchen mit Katzenohren erinnert. Sie hatte ein paar Ganzkörperkostüme gefunden, aber Señor bevorzugte seine Subs halbnackt und sie wollte ihn glücklich machen. Als er ihr von dem Unterschied erzählt hatte, ob eine Sub lediglich den Regeln folgte oder sich wirklich bemühte, dem Dom zu gefallen, hatte sie es noch nicht verstanden. Jetzt tat sie das. Als sie sich für heute Abend fertiggemacht hatte, hatte sie sich vorgestellt, wie seine Augen über ihren Körper schweiften und dann dieser bestimmte Ausdruck auf seinem Gesicht erscheinen würde. Ein Ausdruck, der in ihr regelmäßig die Sehnsucht weckte, seine Hände auf ihrer Haut zu spüren. *Oh Dios*, sie war ihm vollkommen verfallen.

Vanessa sah sie urteilend an und sagte dann: „Billig.“

„Finde ich gar nicht.“ Sally befestigte die Strapse an ihren Fischnetzstrümpfen. „Das Outfit ist mega sexy. Stört es dich, wenn ich es für nächste Woche kopiere?“

Andrea lachte. „Gerne. Vielleicht sollten wir in naher Zukunft einen Themenabend dazu gestalten.“

„Eine Muschi-Nacht.“ Dara betrachtete ihre Fingernägel. „Bestimmt kann ich irgendwo Handschuhe mit Krallen auftreiben.“

„Fehlt an deinem Kostüm nicht der Schwanz?“, fragte Heather.

„Master Cullen meinte, dass er einen für mich hat.“

„Hat er das, ja?“ Sally sah mitleidig zu Andrea, was in ihr die Nervosität lostrat.

Cullen fand seine Azubis bereits in einer Reihe kniend. Auf seine Aufgabe als Ausbilder konzentriert, lief er an allen vorbei. Austins Outfit gab er mit einem Nicken seine Zustimmung.

Er festigte Heathers Korsett und genoss ihren Schauer, als sich das Kleidungsstück enger um ihren Körper schloss. Sally sah wie immer bezaubernd aus. Sie zeigte eine kindliche Begeisterung fürs Verkleiden.

Vanessa. Cullen spannte den Kiefer an. Gestern war sie zu einem neuen Dom unhöflich gewesen, weil er ihrem Maßstab nicht entsprochen hatte. „Wenn Gary kommt, wirst du ihn um Verzeihung bitten und dich dann von ihm bestrafen lassen.“

Die Brünette funkelte ihn kurz an, bevor sie sich fasste und es mit ihrer zuckersüßen Seite versuchte: „Bitte, Master Cullen, kannst *du* mich nicht bestrafen?“

Diese Sub legte ein Verhalten an den Tag, das ihm wenig zusagte. Zu selbstbezogen. Immer im Wettbewerb mit den anderen Azubis. Er ging einen Schritt zurück und verschränkte die

Arme vor der Brust. „Wenn Gary mit deiner Unterwerfung nicht zufrieden ist, werde ich dich auf die Spanking-Bank schnallen und jedem Dom im Club einen Schlag mit dem Rohrstock erlauben. Habe ich mich verständlich ausgedrückt, Vanessa?"

Sie senkte den Blick. „Ja, Sir."

„Geh."

Nur Andrea blieb übrig. Er half ihr auf die Füße und grinste sie an. Sie trug ein Set aus einem BH und einem Tanga in Tigeroptik. Mit dem Finger strich er über den Bund des fellbesetzten Tangas – so weich –, und er beobachtete, wie sich ihr Bauch anspannte. Sogar schwarze Fellarmbänder und Stulpen an den Beinen trug sie. Ebenso farbene Katzenohren lugten aus ihren lockigen Haaren hervor. „Sieh dich nur an, Kleines. Ein sehr schönes Kostüm", sagte er sanft.

Ihre goldenen Augen strahlten wie die Sonne.

Sein kleiner Tiger. Mit einer Hand rieb er über ihren Arm. Nichts wünschte er sich mehr, als sie ins Obergeschoss zu zerren und sich so oft in ihr zu vergraben, bis sie ihren Höhepunkt in die Welt schrie. Ob sie dabei ihre Nägel in seinen Rücken jagen würde? *Später, Junge. Beweise Geduld.*

Andererseits … da die Auszubildenden beschäftigt waren und im Eingangsbereich nur noch Ben war, konnte er sich eine Kostprobe gönnen. Er legte eine Hand in ihren Nacken. Dann schob er ein Bein zwischen ihre Schenkel, während seine andere Hand unter ihren Po wanderte. Er hob sie hoch, bis ihre Lippen auf gleicher Höhe wie seine waren. Schließlich küsste er sie, beschlagnahmte ihren Mund. Wenn er ehrlich war, stand er kurz davor, seine Kontrolle zu verlieren. Am liebsten würde er sie gegen die Wand pressen und sie ficken. Im letzten Moment entriss er ihr seinen Mund. Ihre Hände lösten sich von seinen Schultern, ihre Augen glasig, ihre Lippen geschwollen.

An seinem Bein rutschte sie nach unten, sich der Wirkung auf ihre Klitoris bewusst.

„Du kannst so gemein sein." Ihr Flüstern klang verdächtig nach einem Wimmern.

Mit den Fingern glitt er an dem Schritt ihres Tangas vorbei. Sie war so verdammt feucht. *Gott*, er liebte es. „Haben wir da nicht etwas vergessen?"

„Du kannst so gemein sein, *Señor*."

„Hast du deinen Terminkalender angepasst, damit wir die Nacht zusammen verbringen können?" Er rieb über ihre Klitoris.

Ihr Atem stockte, als er sie betörte, und sie schaffte nur ein Nicken. Dann stieß er mit einem Finger in ihre Hitze, ihre Hände krallten sich an seinen Oberarmen fest, ihre Fingernägel bohrten sich wie winzige Krallen in seine Haut. *Empfänglicher kleiner Tiger.*

„Sehr gut." Er grinste und presste ihr einen Kuss auf die Lippen. In dem Moment wurde seine Aufmerksamkeit von einem Geräusch an der Tür zum Clubraum eingefangen.

Vanessa stand im Türrahmen, ihre Hände zu Fäusten geballt. Ohne ein Wort zu sagen, verschwand sie aus seinem Blickfeld.

Andrea hob ihren besorgten Blick zu ihm. „Sie hat dich gehört. Wirst du jetzt Ärger bekommen? Ich meine, als Ausbilder –"

„Nein, kleiner Tiger." Widerwillig ging Cullen einen Schritt auf Abstand. „Ich mache die Regeln, nicht Z." Und eine dieser Regeln besagte, dass er nicht weiter als Ausbilder tätig sein konnte, wenn er sich auf jemanden einließ. Er und Z mussten sich dringend unterhalten. „Geh schon mal rein. Finde mich in fünf Minuten an der Bar. Ich habe ein Geschenk für dich und ich kann es nicht erwarten, wie du darauf reagierst."

Sie schluckte lautstark.

Andrea konnte sich denken, wie wütend Vanessa war. Würde es die anderen Auszubildenden auch stören? Allein dieser Gedanke löste Unwohlsein in ihr aus. Es gefiel ihr, einer Gruppe anzugehören und Freundschaften zu schließen. Sie konnte sich nicht erinnern, wann sie das letzte Mal weibliche Freunde hatte. In ihrer Kindheit hatte sie sich stets mit Antonio getroffen, solange ihr Vater nicht ihre Anwesenheit verlangt hatte. Und in Drew Park wollte niemand mit jemandem befreundet sein, der Enrique Marchado kannte. Also hatte sie sich auf ihre Zukunft konzentriert und ein Unternehmen aus dem Boden gestampft.

Nun hatte sie Zeit für Freunde und musste feststellen, dass es nicht einfach war, welche zu finden. Ihre Hoffnung lag auf dem Shadowlands.

Sie durchquerte den Hauptraum und versuchte, den feuchten Schritt ihres Tangas zu ignorieren. *Verdammt sei er!* Er wusste genau, was er ihr mit seinen Berührungen angetan hatte. Andererseits war ihr seine riesige Erektion nicht entgangen, die sich gegen ihren Bauch gepresst hatte. Zumindest war sie mit ihrem Leid nicht allein.

Aber ... was sollte sie tun, wenn Master Z sie einem anderen Dom zuteilte? Sie biss sich auf die Unterlippe. Ein entsetzlicher Gedanke. Würde Señor Einwand erheben?

Auf der Tanzfläche startete die Musik. Klang nach *Adam and the Antz*. Am Buffet arrangierte Heather die Köstlichkeiten. Austin lief den Korridor hinunter und dann gingen die Lichter in den Themenräumen an. Ein typischer Tag im Shadowlands. Andrea machte sich auf den Weg zur Bar.

Oh! Mit den Armen vor der Brust verschränkt, beobachtete Master Cullen sie, sein Gesicht ausdruckslos. Sein Ausbildermodus. Sie musterte ihn nervös. Warum hatte Sally sie so mitleidig angesehen?

Die Mitglieder betraten bereits den Club. Die Master Nolan, Dan und Marcus saßen an der Bar neben Mistress Olivia.

„Mein kleiner Tiger braucht noch einen Schwanz", sagte Señor, seine Stimme hallte durch den unterbevölkerten Bereich. Er kramte unter dem Tresen und kam dann zu ihr. In der Hand hatte er einen langen, flauschigen Schwanz. Sie runzelte die Stirn, auf der Suche nach einer Sicherheitsnadel oder etwas Ähnlichem. Wie sollte das Ding halten?

Grinsend trat er hinter sie, hob sie hoch und legte sie mit dem Gesicht nach unten auf die Bar.

„Hey!" Sie wehrte sich und handelte sich damit einen Klaps auf ihren Hintern ein. Dann presste er sie wieder auf den Tresen.

„Nicht bewegen." Seine Stimme vertiefte sich und sie erstarrte. *Der mitleidige Blick. Schwanz. Entspanne dich.* Er befestigte das flauschige Ding an etwas und –

Sie fühlte, wie der Stoff zwischen ihren Pobacken bewegt wurde, wie seine großen Hände ihren Hintern spreizten. Ihre Augen weiteten sich und sie trat instinktiv um sich, doch sein Körper lehnte sich gegen ihre Beine, die am Tresen nach unten hingen, und beraubte sie somit jeglicher Bewegungsfreiheit.

„Ohne einen Schwanz bist du kein Tiger, Süße", sagte Master Cullen belustigt. „Das geht einfach nicht."

Und es presste sich etwas gegen ihren Anus, kalt und nass. Mit den Händen seitlich am Tresen zappelte sie und versuchte, ihm zu entwischen. Der Druck nahm zu und dann, mit einem Pop, glitt es in sie. Ihre Muskeln schlossen sich um das Objekt. *Dios*, er hatte es wieder getan.

Er tätschelte ihren Po und murmelte: „Sehr schön. Das war's schon." Er schob den Schwanz etwas zur Seite, sodass ihr Tanga auf dem Plug auflag.

Um ein Wimmern zu unterdrücken, knirschte sie mit den Zähnen, doch als sein Finger nach vorne wanderte und ihre Pussy fand, konnte sie den Laut nicht länger zurückhalten. Nun wand sie sich unter ihm, während er ihre Klitoris neckte. Dann stieß er mit einem Finger in ihre Vagina und durch den Analplug spürte sie jeden einzelnen Millimeter umso intensiver. Es war ... zu viel.

Er lehnte sich vor, der Finger noch immer in ihr, seine Brust an ihrem Rücken, und flüsterte: „Später wirst du mich in dir spüren. Heute werde ich meinen kleinen Tiger von hinten nehmen." Sein Finger glitt rein, raus, wieder rein und sie schmolz unter seinen Berührungen dahin.

„Und irgendwann – sehr bald – wird mein Schwanz den Analplug ersetzen." Er rüttelte das Spielzeug und sie sog bei der Empfindung scharf den Atem ein. Mit ihrer pulsierenden Klitoris änderte sich auch ihre Einstellung zum Analplug. Es fühlte sich ... erregend an. Hatte er tatsächlich vor, seinen Schwanz dort ... Seinen riesigen Schwanz! *Madre de Dios* ...

Er trat weg von ihr und stellte sie auf ihre Füße. Ihre Pobacken schlossen sich über dem Plug und sie zuckte zusammen. Mit einem Finger unter ihrem Kinn suchte er nach ihrem Blick. „Das ist ein sehr, sehr kleiner Plug", sagte er. „So stelle ich sicher, dass du ihn problemlos für einen längeren Zeitraum tragen kannst. Falls du aber Schmerzen haben solltest, erwarte ich, dass du mir das sagst. Verstanden?"

„Ja, Señor."

„Gut." Er presste einen harten Kuss auf ihre Lippen, drehte sie um und gab ihr einen Klaps auf den Hintern. Das Ding in ihr bewegte sich. Sie sah über ihre Schulter und funkelte ihn wütend an, bevor sie begleitet von seinem Lachen loslief. Zusätzliche Stimulation entstand, indem der buschige Schwanz bei jedem Schritt über ihre Schenkel strich.

Cullen wusch sich die Hände und kehrte zu seinem Job als Barkeeper zurück. Immer wieder ließ er auf der Suche nach Andrea den Blick über den Raum schweifen. Es war eine Weile her, dass sie an der Bar gewesen war, und er konnte sie nicht entdecken. In dem Moment musste er sich eingestehen, dass er es viel zu sehr genoss, sie zu beobachten. Sie strahlte heller als die Sonne und erleuchtete ihm den Abend. Kopfschüttelnd bereitete er einen Himbeer-Mojito für Maxie zu und reichte das Glas weiter.

Wie lange war es her, dass er solche Gefühle hatte? Als Siobhan noch am Leben war. Oh ja, er erinnerte sich ans Verliebtsein. An die ersten Tage, Wochen, Monate. Bei dem Gedanken erstarrte er und sein Magen verkrampfte sich schmerzhaft. *Liebe?* Möglich. Doch es gab keinen Grund, die Sache mit ihr zu überstürzen. Er mochte sein unkompliziertes Leben und hatte nicht vor, Hals über Kopf in eine neue Beziehung zu springen.

„Master Cullen?"

Er schüttelte sich aus seinen Gedanken und erkannte verdutzt, dass er Tequila über den Tresen schüttete. „Verdammt!" Gerade stellte er die Flasche ab, da hörte er Andreas kehliges Lachen.

Ihm wurde warm ums Herz. Wieder schüttelte er den Kopf. *Jämmerlich, Cullen.* Er streckte die Hand aus, um den Zettel mit ihren Bestellungen entgegenzunehmen.

Bei dem Anblick ihrer Handgelenke zog er die Augenbrauen zusammen. „Auch wenn du heute passend zu deinem entzückenden Outfit Fellarmbänder trägst, darfst du die Fesseln nicht vergessen, die dich als Auszubildende ausweisen."

„Oh. Okay."

Das Bedürfnis, ihr seine persönlichen Fesseln anzulegen, war überwältigend. *Nein.* „Wo bist du so lange gewesen? Die Mitglieder in deinem Zuständigkeitsbereich müssen für Getränke an die Bar kommen."

„E-Es tut mir l-leid." Sie errötete. Dann erblasste sie. „Ich ... Eine Sub hat nach einer Session geweint und der Dom ist einfach verschwunden. Also habe ich entschieden, sie zu trösten."

Testend sagte er: „Normalerweise peitschen wir Auszubildende aus, die ihre Aufgaben vernachlässigen."

Sie verzog das Gesicht zu einer Grimasse. Dann beobachtete er, wie sie die Schultern durchdrückte und das Kinn hob. Sie würde nichts an ihrem Verhalten ändern, wenn sie die Chance bekäme und lieber eine Bestrafung hinnehmen. Die kleine Sub hatte ein weiches Herz. Und sein Herz war in Gefahr. Er kam hinter der Bar hervor.

Ihre Hände spannten sich an. *Verdammt*, sie dachte wirklich, dass er sie nun zum Auspeitschen ans Andreaskreuz bringen wollte.

Belustigt schüttelte er den Kopf, packte ihre Oberarme und hob sie auf die Zehenspitzen, um ihr endlich einen Kuss zu geben, auf den er sich schon seit dem Letzten gefreut hatte. Eine Sekunde brauchte sie, bis ihre Lippen nachgiebig wurden. Nach zwei Sekunden hatte er ihren Mund bereits vollkommen vereinnahmt. Dann schwelgte er in dem Austausch, dem heißen und feuchten und erregenden Kuss. Als er sie schließlich runterließ, bebten ihre Brüste von ihren schweren Atemzügen und ihre Nippel pressten sich verlockend gegen das Tigermuster ihres Oberteils.

Mit einer Hand noch immer an ihrem Oberarm konnte er nicht widerstehen und spielte mit einer Knospe. Sofort kroch mehr Hitze von ihrem Dekolleté über ihren Hals und in ihre Wangen. Er lehnte sich vor und flüsterte ihr ins Ohr: „Kleine weichherzige Sub, wenn ich dich jetzt ans Kreuz fesseln würde, wäre mein letzter Gedanke, dich zu bestrafen."

Da er sie berührte, fühlte er, wie sich ihr Herzschlag beschleunigte. Ein amüsiertes Funkeln erschien in ihren Augen und ihr Mundwinkel zuckte. „Du kannst dir meines Gehorsams sicher sein, Master."

Master. Gott, es gefiel ihm, diesen Titel von ihren Lippen zu hören. Tief atmete er ein, die personifizierte Verlockung ignorierend. Für den Moment. „Das stimmt. Also hole deine Fesseln. Den Analplug hast du lange genug getragen. Du hast die Erlaubnis, ihn zu entfernen. Danach kommst du sofort wieder zur Bar." Er bemerkte, dass Vanessa auf neue Getränke wartete. Ungeduldig trommelte sie mit den Fingerspitzen auf den Tresen. „Deine Partnerin ist überarbeitet."

Andrea entließ einen enttäuschten Seufzer. „Ja, Señor."

Mit dem Blick auf ihren schwingenden Hüften hätte er beinahe nicht mitbekommen, dass sein Pager in seiner Tasche einen Alarm von sich gab.

Später an diesem Abend wartete Andrea an der Bar mit einer Bestellung und einer miesen Laune. Irgendwann in der letzten Stunde war Master Cullen verschwunden. Wie vom Boden verschluckt. Master Raoul hatte ihr berichtet, dass Señor auf die Arbeit gerufen worden war. Damit hatte sich der Abend für sie erledigt.

„Andrea."

Nun drehte sie sich und fand sich plötzlich Master Dan gegenüber. Sein Ausdruck – das Gegenteil von zugänglich. Bei der Party hatte er Emotionen gezeigt, davon sah sie gerade erschreckend wenig. Sie erschauderte. Das war nicht gut. „Ja, Sir?"

„Komm bitte mit." Seine Finger schlossen sich ohne Rücksicht um ihren Oberarm. Wie ein Bulle es tun würde. Bei der Erinnerung, auf diese Weise herumgezerrt zu werden, spannten sich ihre Muskeln an.

Er führte sie an der Tanzfläche vorbei und zu schweren Eichentüren, die der Eingangstür ähnelten, und dann stand sie in einem riesigen Büro mit einem flauschigen braunen Teppich und cremeweißen Wänden. Vor den hohen Fenstern erblickte sie einen antiken Schreibtisch, direkt daneben Vanessa und Master Marcus.

Andrea bemerkte ein kleines Lächeln auf den Lippen der Auszubildenden, bevor sich ihr Ausdruck zu besorgt wandelte.

Was war hier los? Andrea stolperte und Dans Hand festigte sich um ihren Arm. Sie hob den Kopf zu ihm. Er sah sie an, als wäre sie eine Kakerlake in seiner Küche, die er augenblicklich vernichten wollte. Langsam bekam sie Angst.

„Wa –" Ihre Stimme brach. Sie schluckte an dem Kloß in

ihrem Hals vorbei und presste heraus: „Was ist los?" *Warum siehst du mich so an?*

Dan antwortete: „Vanessa hat ihren Spind vergessen abzuschließen. Nun ist ihr Geld verschwunden."

Und er hatte Andrea wie eine Verbrecherin ins Büro geschleift. Ihre Beine fühlten sich wie Eisblöcke an und die Kälte breitete sich aus. „Darüber weiß ich nichts. Ich war den kompletten Abend im Hauptraum beschäftigt."

„So ganz stimmt das nicht", bemerkte Marcus in einem sanften Ton. „Vor einiger Zeit bist du in die Umkleide, um deine Azubifesseln zu holen. Kurz darauf ist Vanessa der Diebstahl aufgefallen."

Die Kälte erreichte ihren Magen und schickte eisigen Wind zu ihrer Brust. „Ich habe das Geld nicht genommen. Ich bin kein Dieb."

„Anscheinend bist du das schon", sagte Dan. „Wir haben das Geld in deinem Spind gefunden."

Nein … Das ist nicht möglich.

Dan streckte die Hand nach einer Akte auf dem Schreibtisch aus. „Und es ist nicht das erste Mal, stimmt's? Klingelt es bei Einbruch in einen Spirituosenladen?"

Jetzt wusste sie, woher sie den Ausdruck auf seinem Gesicht kannte. Es war der Ausdruck, den Lehrer oder Eltern aufgesetzt hatten, wenn sie versucht hatte, Freunde zu finden, oder Interesse an einem Jungen gezeigt hatte. Das Eis um ihr Herz drückte so schwer, dass sie kaum Luft bekam. „Wie bist du da rangekommen? Meine Akte wurde versiegelt."

„Nicht für Polizisten wie mich."

Ich habe nichts gestohlen! Glaube mir! Bitte glaube mir! Ihre Kehle schnürte sich zu. Sie schaffte es nicht, sich zu verteidigen. Es wäre ohnehin zwecklos, zu diesem Mann − diesem Polizisten − irgendetwas zu sagen. Nur Antonio und ihre Familie hatten ihr jemals Glauben geschenkt. Bei reichen Leuten, die sie wie Abfall ansahen, konnte sie darauf nicht hoffen.

Ich bin kein Abfall. Wut erhob sich in ihr, die ihr betäubtes Gefühl zunichtemachte. Sie wagte einen Versuch: „Ich habe noch nie etwas gestohlen."

Die wenig überzeugten Gesichter, in die sie gerade starrte, bewiesen einmal mal mehr, was sie schon in frühster Kindheit herausgefunden hatte. Ganz zu schweigen von der selbstzufriedenen Fratze Vanessas.

Vanessa hatte diesen Vorfall geplant. Andrea presste die Lippen fest aufeinander und funkelte die Sub wissend an. In einem resignierten Ton sagte sie: „Du verlogene *Puta*. Und das nur, weil Master Cullen Zeit mit mir verbracht hat." Ihr Blick landete auf den beiden Männern: *„Desgraciados*, ihr verdient euch."

Marcus zögerte. „Willst du Cullen anrufen und –"

„Vete al Diablo, ich will mit keinem von euch jemals wieder etwas zu tun haben." Master Cullen würde ihr genauso wenig glauben, wie das Master Dan getan hatte. Schließlich waren sie vom gleichen Schlag! Sie ballte die Hände zu Fäusten. Sie würde es nicht ertragen, Verachtung in Señors grünen Augen zu sehen. Das würde sie für alle Zeiten ruinieren.

Dann hatte sich diese Sache mit dem Club wohl auch erledigt ... Mit dem Kinn stolz in die Höhe gestreckt, hielt sie sich an der Wut fest, um nicht in Tränen auszubrechen.

Master Dan sah zu Vanessa. „Das Shadowlands schuldet dir eine Entschuldigung. Wir haben einen Fehler bei der Einschätzung ihres Charakters begangen und eine Diebin im Club willkommen geheißen."

„Oh, na ja, wir machen alle Fehler", sagte Vanessa leichthin, ein zuckersüßes Lächeln auf ihren Lippen. *Falsche Puta.*

Das Bedürfnis, ihr dieses dämliche Lächeln aus der Visage zu schlagen, war überwältigend und sie hob die Fäuste. Doch dann würde der Bulle sie festnehmen. Das war es nicht wert. Stattdessen entledigte sie sich der goldfarbenen Fesseln und ließ sie auf den Boden fallen. Sie landeten mit einem dumpfen Geräusch und schon spürte Andrea die kühle Luft an ihren Handgelenken.

Gestern hatte sie noch gehofft, die goldfarbenen mit den Fesseln ihres Masters austauschen zu können. Sie starrte auf die Beschränkungen und drängte die Tränen zurück, die sich brennend ankündigten.

Master Dan griff nach einem Klamottenhaufen auf dem Schreibtisch und Andrea erkannte den Inhalt ihres Spinds. Sie hatten ihr Urteil gefällt, bevor sie überhaupt in das Büro getreten war.

Dan wies auf die Tür. „Ich bringe dich zu deinem Auto."

Sie schaffte es zu ihrem Apartmentkomplex. Auf der gesamten Fahrt hatte sich die Szene im Büro wie in einer Dauerwerbesendung vor ihrem Auge abgespielt. *„Klingelt es bei Einbruch in einen Spirituosenladen?"* Sie hatte das Lenkrad so fest umklammert, dass sich ihre Finger beim Aufschließen ihrer Wohnungstür verkrampften. *Nicht denken. Atme. Zieh den Schlüssel aus dem Schlüsselloch. Betrete das Apartment. Mach die Tür hinter dir zu.*

Ihre Handtasche fiel zu Boden, gefolgt von ihrem Schlüsselbund. Alles andere hatte sie im Van gelassen. *„Falls es nicht deutlich bei dir angekommen sein sollte, Andrea: Du bist hier nicht mehr willkommen."* Master Dan hatte ihre Habseligkeiten wie Müll in ihr Auto geworfen. Müll, der schnellstmöglich entsorgt werden müsste. Müll wie sie.

Die Tischlampe, die sie immer anließ, leuchtete ihren schwankenden Weg zum Schlafzimmer. Ihr Zuhause, ihre Wohlfühlzone. Ihr allein. Mit ihrem eigenen Geld bezahlt. Geld, das sie nicht gestohlen, sondern sich hart erarbeitet hatte. *„Wir wollen dich hier nie wieder sehen"*, hatte Master Dan gesagt.

Sie krabbelte in ihr Bett, fühlte sich so alt und zerbrechlich wie ihre Abuelita. Auf der Matratze rollte sie sich zu einem Ball zusammen, bedeckte sich mit ihrer Decke und atmete den frischen Duft ein. Nicht mal beim Zelten in den schneebedeckten

Rocky Mountains war ihr so kalt gewesen. Würde sie diese Kälte jemals wieder abschütteln können? Sie bezweifelte es.

Ein Schluchzen entrang ihr. Ein Wimmern eigentlich. *Nur Weicheier weinen.* Der zweite Schluchzer kroch schmerzhaft ihre Kehle hinauf. Gestern hatte sie zu dieser Zeit ihren Kopf auf Señors Schulter gehabt, hatte ihn geküsst, Liebe mit ihm gemacht. Das Bedürfnis, in die Arme genommen zu werden, war schockierend. Sie schlang die Arme um ihr Kissen. Das Gefühl der Leere wollte einfach nicht verschwinden.

Nicht mein Señor. Nicht mehr. Der nächste Schluchzer ließ nicht lange auf sich warten, schnitt durch sie und raubte ihr den Atem.

Hatten sie ihn bereits kontaktiert?

Sie könnte ihn anrufen. Aber was sollte sie ihm sagen? Dass Vanessa gelogen hatte? *Ja, das Geld war in meinem Spind, und ja, ich habe einen Eintrag im Strafregister, aber Vanessa hat gelogen. Ich schwöre es!* Das würde er bestimmt glauben. Natürlich. Er war ein Polizist, genau wie Master Dan. Es wäre ihm vielleicht gelungen, ihre Vergangenheit zu übersehen, aber eine Anschuldigung wegen Diebstahl? Nein, sicher nicht.

Warum? Warum musste mir das passieren? Warum jetzt, als sie endlich angefangen hatte, Hoffnung zu schöpfen.

Und dann weinte sie.

KAPITEL FÜNFZEHN

Dienstagnachmittag hob Cullen den Kopf, als es an seiner Bürotür klopfte. Z and Dan traten ein. Er lehnte sich in seinem Stuhl zurück und blickte in ernste Mienen. „Was ist los?"

„Als ich gestern in Tampa ankam, wurde ich von Dan in einer Angelegenheit informiert, die sich am Samstag im Club zugetragen hat." Unaufgefordert nahm Z auf dem Stuhl vor Cullens Schreibtisch Platz. „Ich habe gehört, dass du auch nicht vor Ort warst."

„Ich musste beruflich nach Miami. Ich bin erst vor einer Stunde wieder in Tampa gelandet." Cullen verengte die Augen, als sich ein ungutes Gefühl in ihm ausbreitete. Er wies auf den zweiten Stuhl, doch Dan schüttelte den Kopf und blieb stehen. „Wollt ihr mir endlich erzählen, was los ist?"

„Es geht um Andrea", sagte Z.

Cullen hatte sie nach der Landung angerufen, aber sie war nicht ans Telefon gegangen. „Fahre fort."

Sein Körper spannte sich an, als Dan meinte: „Vanessa hat vergessen, ihren Spind abzuschließen. Andrea hat ihr Geld gestohlen."

Cullen sprang auf die Füße und knurrte: „Auf keinen Fall! Das würde sie nicht tun."

„Das war noch nicht alles, Cullen. Sie hat einen versiegelten Eintrag im Strafregister. Versuchter Raubüberfall." Dan warf eine Akte auf den Schreibtisch.

Sie hat einen Eintrag? War sie deswegen so besorgt gewesen? Er lehnte sich vor, die Hände flach auf dem Tisch und starrte Dan nieder. „Trotzdem glaube ich nicht, dass sie Geld gestohlen hat."

„Verdammt, Cullen, zieh den Kopf aus deinem ..." Er seufzte. „Ich habe das Geld in Andreas Spind gefunden. Fall abgeschlossen."

Cullen rang seinen Zorn nieder und versuchte es mit Logik. Funktionierte nicht. Sein Bauchgefühl sagte ihm, dass etwas nicht stimmte. „Hat sie es zugegeben? Du bist ein verdammter Dom – hat sie sich schuldig verhalten?"

„Natürlich, sie ..." Dan brach den Satz ab und seine Augenbrauen zogen sich nachdenklich zusammen. „Wenn du mich so fragst ... Ohne zu zögern, meinte sie, dass sie keine Diebin ist." Sein Verstand arbeitete. „Zur Hölle nochmal, ich war so wütend, dass sie dich hinters Licht geführt hat, sodass ich gar nicht erst versucht habe, ihre Reaktionen zu interpretieren."

„Und was sagst du jetzt?"

„Cullen ... ich bin mir nicht sicher."

„Ich schon. Sie hat mir anvertraut, dass sie eine wenig erfreuliche Vergangenheit hat. Die kleine Amazone hat ihre Probleme, keine Frage, aber ihre Integrität habe ich nicht einen Moment angezweifelt. Niemals würde sie stehlen. Es ist mir egal, was du glaubst, gefunden zu haben." Cullens Kiefer spannte sich an. „Vanessa auf der anderen Seite ... Sie ist ein hinterhältiges Stück. Jemand, der nichts in meinem Programm zu suchen hat."

Z nickte. „Ich stimme in beiden Angelegenheiten zu. Es tut mir leid, dass ich nicht dabei war, um zu ermitteln, was sich zugetragen hat. Dass allerdings Geld in Andreas Spind gefunden wurde ..."

Dan lief zum Fenster, seine Schultern angespannt. Der Polizist war normalerweise dafür bekannt, jede Situation gründlich zu prüfen. Cullen war froh, dass er jetzt sein Gehirn gebrauchte. Nach einer Minute drehte er sich um: „Ihre Reaktionen waren ... Schuldgefühle habe ich nicht gesehen. Schock – ja, auf jeden Fall Schock –, vor allem nachdem ich ihr die Akte vorgelegt habe. Danach hat sie sich benommen, als hätte sie nichts anderes von uns erwartet. Als sie jedoch sagte, dass sie Vanessas Geld nicht genommen hat, habe ich keine Lüge auf ihrem Gesicht erkennen können." Dans Ausdruck verdunkelte sich. „Wurde ich für blöd verkauft? Warum zur Hölle hat sie sich nicht verteidigt? Warum hat sie es nicht abgestritten. Nicht mal geweint hat sie."

„Das ist nicht ihre Art", murmelte Cullen. So viel Dickköpfigkeit und Stolz in der kleinen Amazone, die um alles in der Welt unabhängig sein wollte. Diese Charaktereigenschaften machten ihre Unterwerfung so berauschend, doch in problematischen Situationen wie diesen war das eher weniger hilfreich. *Fuck*, wie musste sie sich gerade fühlen? „Sie ist zu stolz."

Z verschränkte die Finger vor seinem Mund und betrachtete Cullen stirnrunzelnd. „Ich möchte die Sache aufklären."

Cullen hob die Augen zur Decke und dachte nach. Er entdeckte ein Spinnennetz, das die Klimaanlage in Schwingung versetzte. Einer guten Reinigungsfirma würde ein Spinnennetz nicht entgehen. Andrea würde es nicht entgehen.

Er nahm die Akte, die Dan mitgebracht hatte, und flog über den Inhalt. „Kurz nach ihrem achtzehnten Geburtstag wurde sie festgenommen. Einmal. Seither hat sie sich nicht mal ein Knöllchen zu Schulden kommen lassen."

„Scheiße. Verdammt." Dan lief im Büro auf und ab. „Wenn sie es nicht war ... Zur Hölle nochmal, ich fühle mich, als hätte ich einen Welpen überfahren."

Cullen knurrte. „Es wird Zeit, dass wir uns Vanessa vornehmen."

Danach würde er seine kleine Sub aufsuchen. Er konnte sich

gut vorstellen, was sie die letzten Tage durchgemacht hatte. Er litt für sie, erfuhr bei dem Gedanken wahren Schmerz. Hinzukam jedoch, dass sie es nicht für nötig gehalten hatte, ihn anzurufen.

Am selben Abend stellte Z sein Büro zur Verfügung. Cullen lehnte sich mit der Hüfte gegen den übertrieben großen Schreibtisch, seine Wut unter einer eisigen Schicht Kontrolle vergraben. Nicht weit entfernt trug Dan einen ähnlichen Ausdruck. Es bestand die Möglichkeit, dass sie zur falschen Schlussfolgerung gekommen waren; das bezweifelte er jedoch.

Vanessa trat über die Türschwelle, sah zu Dan und lächelte Cullen so zuckersüß an, dass er Zahnschmerzen bekam. „Ihr wolltet mich sprechen?"

Er antwortete ihr nicht.

Ihr Lächeln verschwand. Ihre Nervosität zeigte sich, indem sie mit ihren Fingern spielte. „Was ist los? Oh Gott, du gibst mir die Schuld dafür, dass Andrea rausgeworfen wurde, oder? Vielleicht hätte ich nichts sagen sollen, aber ..."

Ah ja. Sie wollte, dass er ihr die Versicherung gab, das Richtige getan zu haben. *Ganz sicher nicht, Schätzchen.* „Ausziehen."

Ihre Augen weiteten sich.

Kaum merklich hob er sein Kinn.

Daraufhin sah sie zu Dan. Angespannt schälte sie sich aus dem maßgeschneiderten blauen Kleid und ihrer Unterwäsche, legte alles fein säuberlich auf einen Stuhl. Ihr Körper, ja der war nett anzuschauen – aber ihre Persönlichkeit war ein totaler Erektionsvernichter. Nachdem sie dem Befehl gefolgt war, stand sie mitten im Raum, ihre Atmung etwas beschleunigt, die Wangen gerötet. Sie wusste nicht, was sie von alledem halten sollte.

Gut. Er befahl ihr nicht, sich hinzuknien. Es fiel ihm leichter, ihre Körpersprache zu interpretieren, wenn sie stand.

Dan näherte sich ihr. Vanessa nahm einen winzigen Schritt zurück.

„Und jetzt, Sub, werden wir über die Anschuldigung reden, die du gegenüber Andrea erhoben hast", sagte Cullen, womit er ihre Aufmerksamkeit auf sich lenkte. Wie in einem Befragungsraum strahlte das Licht im Büro auf ihre Person. „Was hast du an dem Abend getragen?"

Als sie versuchte, sich zu erinnern, bewegten sich ihre Augen nach oben, dann nach links. „Oh, also, ein blaues Bustier und einen Vinylrock in der gleichen Farbe."

Augen nach oben und anschließend nach links bedeutete also, dass sie eine Erinnerung hervorrief. Cullen notierte sich diese Beobachtung im Geiste und nahm sich die nächste Frage vor, die sie mit Sicherheit wahrheitsgemäß beantworten würde: „Wer hat sich um die Themenräume gekümmert?"

Sie blinzelte. Erneut bewegten sich ihre Augen nach oben und nach links. „Dara war im ..." Sie gab von jedem Auszubildenden die zugewiesenen Aufgaben des Tages wieder.

„Nun erzähl mir von dem Geld. Wie viel war es und wo befand es sich zu Beginn des Abends?"

Nach oben und nach links. „Über einhundert Dollar. In meiner Geldbörse. In meinem Spind."

Definitiv eine Erinnerung. Er sah zu Dan. Ein Nicken. *Los geht's.* „Erzähle mir von dem Abend."

„W-Wo soll ich anfangen?"

Sie spielt auf Zeit. „Als du das Shadowlands betreten hast."

Sie berichtete vom frühen Abend. Tatsachenwiedergaben. Dann kam sie zu ihrem Besuch in der Umkleide. Sie verlagerte ihr Gewicht von einem Fuß auf den anderen und wieder zurück. Eine Hand hob sie an ihren Mund. Eine unbewusste Geste, die sagte: *So kannst du meine Lüge nicht sehen.* Ihre Augen bewegten sich nach oben, wanderten dann jedoch nach rechts. Sie dachte sich eine nette kleine Geschichte aus. „Ich war mir nicht sicher, ob ich das Schloss richtig zugemacht hatte, deshalb bin ich nochmal zurück und fand meine Spindtür einen Spaltbreit geöffnet vor."

Interessanter Sprachwechsel. Sie war sich ... *nicht sicher.* Passive Aussage. Lüge, Lüge, Lüge. Der Verlauf des Interviews bestätigte, dass sein Vertrauen in Andrea gerechtfertigt war. Gleichzeitig kochte er vor Wut. Sein kleiner Tiger war unschuldig und hatte eine erniedrigende Situation durchstehen müssen.

"Das Geld war weg", beendete sie ihre Märchenstunde.

Das Geld, um sich von der Lüge zu distanzieren. Nicht *mein* Geld.

"Sie hat dein Geld gestohlen und hat sich nicht die Mühe gemacht, deine Spindtür zu schließen und das Schloss einzurasten?", fragte Dan.

Vanessa zuckte zusammen und ihr Blick schoss zu ihm.

"Nicht besonders intelligent, denkst du nicht auch?", hakte er nach.

"I-Ich weiß nicht. Woher soll ich wissen, was ihr bei ihrer Straftat durch den Kopf ging?" Sie spielte mit ihrem Diamantring, wich den Blicken der Doms aus.

"Was hast du nach der Entdeckung getan, Vanessa?", fragte Cullen.

"Ich habe die Umkleide verlassen. Da du nicht hier warst, Master Cullen, habe ich es Master Marcus erzählt. Er hat Master Dan geholt." Zurück bei den Fakten.

Dan ging einen Schritt auf sie zu. "Sieh mich an."

Sie folgte der Anweisung und er fragte: "Du hast die Umkleide sofort verlassen? Sonst hast du dort nichts getan?"

"Was hätte ich tun sollen? Schließlich war kein Geld in meinem Spind."

Cullen näherte sich und zwang sie somit, ihre Aufmerksamkeit zwischen den beiden Männern aufzuteilen. "Als ich mit Sally gesprochen habe, meinte sie, dass du auf jeden Fall deinen Spind abgeschlossen hast."

Vanessas Kinnlade klappte herunter und sie wich einen Schritt zurück. „Nein. D-Da irrt sie sich."

„Du warst anwesend, als ich zu Andrea meinte, dass sie ihre Fesseln anlegen soll. Du wusstest genau, dass sie dazu in die Umkleide musste", sagte Cullen, seine Stimme eisig. „Die anderen Auszubildenden erzählten mir, dass du Andrea ständig dumm von der Seite anmachst und sagst, dass sie nicht hierher gehört."

Vanessas Hände spannten sich an. „Na ja, das tut sie auch nicht. Sieh nur, was sie getan hat. Sie ist eine gemeine Diebin!"

„Und du bist eine Lügnerin", verkündete Dan. „Eine rachsüchtige Lügnerin. Warum hast du gelogen?"

Ihre Fingerknöchel färbten sich weiß und in ihrem Gesicht waren rote Flecken zu erkennen, die auf Scham hinwiesen. „Ich werde respektiert. Ich habe Geld. Ich muss nicht stehlen. Die Vorstellung, dass ich dazu fähig sein könnte, ist einfach lächerlich."

Ah, jemand wich der Frage aus. „Ich mag Lügner nicht", sagte Cullen. Sie war eine Schlange. Von der hinterhältigsten Sorte – sie biss zu, wenn man es am wenigsten erwartete. „Wie hast du Andreas Spind aufbekommen?"

„Ich hatte –" Sie sog scharf den Atem ein. „Habe ich nicht! Warum –"

„Natürlich hast du das", sagte Dan. „Das wissen wir bereits. Stell dich nicht dümmer, als du es bist."

„Ich bin nicht –"

Gut. Verängstigt, abgelenkt ... kommen wir zum Ende. Cullen packte ihr Kinn in einem bestrafenden Griff. „Wie hast du ihr Schloss geknackt? Sag es mir, Sub. Sofort."

Zu verwirrt, um gegen seine Entschlossenheit anzukommen, brach sie in Tränen aus. „Sie hat die Kombination auf der Bank liegen gehabt. Am ersten Tag. Master, sie ist deiner nicht wü –"

„Sei still." Angewidert ging Cullen auf Abstand und fand Dans Blick. „Mehr?"

„Nein, ich denke, wir haben genug."

„Das glaube ich auch", sagte Z von der Tür aus. Der Seelen-klempner mit den Talenten eines Gedankenlesers hätte ihr die Wahrheit wahrscheinlich in Windeseile entlocken können, aber großzügig, wie er war, hatte er die Aufgabe Dan und Cullen überlassen.

Vanessa wirbelte herum. Als sie Z sah, erblasste sie. *Doch nicht so dumm.*

In einem geschmeidigen Ton sagte Z: „Vielen Dank, Master Dan und Cullen." Er neigte den Kopf. „Vanessa und ich werden uns jetzt unter vier Augen unterhalten."

Dan nickte. „Wir sind hier fertig." Er ließ den Blick über Vanessa schweifen und sein Gesicht verzog sich zu einer Grimasse, als hätte er einen bitteren Geschmack im Mund. Dann wandte er sich ab und verließ das Büro.

„Bitte, Master Cullen, es tut mir so leid!" Vanessa streckte die Hände nach ihm aus.

„Mir auch." Cullen sah zu Z. „Sie gehört dir, Boss." Er schloss die Tür zu den Klängen ihrer Schluchzer.

Er verließ den Club und atmete die frische Luft in seine Lungen. Erstes Problem gelöst. Der nächste Punkt auf seiner Liste würde eine größere Herausforderung darstellen. Sein kleiner Tiger hatte sicherlich die Krallen ausgefahren und war nicht in der besten Stimmung.

Cullen war kein großer Freund von der Hogshead-Kneipe, aber zumindest war sie nah an der Polizeistation und nicht mit Yuppies gefüllt, die ihren Feierabend zu ausgelassen feierten. Seine Laune war im Keller. Andrea ging einfach nicht ans Telefon.

Die Erdnusshüllen knackten unter seinen Stiefeln, als er sich ein Bier holte und sich für einen Ecktisch entschied, von dem aus er die Eingangstür im Blick hatte.

Antonio trat ein. Er legte einen Zwischenstopp an der Bar ein, um sich einen Kaffee zu holen, bevor er sich zu Cullen gesellte. „Wir müssen uns beeilen. Ich habe eine Frist einzuhalten." Er setzte sich und fügte hinzu: „Du siehst scheiße aus, Amigo."

Scheiß auf die Höflichkeiten. „Wo ist Andrea? Sie geht nicht ans Telefon."

Über den Tassenrand musterte Antonio ihn. „Sie meinte, dass sie genug vom Club hat. Also weiß ich nicht, warum dich ihr Aufenthaltsort zu interessieren hat."

„Meinte sie auch, dass sie von mir genug hat?"

Antonio verschluckte sich und hustete, bis er rot anlief. Er versuchte es mit Reden, woraufhin ein neuer Hustenanfall folgte. *„Mierda,* du lässt dich niemals auf Azubis aus deinem Programm ein."

Von ihm hatte Andrea also ihre Informationen. Cullen lehnte sich vor, seine Unterarme auf den Tisch gestützt. „Anscheinend mache ich das schon."

„Mit Andrea?"

„Mit Andrea."

„Das kann nicht dein Ernst sein." Antonio stieß mit dem Hinterkopf gegen die gepolsterte Lehne der Sitzbank. „Scheiße, nein. Du kannst mit ihr nichts anfangen. Du arbeitest im Gesetzesvollzug."

Er erinnerte sich, wie sich ihr Ausdruck bei der Erwähnung seiner Tätigkeit verändert hatte. Seine Stimme kam kratzig heraus: „Dessen bin ich mir bewusst. Genau wie dem Fakt, dass sie vor langer Zeit bei einem Einbruch in einen Spirituosenladen hochgenommen wurde."

„Verdammt seist du", sagte Antonio gedehnt. „Die Akte war versiegelt."

„Ich habe ein Problem damit, sie als Diebin zu sehen. Sprich mit mir, Antonio."

„Du bist ein verdammtes Arschloch." Antonio trank einen Schluck von seinem Kaffee. „Na gut. Ich werde es dir erzählen.

Ihre Cousins hatten gerade eine Gewohnheit daraus gemacht, Spirituosenläden auszurauben. Sie dachten, es wäre lustig, Andrea auf einen Streifzug mitzunehmen." Für eine Sekunde schloss Antonio die Augen. „Sie ... sie war es nicht gewohnt, Freunde zu haben. Sie hatte immer nur mich. Für sie war es also etwas Besonderes, dass sie einbezogen wurde. Dass sie zu einer Familie gehörte. Dies war ihre erste und einzige Nacht als Verbrecherin."

„Doch nur sie wurde verhaftet."

„Richtig. Tomás –" Antonio stoppte, zählte an den Fingern ab und hielt beim siebten inne. Anscheinend stellte er sicher, dass eine strafrechtliche Verfolgung nicht länger möglich war. „Tomás meinte, dass sie bewusst umgedreht ist, als sie bemerkte, dass die Polizisten sie alle einfangen würden. Sie hat die Verfolger umgeleitet und dafür gesorgt, dass nur sie verhaftet wird."

Also das klang schon eher nach seiner kleinen Sub. „Sie hat sich gegen die Festnahme widersetzt."

„Das stimmt. Ein Ablenkungsmanöver, damit ihre Cousins fliehen konnten. Das war jedenfalls der Plan." Antonio entließ ein verbittertes Lachen. „Später kam heraus, dass einer der Polizisten sie unsittlich begrabscht hat und ... du hast sicher gesehen, wie sie darauf reagiert."

„Sie hat ihm einen rechten Haken verpasst." Cullen schnaubte. „Sehr gut. Ich bin mir nicht sicher, ob sie sich darüber im Klaren ist, aber dies war ein Grund dafür, warum sich der Staatsanwalt gegen einen Strafprozess entschied. Zu dem Zeitpunkt stand der Cop bereits unter Beobachtung."

„Wurde auch Zeit, dass das Glück mal auf ihrer Seite war."

„Ihre Cousins haben es schon ziemlich herausgefordert." Sein Zorn richtete sich an ihre Familie.

„Sie waren neunzehn und zwanzig. Obwohl es ihrer Mutter noch gelungen ist, ihnen ein Gewissen zu installieren, sind und bleiben sie Enrique Marchados Kinder."

Cullen runzelte die Stirn. Marchado war zu seiner Zeit ein

berüchtigter Drogendealer gewesen. Hier hatten wir ihre *Vergangenheit.*

Antonio seufzte. „Die Sache mit Andrea hat die Jungs durchgeschüttelt und auf den rechten Pfad gelenkt. Jetzt ist der eine ein Schiffskapitän und der andere ein Anwalt. Die ganze Familie ist zusammengekommen, um ihr bei der Finanzierung ihrer Firma zu helfen – entgegen ihren Protesten –, als die Bank ihr eine Abfuhr erteilt hat."

Die Bank hatte sie abgelehnt. *Eine Hürde nach der anderen für seine Kleine.* „Sie hat keine Hilfe akzeptieren wollen?"

„Gibt es ein Wort für Menschen, die Unabhängigkeit ins Extreme trieben?" Antonio zog seine Kippen raus, runzelte die Stirn und schob die Packung in seine Tasche zurück.

„Ja, manchmal übertreibt sie es." Warum hatte sie ihn nicht angerufen? „Gibt es einen Grund dafür?"

„Ihr Vater hat Versprechungen gemacht und war immer zu betrunken, um sie zu halten." Antonio verzog das Gesicht. „Auch ich habe sie enttäuscht, verdammt."

Cullen zog überrascht die Augenbrauen hoch.

„Sie muss ... vierzehn gewesen sein. Unzählige Gangs trieben zu der Zeit ihr Unwesen, weshalb sie mich gebeten hatte, sie bei einer Besorgung nach der Schule zu begleiten. Zu mehreren ist man sicherer, richtig? Dummerweise habe ich mir an diesem Tag Nachsitzen eingehandelt. Ich saß also im Büro des Direktors, als sie beinahe vergewaltigt wurde." Er rieb sich mit der Hand über das Gesicht. „Gott, seither hat sie niemanden mehr um Hilfe gebeten – auch nicht mich."

Die Attacke hatte sie erwähnt. Jedoch war das Vertrauensproblem sogar noch schlimmer, als er zunächst angenommen hatte. *Böse kleine Sub. Da hast du deinem Dom ein paar Dinge vorenthalten, nicht wahr?* Cullen lehnte sich zurück. „Eine hinterhältige Sub hat Andrea das Leben im Shadowlands schwer gemacht. Die Sache wurde geklärt, aber ich muss zu ihr. Im Auftrag des Clubs. Und weil ich sie sehen will."

Antonio schien wenig begeistert. „Sie hat sich ihren Rucksack geschnappt und ist Zelten gegangen. Sie war also für eine Weile nicht in der Stadt. Heute sollte sie zurückkommen. Für eine Party, die ich wohl verpassen werde. Denkst du, dass sie dich sehen will?"

„Ich werde ihr keine Wahl lassen."

KAPITEL SECHZEHN

„**D**ein Mund lächelt, aber deine Augen sind traurig, *Mija*."
Andreas Großmutter legte ihre Strickarbeit auf dem
Schoß ab.

Andrea seufzte. Ihre Abuela konnte Leute besser lesen als ein
Dom. Die Vorstellung ihrer winzigen, altersgebeugten Groß-
mutter in Latex und mit einer Peitsche in der Hand erhellte ihre
Gedanken. Jedenfalls bis Master Cullen nähertrat und ihr die
Peitsche abnahm. *Der Pendejo.* „Ich wurde enttäuscht, Abuelita.
Der Mann, den ich mochte, hat sich als ... unerreichbar herausge-
gestellt."

Sie hätte gerne noch mehr Zeit im Wald verbracht, um ihre
Emotionen von der Achterbahn zu holen. Heute war jedoch der
Geburtstag ihrer Großmutter und die ganze Familie war zum
Feiern gekommen.

„Unerreichbar? Ah, das muss der Mann sein, von dem wir
kürzlich gesprochen haben. Hat er sich doch als feigherzig offen-
bart?" Ihre Großmutter war zu ihrer Zeit gesellschaftlich hoch
anerkannt und das, obwohl ihre Tochter so dumm gewesen war,
einen Drogendealer zu heiraten. Sie war nicht an die Spitze
gelangt, indem sie die ungemütlichen Fragen mied.

Feigherzig? Cullen? „Nein, er ist nicht ... feigherzig." Andrea starrte auf das Garn in ihrem Schoß. Wenn es sich in eine hübsche Decke transformiert hatte, wie viele Leute würden sie dann ansehen und an das Garn denken, aus dem sie bestand? Warum schafften es die Menschen nicht, das Garn zu ignorieren, das ihr Leben geformt hatte? Zwei Tage hatte sie auf seinen Anruf gewartet. Nichts. Wie oft hatte sie das Telefon in die Hand genommen, um ihn anzurufen? Am Ende hatte sie Selena das Kommando über die Firma gegeben und war mit ihrem Rucksack nach Ocala gefahren. „Aber er ist ein Polizist. Und ich habe einen Eintrag." Und jetzt dachten alle, dass sie Vanessas Geld gestohlen hatte.

Die Lippen ihrer Großmutter formten eine gerade Linie. „Dann ist dein Polizist ein Idiot und verdient meine wunderschöne Enkelin nicht."

Tränen brannten in Andreas Augen.

„Kommt, ihr zwei. Das Abendessen ist fertig", rief Rosa von der Hintertür. „Sonst sind schon alle hier."

Sie blinzelte ihre Schwäche weg, half ihrer Großmutter auf die Beine und folgte der liebevollen Frau in das überfüllte Esszimmer.

Nicht die beste Nachbarschaft, dachte Cullen, als er die Straße entlang fuhr. Risse im Asphalt, Unkraut überall, Häuser mit zerbrochenen Fenstern. Kein sicherer Ort, weder für Kinder noch für Erwachsene. Der Gedanke einer jungen Andrea auf dem Weg zur Schule schlug sich auf seinen Magen aus. Der Rotlichtbezirk war nur wenige Straßen weiter.

Er musterte die Hausnummern. Nur einige Häuser waren damit ausgestattet. Er runzelte die Stirn. In der ganzen Straße waren Autos Stoßstange an Stoßstange geparkt. Antonio hatte eine Party erwähnt, erinnerte er sich.

Nachdem er eine Straße weiter sein Fahrzeug abgestellt hatte, lief er in der Dämmerung zurück. Das Haus der Tante verfügte über einen gepflegten Rasen. Zudem sah er Töpfe mit pinken Blumen, welche die Stufen säumten. Stiefmütterchen oder Hornveilchen. *Zur Hölle*, die beiden Sorten konnte er nie auseinanderhalten. Eine Ranke kletterte seitlich am Haus ein Gerüst hinauf. Recht respektabel für Enrique Marchados Haus.

Cullen erinnerte sich vage an den Tod des berühmt berüchtigten Drogendealers vor ein paar Jahren. Bei einem Drogendeal, der schief gegangen war, hatte er sein Leben bei einem Schusswechsel verloren. Keiner auf der Wache hatte ihn betrauert.

Er fand keine Klingel, also klopfte er an die Haustür. Bei der Lautstärke im Haus musste er ein zweites Mal klopfen, diesmal lauter, um sich Gehör zu verschaffen. Ja, es gab eindeutig eine Party. Nicht optimal, aber sein Geduldsfaden würde nicht länger mitmachen. Wenn die kleine Sub nicht ans Telefon ging oder auf Nachrichten antwortete, bekam sie einen Dom auf der Türschwelle.

Eine kleine mexikanische Frau öffnete mit einem verwirrten Blick die Fliegengittertür. „Ja?"

„Ich möchte zu Andrea."

„Ähm ... Okay, komm rein."

Er folgte ihr durch das Wohnzimmer, das, bis auf ein paar Kinderspielzeuge, sauber und ordentlich war. Ein Bild von Jesus hing über einem Tisch mit Figuren von Heiligen. Im Esszimmer waren so viele Menschen zu finden, dass die Feuerwehr einiges zur Sicherheit zu sagen hätte.

Cullen lächelte. Die Party erinnerte ihn doch stark an eine Familienzusammenkunft der O'Keefes. Als sich die Frau, die ihm die Tür geöffnet hatte, mit einer älteren Dame unterhielt, die am Kopf des Tisches saß, bemerkte er aus den Augenwinkeln Andrea. Sie war mit einem leeren Glas auf dem Weg in die Küche. Einen Blick auf sie zu werfen, war bereits befriedigend. *Habe ich dich gefunden, kleiner Tiger.*

Er nahm einen Schritt in besagte Richtung, doch die Frau war zurück und packte seinen Arm. „Meine Mutter möchte mit dir reden."

Die ältere Frau auf dem ehrenvollen Platz war so winzig, dass er sogar in der Hocke nur auf Augenhöhe mit ihr war. Für eine Minute musterte sie ihn, ohne auch nur ein Wort zu verlieren. „Bist du der Mann, der meinem Baby wehgetan hat?"

Er verzog das Gesicht. Dass seine Sub, die er, ohne zu zögern, mit seinem Leben beschützen würde, in seiner Abwesenheit verletzt worden war, schmerzte tief. Er hatte sie nicht verurteilt, doch er war auch nicht vor Ort gewesen, um sie zu verteidigen. Eine Tatsache, die ihn verdammt wütend machte. „Andere haben dies getan, Ma'am. Und dein Baby hätte das Handy in die Hand nehmen und mich anrufen sollen."

Sie spitzte die Lippen. „Warum bist du hier?"

„Um mich im Namen derer zu entschuldigen, die sie verletzt haben und ihr klarzumachen, dass es nicht in Ordnung ist, mich auszuschließen." Er hielt nichts davon, Fragen aus dem Weg zu gehen, und er war sich ohnehin sicher, dass diese Frau direkte Menschen bevorzugte. Er nickte in die Richtung der Küche. „Darf ich –"

„Du *darfst* neben mir Platz nehmen und mit uns essen. Danach erlaube ich dir vielleicht, mit ihr zu sprechen." Ihre zarten Schultern drückten sich durch und sie hob das Kinn.

Cullen grinste, denn er sah viel von ihr in Andrea. „Es wäre mir eine Ehre, Ma'am. Mein Name ist Cullen O'Keefe."

Die Tochter, die noch in der Nähe stand, schickte einen der Jüngeren los, um einen Stuhl für ihn heranzuholen.

Wenig später saß Cullen neben dem Familienoberhaupt am Tisch. Sie erinnerte ihn an seine eigene Großmutter, als sie mit einer Gabel auf ihre Kinder und deren Kinder zeigte und alle beim Namen nannte. Nur die umherrennenden Urenkel waren zu schnell für ihre Gabel.

Cullen beobachtete, wie Andrea Essen aus der Küche brachte, sich freundlich unterhielt und sich auf einen Spaß mit den

Kleinen einließ. Sie trug Shorts, dazu ein leuchtend rotes Oberteil, das ihre Kurven betonte. *Verdammt,* sie war hinreißend. Schließlich nahm sie am anderen Ende des Tisches Platz, hob den Blick und rief: „Abuelita, wir haben ...“

Ihre Stimme verklang und Cullen traf auf ihre weit aufgerissenen Augen. Zuerst erkannte er unbändige Freude, die schnell von einem tiefsitzenden Schmerz abgelöst wurde. Dann starrte sie ihn ausdruckslos an und erhob sich von ihrem Stuhl. Wahrscheinlich, um ihn mit einem Arschtritt rauszuschmeißen.

Die alte Frau zeigte mit ihrer Gabel auf Andrea. *„Sientete.“* Ihre Stimme gewann an Lautstärke: „Das hier ist Cullen. Er ist hier, um mit Andrea zu sprechen. Sie haben sich gestritten, also halte ich sie getrennt, bis der Nachtisch ihre Gemüter beruhigt hat.“ Gelächter brach am Tisch aus.

Der wilde Ausdruck auf Andreas Gesicht sollte mit einer Warnung kommen. Mit ihr würde es sicher niemals langweilig werden.

Was zum Teufel will er hier? Zwischen ihrer Cousine und Tante Rosa sitzend versuchte Andrea, nicht ständig zu ihm zu schauen. Jedoch konnte sie nicht anders, vor allem, wenn er lachte, der Laut so unverwechselbar und anziehend. Ihre Großmutter hatte er bereits um den Finger gewickelt, der verdammte Barkeeper, der kein Barkeeper war. Die Hälfte der Anwesenden hing an seinen Lippen, um seiner Geschichte über eine Brandermittlung zu lauschen. Hier redete er offen über seinen Beruf.

In dem Moment hob er den Kopf und fing ihren Blick ein, hielt sie mit seinen entschlossenen grünen Augen gefangen, bis sie errötete. Erst dann ließ er sie los.

Jasmine, eine ihrer Cousinen im Teenageralter, wedelte mit der Hand vor ihrem Gesicht herum. „Der ist ja mal heiß“, flüsterte sie. „Und er sieht aus, als ließe er sich nichts gefallen. Auch nicht von dir. Wo hast du ihn kennengelernt?“

„In einem Club. Ich dachte, er wäre der Barkeeper." Und kein verdammter Bulle. Dieses Mal suchte sie gezielt seinen Blick, ihr Ausdruck kalt. Es half nichts. Er wagte es doch tatsächlich, sie anzulächeln und die Lachfältchen neben seinen Augen vertieften sich. Sie musste ihr Gesicht abwenden. Zu viele Erinnerungen verband sie mit diesem Lächeln. Ein Lächeln, das er auch getragen hatte, nachdem sie Liebe miteinander gemacht hatten.

„*Madre de Dios*, wie er dich ansieht. Als könne er es nicht erwarten, dich ins Bett zu kriegen", hauchte Rosa.

„Tante Rosa!"

Rosa antwortete mit einem Grinsen und tätschelte ihre Hand. „Ich habe vier Kinder, und sie sind nicht mit dem Storch gekommen. Mir ist der Ausdruck, den dieser Mann auf dem Gesicht umherträgt, sehr wohl vertraut."

Das Abendessen zog sich ewig hin. Schließlich kam der Nachtisch. Die Brownies verloren ihren Geschmack, als sie Cullen dabei beobachtete, wie er ein Stück nach dem anderen verspeiste und jede einzelne Frau in der Runde mit Komplimenten überschüttete.

Nachdem alle fertig waren und die Tafel abgeräumt wurde, flüsterte Abuelita etwas in Cullens Ohr.

Er stand auf, marschierte direkt zu Andrea und hielt ihr seine Hand hin. „Es wurde uns die Erlaubnis gegeben, uns zu vertragen. Komm."

Als sie ihn ignorierte, lächelte er einfach und zog sie am Arm auf die Beine. Mit einer Hand auf ihrem Rücken übte er Druck aus. Der *Cabrón* wusste genau, dass sie auf der Geburtstagsfeier ihrer Großmutter keine Szene machen würde.

Die Hitze seiner Hand und die intime Berührung direkt über ihrem Hintern schickte Begierde durch ihren Körper. Sie schob seine Hand weg. Das Shadowlands hatte sie eine Diebin genannt und sie dann rausgeworfen. Ihr Zorn war zurück.

„Wo können wir uns unterhalten?", fragte er, als sie das Esszimmer verließen.

„Ich will mich mit dir nicht unterhalten." Warum war er hier? Alles in ihr wollte sich an ihn schmiegen. Verzweifelt sehnte sie sich danach, dass er sie eng an sich zog. Gleichzeitig wollte sie ihm die Fresse polieren.

„Das ist blöd für dich, denn wir werden uns auf jeden Fall unterhalten." Er sah sich um und führte sie zur Eingangstür.

Auf den Stufen stemmte sie genervt die Füße in den Boden. „Ich habe kein Problem damit, dich über meine Schulter zu werfen, kleine Sub", flüsterte er.

„Ich bin eine Diebin, du solltest mit mir nicht verkehren."

„Du bist keine Diebin. Das warst du nie. Und Dan gibt zu, dass er sich wie ein totales Arschloch verhalten hat." Sein Arm wickelte sich um ihre Taille und er hob sie die Treppe herunter. Dabei presste er sie so eng an sich, dass ihre Hüfte bei jedem seiner Schritte gegen sein Bein rieb. „Ich habe dich im Übrigen nicht eine Sekunde für eine Diebin gehalten. Du hättest mich anrufen sollen."

Sie sah zu ihm auf, ihr Verstand leer, und sein Mundwinkel zuckte. Mit dem Daumen berührte er ihre Unterlippe. „Sieh mich nicht so an. Bevor ich dich küssen kann, müssen wir uns unterhalten."

Ihr Atem stockte. Als er sich wieder in Bewegung setzte, schaffte sie es, sich darauf zu konzentrieren, Sauerstoff in ihre Lungen zu bekommen. Die Straßenlaterne an der Ecke bot auf dem Weg in die nächste Straße nur wenig Licht. Neben seinem Pickup hielt er an. Nachdem er die Ladeklappe heruntergelassen hatte, packte er Andrea an den Hüften und setzte sie auf die entstandene Sitzfläche. Einen Fuß positionierte er unter ihr auf der Trittstufe und stützte seine Unterarme auf seinem Schenkel ab. Dann betrachtete er sie.

Wie sollte sie sich in dieser Position gegen ihn erwehren? Sie versuchte, von der Ladefläche zu rutschen, woraufhin er knurrte: „Nicht bewegen."

„Ist ja gut", schnaubte sie. Indessen fiel es ihr schwer, die

Empfindungen zu ignorieren, die seine Nähe bei ihr auslösten. Sie senkte den Blick auf ihre Hände, sah, dass ihre Finger zitterten, weshalb sie die Arme vor ihrer Brust verschränkte. *Dios*, er war hier. Er war wirklich hier. Wie war es möglich, dass sie ihn gleichzeitig hasste und begehrte?

Eine große Hand legte sich auf ihre Wange und zwang sie, ihm in die Augen zu sehen. „Warum hast du mich nicht angerufen?", flüsterte er.

Entschuldige bitte? Was erlaubte er sich, ihr die Schuld zu geben? „Warum hast *du* mich nicht angerufen? Ich habe gewartet und –" Ein Schluchzer löste sich, so sehr hatte sie sich gewünscht, von ihm zu hören.

„Ich wusste es nicht, Süße. Ich bin Samstagabend nach Miami geflogen und erst gestern zurückgekommen. Kurz danach bin ich über die Angelegenheit aufgeklärt worden." Er spannte den Kiefer an. „Seither versuche ich, dich zu erreichen."

Oh. „Ich war Wandern." Freude blubberte durch ihre Adern. Er hatte sie angerufen. „Ich war noch nicht mal zuhause."

„Andrea, warum hast du dich nicht bei mir gemeldet?"

Sie schloss die Augen. Verdammter Dom kam gleich zum Punkt. Noch war sie nicht bereit, diese Frage zu beantworten. „Und? Wer war nun der Dieb?"

„Vanessa hat gelogen. Eine Tatsache, über die du dir sehr wohl bewusst bist. Spiele keine Spielchen mit mir, Sub."

Erwischt. Sie unterdrückte das Bedürfnis, sich ihm zu nähern, und lehnte sich stattdessen zurück. „Okay, aber wie ist das Geld in meinem Spind gelandet?"

„Du, meine Kleine, hast am ersten Tag deine Zahlenkombination auf der Bank vergessen."

„Ist das dein Ernst?" Am ersten Tag. Als sie in die Umkleide gegangen war, hatte sie das Schloss und den Zettel auf die Bank gelegt. Schrank ausgewählt, Schloss daran befestigt, ihre Sachen hineingelegt. Es hatte sie abgelenkt, wie schockiert die Auszubildenden über ihre Hose gewesen waren. *Ich habe den Zettel nicht weggepackt. „Idiota!* Ich habe es ihr so einfach gemacht."

Am liebsten würde sie ihren Kopf gegen die nächste Wand schlagen. Ein wenig zu spät für Reue. „Was wirst du mit ihr tun?" „Nach meiner Befragung habe ich sie Z überlassen. Sie ist jetzt sein Problem." Cullen kam näher. Sie konnte die Hitze spüren, die sein Körper ausstrahlte. „Z plant, sowohl am Freitag als auch am Samstag eine öffentliche Ankündigung inklusive einer Entschuldigung abzugeben, damit die Mitglieder wissen, was vorgefallen ist." Unerbittliche Hände spreizten ihre Knie und er positionierte sich zwischen ihren Beinen. „Nun kommen wir zu der Sache zwischen dir und mir."

„Wir sollten es einfach dabei belassen. Wir bewegen uns nicht in denselben Kreisen." Der Teil von ihr, der noch immer wütend war, presste diese Worte heraus, während sich der andere, der Cullen nicht verlieren wollte, beschwerte und schreiend um sich trat.

„Das ist keine Option. Versuch es nochmal."

Ihre Augen brannten mit Tränen der Erleichterung.

„Sieh dich nur an. Du willst es genauso wenig beenden wie ich." Bevor sie ihm antworten konnte, legte sich eine Hand in ihren Nacken und schon presste er den Mund auf ihren, öffnete mit der Zunge ihre Lippen und gab seinem Besitzanspruch eine erregende Form. Leidenschaftlich, mit einer Verzweiflung, die auch sie fühlte. Er lehnte sich lange genug zurück, um seine Hände unter ihre Schenkel zu schieben. Dann hob er sie hoch, nahm selbst Platz auf der Ladefläche und wies sie an, die Beine um seine Hüfte zu schlingen. Mit den Händen auf ihren Pobacken zog er sie näher und näher zu sich, bis sich ihre Pussy gegen seine beeindruckende Erektion presste.

Als er sie ein zweites Mal küsste, schlang sie die Arme um seinen Hals. *Dios*, sie hatte ihn vermisst.

„Was denkst du, Julio? Sieht ganz danach aus, als hätten sie sich wieder vertragen."

Andrea erstarrte bei Rafaels Stimme. Ihre Cousins waren extra hergelaufen, um sie auszuspionieren.

Cullen gluckste und richtete seine Aufmerksamkeit zu den beiden grinsenden Männern. „Ich werde sie mitnehmen, bevor sie ihre Meinung ändern kann." Cullens Arm festigte sich, um ihrem Befreiungsversuch entgegenzuwirken. „Richtet meinen Dank für ein unterhaltsames Essen an die Dame des Hauses aus. Es hat mich gefreut, dass ich Teil der Geburtstagsfeierlichkeiten sein durfte."

Lachend liefen ihre Cousins zum Haus zurück.

Was bildete er sich ein, ihren Cousins Anweisungen zu geben! Und für sie Pläne zu machen! „Nein, ich –", begann sie.

„Kleine Sub." Die Dunkelheit in seiner Stimme ließ ihre Zunge gefrieren. „Du hast nicht länger die Erlaubnis, zu sprechen."

Als sie innerlich dahinschmolz, hob er sie in seine Arme, lief zur Beifahrerseite, setzte sie ins Auto und machte die Tür zu.

Was hatte sie nur getan? Andrea spielte mit dem Gürtel ihrer Shorts und runzelte die Stirn, als der Pickup auf eine Landstraße Richtung Westen einbog. Der faulige Geruch des Sumpfgebiets, der Busch-Palmettos und des orangenen Unterholzes wehte ins halb offene Fenster. Sie hatte *Nein* gesagt. Warum hatte sie sich nicht durchsetzen können? Wieso hatte er sie unter Druck gesetzt?

Weil er ein verdammter Dom war und genau wusste, dass sie bei ihm sein wollte. Oh, wie sehr sie das wollte! Die ganze Situation war jedoch furchtbar verwirrend. Wollte er sie wirklich?

Jeder meinte, dass er nie auch nur eine Menschenseele mit zu sich nachhause nahm. Vielleicht tat er das doch und es wusste nur niemand davon.

„Ich kann dich regelrecht denken hören." Cullens Hand

schloss sich um ihre kalten Finger. „Hast du Antworten auf deine Fragen gefunden?"

„Nein." Sie seufzte. Sie wusste nur, dass sie bei ihm sein wollte. Noch nie war sie sich einer Sache so sicher gewesen. Ihre Hände klammerten sich an seine langen Finger, übersät mit Schwielen und so warm.

Das Auto bremste ab und die Scheinwerfer erleuchteten das Ende der Straße mit dem ausladenden Bungalow, weiß mit dunkelgrünen Akzenten an Türen und Fenstern. Cullen fuhr in die Garage.

Andrea öffnete ihre Tür und rutschte heraus, gerade als das Licht anging. Die Kühle der Garage wickelte sich um sie. Es roch nach Abgas, Öl, Sägespänen und Farbe. Die hintere Wand war ausgestattet mit Werkzeugen. Darunter stand eine alte Werkbank. Für einen Moment musterte sie diese. Ja, sie konnte sehen, dass er mit diesen Händen handwerkliche Begabung hatte.

Er führte sie in eine rustikale Küche mit Eichenschränken, dunkelgrünen Arbeitsflächen und einem großen Tisch. Gemütlich.

„Was hättest du gerne zum Trinken? Saft, Alkohol, Wasser?"

„Nichts, danke." Sie stand in der Mitte seiner Küche und umarmte sich selbst, fühlte sich so unzureichend wie bei einigen Bewerbungsgesprächen in ihrem Leben. Die Freude über das Wiedersehen war versickert. Was nun? Plante er, sie für Sex ins Schlafzimmer zu schleifen?

Für eine Minute beobachtete er sie. „Komm her, Sub." Er zog sie an sich. „Ich möchte dir Hector vorstellen."

Auf der anderen Seite eines dunkel eingerichteten Wohnzimmers öffnete er eine Doppeltür und trat auf eine großzügige Terrasse.

Wie aus dem Nichts erschien ein Monsterhund, sprang an Cullen hoch und schubste ihn gegen das Geländer. *Oh Dios.* Andrea erstarrte. Dann hörte sie Cullens Lachen. „Runter, du Blödmann. Zeig, dass du Manieren hast. Wir haben Besuch."

Andrea hob die Hand zu ihrer Brust, fühlte ihren rasenden Herzschlag. *Das muss Hector sein.* Der *Cabrón* hatte ihr fast einen Herzinfarkt gegeben.

Der Hund nahm Platz, seine riesige Zunge hing ihm aus dem Maul. Strubbeliges, graues Fell. Eine lange, lange Schnauze, dazu ebenso lange, spitz zulaufende Ohren.

„Was ist das für eine Rasse?"

Cullen gluckste und kraulte ihn hinter den Ohren. „Etwas von allem, wie es scheint, aber zum Großteil ist er ein Airedaleterrier. Ich habe ihn aus dem Tierheim."

Der Hund legte den Kopf auf die Seite, schien sie abzuchecken.

„Andrea, darf ich dir Hector vorstellen? Hector, sei nett und sag ‚Hallo' zu Andrea."

Als der Hund seine Pfote anhob, grinste Andrea und hockte sich vor dem Tier hin. Irgendwann würde sie ein Haus haben und sich auch einen Hund anschaffen. Sie schüttelte Hectors Pfote, und da die Formalitäten nun durchgestanden waren, presste er seinen Hundekopf gegen ihren Bauch und sie landete auf ihrem Po.

„Zur Hölle nochmal." Cullen griff Hectors Halsband und riss ihn zurück. „Tut mir leid, Andrea."

Kichernd streckte sie ihre Hand nach dem Hund aus. Stummelschwanz wedelnd lehnte er sich vor, bis sie ihn streicheln konnte. Als Cullen ihn losließ, hatte sie plötzlich einen riesigen Hund in den Armen.

„Wie es aussieht, mag er dich."

Sich nicht darüber bewusst, dass er nicht gerade Pudelgröße hatte, krabbelte Hector auf ihren Schoß, sein Hintern auf einer Seite herunterhängend. Andrea grinste Cullen an. „Er ist goldig. Ich wette, dass er jeden mag."

„Nein, ganz sicher nicht. Er ist sehr wählerisch."

Sie umarmte den Hund, verdiente sich ein Schnüffeln und lachte, als er mit der Schnauze gegen ihre Hand stieß, um mehr

Streicheleinheiten abzustauben. Sein drahtiger Schnauzer erinnerte sie an ihren damaligen Geschichtslehrer.

„Komm, Hector, lass uns ein wenig Stöckchen holen spielen.“ Der Hund hüpfte von ihrem Schoß, rannte auf die andere Seite der Terrasse und kehrte mit einem rindenlosen, dreißig Zentimeter langen Ast zurück. Cullen reichte Andrea die Hand, zog sie auf die Füße und warf den Ast. „Na los, Junge.“

Andrea folgte Hector, doch Cullen hakte einen Finger in eine ihrer Gürtelschlaufen. „Was ist?“

„Ausziehen“, befahl er.

„Entschuldige bitte?“

„Es ist warm.“ Nachdem er ihre Hände aus dem Weg geschoben hatte, riss er ihr das T-Shirt über den Kopf, öffnete ihren Gürtel und schob ihre Shorts nach unten. Nun waren BH und Höschen an der Reihe. Wie erstarrt ließ sie ihn machen. „Ich sehe dich gerne ohne Klamotten.“ Sie folgte ihm zu einer Treppe.

Am Geländer wagte sie einen Blick. Sie hatte mit einem Garten gerechnet. Stattdessen führte ein Pfad zum Strand, der Sand weiß unter dem Licht des Halbmondes. Ein Strand? Sie drehte sich zu ihm um. „Ich werde nicht nackt zu einem Strand gehen!“

Sein unerbittlicher Blick ließ sie dahinschmelzen. „Doch, das wirst du.“

„Aber –“

Seine Hände fanden ihre Brüste, seine Daumen umkreisten ihre Nippel. Elektrisierende Begierde schoss durch ihren Leib und sie schnappte nach Luft.

„Dieser Körper gehört mir, Andrea. Ich habe die Befehlsgewalt.“ Er zwickte in die rechte Knospe und ihre Knie bebten. „Oder nicht?“

Dios, mit den Begebenheiten im Club war das nicht zu vergleichen. Nur er und sie. Es überraschte sie, dass ihre Reaktion auf ihn dadurch intensiver ausfiel. Erregender. Mit seinem Körper trieb er sie gegen das Geländer und richtete ihren Kopf aus, damit sie ihm in die Augen sah. „Antworte mir, Sub. Habe ich recht?"

„Ja", flüsterte sie, hilflos gegen seine enthüllenden Augen. „Ja, Señor."

„Sehr gut." Er küsste sie, hart, leidenschaftlich, bis ihre Nippel schmerzten und ihre Pussy den Beweis ihrer Erregung freigab. „Einige Doms üben nur Kontrolle im Schlafzimmer oder im Club aus. Andere tun dies vierundzwanzig Stunden am Tag. Ich liege irgendwo dazwischen."

Er erwartete Unterwerfung ... und das nicht nur beim Sex. Erregung wetteiferte mit Panik und ihre Hände spannten sich um seine Oberarme an. Sie wollte, was er anbot, aber sie war eine Frau, eine Frau mit einer eigenen Firma und –

„Ich brauche keine Sklavin, Andrea. Ich kann mich um mich selbst kümmern. Was ich möchte, ist eine nackte Sub auf meinem Schoß, wenn ich abends die Nachrichten schaue." Ein Schmunzeln zierte seine Lippen.

Die Vorstellung, auf seinem Schoß zu sitzen, seine Hände mit grenzenlosem Zugang zu ihrem nackten Körper, machte sie trotz der frischen Brise heiß.

Er wies erneut auf die Stufen. „Und jetzt ... geh."

Ein schmaler Pfad führte an Plattährengras und Seggen vorbei, über eine Düne hinweg und schließlich zum weißen Sandstrand. Hector kam angetrottet, sein Kopf stolz in die Höhe gereckt, der Stock in seinem Maul.

„Bring den Ast zu mir", sagte Cullen. Der Hund gehorchte und ließ das Spielzeug fallen. Master Cullen warf es in den Ozean. Hector rannte hinterher und sprang unerschrocken in die Wellen. Eine Minute später kehrte er mit dem Preis zurück.

Nach mehreren Runden warf Cullen den Stock in die Richtung des Hauses. Er landete in einem Bereich, der nach einem Dschungel-Trainingsraum aussah, bestehend aus Balken, Baumstämmen und kleinen Plattformen. Ein Spielplatz für Erwachsene. Metallstäbe waren an dem Holz angebracht, ein langer Stab führte über den gesamten Bereich. Auch Ringe, wie sie ein Leichtathlet nutzen würde, konnte sie entdecken.

„Was ist das alles?", fragte Andrea.

Señors warme Hand legte sich auf ihre Brust und die Hand auf ihrem Po hielt sie unbeweglich, während er sanft in ihre Knospe zwickte. „Ich benutze es als Fitnessstudio ... und um ungehorsame Subs zu fesseln."

„Oh, na dann." Ihre Worte kamen heiser heraus. „Gut, dass ich so wahnsinnig gehorsam bin."

Sein Grinsen war berauschend, sein markantes Gesicht durch die Schatten, die der Mond kreierte, so viel gefährlicher wirkend. „Das stimmt."

Schließlich kehrte Hector stolzen Schrittes zurück, als hätte er die Kronjuwelen bei sich. Er ließ den Stock zu Cullens Füßen fallen und nahm schnaufend Platz.

Als sich Andrea dem Wasser näherte, fühlte sie, wie die Kälte des Sandes in ihre Haut sickerte. Die Wellen rollten ans Ufer, zogen sich rauschend zurück. Das Mondlicht glitzerte auf dem Wasser und färbte den Schaum in ein schimmerndes Weiß. „Wunderschön. Und es ist so ruhig hier."

Sie konnte kaum die Lichter des nächsten Hauses erkennen. Ein Privatstrand. Wie konnte sich ein Polizist einen Privatstrand leisten? Sie runzelte die Stirn.

Er musste ihr die Verwirrung angesehen haben, denn er lachte. „Ich akzeptiere kein Bestechungsgeld, falls du das denkst. Meine Urgroßeltern haben dieses Grundstück erworben und ich habe es geerbt, anstatt Geld oder eine Immobilie in Chicago zu bekommen. Alle wussten, wie sehr ich die Kälte verabscheue." Er grinste. „Ich besuche meine Familie jedes Jahr im Winter nach dem ersten Schneefall."

Dass er so liebevoll über seine Familie sprach, zauberte ein Lächeln auf ihre Lippen. Vielleicht hatten sie mehr gemein, als sie zunächst gedacht hatte. Inmitten ihrer ungehobelten Familie schien er sich pudelwohl gefühlt zu haben.

Zurück auf der Terrasse lehnte sich Cullen gegen das Geländer, sein Blick auf dem Meer. Sie stand neben ihm und genoss die Ruhe der Nacht. Nach einer Weile kühlte die angenehme Brise herunter und sie erschauderte, schlang die Arme um ihren Körper. Würde er sie bestrafen, wenn sie sich wieder anzog? Sie hob den Blick und traf auf seine Augen.

Er zog die Augenbrauen zusammen. „Andrea, jetzt ist der Zeitpunkt gekommen, in dem du sagst: ‚Mir ist kalt, Sir'. Nein, warte. ‚Mir ist kalt, Señor. Darf ich etwas zum Anziehen haben?'." Seine Stimme klang so beruhigend wie das Rauschen der Wellen. Sie ballte die Hände zu Fäusten und starrte ihn an. Warum bestand er darauf, dass sie ihn fragte? Sie knirschte mit den Zähnen. „Mir ist kalt, Señor. D-Darf ich etwas zum Anziehen haben?" Und warum fiel es ihr so schwer, eine Schwäche zuzugeben? Dass sie Hilfe brauchte?

„Braves Mädchen." Sein Lächeln war vollen Lobes und löste ein Glühen in ihrem Inneren aus, das die unangenehmen Emotionen in ihr zum Erlöschen brachte. Er ging ins Haus und kam mit einem langen, flauschigen Bademantel und zwei Getränken zurück. Nachdem er ihr in den Bademantel geholfen hatte, hob er sie in seine Arme und setzte sich mit ihr auf einen übergroßen Adirondack-Stuhl. Sein Körper strahlte Wärme aus wie ein Bürgersteig in Tampa unter der heißen Mittagssonne. Sie seufzte und kuschelte sich an ihn.

„Faszinierend, dass dir in Florida kalt wird." Er reichte ihr ein Glas. „Hast du schon mal Schnee gesehen, kleines Strandhäschen?"

Sie boxte ihm für den Ausdruck gegen seine Schulter und legte dann den Arm um seinen Oberkörper. Da sie Wasser erwartete, nahm sie einen großen Schluck und hustete augenblicklich los. Ein äußerst starker Seven-and-Seven-Cocktail. Der Alkohol brannte den gesamten Weg ihre Kehle herunter und breitete sich in ihrem Körper aus. „Jeden Winter fahre ich zum Skifahren nach Colorado."

„Tatsächlich? Skifahren ist gut. Was machst du sonst noch gerne?"

„Na ja, Wandern und Zelten. Meistens im Yosemite- oder im Banff-Nationalpark oder den Rocky Mountains. Auch Tauchen mag ich."

Er gluckste amüsiert. „Du bist eine kleine Macho-Sub, stimmt's?" Sie hätte seine Worte als Beleidigung aufgefasst, wenn er nicht so beeindruckt geklungen hätte.

„Was machst du im Urlaub?"

„Sehr ähnliche Sachen. Zudem besuche ich immer meine Familie in Chicago." Sanft zog er an einer ihrer lockigen Strähnen. „Tut mir leid, dass deine Eltern nicht mehr unter uns weilen. Ich denke jedoch nicht, dass Antonio deinen Vater besonders mochte."

„Er kannte meinen Papa nicht, bevor er —" Sie hob das Glas zu ihrem Mund. Leer. Wann hatte sie den Cocktail getrunken?

„Bevor, was?" Er nahm ihr das Glas ab und stellte es auf den Tisch.

„Bevor neben ihm ein Sprengsatz explodiert ist."

„Ich erinnere mich. Militär. Wie schlimm waren seine Verletzungen?"

Andrea beobachtete eine Wolke, die sich vor den Mond schob. „Am Arm und am Bein wurde er verletzt. Die Ärzte mussten das Bein oberhalb des Knies amputieren. Er hatte eine Prothese und war in der Lage, sich mit einem Gehstock fortzube-wegen. Nicht sehr gut, da er auf der gleichen Seite anstelle einer Hand nun einen Haken hatte. Er meinte immer, dass er jetzt Captain Hook sei." Auf eine Weise, die ausdrückte, dass er den Vergleich nicht lustig fand. Dennoch setzte er voraus, dass die Leute lachten. Immer, wenn sich ihr Vater mit dieser verbitterten Art selbst aufs Korn nahm, war sie den Tränen nahegekommen.

Cullen musterte sie und fragte: „Was ist mit deiner Mutter passiert?"

„Als ich neun war, ist sie an einem Aneurysma gestorben." So unerwartet. Hatte sich über Kopfschmerzen beschwert und dann war sie plötzlich weg.

„Das tut mir leid, Kleine." Er wickelte die Arme enger um sie, küsste ihre Schläfe, und das offensichtliche Mitleid führte zu dem Bedürfnis, zu weinen. „Wie ist dein Vater mit dem Verlust umgegangen? Danach hat er sicher Hilfe gebraucht."

„Oh, ich habe gelernt, zu tun, wozu er nicht in der Lage war. Zumal er mit einer Hand recht kompetent war." Zumindest bis zu dem Zeitpunkt, als die Liebe zum Alkohol sein ganzes Leben eingenommen hatte. Dann zitterte seine Hand so stark, dass er die Riemen an seiner Beinprothese oder die Knöpfe an seiner Kleidung nicht mehr schließen konnte. Ständig verlor er die Beherrschung, explodierte regelrecht und … Ihre erste Lektion im Ausweichen hatte sie im Alter von zehn Jahren bekommen.

„Alles gut", flüsterte Señor und hob ihre geballte Hand zu seinem Mund, löste die Faust und küsste jeden einzelnen Finger. Sein warmer Atem wehte über ihre kalte Haut. „Du warst noch ein Baby. Jessica meinte, dass du bereits in dem Alter gelernt hast, wie man kämpft. Er hat es dich gelehrt?"

„Nach Mamas Tod sind wir in eine … schlimme Gegend gezogen. Ich wurde öfter verprügelt und es hat ihn wahnsinnig gemacht, dass er mir nicht helfen konnte." *Kann nicht arbeiten, kann mein eigen Fleisch und Blut nicht beschützen. Wertlos. Ich hätte dort sterben sollen.* Eines Tages hatte er seine ganze Wut an der Küche ausgelassen, bis auch das Hochzeitsgeschirr ihrer Eltern in Scherben gelegen hatte.

„Ähm, also", fuhr sie fort. „Danach hat er entschieden, mich zu trainieren, damit ich in der Lage bin, mich zu verteidigen. Ich kann dir sagen, dass er für mehr blaue Flecken und blutige Nasen verantwortlich war, als −" Was machte sie denn? Ihre Hand landete auf ihrem Mund.

„Bitte was?" Die Frage kam gepresst heraus, sodass er nicht länger wie Master Cullen klang. „Konnte dir niemand helfen?"

Sie erstarrte. „Wir sind zurechtgekommen."

„Okay. Nur du und er gegen den Rest der Welt. Und von dem, was du im Club gesagt hast, hätte dein Vater ohnehin keine Hilfe angenommen, richtig?"

„Natürlich nicht. So schlimm war es gar nicht. Wir hatten auch viel Spaß." Manchmal. Am Anfang, als er nicht ständig betrunken war. Da hatten sie noch zusammen Filme geschaut, wie zum Beispiel *Die unglaubliche Reise*. Währenddessen hatte er ihr immer von dem Hund erzählt, den er als Kind hatte. Einmal hatten sie fast nichts mehr im Kühlschrank, also hatte er Erdnuss-butter-Marmeladen-Sandwiches zum Frühstück gemacht. Ein anderes Mal hatte er ihr zur Belohnung für ein gutes Zeugnis ein Eis gekauft.

„Du hast ihn geliebt."

„Ja." Geliebt und gehasst und dafür verflucht, dass er zu schwach war, seine Alkoholsucht zu überwinden. Dafür, dass er in dem Zustand immer gemein war und dafür, dass er niemals seine Versprechen eingelöst hatte. Nicht einmal das Versprechen, alles zu tun, um für sie am Leben zu bleiben. Sie blinzelte verwirrt, als Cullen mit seinen Fingern über ihre nassen Wangen strich.

„Oh, Baby", flüsterte Cullen, seine Stimme heiser. „Du hattest es nicht leicht." Alkoholikervater und die Trainingsstunden klangen nach einem regelmäßig auftretenden Blutfest. Sicher, der Mann hatte viel Pech gehabt, aber anstatt sein Leben auf die Reihe zu bekommen, hatte er seine kleine Tochter zu seiner Pfle-gekraft gemacht und die Wut über seine Situation an ihr ausgelas-sen. *Verdammtes Arschloch.*

„Jetzt hast du aber eine Familie, die dir aushelfen kann, stimmt's?", fragte Cullen.

„Ich brauche keine Hilfe", antwortete sie automatisch. Damit wusste er, dass dies ihre übliche Antwort war.

Er verengte die Augen. „Wir brauchen alle hin und wieder Hilfe."

„Es ist besser, sich nur auf sich selbst zu verlassen. Andere Leute ...“

Enttäuschen dich, beendete er den Satz in seinem Kopf. So wie ihr Vater das immer getan hatte. Gut, dass der Typ nicht länger auf dieser Erde wandelte, sonst hätte Cullen sich ihn mal vorgenommen. „Denkst du, deine Großmutter würde dich enttäuschen?“

Sie blinzelte. „Nein. Aber ich mag es, Dinge allein zu erledigen. Ich will niemanden mit meinen Problemen belasten.“

„Ich will niemanden mit meinen Problemen belasten“, wiederholte Cullen langsam. Die Worte kratzten an seinen Nervenenden wie Fingernägel über eine Tafel. „Meine Mutter hat das oft gesagt.“

Ausgehend von Andreas achtsamen Gesicht wusste er, dass er geknurrt haben musste. „Warum macht dich das wütend?“, fragte sie.

„Meine Mom hat unter Bauchschmerzen gelitten. Ihre Augen waren zum Autofahren zu schlecht. Trotz allem hat sie niemanden gebeten, sie zum Arzt zu fahren. Nicht für etwas, dass wahrscheinlich völlig harmlos war.“

Er wickelte die Finger um Andreas Hand. „Was ist passiert?“, fragte sie.

„Harmlos bedeutete in ihrem Fall Eierstockkrebs. Als der Schmerz zu heftig wurde, um ihn zu ignorieren, war es bereits zu spät.“ Die Flammen des Verlustes hatten so hoch gereicht und am Ende nur Herzschmerz zurückgelassen. Er öffnete seine Hand, bevor er Andrea noch wehtat.

„Das tut mir leid, Señor.“

„Ja, uns hat es auch leid getan. Mein Vater gibt sich noch immer selbst die Schuld.“ Er rieb über ihre samtweiche Wange. „Das sollte er nicht tun. Er hätte alles für sie getan, aber sie hat sich dagegen gesträubt. Sie wollte nur geben und akzeptierte keinerlei Hilfe für sich selbst.“

„Also ...“

„Eine Beziehung besteht aus Geben und Nehmen. Ich brauche beides, Süße." Er sah in ihre goldfarbenen Augen. „Wenn du mich nicht um Hilfe bittest, verletzt mich das als dein Dom und als dein Partner."

Sie erstarrte in seinen Armen. „Ich mag meine Unabhängigkeit."

„Du musst nicht immer mit beiden Füßen im Leben stehen. Manchmal ist es okay, sich einfach mal anzulehnen." Er hob ihr Gesicht zu seinem. „Ich möchte mir sicher sein, dass du dich an meine Schulter lehnst, wenn das Leben Hürden bereithält. Kannst du das für mich tun?"

„Ich werde es versuchen."

„Sehr gut." Er stand auf, hielt sie dabei an seinen Körper gedrückt. „Mir ist gerade bewusst geworden, dass wir noch nie die Freuden eines bequemen Bettes genossen haben. Ich denke, das sollten wir ändern."

Später an diesem Abend kehrte Cullen zurück ins Schlafzimmer, nachdem er das Kondom entsorgt hatte. Das Fenster stand offen und das Licht der Kerzen flackerte in der Brise, ließ seine kleine Amazone auf seinem Bett erstrahlen. Ihre weichen Lippen hatten seinen Schwanz so fantastisch in Empfang genommen. Nichts anderes hatte er erwartet. Dann hatte er endlich die Chance bekommen, sie zu fesseln und sie in seinem eigenen Bett zu nehmen. So richtig hatte es sich angefühlt, dachte er, ein Lächeln auf seinen Lippen, als er den Blick über ihren Körper schweifen ließ.

Ihr Gesicht und ihre Brüste waren von seinem Bart mit roten Stellen überhäuft, ihre Lippen waren geschwollen, ihre Arme noch immer über ihrem Kopf gefesselt. Als er ihre Beine von den Fesseln befreite, sah sie aus glasigen Augen zu ihm auf.

„Ist es schon Schlafenszeit?", fragte sie in einem verführerischen Ton.

„Noch nicht, Sub."

Ihr Blick landete auf seinem Schritt und sie blinzelte überrascht. „Nochmal?"

„Oh ja." Er drehte sie auf den Bauch, hob ihren Arsch in die Höhe und vergrub sich mit einem Stoß in ihrer Hitze. Es fühlte sich an, als würde er nach einer langen Reise endlich nachhause kommen.

KAPITEL SIEBZEHN

Die Nacht war bereits angebrochen, als Cullen die Schotterstraße zu seinem Haus hochfuhr. Bei dem Anblick des weißen Vans runzelte er die Stirn. *Zur Hölle nochmal*, er hatte ganz vergessen, dass er seine kleine Sub zum Abendessen eingeladen hatte. Er parkte in der Garage und stieg aus. Anschließend nahm er sich ein paar Sekunden, stützte sich mit den Händen auf der Motorhaube ab. *Kein guter Tag*. Asche bedeckte seine Haut und seine Zunge, Erinnerungen an das Geschehene verdunkelten seinen Verstand. Das Wissen, der Beweis dafür, was Menschen anderen antun konnten, war abscheulich und machte ihn krank.

Sie sollte ihn nicht so sehen müssen. Er musste sie nachhause schicken.

Seufzend richtete er sich auf und sah sich um.

Er hatte ihr keinen Schlüssel gegeben, also war sie wahrscheinlich zum Strand gegangen. Durchs Haus erreichte er schnell die Terrasse. Am Ufer sprang Hector über den Sand. In Shorts und einem hellblauen Tanktop bewunderte sie die Tricks seines Hundes. Ihm gefiel ihr Anblick an seinem Strand. Auch sie schien sich wohlzufühlen. Cullen lehnte sich gegen das Terrassengeländer und beobachtete sie für eine Weile.

Die salzig kühle Brise vom Golf drückte sein Hemd gegen seine Haut und blies den beißenden Geruch des Feuers weg. Das Rauschen des Meeres vermischte sich mit Andreas Lachen und dem Kreischen der Möwen, die stets auf eine Mahlzeit hofften. Normale Geräusche. Glückliche Geräusche.

Nach ein paar Minuten bemerkte Hector ihn und der Hund raste in voller Geschwindigkeit auf ihn zu, um ihn nach einem langen Tag angemessen zu begrüßen. Barfuß näherte sich Andrea in einem gemäßigteren Tempo. Auf der Terrasse angekommen, hielt sie an. „Habe ich mich im Abend geirrt?"

„Nein. Ich bin spät dran. Ich wurde von einer ... Investigation aufgehalten." *Einem Albtraum.*

Als sie näherkam, trat er einen Schritt nach hinten. Er war schmutzig, stank nach Rauch und Verzweiflung.

Er sah Schmerz in ihren Augen aufblitzen, doch dann musterte sie ihn genauer. „Du siehst furchtbar aus."

Ein Seufzen. „Es war ein ... schlimmes Feuer. Weißt du, Liebes, ich denke, ich brauche eine Umarmung." Ob er nun stank oder nicht, er brauchte sie in seinen Armen.

Ohne zu zögern schlang sie die Arme fest um seinen Körper. Sie presste sich an ihn, weich und warm, dennoch so stark. Stark genug, um ihm Trost zu spenden und diese im Gegenzug auch zu empfangen. Allmählich zog sich die Finsternis von seiner Seele zurück.

Als er den Kopf von ihrer Schulter hob, legte sie eine Hand auf seine Wange. „Willst du darüber reden?"

Nein, doch er wusste, dass sie eine Erklärung verdiente. „Jemand hat einen Molotow-Cocktail in ein Pfandhaus geworfen. Der Besitzer hat es rausgeschafft. Zwei Mieter im ersten Obergeschoss hatten nicht so viel Glück. Auch ein Feuerwehrmann musste sein Leben lassen, als er versuchte, sie zu retten." Er spannte den Kiefer an. Er hatte den Tatort gerade erreicht, als das Dach über den schreienden Leuten zusammenbrach.

„Oh, Señor, das tut mir leid." Sie umarmte ihn erneut, noch

kraftvoller, als könnte sie so die Traurigkeit und das Erlebte aus ihm herausquetschen.

Er vergrub sein Gesicht an ihren weichen, nach Blumen riechenden Locken und fand langsam aus der Dunkelheit heraus. „Danke dir, Süße." Er richtete sich auf. „Ich sollte duschen gehen." Er verspürte das starke Bedürfnis, sich von der Asche und dem Schrecken des Tages zu befreien.

„Geh ruhig. Hector und ich sind hier, wenn du zurückkommst."

Nach der Dusche sah er, dass sie ihm Hühnersuppe zubereitet hatte. Noch immer mit einem flauen Gefühl im Magen setzte er sich an den Küchentisch, doch die Suppe ging geschmeidig runter und machte alles irgendwie besser.

Normalerweise würde er nach einem Tag wie diesem mit Hector an den Strand gehen, stundenlang umherlaufen, bis die Erfahrungen aus der Realität ihren Halt an ihm verloren hatten. Als er seine Berufsrichtung gewählt hatte, war er von seinen Brüdern und Cousins gewarnt worden, schlechte Tage niemals mit Alkohol zu beenden. Stattdessen hatten sie ihm Frauen als Heilmittel empfohlen. Jedoch fühlte es sich falsch an, seine Verabredungen nach einem verheerenden Feuer mit seinen düsteren Launen zu konfrontieren.

Die wenigen Male, in denen er dies getan hatte, hatte sich die Dunkelheit ausgebreitet.

Nicht heute Abend. Cullen lehnte sich auf seinem Stuhl zurück und beobachtete Andrea, wie sie die Arbeitsflächen abwischte. Ihre lockige Haarpracht fiel auf ihre Schultern und sie war noch barfuß. Sie sah über ihre Schulter, ein Lächeln auf ihren Lippen. Abgesehen von der Größe hatte sie mit seiner Mutter nichts gemein. Nur das Lächeln, das Lächeln strahlte die gleiche Wärme aus.

„Fertig? Willst du einen Nachschlag?" Andrea nahm seine Schüssel, doch bevor sie verschwinden konnte, zog er sie auf seinen Schoß und wickelte die Arme fest um sie. *Seine kleine Sub.*

„Vielen Dank, Kleine. Mir war nicht bewusst, wie sehr ich dich in meinem Leben gebraucht habe." Die Freude in ihren Augen wärmte ihm das Herz. Er küsste ihre weichen Lippen. Sein Bedürfnis nach Nahrung gestillt, verlangte es ihm nun nach Andrea. Mit der Hand fand er ihre volle Brust und sagte: „Vielleicht versorgst du mich nun mit etwas anderem."

„Oh?" Ihr stand der Schalk in den Augen. „Was ist, wenn ich nicht in der Stimmung dazu bin, dich mit mehr als Nahrung zu versorgen?"

Interessante Frage, wenn man bedachte, dass er sogar durch ihre Kleidung ihren harten Nippel fühlte. „Da ich der Master bin und du die Sub, hast du wohl keine Wahl."

Sie schnaubte. „Wer hat dich denn bitte zu meinem Bestimmer gemacht?" Sie sprang von seinem Schoß und durchquerte den Raum, noch bevor er ihre überraschende Antwort verarbeitet hatte.

Kopfschüttelnd erhob er sich. Das könnte Spaß machen. Er hatte sich also eine Göre angelacht. Die Vorfreude verbesserte seine Stimmung.

Sie trat auf die Terrasse, woraufhin er sich zwischen ihr und dem Strand auf den Stufen positionierte und damit erfolgreich ihre Flucht unterband.

Sie verengte die Augen.

„Unerwartet hat sich ein Problem ergeben." Er näherte sich ihr, drängte sie allmählich in eine Ecke. „Kleine Subs sollten gegenüber ihrem Dom immer respektvoll und gehorsam sein."

Sie steckte sich die Finger in die Ohren und sang: „Ich kann dich nicht hören!"

Unaufhörlich näherte er sich und ignorierte ihre Schläge gegen seinen Oberkörper. Er beugte sich vor, presste seine Schulter gegen ihren Bauch und hob sie hoch. Entzückende kleine Fäuste machten sich an seinem Rücken zu schaffen und ihr Quietschen entlockte ihm ein Lachen.

Sein Schwanz war bereits steinhart. Nun musste er eine

Entscheidung treffen. Strand oder Schlafzimmer oder ... Seine Augen fanden Hectors Hundehütte, die wie ein Iglu geformt war. Seine Sub auf der Schulter balancierend schob er die Hütte zum Geländer.

Perfekt.

Okay, also seine schlechte Laune hatte sie eindeutig vertrieben. Andrea schlug gegen seinen breiten Rücken, doch ihre Fäuste waren wenig erfolgreich. Sich ihm zu widersetzen, war so dämlich, wie einen Bären mit dem Stock zu ärgern. Hatte sie sich damit mehr aufgeladen, als sie verkraften konnte?

Und warum hatte er die Hundehütte verrückt?

Rabiat packte er sie mit den Händen und positionierte sie neben dem Geländer auf dem Hintern. „Gib mir deine Handgelenke."

Anstatt seinem Befehl nachzukommen, trat sie ihm gegen das Bein.

Sein Lachen, tief und erotisch, löste ein Grinsen bei ihr aus. Sie trat ihn ein zweites Mal. Ja, vielleicht war sie bereits feucht und erregt, denn sie wusste, dass er vorhatte, sie hart zu nehmen. Das bedeutete jedoch nicht, dass sie es ihm einfach machen würde.

Er grunzte, als sie mit dem Fuß sein Bein attackierte, und sie zögerte. Schließlich wollte sie nicht die Person verletzen, die ihr Lust verschaffen sollte. Das wäre kontraproduktiv. Der nächste Tritt traf sein Schienbein und er zuckte zusammen.

„Du kleine Göre." Er umfasste ihre Knöchel, zog sie zu sich, und so landete sie auf ihrem Rücken. Bevor sie sich bewegen konnte, stellte er sein Knie auf ihren Bauch und presste die Luft und ihren Kampfeswillen aus ihr heraus, obwohl er nicht mal wirklich Gewicht auf sie ausübte.

Er streifte ihr das Tanktop über den Kopf, entledigte sie dann ihres BHs. Bis sie wieder zu Atem gekommen war, hatte er sie ans

Geländer gefesselt. Ihr Gezappel ignorierend öffnete er ihre Shorts.

Dios, er war so effizient. Erfolglos trat sie um sich, als er den Saum ihrer Shorts packte und sie ihr über die Beine riss. Ihr Tanga kam als Nächstes dran. Sie funkelte ihn an. Im Freien. Nackt. Langsam erkannte sie ein Muster bei ihm.

Als sie seinen Blick einfing, ließ sie die Hitze in seinen Augen dahinschmelzen. *Dios*, die Gefühle, die er in ihr auslöste …

„Wenn du dich hinkniest und mich um Verzeihung anflehst, werde ich nicht ganz so gemein sein, kleiner Tiger", sagte er.

Sein autoritärer Blick und der angespannte Kiefer ließen sie erschauern. Ein Teil von ihr wollte jedoch noch nicht nachgeben. Dickköpfiger, als es gut für sie war, würde ihre Großmutter sagen. „Träum weiter, *estúpido Baboso*."

Bei dem kompromisslosen Lächeln, das er ihr daraufhin zuwarf, rutschte sie ein paar Zentimeter nach hinten. *Oh Dios* … Vielleicht hätte sie ihn nicht als dummen Bastard bezeichnen sollen? Plötzlich wirbelte er herum und marschierte davon. Panik entfachte in ihr.

Er kam mit seiner Spielzeugtasche zurück und sie beäugte nervös das riesige Teil. Nur Dios wusste, was er alles darin herumtrug. *Sei mutig. Zeige niemals deine Angst.* Sie schüttelte den Kopf und legte eine gesunde Ladung Sarkasmus in ihre Worte: „Jungs und ihre Spielzeuge."

„Das hast du schön gesagt. Und ich habe eine beeindruckende Sammlung. Toll, oder?" Mit einem Fuß zog er Hectors Hundehütte zu sich und stellte seine Tasche dahinter ab.

Als er näherkam, versuchte sie erneut, ihn zu treten, doch mit ihren ans Geländer gefesselten Handgelenken gestaltete sich dies als schwierig. Schließlich konnte er ausweichen.

Ein Arm legte sich um ihre Taille, der andere schob sich unter ihre Schenkel. Er nahm sie hoch und platzierte sie mit dem Bauch auf die Kuppel der Hundehütte. Das Plastik fühlte sich kalt an und die Position erniedrigend. Sie zappelte, wand sich, wollte von dem Ding runter.

„Still halten." Er teilte einen Klaps auf ihren Hintern aus. Der Schlag hinterließ ein Brennen, das durch ihren Körper schoss und direkt zu ihrer Klitoris fand.

Eine starke Hand umfasste ihren Fuß. Er legte ihr einen Riemen um den Knöchel und fesselte sie an dem Eingang der Hundehütte, während ihre Füße auf der Schwelle ruhten.

Gewalttätig spreizte er ihre Beine und befestigte dann den anderen Fuß.

Erregung und Nervosität führten einen Kampf in ihr aus. Eine Sekunde später fühlte sie seine Finger an ihrem Geschlecht. „Für jemanden, der mir vorspielt, dass er schwer zu kriegen sei, bist du verdammt feucht, Kleines", murmelte er.

Schwer zu kriegen? Er hatte sie auf ein Iglu gefesselt! Sie versuchte, über ihre Schulter zu schauen, aber ihr Kopf und ihre Schultern hingen über dem höchsten Punkt, wodurch die Kuppel ihr Sichtfeld einschränkte.

Er fingerte sie und schob sogleich etwas Kaltes und Langes in ihre Pussy. Zunächst zuckte sie zusammen, dann wurde sie überraschend von Verlangen eingeholt. *Oh, genau das hatte sie gebraucht!*

Gleitgel tröpfelte zwischen ihre Pobacken. *Oh nein, nicht das schon wieder!* Sie wehrte sich, riss an ihren Einschränkungen, obwohl sie wusste, dass sie ihn nicht von seinen Plänen abbringen konnte. *„Hijo de puta. Chíngate!"*

„Nein, ich habe vor, *dich* zu ficken, kleine Sub." Begleitet von einem amüsierten Glucksen schob er einen dieser verdammten Analplugs in sie.

Feucht, dehnen, brennen. Sie knirschte mit den Zähnen. Für heute Abend hatte er sich offensichtlich für mehrere Nummern größer entschieden.

„Du hast mich getreten, mich beschimpft und mich verflucht. Du musst mir zustimmen, dass du dir deine Bestrafung verdient hast." Sie hörte, wie er in seiner Tasche kramte. „Zehn Schläge sollten reichen."

„Pinche Idioto! Nichts gebe ich zu!" Oh, sie war eine *Idiota.* Warum konnte sie ihren Mund nicht halt –

Etwas kollidierte mit ihrem Hintern. Sie ballte die Hände zu Fäusten. Es hatte nicht wehgetan, war kein harter Schlag gewesen. Seine Hand strich sanft über die Stelle, rieb das leichte Kribbeln hinfort.

Der nächste Schlag folgte sofort. Was er benutzte, war flach, nicht so solide wie ein Paddel oder ein Rohrstock. Sie drehte den Kopf, wollte das Folterwerkzeug sehen.

Er bemerkte dies und hielt ein langes Stück Leder nach oben, das doppelt so breit war wie ein herkömmlicher Gürtel.

Dann holte er damit aus und ... Sie zuckte zusammen, ihre Arme rissen an den Fesseln, die sie unbeweglich machten. *Das* hatte wehgetan.

„Zähle die Schläge, Sub. Verliere nicht den Anschluss, sonst werde ich von vorn beginnen."

Was für ein Cabrón. Er hatte sie bereits drei Mal geschlagen. *Pendejo.* „Oh nein, da meine Hände gefesselt sind, kann ich sie nicht zum Zählen benutzen." Oh, freches Mundwerk. Sie hatte sich gerade selbst verdammt.

Ein Lachen war zu hören, dann kramte er erneut in seiner Tasche. „Vorlaute Sub. Heute Abend hast du dir zusätzlich zu den Schlägen etwas Besonderes verdient."

Ihre Muskeln spannten sich an, während ihre Nippel so hart wurden, dass sie über das raue Plastik rieben.

Neben ihrem Kopf hockte er sich hin. Er hielt etwas in der Hand. „Mund aufmachen."

Madre de Dios, nein! Ihr Kiefer widersetzte sich, gleichzeitig drehte sie den Kopf zur Seite.

Er presste seinen Daumen und seinen Zeigefinger gegen die Kiefergelenke. Ihr Mund öffnete sich weit genug, sodass er einen harten Gummiball hineinschieben konnte. Hinter ihrem Kopf festigte er die Riemen.

Geknebelt? Er hatte sie geknebelt!

Er grinste. „Dein Safeword ist in diesem Fall, wenn du dreimal kurz nacheinander jaulst oder schreist." Dass er nun sanft ihre Wange streichelte, war merkwürdig. Schließlich hatte er vor, sie auszupeitschen. Als er sich erhob, um sich hinter ihr zu positionieren, riss sie an ihren Armen. Ihren Beinen. Die Einschränkungen gaben nicht nach.

Seine Finger glitten über ihre Schenkelinnenseiten, warm und entschlossen fanden sie ihre Pussy. Plötzlich erwachte der Dildo in ihrer Vagina, vibrierte sanft, löste eine Lustwelle nach der anderen in ihr aus.

Als er ihre Klitoris berührte, war sie so feucht, dass es keinen Zweifel daran gab, wie bereit sie schon für ihn war.

Brutale Hände kneteten ihre Pobacken. Dann trat er einen Schritt nach hinten. „Da du nicht zählen willst, muss ich dich wohl so lange auspeitschen, bis mein Arm müde wird."

Madre de Dios. Mit der Wange auf dem kalten Plastik gab sie alles, um nicht das Stöhnen zu entlassen, das ihr im Hals steckte.

Das Leder klatschte auf ihre Haut. Zu Beginn sanft, dann härter, die Schläge niemals zu schmerzhaft. Die Vibration des Dildos lenkte sie ab, die entstehende Lust ein Ausgleich zu den Hieben. Mit der Zeit verschmolzen die beiden Empfindungen, bis der Druck in ihr seine Grenze erreichte.

Er stoppte und fuhr mit den Händen über ihre Pobacken, kühle Handflächen an den brennenden Stellen. Seine Berührungen schmerzten und doch trieben sie die Lust in ungeahnte Höhen. Seine Finger glitten zwischen ihre Beine und dann rieb er über ihre geschwollene Klitoris. Unwillkürlich zuckte ihr Becken nach oben. *Mehr, mehr, mehr!*

Er zwickte in das Nervenbündel und sie bebte und wimmerte.

„Ja, ich denke, du hältst noch ein bisschen aus", sagte er. Und dann vibrierte auch der Analplug.

Ihre Beine spannten sich an, als die Nervenenden in ihrem Hintern zum Leben erwachten. Sie stöhnte, unfähig, sich zu bewegen. Nicht mal sprechen konnte sie. Ihr Verstand stellte sich ab. Nun bemerkte sie nur noch die Hände auf ihren Pobacken, die Empfindungen, die kontinuierlich durch ihren Körper jagten.

Er umkreiste ihren Eingang, verteilte die Nässe bis zu ihrer Klitoris. Der Druck in ihr stieg mit jeder Umkreisung um ihr Nervenbündel. Die Vibrationen verstärkten sich und sie keuchte gegen den Ball in ihrem Mund, ihr Kiefer angespannt. Erneut zwickte er in ihre Klitoris, entlockte ihr damit ein Wimmern. *Bitte, bitte, bitte ...*

Im Bruchteil einer Sekunde landete das Leder auf ihrem Hintern. Bei dem Schmerz bohrte sie die Zähne in den Ball. Durch ihr Zucken fühlte sich Señors Griff an der Perle zwischen ihren Schamlippen noch intensiver an. Die erotische Empfindung schickte sie auf ihre Zehenspitzen.

Er schlug sie erneut, der Schmerz löschte jeden einzelnen Gedanken in ihrem Kopf aus und drängte ihr Geschlecht gegen seine Hand. Seine Finger schnellten über ihre Klitoris. Ihre Beine spannten sich an, während der Vibrator gefühlt ihren gesamten Körper zum Beben brachte.

Der nächste Hieb kam härter. Mit ihrem Hintern brennend und kribbelnd glitt er wieder über ihre Klitoris. Die überwältigenden Empfindungen kollidierten mit den Vibrationen in ihr und sie explodierte, die Wände ihres Geschlechts pulsierten. Indessen verstärkten der Dildo und der Plug den Höhepunkt und sie riss verzweifelt an ihren Einschränkungen, keine Chance, der Ekstase zu entkommen.

Er ließ es sich nicht nehmen, ein weiteres Mal in ihr geschundenes Nervenbündel zu zwicken, schickte damit eine neue Lustwelle durch sie. Die andere Hand rieb sanft über ihren wunden Po, Lust und Schmerz kamen zusammen. Sie erschauerte und erschauerte, hatte vollkommen die Kontrolle über ihren Körper verloren.

Als die Nachbeben endlich zu einem Ende fanden, konnte sie fühlen, wie schnell ihr Herz raste. Sie erschlaffte, ausgebreitet auf dem Iglu wie eine erschöpfte Opfergabe.

Wie eine jungfräuliche – na ja, nicht jungfräulich – Opfergabe sah sie aus, dargeboten auf der grauen Kuppel, das Mondlicht reflektierte sich auf ihrer goldbraunen Haut. Grinsend entfernte Cullen die Vibratoren. Mit seinen Fingern entlockte er ihr einen gestöhnten Seufzer und weitere Nachbeben. Der Duft ihrer Erregung wehte zu ihm. Köstlich. Er warf die Spielzeuge in einen Behälter und allein der Laut ließ sie erschauern.

Er schmunzelte. Die letzten Überreste seiner üblen Laune hatten sich durch ihren geräuschvollen Orgasmus aufgelöst. *Gott*, sie gefesselt zu sehen, sie zu einem Höhepunkt zu führen, war ein Geschenk. Um seinem Abend die Krone aufzusetzen, blieb ihm nichts anderes übrig, als sie erneut kommen zu hören. Er fuhr mit der Hand über ihren geröteten Hintern. Sie wimmerte, ihr Körper verarbeitete die Empfindung als genussvoll.

Er hatte keinen Spaß daran, Schmerz um des Schmerzes willen auszuteilen, jedoch nutzte er es, um die Lust der Sub zu steigern, bis sie vollkommen ihren Verstand verlor. Er wanderte zu ihren Beinen, öffnete sie weiter für sich. Ihre Pussy glitzerte, lockte seinen Schwanz. Er wollte sich so tief in ihr vergraben, wollte von ihrer Pussy massiert werden und diese hohen Schreie hören, wenn sie den Höhepunkt erreichte.

Dieses Mal wollte er die Lautstärke ihrer lustvollen Reaktionen erhöhen. Neben ihren Schultern hockte er sich hin und streichelte ihre Wange. Sie zuckte, nahm ihn hinter dem Lustnebel wahr und sah ihn aus glasigen Augen an.

Lächelnd entfernte er den Ballknebel und benutzte ein Tuch, um ihre schweißnasse Stirn abzutupfen.

Ihre roten Wangen minderten die Wirkung ihres wütenden Blickes. „Du hast mich geknebelt!"

Er warf den Ballknebel von einer Hand zur anderen, jonglierte ihn als eine Art Warnung. „Hast du etwas gesagt?"

Süße, weiche Lippen pressten sich zu einer geraden Linie aufeinander. Ihre geschwungenen Augenbrauen zogen sich zusammen. Er zeichnete eine nach. „Du musst lernen, dein Mundwerk zu zügeln, Kleine. Schließlich möchte ich nicht den Rohrstock herausholen. Dein hübscher Arsch ist bereits rot genug, um mich zufriedenzustellen."

Ah, ihre Mimik entspannte sich. Er schaffte es kaum, ein Lachen zu unterdrücken. Sie war sogar noch eigenwilliger als Kari und Jessica. *Mein Gott*, sie machte ihm Spaß.

Sie leckte sich über ihre Lippen. „Mach mich bitte los. Bitte, mi Señor."

„Noch nicht, Liebes. Ist dir bewusst, dass die Hundehütte genau die richtige Höhe für mich hat?"

Sie blickte verwirrt drein, verstand nicht, was er ihr damit sagen wollte, bis er sich aus seiner hockenden Position erhob, seine Jeans öffnete und seinen Schwanz befreite.

Ihre Beine spannten sich an, als er hinter sie lief.

Ihre Klitoris war nicht mehr geschwollen, aber er hatte genau die richtige Technik, um das Nervenbündel wiederzubeleben. Nachdem er sich ein Kondom über seine Länge gerollt hatte, zog er ein weiteres Spielzeug aus seiner Tasche, zusammen mit einem Päckchen Gleitgel, und platzierte beides auf ihrem Rücken. Ihre Muskeln spannten sich an dieser Stelle an.

Er fuhr mit den Händen über ihre samtweiche Haut, über ihre Wirbelsäule nach unten und massierte ihren heißen Arsch, bis sie sich entspannte. Süße kleine Sub. Mit der Eichel fand er ihren Eingang, verteilte ihre Nässe auf seiner Länge. Sie hatte ihn in letzter Zeit sooft in sich aufgenommen, dass sie mit seiner Größe keine Probleme mehr haben sollte. Er hatte genug davon, sanft zu sein. Ihre Hüften packend vergrub er sich mit einem Stoß tief in ihrer Hitze.

Feuchte Perfektion legte sich um seinen Schaft. Ihr überraschter Schrei erregte ihn nur mehr. Sie wand sich unter ihm und so glitt er noch tiefer in sie.

Er lehnte sich vor, umfing ihre Brüste und bearbeitete sie dann in einem brutalen Rhythmus. Sein Körper sehnte sich so verzweifelt nach einem Orgasmus, dass bedächtig nicht ausreichen würde. Durch die Kuppel der Hundehütte lag sie nicht horizontal. Es war genau der richtige Winkel, um sie hart zu nehmen. Ihr Hintern lag rund und weich an seinem Bauch, ihre Brüste fielen warm und schwer in seine Hände. Als er ihre harten Nippel bemerkte, lächelte er.

Es war so einfach, sie zu erregen, und es boten sich ihm so viele Möglichkeiten dafür. Nun würde sie auf eine andere Weise zum Höhepunkt kommen.

Er zog sich aus ihrer Pussy zurück, spreizte ihre Pobacken und spritzte Gleitgel auf ihr hübsches Arschloch.

Sie wölbte den Rücken. „Was machst du?"

„Ich denke, das weißt du, Liebes. Du mochtest die Analplugs. Es ist an der Zeit, zu testen, ob du auch meinen Schwanz an dieser Stelle magst." Er presste die Eichel gegen ihren verborgenen Stern. Widerstand. „Press dich gegen mich, Süße. So ist es einfacher für dich."

Stetig stieß er gegen ihren Eingang und dann plötzlich steckte er in ihrer Enge. Sie wand sich unter seinen Händen, ihre Muskeln bebten um seinen Schaft. Er hielt still und wartete, dass sie sich an das Gefühl gewöhnte. Indessen genoss er, wie unfassbar eng sie sich anfühlte.

Aufgespießt fühlte sie sich, alles brannte, während sie ausgebreitet und hilflos auf der Hundehütte lag. „Oh Dios. Gelb ... bitte, gelb."

„Okay, Kleine, du sagst mir Bescheid, wenn du bereit bist."

Sie hatte wirklich ihr Safeword ausgesprochen. Die Welt war nicht untergegangen und er hatte sie auch nicht als Weichei bezeichnet oder verächtlich geschnaubt. Er hielt still und mit dem Wissen versuchte sie, zu Atem zu kommen. Ihre Finger suchten die Hundehütte nach etwas ab, wo sie sich festhalten konnte. Nichts.

Sie bewegte sich, doch das machte es schlimmer und seine Hände packten ihre Hüften fester, hielten sie unbeweglich. „Nein, Liebes, beweise Geduld."

Er stieß nicht in sie. Er wartete.

„O-Okay." Sie schloss die Augen. Das machte keinen Spaß, fühlte sich alles andere als erregend an, aber wenn er Gefallen daran fand, würde sie es ... probieren. Für ihn. „Du kannst."

„Mutiger kleiner Tiger." Mit tröstenden Bewegungen rieb er über ihren Rücken. „Ich bin stolz auf dich, dass du das Safeword benutzt hast. Wenn es nötig wird, sprich es erneut aus, Sub." Er zog sich ein wenig aus ihr zurück und stieß dann wieder in sie. Mit jedem Stoß drang er tiefer in sie vor, bis seine Hüfte an ihrem Po zur Ruhe kam.

„Geschafft", murmelte er.

„Das gefällt mir nicht", flüsterte sie.

„Manche mögen es, andere nicht." Seine Hände massierten ihre wunden Pobacken, setzten Empfindungen frei, die sie verwirrten, denn der Schmerz wandelte sich langsam in Erregung.

Ich mag es nicht.

„Gelegentlich ist es ein nettes Vergnügen und als dein Master möchte ich, dass du es zwei Mal probierst. Wenn du es dann immer noch hasst, belassen wir es dabei." Kaltes Gel tropfte zwischen ihre Pobacken, befeuchtete seinen Schwanz, als er behutsam rein und raus glitt. Allmählich beruhigte sie sich, das Brennen ließ nach. Trotz allem fühlte es sich unangenehm an.

„Es gibt Frauen, die können allein von Analsex zum Höhepunkt kommen, andere brauchen mehr." Er zog das Tempo an und eine merkwürdig erregende Empfindung gesellte sich zu dem Unwohlsein hinzu. „In beiden Fällen stimuliert es Nervenenden, von denen du keine Ahnung hattest, dass sie existieren."

Er nahm etwas von ihrem Rücken und reichte dann um ihr Bein herum.

Winzige, weiche Noppen pressten sich gegen ihre Klitoris. Sie wich nach hinten aus, wodurch sein Schwanz weiter in sie tauchte. *Nicht bewegen, Idiota!* Das Teil an ihrer Klitoris machte nichts, um ihre Erregung aufs nächste Level zu heben.

Dann war ein Summen zu hören und das Noppending erwachte. Es fühlte sich an, als würden eine Million Noppen gegen ihre Klitoris hämmern. *Oh Dios,* ein Vibrator. Das Gefühl riss sie augenblicklich aus ihrer Gleichgültigkeit und sie stöhnte.

Er gluckste. „Das gefällt dir, stimmt's?" Er positionierte den Vibrator auf der anderen Seite ihrer Klitoris.

Wie der Schwanz eines Mannes wurde ihre Klitoris steinhart. *Oh Carajo, was fühle ich gerade?* Sie wackelte mit dem Hintern und quietschte, als seine Erektion in ihr eine Stelle erreichte, die nicht von dieser Welt sein konnte.

„Sieht ganz danach aus, als wärst du bereit, Liebes." Mit dem Vibrator an ihrer Klitoris zog er sich aus ihr zurück und stieß dann wieder in sie. Unangenehm war es immer noch, jedoch hatte sich nun jedes Nervenende an dieser Stelle zu Wort gemeldet. Sein Rückzug brannte und bei seinem nächsten Stoß bebten die Wände ihres Geschlechts. Gleichzeitig wurde sie gegen den Vibrator gedrängt. Eine brutale Lustwelle schwappte über sie hinweg.

Wieder zog er sich zurück. Sie rang nach Luft, in Erwartung weiterer elektrisierender Empfindungen.

Unkontrolliert zuckte ihre Hüfte, der Versuch, mehr zu bekommen. *Mehr* Druck auf ihre Klitoris, *mehr* Reibung in ihr. Seine Finger krallten sich in ihre Hüfte, hielten sie an Ort und Stelle, als er sich in ihr verlor.

In ihr verknoteten sich alle Empfindungen zu einem Ball. *Nur noch ein bisschen mehr.* Er glitt raus, wieder rein. Die Nerven um Cullens Schwanz schienen sich mit ihrer Klitoris in Verbindung zu setzen und drängten sie auf einen ekstatischen Moment zu.

Er bewegte den Vibrator, platzierte ihn direkt auf ihrer Klitoris. Eine Sekunde später stieß er hart in sie, hob sie auf ihre Zehenspitzen und presste sie gegen den Vibrator.

Ihr Verstand schaltete sich ab, blockierte alles, was nichts mit Master Cullen und dem zu tun hatte, was er mit ihr anstellte. Höher und höher trieb er sie und dann explodierte sie, wurde von einschüchternden Wellen der Ekstase mitgerissen. Sie zuckte unter seinen Händen, als der elektrisierende Sturm der Empfindungen durch ihren Körper jagte, bis sogar ihre Haarspitzen zu kribbeln schienen.

Nach einer Weile schaffte sie es, einen Atemzug zu nehmen. Einen zweiten. Dann packte er mit beiden Händen ihre Hüfte, der Vibrator vergessen, und hämmerte in sie, nahm sie hart. Brüllend ergoss er sich, ein berauschender Laut, der ein Nachbeben bei ihr auslöste.

Schwer keuchend senkte sie den Kopf auf das Plastikgehäuse.

Dios, noch nie in ihrem Leben war sie so hart gekommen. Wie viele Menschen starben auf diese Weise? Wie sollte er den Sanitätern erklären, dass er seine Freundin auf der Terrasse gefesselt und durch einen Überschuss an Orgasmen umgebracht hatte?

Seine großen Hände massierten ihren Hintern und die brennenden Stellen schickten eine weitere Lustwelle durch ihren erschöpften Leib. Sie stöhnte und wölbte sich, als er langsam aus ihr glitt, sie leer und geschwollen zurückließ.

Kurz darauf löste er ihre Fesseln und stellte sie neben sich auf die Füße. Ihre Beine knickten ein und er zog sie an seine Seite. Ihre Hände fanden seine Schultern, fühlten die beeindruckenden Muskeln, und sie legte ihre Wange an seine Brust.

Noch nie hatte sie sich so winzig und hilflos gefühlt. Nicht nur hilflos, sondern ... anders.

Am Anfang hatte sie sich gegen ihn widersetzt, um ihn von seinem langen Tag abzulenken. Nach einer Weile gab es kein Zurück mehr und er hatte sie unterworfen, hatte sich so viel von ihr genommen. Niemals hätte sie gedacht, dass sie dafür bereit gewesen wäre. Für diesen erbarmungslosen Kontrollverlust. Wie er sie gefickt, sie auf diese intime Weise benutzt hatte. Er hatte ihr bewiesen, dass ihr Körper ihm gehörte. Wie er sie gezwungen hatte, auf ihn zu reagieren ... Er hatte totale Unterwerfung von ihr bekommen. Sie hatte nichts sagen, nichts tun können, hatte nur akzeptieren können, was er bereit war, zu geben. Ihr Platz war dort, wo seine großen Hände sie positionierten. Sie hatte seinen Schwanz akzeptiert, seine Finger und wurde erst dann mit einem Orgasmus belohnt, als er das für richtig empfunden hatte.

Sie erschauerte bei dem Gedanken, wie anders sich seine Hände nun auf ihrem Körper anfühlten. Anders ... doch sie wusste, dass sich die Veränderung in ihr vollzogen hatte.

In einem seiner riesigen Bademäntel hatte es sich Andrea auf einem Terrassenstuhl bequem gemacht. Das Polster war angenehm unter ihrem wunden Po und die Sitzfläche hatte Übergröße, um Cullens Form zu beherbergen. Der Mond hing tief am Himmel, reflektierte auf dem dunklen Wasser und verwandelte den Sand in glitzerndes Silber. Das sanfte Rauschen der Wellen wurde nur von Hectors Atemzügen übertönt, der sich neben ihrem Stuhl ausgebreitet hatte.

Die Sexspielzeuge waren nun sauber und zurück in Cullens Tasche. Ihr Job, hatte Señor ihr grinsend mitgeteilt. Die Hundehütte stand wieder in der Ecke. Andrea musterte das Iglu und schnaubte amüsiert. Er hatte sie auf einer Hundehütte genommen. Von hinten. Wie barbarisch.

Er hatte sie verdammt hart genommen. Ihre Innereien fühlten sich wie Brei an, der Rest schlaff wie eine gekochte Nudel.

Das Licht im Haus ging aus und Master Cullen spazierte auf

die Terrasse, eine Flasche Wasser in beiden Händen. Eine davon reichte er ihr.

Nachdem er seine Flasche auf den Beistelltisch gestellt hatte, hob er sie hoch und nahm mit ihr in den Armen Platz. Bei seinem zufriedenen Seufzer stahl sich ein Lächeln auf ihre Lippen.

Seine Beine fühlten sich in ihrem derzeitigen Zustand härter als Asphalt an. Sie rutschte auf seinem Schoß umher. Ihr Hintern tat weh, innen und außen. Hinzukam, dass sie sich noch nicht daran gewöhnt hatte, auf dem Schoß eines Mannes zu sitzen. Es war ... nett. Sexy fühlte es sich an.

Definitiv sexy. Vor allem, als er mit seinen Fingern, kühl von der Flasche, den Weg in ihren Bademantel fand und ihre linke Brust streichelte. Ihr Nippel richtete sich auf. Er verlagerte sie auf seinem Schoß, sodass sie den Kopf auf seine Schulter legen konnte. Musik klang von drinnen an ihre Ohren, sanft und melodisch, und das Gefühl seiner Atemzüge war so tröstend wie das Rauschen des Meeres.

„Musst du morgen früh nicht arbeiten?", fragte sie.

„Eigentlich schon. Da ich aber heute Überstunden gemacht habe, kann ich etwas später los. Nach einer vollen Mütze Schlaf." Mit den Fingerknöcheln rieb er über ihr Kinn und sagte lächelnd: „Dank dir werde ich heute großartig schlafen."

Bei seinen Worten wurde ihr warm ums Herz. Sie hatte ihm geholfen. Allerdings sollte sie ihn nicht so einfach davonkommen lassen, Kompliment hin oder her. Stirnrunzelnd sah sie zu ihm auf. „Du hast eine komische Art, dich zu bedanken. Mit Peitschenhieben."

Mit einem Finger unter ihrem Kinn hob er ihre Lippen zu seinen und küsste sie ausführlich, nutzte jede Sekunde, ihren Mund zu erkunden. Seine Lippen waren dominant und doch so weich, seine Zunge ließ keine Einwände zu. Er gab ihre Lippen nur frei, um daran zu knabbern, bevor er wieder von ihr Besitz nahm. Der Arm um ihre Taille festigte sich, als er mit ihrer Brust spielte und ihren Mund vereinnahmte. Das Gefühl, für seine Befriedigung hier zu sein, war berauschend.

Er lehnte sich zurück, entspannte seinen Griff an ihr, ohne von ihrer Brust zu lassen. „Kleiner Tiger, ich habe es ungemein genossen, deinen hinreißenden Arsch auszupeitschen, und ich habe vor, es bei Gelegenheit wieder zu tun." Der Schauer startete in ihrem Bauch und breitete sich aus. Er wollte es nochmal tun? Ihm erlauben, dass er Schmerz mit Lust verschmolz? Ihm erlauben, mit ihrem Körper zu tun, was auch immer er wollte? „Also, na ja ..." Ihre Stimme kam schwach heraus. Sie räusperte sich. „Vielleicht habe ich ja meine Lektion gelernt."

„Bezweifle ich. Dafür bist du, meine kleine Sub, zu temperamentvoll." Er beugte sie über seinen Arm. Für einen Moment musterte er ihr Gesicht. Er lächelte. „Du hast dein Safeword benutzt. Das hat mich gefreut, Süße."

Sie erinnerte sich an die Panik und das Flehen, und sie spannte den Kiefer an. Sie hatte das Handtuch hingeworfen. *Versagerin.*

Seine Augen verengten sich. „Aber ich habe auch gesehen, dass dir beim Gang über die Terrasse schwindelig geworden ist. Du hast nicht nach Hilfe gefragt. Davor war dir kalt, wieder hast du mich nicht um Hilfe gebeten. Das erfreut mich weniger."

Sie schmiegte sich an ihn. „Okay, mi Señor." Es gefiel ihr, dass er auf sie achtgab, aber sie brauchte seinen Schutz nicht. Schwindelig oder nicht, sie kam sehr gut allein klar.

KAPITEL ACHTZEHN

Andrea hatte ihre Reinigungsarbeiten fast beendet. Sie stemmte die Hände in die Hüften und ließ den Blick über das Wohnzimmer ihres neusten Kunden schweifen. Alles glänzte, von den Fenstern bis zu den Holzböden. Die Freude, die sie nach getaner Arbeit empfand, zauberte ein Lächeln auf ihre Lippen. Heute hatte sie sich selbst übertroffen.

Sie hob den Kopf zu den hohen Decken. Keine Spinnweben. Ihr Blick landete auf dem Staub, der sich auf den Flügeln des Deckenventilators tummelte. *Carajo*, die mussten noch Bekanntschaft mit ihrem Lappen machen.

Der Blick auf die Uhr ließ sie zusammenzucken. Es war schon spät. Sie musste sich beeilen, denn bevor sie ins Shadowlands ging, wollte sie unter die Dusche springen und sich ein nettes Outfit aussuchen. Ihr Herz machte einen Salto. Dies wäre ihre erste Nacht im Club, seit Master Dan sie rausgeschmissen hatte. Letztes Wochenende wollte sie noch nicht gehen. Ihr Señor hatte das verstanden und Master Z ausrichten lassen, dass sie ohne ihn auskommen mussten.

Master Cullens Verhalten hatte sie überrascht. Auch ein wenig verängstigt. Was, wenn Master Z ihr dafür die Schuld gab, dass er während Cullens Abwesenheit einen anderen Barkeeper brauchte?

Sie musste jedoch zugeben, dass sie die Zweisamkeit mit ihm genoss. Sie hatten in seinem Haus und am Strand Sessions gespielt, waren schwimmen gegangen und hatten lange Spaziergänge unternommen. Sogar ein Lagerfeuer hatte er an einem Abend gezündet und daneben hatten sie dann Liebe gemacht. Jeden Morgen zerrte er sie aus dem Bett, um in seinem selbsterrichteten Fitnessstudio am Strand zu trainieren. Auch hatte er ihr die andere Funktionsweise für den Bereich vorgeführt, hatte sie an die Leichtathletikringe gefesselt. Es war faszinierend, was für ein gutes Workout wiederholte Orgasmen darstellten.

Sie liebte es, bei ihm zu sein. Es war so einfach mit ihm – kochen, putzen oder auch miteinander scherzen. So einfach, dass sie manchmal an ihre Freundschaft mit Antonio erinnert wurde.

Doch dann fand er ihren Blick mit diesen Augen – diesen Dom-Augen – und gab ihr einen Befehl.

Ausziehen.

Hinknien.

Vorbeugen.

Sie legte eine Hand auf ihren Bauch. Innerlich schmolz sie dahin.

Natürlich hatten sie auch Auseinandersetzungen. Zumeist, wenn er der Meinung war, dass sie um Hilfe hätte bitten sollen und sie dies nicht getan hatte. Vor ein paar Tagen zum Beispiel hatte ihr Auto den Geist aufgegeben und sie hatte ihn nicht angerufen. Wow, hatte sie sich dafür etwas von ihm anhören müssen!

Dummerweise war ihr am nächsten Tag eine Couch für ihr Wohnzimmer geliefert worden. Im ungünstigsten Moment war er vorbeigekommen und hatte mit ansehen müssen, wie sie versuchte, das Teil in ihre Wohnung zu bekommen.

Sein Gesicht hatte jeden Ausdruck verloren. Ja, sie hatte ihm angesehen, dass sie seiner Meinung nach einen Fehler begangen hatte. Daraufhin hatte er sie gefragt, ob sie überhaupt daran gedacht hatte, ihn anzurufen. Das hatte sie. Trotzdem hatte sie es nicht getan. Ihr war nicht ganz klar, warum nicht. Na ja, vermutlich, weil sie ihn nicht hatte nerven wollen.

Und vielleicht auch, weil ... Na ja, sie hasste es, jemanden um Hilfe zu bitten. Es machte sie nervös. Also tat sie es nicht.

Sie drehte sich im Kreis, ziemlich sicher, dass sie vorhin eine Leiter gesehen hatte. Wenn sie sich beeilte, könnte sie die Flügel des Deckenventilators noch säubern.

Cullen arbeitete sich an der Bar durch die Myriade aus Bestellungen. Zu Beginn jeden Abends warteten die Tanzfläche und die Separees auf die ersten Mutigen. Die Sorte, der es egal war, ob jemand zusah. Die Nächsten würden folgen und sobald eine magische Anzahl erreicht wurde, stritten sie sich um die Bereiche. Im Moment versammelten sich alle an der Bar und unterhielten sich.

Eine Cola ging an eine Domina, ein Tequila Sunrise an eine neue Sub. Für Dan gab es Wasser.

Dan bedankte sich und fragte: „Kommt Andrea nicht mehr in den Club?"

„Doch. Heute." Und sie war spät dran.

„Gut. Ich will mich entschuldigen. Ich habe sie an dem Abend wie Scheiße behandelt." Dans Stirn legte sich in Falten, bevor er fragte: „Wie lautet dein Plan für sie? Schließlich gilt sie noch als Auszubildende."

„Das Programm muss sie abbrechen." Cullen wandte Dan den Rücken zu und ignorierte das dämliche Grinsen seines Freundes. *Arschloch.* Typisch für ihn. Ja keine Höflichkeiten austauschen. Er kam gleich zum Punkt.

Der Körper eines Auszubildenden war für alle Master verfügbar, und unter bestimmten Voraussetzungen auch für die anderen Doms. Auf keinen Fall wollte er, dass ein fremder Mann sie berührte.

Er wusste, dass sie nicht länger eine Azubine sein wollte. Dennoch hätte er vor ihrer Rückkehr in den Club das Thema mit ihr besprechen sollen. Als er Glenlivet-Whiskey über ein wenig Eis schüttete, ging er im Geiste die letzten Tage durch. Wundervolle Tage, die gefüllt damit waren, sich gegenseitig besser kennenzulernen. Sie mochte ihren Kaffee sehr süß und hatte einen kleinen Putzfimmel. Und anstatt ein Bad zu nehmen, wählte sie lieber eine schnelle Dusche.

Erst heute Morgen war er zu ihr in die Duschkabine gestiegen, womit er ihr einen solchen Schreck eingejagt hatte, dass sie ihn geboxt hatte. Es war ihm schwergefallen, nicht zu lachen. Dafür, dass sie ihren Dom geschlagen hatte, hatte er sie vornübergebeugt und sie so hart genommen, dass sie danach beide eine zweite Dusche gebraucht hatten.

Er runzelte die Stirn. Als er ihre Pussy gewaschen hatte, war sie bei der sanften Berührung zusammengezuckt. Sie brauchte eine Pause. Und sie musste lernen, den Mund zu öffnen, wenn sie verletzt war.

Er gab den Whiskey weiter. Dann lächelte er einer Sub mit Halsband zu, während er die Bestellung ihres Masters entgegennahm. Mineralwasser für sie. Er schenkte es in ein Glas und erinnerte sich daran, wie Andrea eine Flasche abgelehnt hatte, weil sie Wasser wollte, das wie Wasser schmeckte. Sie liebte chinesisches Essen, verehrte Hector und war von bedingungslosen Einschränkungen angetörnt. Am Anfang war ihre Klitoris immer schüchtern, doch sobald sie aus der Vorhaut trat, konnte ein Lecken oder ein Knabbern explosive Resultate hervorrufen.

Ein dünner Rohrstock an der Stelle, sanft angewandt, könnte Spaß machen ...

Mittlerweile war der Schritt seiner Lederhose unangenehm einengend. Um sich abzulenken, wandte er sich den nächsten Bestellungen zu. Wo verdammt nochmal blieb Andrea?

Jessica kam an die Bar. Sie trug eine tief sitzende, durchsichtige Haremshose und sonst nichts. Entweder hatte sie Z wütend gemacht oder der Master war heute großzügig gestimmt und wollte mit allen Anwesenden teilen, was seine Sub zu bieten hatte. Ihre Brüste waren hinreißend. Obwohl sie schon länger hier verkehrte, errötete sie noch immer.

Wie Andrea an ihrem ersten Tag, als das Oberteil ihres Kleides endlich den Halt an ihren Nippeln aufgegeben hatte. Ihre Verlegenheit zusammen mit ihrer Erregung bildeten eine hitzige Kombination. Hitziger, als er dies jemals erlebt hatte.

Konzentriere dich, Cullen. „Was kann ich dir bringen, Süße?"

„Oh, nichts", sagte Jessica. „Master Z schickt mich. Anscheinend hat Andrea eine Nachricht auf dem Anrufbeantworter hinterlassen, dass sie heute nicht kommt."

„Warum nicht?"

„Hat sie nicht gesagt. Z will sie anrufen, während du nach einer Ablöse für dich suchst."

Cullen erblickte Dan auf der anderen Seite des Raumes und rief: „Dan, übernimm die Bar!"

Ohne zu warten, drehte er sich zu Jessica. „Ablöse geklärt. Sag Z, dass er sie nicht anzurufen braucht. Ich fahre zu ihrem Apartment."

Ihr Besuch in der Notaufnahme war effizient über die Bühne gegangen. Schließlich gab es keinen Abend ohne Herzinfarkte, Faustkämpfe in Bars, Lungenentzündungen, kranke Babys oder Unfälle. Der Arzt hatte bei der Wunde auf Andreas Stirn den Kopf geschüttelt, hatte Licht in ihre Augen gestrahlt, sie geröntgt, ihren Knöchel verbunden und ihr ein Rezept für Schmerzmittel verschrieben. Die Krankenschwester hatte ihr Krücken gebracht, diese auf ihre Körpergröße angepasst und dann zu ihr gemeint, dass ihre Familie sie jetzt heimbringen konnte.

Familie? Ganz allein schaffte sie es zu ihrem Apartment. Wahrscheinlich hätte sie einen Zwischenstopp einlegen sollen, um ihr Rezept einzulösen. Na ja, sie hatte schon schlimmere Schmerzen in ihrem Leben. Seufzend lehnte sie sich auf ihrer neuen Couch zurück und gab ihr Bestes, das Pochen in ihrem Kopf und ihrem Knöchel zu ignorieren.

Eine Weile später klopfte es lautstark an der Tür. Der Laut fühlte sich an, als würde jemand mit dem Hammer auf ihr Gehirn eindreschen. Sie zuckte zusammen, was ihren verletzten Knöchel durchschüttelte. *Carajo! Hijo de puta.* Mithilfe der Krücken erhob sie sich. Ihr ganzes Blut jagte nach unten und ihr Knöchel schwoll auf eine Größe an, sodass sie das Gefühl hatte, ihre Haut würde reißen.

Was für ein Cabrón schlägt an die Tür einer Frau, die dem Tode nahe ist?

Ihr kam nur eine Person in den Sinn. Ihre Cousins und Cousinen besuchten sie schließlich nicht oft. Ihre Mitarbeiter sah sie nur bei Kunden vor Ort oder in einem Restaurant. Und Antonio würde niemals so brutal gegen ihre Tür hämmern. Also blieb nur ihr Señor.

Schwerfällig erreichte sie die Tür und sah durch ihren Spion. Breite Schultern, muskulöse Brust, braune Lederweste. Hatte er die Nachricht nicht erhalten, die sie auf dem Anrufbeantworter des Clubs hinterlassen hatte? Sie öffnete die Tür und hüpfte einbeinig aus dem Weg.

Er trat ein und ließ den Blick über sie schweifen. Sein Kiefer spannte sich an.

War er wütend, weil sie nicht im Club aufgetaucht war? „Ich war nicht in der Verfass −"

„Wenn du nicht so offensichtlich Schmerzen hättest, würde ich dir jetzt den Arsch versohlen." Seine tiefe Stimme klang so bedrohlich, dass sie erschauerte. Warum war er so wütend? Er blickte zu ihrem verbundenen Knöchel. „Wie schlimm ist es?"

„Er ist nur verstaucht."

Er umfasste ihre Wange, hob ihr Gesicht an. Seine Behutsamkeit stand im starken Kontrast zu dem zornigen Ausdruck in seinen Augen. „Und dein Kopf?"

„Nur ein Kratzer."

„Was noch?"

„Blaue Flecken hier und da. Mein Stolz hat einen Knacks abbekommen. Ich wollte einen Deckenventilator reinigen und habe das Gleichgewicht verloren." Sie wagte ein Grinsen.

Anstatt zu lachen, hob er sie knurrend in die Arme. Die Krücken fielen zu Boden.

„Hey! Ich kann selbst laufen."

Als sie zappelte, gab er ihr einen sanften Klaps auf ihren nackten Oberschenkel. „Wir können dies auf zweierlei Weise tun: Entweder bist du ruhig, damit ich dich zu deinem Sofa tragen kann. Oder du nervst mich noch ein bisschen mehr, ich versohle trotz allem deinen Hintern und trage dich *dann* zum Sofa. Was ist dir lieber?"

Im Vergleich zu ihrem pochenden Kopf und Knöchel hatte der Klaps kaum wehgetan. Seine Verwarnung hatte sie eher überrascht. Sie sah ihm in die Augen. Sein Mund zeigte, wie unglücklich er gerade mit ihr war.

Reize den gemeinen Dom nicht, Andrea. Sie schluckte schwer und legte ihren Kopf an seine Schulter.

„Gute Wahl." Er lief so selbstbewusst durchs Wohnzimmer, als hätte er gerade keine fünfundachtzig Kilo Frau in den Armen. Er setzte sie auf die Couch und hob ihre Beine so vorsichtig, dass sich das Pochen nicht verschlimmerte. „Wir brauchen ein Kissen."

Er sah sich um, ging dann ins Schlafzimmer und kehrte mit zwei Kissen zurück, die er unter ihre Füße schob. „Hast du einen Eisbeutel?"

„Äh, nein." Sie erinnerte sich, dass die Krankenschwester etwas in der Art erwähnt hatte. Es hatte nach zu viel Aufwand geklungen, auf dem Weg zu ihrem Apartment auch noch einen Eisbeutel zu besorgen.

Erneut zeigte sich sein Unmut. Er lief in die Küche. Sie hörte, wie er Schränke öffnete und wieder schloss. Sie rutschte nach unten und legte den Hinterkopf auf die Armlehne, während sie versuchte, dieses unbekannte Gefühl in ihr zu identifizieren. Zufriedenheit? Ein wütender Dom war in ihr Apartment eingefallen, ihr Körper schmerzte und sie fühlte sich zufrieden? *Idiota. Glückliche Idiota.*

Señor kam zurück, wickelte beim Gehen ein Handtuch um eine große Plastiktüte gefüllt mit Eis. Er platzierte den improvisierten Eisbeutel auf ihrem Knöchel.

„Danke."

Ein Grunzen war ihre einzige Reaktion. Er marschierte durch das Wohnzimmer, seine Größe ließ ihre Möbel winzig erscheinen, die Decke niedriger. Nachdem er ihren liebsten Sessel näher zur Couch geschoben hatte, setzte er sich. Er begutachtete erneut die Wunde an ihrer Stirn und tippte gegen das Identifikationsband um ihr Handgelenk. „Du bist in die Notaufnahme gefahren. Wie bist du dort hin und wieder zurückgekommen?"

Sein dickköpfiger kleiner Tiger sah Cullen an, als wäre das die dämlichste Frage aller Zeiten. „Ich bin gefahren."

Seine Wut steigerte sich, er presste die Zähne so fest aufeinander, dass er befürchtete, sie würden brechen. *Sie ist gefahren.* Und tat so, als würde jeder selbstständig in die Notaufnahme fahren. „War es nicht schwierig, die Pedale zu bedienen?" Schließlich hatte sie sich den rechten Knöchel verstaucht.

„Ich habe einfach meinen linken Fuß genommen." Sie drehte sich auf der Couch, um ihn besser sehen zu können. Die Muskeln in ihrem Gesicht, ihrem Nacken und ihren Schultern waren angespannt, ihre Haut war übersät von Schweißtropfen. Oh ja, sie hatte Schmerzen. „Hast du dir etwas gegen deine Schmerzen geholt?"

„Sie haben mir ein Rezept geschrieben."

„Wo ist das Medikament?"

„Ich ..." Auf ihren blassen Wangen erschien etwas Farbe und sie gab zu: „Ich habe es nicht eingelöst." Gleichgültig zuckte sie mit den Achseln.

Cullen schloss die Augen und arbeitete sich mit Atemtechniken durch seine Wut. Brachte nicht viel. Er fragte: „Vertraust du mir nicht genug, um dir zu helfen?"

Ihre Augen weiteten sich. „Nein, das ist es nicht."

Sie belog sich selbst, denn es hatte sicher damit zu tun. Das und sie definierte sich als die Person, die Hilfe gab, aber sie nicht entgegennahm. Ein ungutes Gefühl breitete sich in ihm aus, es beruhigte sein Gemüt, doch es war schmerzhafter. „Andrea, was würdest du sagen, wenn ich mich verletze und dich daraufhin nicht anrufe?"

Sie blinzelte und hauchte: „Das würde mir nicht gefallen."

„Dachte ich mir." Cullen streichelte ihre Wange und stand auf. „Hat dein Vermieter etwas gegen den Besuch von Tieren?"

„Was? Nein, ich denke nicht."

„Gut. Wo ist dein Rezept?"

Eine Stunde später war ihr Señor zurück, im Schlepptau hatte er nicht nur ihr Schmerzmittel, sondern auch seinen Hund. Hector rannte zu ihr, um sie zu begrüßen. In Vorbereitung spannte sich Andrea an und der Hund stoppte, näherte sich ihr nun im Schneckentempo.

Sie streichelte ihn und er entließ einen zufriedenen Seufzer, lehnte sich gegen die Couch. „Woher wusste er, dass er vorsichtig sein muss?", fragte sie. Schließlich hatte er sie bei ihrem ersten Kennenlernen umgestoßen.

„Kurz nachdem ich ihn zu mir geholt habe, hatte ich arbeitsbedingt einen Unfall", sagte Master Cullen von der Küche. „Als er zur Begrüßung in mich reingerannt war, bin ich vor Schmerzen zusammengebrochen. Seither macht er es nicht mehr." Er kam zu ihr, brachte ihr Toast und einen Orangensaft. „Ich weiß nicht, ob er erkennt, wenn jemand leidet, oder ob es am Krankenhausgeruch liegt, der seine Sinne weckt."

Sie aß das Toastbrot, reichte die Rinde an Hector weiter, der ihre Reste mit so viel Würde akzeptierte wie ein pedantischer Butler. Wollte Cullen hier übernachten? Hatte er deswegen Hector mitgebracht?

Señor gab ihr zwei Tabletten. „Wir sollten dich ins Bett bringen", sagte er. Seine Wut schien wie weggeblasen, als hätte es sie nie gegeben. Allerdings schenkte er ihr auch kein Lächeln. Das gefiel ihr nicht. Es war beunruhigend.

„Wenn du mir meine Krücken reichst, schaffe ich das allein", sagte sie, womit sie sich, ausgehend von seinem ausdruckslosen Gesicht, keinen Gefallen getan hatte.

„Musst du nochmal auf die Toilette?", fragte er.

Warum fühlte sich diese Frage so persönlich an? Allerdings musste sie, sie musste sogar sehr dringend. Sie seufzte. „Ja."

Er trug sie ins Badezimmer. Nachdem er sie vor der Toilette runtergelassen hatte, stützte sie sich mit einer Hand auf dem Waschbecken ab. „Danke, den Rest sollte ich allein schaffen", sagte sie.

Ein Schnauben später riss er ihr die Shorts bis zu den Knöcheln. Zum Protestieren blieb keine Zeit. „Jetzt darfst du, Süße. Ruf mich, wenn du fertig bist." Er rieb mit den Fingerknöcheln über ihre Wange und verließ das Badezimmer.

Die Erleichterung darüber, endlich ihre Blase leeren zu können, ließ sie kurzzeitig ihren schmerzenden Knöchel vergessen. Nicht für lange, aber sie nahm, was sie kriegen konnte. Sie schaffte es, die Shorts hochzuziehen und musste sich in dem Prozess nur einmal abfangen. Danach wusch sie sich die Hände und putzte ihre Zähne.

Mit Sicherheit hatte er das laufende Wasser gehört, denn er öffnete kurze Zeit später die Tür – ohne zu Klopfen wohl bemerkt – und dann hob sie der *Cabrón* wieder in die Arme. War es gemein, dass sie hoffte, er würde morgen Rückenschmerzen haben?

Im Schlafzimmer zog er sie aus, legte sie ins Bett und deckte sie zu, ihr Knöchel auf einem Kissen ruhend.

„Normalerweise trage ich Pyjamas." Sie zeigte auf die Kommode.

„Nicht, wenn du mit mir schläfst." Er drückte ihr einen harten Kuss auf die Lippen und machte auf dem Weg nach draußen das Licht aus.

Im Wohnzimmer hörte sie, wie der Fernseher anging, ein gedämpftes Rauschen im Hintergrund. Andrea starrte an die Decke. Okay, er plante also, die Nacht zu bleiben. Ein Lächeln zierte bei dem Gedanken ihre Lippen und sie schloss mit einem wohligen Gefühl im Herzen die Augen.

Am nächsten Morgen fühlte sie sich schon viel besser. Die Kopfschmerzen waren verschwunden und das Pochen in ihrem Knöchel war kaum noch zu spüren.

Irgendwann in der Nacht hatte sie es sich auf Señor bequem gemacht. Ihre Arme und Beine hingen von seinem Körper. Wie ein Seestern kam sie sich vor. Nachdem sie sich die Haare aus dem Gesicht geschoben hatte, stützte sie sich mit den Unter-armen auf seiner Brust ab. Die dunklen Stoppeln auf seinem Kiefer ließen ihn gefährlich wirken. Sie lächelte ihn an.

Er erwiderte das Lächeln. Mit seinem Mund. Seine Augen zeigten nicht die typische Vertiefung der Lachfalten.

„Wie lange bist du schon wach?", fragte sie.

„Eine Weile." Seine großen Hände rieben über ihre Arme.

Die düstere Stimmlage passte zu seiner Mimik. Eine dunkle Vorahnung meldete sich in ihr. „Was ist los?"

Er legte seine Hände auf ihre Wangen. „Ich habe nachgedacht. Über dich und mich."

Sie schluckte schwer. „Und?"

„Ich kann so nicht weitermachen, Andrea."

„Was meinst du?" Sie wollte wütend auf ihn sein – der Sex war doch großartig –, aber es war die Besorgnis, die ihre Wut wegspülte. Seine Augen waren so ernst und er trug sein Dom-Gesicht.

„Du hast mir nichts von deinem Unfall erzählt."

Dios, das Thema schon wieder ... „Ich weiß. Aber ich habe die Sache doch geregelt und –"

„Das ist nicht der Punkt." Er ließ ihren Kopf nicht los, hielt sie fest, sodass sie ihren Blick nicht abwenden konnte. „Wenn eine Sub ein Problem hat, will der Dom es lösen. Du hast mir den einen Abend dabei geholfen, einen schlechten Tag zu überwinden. Erinnerst du dich? Hast du es genossen, meine Laune zu verbessern?"

Sie nickte.

„Auch Doms genießen es, zu helfen. Das gehört zu einer Dom/Sub-Beziehung. Um genau zu sein, ist Geben und Nehmen in jeder Beziehung notwendig. Vor allem dann, wenn ich Teil dieser Verbindung bin. Verstehst du, was ich dir damit sagen will?"

„Aber ich bin doch auch allein klargekommen."

„Nein, das bist du nicht. Du bist in ein Auto gestiegen, obwohl du Schmerzen hattest und du damit nicht nur dich, sondern auch andere gefährdest." Seine Augen wirkten zu dunkel, um noch als Grün definiert zu werden. „Heute ist nicht das erste Mal, dass wir dieses Problem diskutieren, und du meintest, dass du es versuchen willst."

„Aber –"

„Ich habe kein Anzeichen dafür gesehen. Stattdessen sehe ich dir an, dass du das Problem immer noch nicht verstehst. Du findest nicht, dass du irgendetwas falsch gemacht hast. So wird das nicht funktionieren, Andrea." Sein Kiefer spannte sich entschlossen an, während sie in seinen Augen sah, wie sehr es ihn schmerzte, dies auszusprechen. Nach dem Feuer hatte er genauso ausgesehen. Dieses Mal, anstatt ihm zu helfen, war sie für den Ausdruck auf seinem Gesicht verantwortlich.

Seine Stimme klang belegt, und er sagte gebrochen: „Ich kann dich nicht zwingen, dich zu ändern. Nach dem gestrigen Tag muss ich mir eingestehen, dass ich in dieser einseitigen Beziehung nicht glücklich werden kann."

Sie wusste nicht, was sie sagen sollte. Ihr Gehirn schien von dickem Eis ummantelt, jeder einzelne Gedanke eingefroren. „Aber ... vielleicht ..."

„Nein, Andrea." Er seufzte. „Es ist vorbei. Es gibt nichts, was wir noch bereden müssten. Und wir sollten diesen Moment nicht grundlos in die Länge ziehen. Ruf mich nicht an und ich werde dich nicht anrufen." Er rollte sie auf ihren Rücken und stand auf. Seine Fingerspitzen strichen federleicht über ihre Wange. Dann, nachdem er seine Kleidung zusammengesucht hatte, verließ er das Schlafzimmer. Eine Minute später hörte sie ein tief ausgesprochenes Kommando, gefolgt von einem Wimmern von Hector. Die Eingangstür wurde geöffnet, geschlossen. Stille. Leere.

Der neue Morgen kündigte sich durch die Vorhänge an und die Straßengeräusche wiesen darauf hin, dass die Bevölkerung von Tampa bereits auf dem Weg zur Arbeit war.

Er hat mich verlassen. „Geh nicht", flüsterte sie, als das Eis zu schmelzen begann und nur Kummer zurückließ. „Ich brauche dich."

Wahrscheinlich würde er darauf sagen, dass sie nicht den Anschein machte. Warum hatte sie ihn nicht angerufen? Weil sie das eben nicht hatte. Das war alles.

Sie packte die Bettdecke, krallte sich in das Material, bis ihre Fingerknöchel schmerzten. Warum konnte er sie nicht so akzeptieren, wie sie war? Die meisten Männer verabscheuten anhängliche, hilfsbedürftige Frauen, beschwerten sich, dass sie zu viel von einer Beziehung erwarteten. Er sollte ihre Unabhängigkeit feiern! Stattdessen hatte er mit ihr Schluss gemacht.

Es ist vorbei. Sie setzte sich im Bett auf, wickelte die Arme um sich und beugte sich wimmernd vor. Es fühlte sich an, als hätte er sie ausgehöhlt und nur eine Hülle zurückgelassen. Er hatte ihr Apartment verlassen ... ihr Leben. So lange waren sie nicht zusammen gewesen, warum fühlte es sich also an, als hätte sie einen Teil von sich verloren?

Cabrón. Er sollte sie nicht ändern wollen. *Ich bin wundervoll, so wie ich bin!*

Sie rutschte aus dem Bett und humpelte ins Badezimmer, der Teppich dämpfte ihre Schritte. Der Spiegel zeigte ihr blasses Gesicht, Augen gefüllt mit dem Gefühl des Verlustes. Sie stützte sich auf das Waschbecken, hielt sich aufrecht, obwohl sie sich nichts mehr wünschte, als auf dem Badezimmerboden zusammenzubrechen. Sie hätte wissen sollen, dass sie nicht für Beziehungen gemacht war. Wie hätte sie jedoch ahnen können, dass er sie aus so einem ... *dämlichen* Grund verlassen würde?

Sie senkte den Kopf auf die Brust, als sich die Leere in ihr ausbreitete und anschwoll, bis sie keine Luft mehr bekam.

Es tut weh. Es tut so weh!

KAPITEL NEUNZEHN

D rei Stunden später ging sie freudigen Herzens zur Tür. *Er ist zu mir zurückgekommen!* Auf der anderen Seite standen jedoch Antonio und sein neuer fester Freund Steve. Sie hatten Donuts in der Hand. Während sie versuchte, ihre Enttäuschung vor den beiden zu verbergen, kochten sie Kaffee, holten Teller und bereiteten alles auf ihrem kleinen Balkon vor, der stets von der Morgensonne in ein Paradies verwandelt wurde.

Nachdem Antonio ihren Fuß auf den leeren Stuhl gehoben hatte, zwang sie sich, ein paar Bissen zu nehmen. Hoffentlich würden die Jungs denken, dass ihr schmerzender Knöchel die Ursache für ihre Appetitlosigkeit und ihre roten Augen war.

Ihre Gesellschaft war eine nette Ablenkung. Sie hatte nicht vor, noch mehr Tränen an Cullen zu verschwenden. An diesen *Culero*, diesen *Desgraciado*, diesen *Hijo de puta*! Er verdiente sie nicht.

Tut er nicht ...

Steve musterte sie. „Hast du Schmerzen, Kleine?"

Andrea zuckte zusammen. *Benutze nicht Señors Wort!* Sie schaffte ein Lächeln. „Nein, es geht mir gut." Sie streckte die Hand nach ihrem Kaffee aus und nahm einen Schluck.

Weitaus muskulöser als Antonio trug Steve ein T-Shirt und eine Jeans, und er war eindeutig der Dominante in der Beziehung. Sie hatte sich immer gewünscht, dass Antonio jemand Nettes für sich fand. Heute jedoch schmerzte es, die beiden glücklich zu sehen.

Antonio stellte seine Tasse ab und räusperte sich. „Ich bin letzte Woche bei Rosa vorbeigefahren und musste mir von deinem wundervollen Freund vorschwärmen lassen. Hinreißend und so ein Augenschmaus! Jasmine hat das Wort *heiß* benutzt."

Wie ein scharfes Messer schnitten seine Worte durch ihren Gleichmut. Für eine Sekunde hielt sie den Atem an und zwang sich dann zu einem sachlichen Tonfall: „Er ist zu Abuelitas Geburtstagsfeier aufgetaucht. Jedoch ist er nicht mein Freund. Wir sind n-nicht –" Ihre Stimme brach. „– mehr zusammen."

Antonio runzelte die Stirn. „Aber ihr habt euch nach der Sache mit der hinterlistigen Sub doch wieder vertragen, oder?"

„Woher weißt du davon?"

„Was denkst du denn, wer ihm Tante Rosas Adresse verraten hat?"

Ihre Kinnlade klappte herunter. „Ich dachte, er hat seine Verbindungen spielen lassen."

Antonio schnaubte. „Hat er ja irgendwie. Er war so wütend, ich musste befürchten, dass er seine Daumenschrauben rausholt. Und jetzt siehst du so scheiße aus, und es liegt nicht an deinem Knöchel. Was ist passiert?"

„Er wollte ..." Ihre Augen brannten voller unvergossener Tränen. Sie drehte ihr Gesicht zur Seite und blinzelte mehrere Male. *Weichei. Du kannst wegen dem Bastardo nicht losheulen!* „Es gefiel ihm nicht, wie unabhängig ich bin. Er meinte, dass er nicht mit mir zusammensein will, wenn ich ihn nicht um Hilfe bitten kann."

Sanft legte Antonio den Löffel auf den Tisch. „Verdammt."

„Ja, na ja, *me importa un carajo*."

„Schwachsinn. Es ist dir nicht egal."

„Nein, das tut es ich nicht. Ich bin eine gestandene Frau. Warum ist er so besessen davon, dass ich von ihm abhängig werde?" Sie versuchte, sich einzureden, dass sie recht hatte. Stattdessen fand sie nur qualvolle Betrübnis.

Antonio versuchte, sie zu trösten. „So meint er das nicht. Du kannst unabhängig sein und trotzdem ..."

Steve betrachtete sie über den Rand seiner Tasse und senkte sie schließlich, ohne einen Schluck genommen zu haben. „Ist dir klar, dass dein *gemeiner* Freund heute Morgen Antonio angerufen hat? Noch vor Sonnenaufgang wohlbemerkt."

„Was?"

„Oh ja, er hat wahnsinnig besorgt geklungen. Er wollte sicherstellen, dass Antonio ein Auge auf dich hat."

Señor hatte Antonio angerufen, nachdem er sie verlassen hatte? Wärme breitete sich in ihr aus, zog sich wieder zurück, wodurch ihr noch kälter war als zuvor. „Okay."

„Darauf wollte ich aber nicht hinaus." Steve zog die Augenbrauen zusammen und legte eine Hand auf Antonios Schulter. „Cullen meinte, dass du dich schlimm verletzt hast. So schlimm, dass ein Besuch in der Notaufnahme notwendig war. Und dass du niemandem Bescheid gegeben hast. Ist dir klar, wie sehr diese Information Antonio verletzt hat?"

Die verbale Attacke kam unerwartet, so schockierend wie eine Ohrfeige. Ihre Kaffeetasse ruckelte auf dem Tisch, braune Flüssigkeit schwappte über den Rand. Sie blickte zu Antonio und sah die Wahrheit in seinen Augen. Sie hatte ihm wehgetan. Mit ihrer Art. „Aber –"

„Ich weiß, warum du es nicht getan hast, *Chica*, aber ... Wie würdest du dich fühlen, wenn ich im Krankenhaus landen und dich nicht kontaktieren würde?"

Grauenvoll. Wütend. Sehr verletzt. Sie schob den Stuhl zurück, humpelte zum Geländer und packte das Holz. Ihr Sichtfeld füllte sich mit Tränen, als sie zwei junge Jogger beobachtete, die um eine ältere Frau mit einem Terrier an der Leine herumliefen. Eine

Autotür wurde zugeschlagen und eine Frau hastete auf der anderen Straßenseite zu ihrem Hauseingang, in den Armen zwei Einkaufstüten.

Normale Begebenheiten, normale Geräusche. Hinter ihr hörte sie Stille. Stille von ihrem Antonio, da sie ihn verletzt hatte. Genau wie sie Cullen verletzt hatte, denn sie hatte keinen der beiden angerufen. Weil sie alles in ihrem Leben alleine bewältigen wollte.

Ihr Kinn bebte, sie biss sich in die Unterlippe und hoffte, damit die Tränen im Zaum zu halten.

Nach einer Weile zwang sie sich, das Geländer loszulassen, um zum Tisch zurückzugehen. Steves Hand lag noch immer auf Antonios Schulter, mit Sicherheit, damit Antonio nicht zu ihr ging. Er schien genervt.

Sie lächelte. Ein Funken Belustigung erhob sich bei dem Wissen, dass Antonio am liebsten an ihre Seite gesprungen wäre, um sie zu trösten. *So ein guter Freund.*

„Danke", sagte sie zu Steve. „Ich brauchte einen Moment für mich."

Er nickte und ließ die Hand runter. „Dachte ich mir."

Sie lehnte sich vor und umarmte ihren besten Freund. „Es tut mir leid. Das Letzte, was ich möchte, ist, dir wehtun." Aber das hatte sie.

Aufgrund der Erziehungsmethoden ihres Vaters. Er hatte sie mehr verhunzt, als sie bisher gedacht hatte. Er hatte ihre Ansicht auf die Welt geformt. Sie nahm Platz, bemerkte Antonios rote Augen und ihr Herz setzte einen Schlag aus. *Dios, ich habe alles versaut.* Wie konnte sie es wieder richten?

„Ich verspreche, dass ich von nun an mein Bestes geben werde, Antonio." Allerdings hatte sie in der Vergangenheit Señor etwas Ähnliches versprochen. Hatte sie aber ihr Bestes gegeben? Nein. Kein Wunder also, dass er sie in den Wind gejagt hatte. „Das werde ich."

Er nickte. Dann funkelte er Steve wütend an. „Wir beide

werden uns später unterhalten, Amigo."

„Damit habe ich kein Problem."

Andrea dachte für einen Moment, dass sie für einen Streit zwischen den beiden verantwortlich war, doch kurz darauf schob Steve die Hand unter den Tisch und Antonio errötete. Nein, einen Streit hatten sie wohl nicht im Sinn.

Als Steve sich zurücklehnte und seine Kaffeetasse wieder in die Hand nahm, sah sie Antonio grinsen. Anschließend fand er ihren Blick und sagte: „Was hast du nun im Hinblick auf Cullen vor? Du willst ihn noch immer, stimmt's?"

So verzweifelt. „Ja."

Steve fragte: „Vielleicht, wenn du dich bei ihm entschuldigst und –"

„Er meinte, dass ich ihn nicht anrufen soll." Bei der Erinnerung an diese Worte würde sie am liebsten losheulen.

Antonio verzog das Gesicht. „Das ist heftig. Allerdings bist du niemand, der sich vor einer Herausforderung scheut, *Chica.*"

„Das stimmt." Sie starrte auf den Tisch. *Nur weiß ich nicht, ob ich für ihn sein kann, was er braucht. Und will ich das überhaupt sein?*

Die Woche humpelte dahin, so wie sie auch. Während sich ihr Knöchel von Tag zu Tag besser anfühlte, blieb der Schmerz von Master Cullens Zurückweisung und pochte wie eine tiefe Wunde in ihrem Herzen.

Da sie aus dem Verkehr gezogen worden war, mussten nun ihre Mitarbeiter ihre Kunden übernehmen und so blieb ihr viel Zeit zum Nachdenken. Vielleicht war es genau die richtige Menge. Bis Freitagnachmittag war ihre Wut verglüht. Cullen und Antonio lagen nicht vollkommen falsch. Ihr Bedürfnis nach Unabhängigkeit grenzte an Wahnsinn.

Ihre Mutter war ein geselliger Mensch gewesen, wohingegen ihr Vater der typische Einzelgänger war und es bevorzugte, Dinge allein in die Hand zu nehmen. Und nach seinem Militärdienst war er noch einsiedlerischer geworden. Er verabscheute es, nach Hilfe zu fragen, und sie hatte diese Gefühle absorbiert und zu ihren eigenen gemacht.

Wieso war ihr das bisher nie aufgefallen?

Sie schnaubte. *Weil bisher niemand versucht hat, mein Herz herauszureißen.*

Hin und wieder brauchte jeder Hilfe, und das ließ einen weder schwach noch wertlos aussehen.

Die andere Sache war, dass sie sich wundervoll gefühlt hatte, wenn ihr Vater mal nach Hilfe gefragt hatte und sie dieses Bedürfnis erfüllen konnte. In jeder Beziehung sollten beide Partner in den Genuss dieses Gefühls kommen. Cullen hatte sie dieses Vergnügen immer und immer wieder verweigert.

Da sie nun wusste, was sie falsch gemacht hatte, würde sie alles tun, um sich mit ihm zu vertragen.

Wenn er das erlaubte. *Ruf mich nicht an*, hatte er gesagt. *Okay, dann werde ich ihn nicht anrufen.*

Sie gab Nummern auf ihrem Handy ein und wartete, ihre Unterlippe zwischen ihren Zähnen gefangen. Würde eine Sekretärin rangehen? Wäre sie in der Lage, einer fremden Person zu erzählen, dass –

„Shadowlands." Master Zs Stimme. Oh, *Madre de Dios*, eine Sekretärin wäre ihr lieber gewesen.

„Hallo. Hi, ähm. Ich –" Erinnerte er sich an sie? Vielleicht hatten sie ihren Platz im Programm bereits mit einer neuen Auszubildenden besetzt. Wäre das der Fall, würde der Türsteher sie nicht in den Club lassen, nicht mal, um Cullen zu sehen.

Ich will zurückkommen. Sie bekam kein Wort heraus. Sie schaffte es nur, sich im Geiste für ihre Feigheit zu verfluchen.

„Andrea, bist du es?"

„Ja."

„Kommst du zu uns zurück, Süße?"

Oh, er machte es ihr so einfach, seine Stimme so unfassbar sanft. „Das würde ich gerne, ja."

„Das freut mich. Heute Abend?"

Bei der Vorfreude, ihren Señor schon bald wiederzusehen, zitterte ihre Hand. „Oh, ja!"

„Ausgezeichnet. Heute Abend findet eine Versteigerung statt. Die Auszubildenden sollen die anderen Mitglieder inspirieren. Trage lediglich Netzstrümpfe, Strapse und sexy Schuhe. Im Obergeschoss habe ich ein Set, falls du Interesse hast."

Versteigerung? Was für eine Art Versteigerung? Natürlich war die Frage überflüssig, denn sie wusste genau, wer versteigert werden sollte. Erregung breitete sich in ihr aus. Würde Master Cullen auf sie bieten? Was, wenn er das nicht tat? „Ah ... ähm. Ja, Sir."

Sie hörte die Belustigung in seiner Stimme, als er sagte: „Ich freue mich darauf, dich zu sehen, Süße."

Am selben Abend legte Andrea ihr langes Strickkleid in den Spind. Nachdem sie von Heather und Sally quietschend in Empfang genommen, ihr Dara die Schulter gedrückt hatte und sie von allen über Vanessa aufgeklärt worden war, wechselte das Thema zur Auktion.

„Die Letzte fand vor einem Jahr statt." Vor dem Ganzkörperspiegel stemmte Sally die Hände in die Hüften. „Ob ich Master Marcus davon überzeugen kann, für mich zu bieten?"

„Was bietest du im Gegenzug an?", fragte Dara.

„Noch bin ich mir nicht sicher."

„Was meint ihr damit?" Andrea kämmte mit den Fingern durch ihre Locken und begutachtete ihr Make-up. Heute hatte sie sich nicht lumpen lassen, hatte sich mehr Mühe gegeben. Einfach so. *Lügnerin.* „Was soll sie denn anbieten?"

„Komm, junger Skywalker, ich werde es dir erklären." Sally hakte sich bei ihrem Arm ein. „Erstens, heute Abend wird es keine Inspektion geben. Auch müssen wir niemandem Getränke servieren. Allerdings sollten wir uns schnell unsere Karten holen."

„Karten?"

„Auf ihnen ist erkennbar, was wir bereit sind, zu versteigern." Beim Verlassen der Umkleide lächelte sie Ben im Eingangsbereich an.

Der Türsteher ließ den Blick über sie schweifen, grinste und hob beide Daumen hoch. Dann drehte er sich weg, um Mitglieder zu empfangen. Indessen gingen Andrea und Sally in den Hauptraum mit der Bar.

Andrea stoppte nah am Eingang. Sofort nahm sie den gewohnten Geruch nach Leder wahr. Auch nach Chemikalien der Reinigungsfirma roch es. In einer Stunde würde es nach Schweiß, Parfüm und Sex duften. Das Licht der Wandleuchter flackerte auf dem glühenden Messing und dem polierten Holz, während der harsche Elektrobeat von Virtual Embrace ihr Trommelfell in Mitleidenschaft zog. *Dios*, sie liebte diesen Ort.

Was würde Master Cullen tun, wenn er sie sah? *Ruf mich nicht an.* Sie schaffte es nicht, seine Worte aus dem Kopf zu bekommen. Den halben Raum hatte sie durchquert, bevor sie es wagte, einen Blick zur Bar zu werfen. Sie erstarrte.

Señor stand ausdruckslos vor dem Tresen, seine Arme vor seiner breiten Brust verschränkt.

Letzte Woche noch hatte sie dieses Gesicht berührt, hatte mit den Fingern über seinen markanten Kiefer gestrichen, und er hatte gelächelt. Sein typisches Master Cullen-Lächeln. Nur für sie. Was, wenn sie nie wieder in den Genuss davon käme? Irgendwie musste sie ihn überzeugen, ihr noch eine Chance zu geben.

Überraschenderweise schaffte sie es, sich wieder in Bewegung zu setzen und zu ihm zu gehen. Beeindruckend, wenn man bedachte, dass sie ihre Beine nicht fühlen konnte. „Ich ..."

Seine Augenbrauen hoben sich.

„I-Ich bin hier. Ich will es ... Ich will es versuchen. Ich will es nochmal versuchen." Sie schluckte an dem Kloß in ihrem Hals vorbei.

Sein Ausdruck blieb unnahbar, und sie erkannte Zurückhaltung in seinen Augen. Er glaubte ihr nicht. Weil sie genau das Gleiche schon einmal zu ihm gesagt hatte. Wie sollte sie ihm beweisen, dass sie sich geändert hatte, wenn er ihr nicht die Chance dazu gab?

Er legte den Kopf auf die Seite. „Geh zu den anderen, Auszubildende."

Tiefe Enttäuschung folgte. Hatte sie etwa erwartet, dass er sie packen und küssen würde? „Ja, Señor", flüsterte sie.

Trotz allem erhob sich die Hoffnung in ihr und schob die Trostlosigkeit aus dem Weg. Er hatte sie nicht rausgeschmissen. Sie war noch immer eine Auszubildende.

Ich will keine Auszubildende sein. Ich will mehr.

Bevor sie etwas Dummes tun konnte, packte Sally ihren Arm und zerrte sie mit sich. „Meine Güte, hast du ihn jetzt lange genug angestarrt? Du wirst noch Schwierigkeiten bekommen, wenn du so weitermachst." Auf der anderen Seite, gegenüber dem Eingang, waren die Separees aufgelöst worden und bildeten nun einen großen Bereich, der mit Pflanzen vom Rest des Raumes abgegrenzt wurde. „Willkommen im Quartier der Subs."

Nur Kari und Jessica waren hier. Gekleidet in normaler Fetischkleidung schienen sie nicht an der Auktion teilnehmen zu wollen.

Als Jessica Andrea erblickte, sprang sie auf die Füße. „Andrea! Du bist hier!"

Überschwänglich wurde sie von beiden mit einer Umarmung begrüßt. Andrea musste Tränen der Freude zurückdrängen.

Jessica lächelte und rieb tröstend über ihren Oberarm. „Okay,

Schluss mit dem emotionalen Zeug. Sagt mir lieber, was genau ihr anbieten wollt, bevor sich der Club füllt."

Andrea atmete zittrig ein. „Würde mir bitte jemand erklären, was genau ich heute zu erwarten habe?"

„Ich bin auch noch nicht Zeuge einer Auktion gewesen. Master Z meint aber, dass du deine Zeit und deine Bereitschaft zur Verhandlung einer Session im Club versteigerst." Jessica zeigte ihr eine schwere Karte, die ungefähr zehn mal zehn Zentimeter groß war. „Ich werde aufschreiben, für was ihr mit der Person, die euch ersteigert, bereit wärt zu tun. Die Möglichkeiten sind endlos: Getränke servieren, eine Massage, Flogging, Blowjobs und auch Sex."

„*Madre de Dios.*"

Kari lachte. „Das war auch mein Gedanke. Ich denke, es könnte Spaß machen. Aber nur, wenn Master Dan mich kaufen würde."

„Richtig, das solltest du nicht vergessen. Der Dom, der dich ersteigert, könnte jemand sein, den du nicht besonders magst. Überlege also genau, was du auf die Karte schreibst, da du willig sein musst, es jedem Dom anzubieten." Sie schob ihre Haare über ihre Schulter. „Natürlich werdet ihr euch vor der Session unterhalten und wir befinden uns in einem Club, in den nicht jeder dahergelaufene Kerl eintreten darf. Master Z überprüft alle Anwärter gründlich."

Andrea nickte.

„Der Gedanke, dass dich einfach jeder kaufen kann ..." Sally kicherte. „Was für ein Adrenalinrausch!"

„Du bist so eine Göre", sagte Jessica. „Was soll ich auf deine Karte schreiben?"

„Lass uns ein Zeitlimit von zwei Stunden setzen. Sex – vaginal und auch anal. Flogger oder Rohrstock sind in Ordnung, aber nur mäßiger Schmerz bitte." Sally tippte sich nachdenklich gegen das Kinn und fügte hinzu: „Zwei Doms gleichzeitig sind akzeptabel. Oder ein Dom mit seiner Sub."

Andrea sah sie schockiert an.

Sally grinste. „Hey, es macht Spaß, eine Frau zur Session dazu-zuholen. Und zwei Männer gleichzeitig machen mich so heiß."

Jesús, María y José! Andrea presste eine Hand auf ihren Bauch, in dem ein Boot mit verwirrenden Empfindungen angelegt hatte. Eventuell sollte sie sich zurückziehen, solange sie das noch konnte. Dass sie jemand anderes als ihr Señor berühren könnte, machte sie krank.

Wenn sie aber jetzt verschwand, würde sie aus dem Programm geworfen werden. So würde sie ihn nie wiedersehen. Blieb sie, dann könnte sie ihm vielleicht beweisen, dass sie sich wirklich geändert hatte.

Dafür musste sie einen anderen Dom für eine Session akzep-tieren. Entschlossen presste sie die Lippen zusammen und drückte die Schultern durch. Okay, es wäre schließlich nicht das erste Mal.

„Andrea?" Jessica hielt eine Karte hoch. „Was soll ich auf deine schreiben?"

„Wenig Schmerz. Flogger, Rohrstock oder auch ein Spanking gehen in Ordnung." Sie biss sich auf die Lippe und starrte auf das grüne Band an ihrer Lederfessel. *Und Sex?*

Widerwillig fügte Jessica hinzu: „Ich soll euch – den Auszubil-denden – von Master Z noch ausrichten, dass er sich darauf verlässt, dass ihr diese Veranstaltung zu einem Erfolg machen werdet. Der Großteil des Geldes, das die Doms einzahlen, um an die unechten Dollarnoten für die Versteigerung zu kommen, geht an Zs liebste Spendenorganisation für Kinder."

„Okay. Dann nehmen wir noch einen Blowjob dazu." Sie sah einen Blowjob nicht als besonders intim an.

Jessica notierte dies und hob den Kopf, der Stift erwartungs-voll über der Karte verharrend.

Andrea schüttelte den Kopf. „Mehr geht nicht." Vielleicht sollte sie gehen. Sie trat einen Schritt zurück.

Kari legte einen Arm um ihre Taille. „Das reicht vollkommen. Du musst nicht mehr anbieten."

Andrea nickte, während Jessica ein gelbes Band durch das Loch in der Karte fädelte. Anschließend legte sie es Andrea um den Hals und die Karte baumelte zwischen ihren nackten Brüsten.

KAPITEL ZWANZIG

Sie war hier. Seine kleine Sub – nein, nicht seine. Nach Kontrolle ringend arbeitete sich Cullen durch die Bestellungen, gab Drinks und Wasser weiter, Cola und Eistee. Indessen versuchte er, in Erinnerung zu behalten, wer bereits seinen zweiten Drink hatte, da mehr nicht erlaubt waren. Heute jedoch war das erste Mal, dass sein Gehirn nicht mitmachte. Was ihm nicht aus dem Kopf gehen wollte, war Andreas Gesichtsausdruck, die Freude darüber, ihn zu sehen, ihre rauchige Stimme. Und dann der Schmerz, als er ihr nicht geantwortet hatte.

Der Schmerz war es, der seine Entschlossenheit unter Beweis stellte.

Sie war hier. Im Shadowlands. Das befriedigte ihn ungemein, doch er zwang sich, diese Emotion niederzuringen. *Verdammt*, es war nicht das erste Mal, dass sie ihm versprach, sich ernsthaft Mühe zu geben. Und hatte sie sich Mühe gegeben? Nein.

Er rieb sich mit der Hand übers Gesicht. In den letzten Tagen war er mit dem Gefühl herumgelaufen, ein Bein oder einen Arm verloren zu haben. Nun verstand er besser, wie sich Andreas Vater gefühlt haben musste. Seine Albträume waren schlimmer geworden. Ihr Unfall hatte Erinnerungen an die Oberfläche geholt.

Jetzt träumte er nicht nur vom Tod seiner Mutter, sondern auch von Andreas.

Jede Nacht wachte er auf und streckte die Arme suchend nach seiner kleinen Sub aus. Niemals war seine Suche von Erfolg gekrönt. Oft hatte er kurz davor gestanden, sie anzurufen, nur um sicherzugehen, dass sie noch lebte. *Du hast nicht alle Tassen im Schrank, Junge.*

Aber sie war ins Shadowlands gekommen; sie wollte es nochmal versuchen. Sollte er nachgeben? Oder würden sie so nur in einen brutalen Kreislauf geraten? Er bezweifelte, dass er sie erneut verlassen könnte. *Fuck*, das erste Mal war hart genug gewesen.

Was sollte er tun?

Sie ersteigern? Mit den Kursen, die er gegeben hatte und den Spenden an die Kinderhilfe hatte er sich eine Menge Domdollar verdient.

Wenn es doch nur einen Weg gäbe, um herauszufinden, ob sie es wirklich ernst meinte. *Ich will es versuchen.* Würde sie das? Mit zusammengezogenen Augenbrauen sah er zu dem Bereich, den die Subs für sich gesichert hatten, nun mit Doms umgeben, die bei der Auktion mitbieten wollten. Sie lasen die Karten und unterhielten sich dann mit der Sub, um zu erfahren, was er von einer Session zu erwarten hatte. Jedes Mal, wenn ein Dom Andreas Karte in die Hand nahm und *bewusst* unbewusst ihre nackten Brüste berührte, spannte Cullen den Kiefer an.

Nicht weit entfernt von ihm entdeckte er Jessica und sie bebte von dem Bedürfnis, mit ihm zu reden.

Nachdem er ihr einen Margarita gegeben hatte, zog er fragend eine Augenbraue hoch.

„Sie hat sich für Blowjobs und sanftes Flogging entschieden." Jessica grinste. „Sogar, als ich ihr erzählt habe, wie sehr Z sich wünscht, dass die Azubis ihren Aufgaben nachkommen, konnte sie nichts der Karte hinzufügen. Dann meinte sie, dass sie nicht mehr an diesen Ort gehörte."

„Was?"

„Keine Panik. Kari hat sie davon überzeugt, den Abend zu bleiben. Glücklich sieht jedoch anders aus." Jessica runzelte die Stirn. „Ich mag sie sehr. Du solltest besser nett zu ihr sein, sonst muss ich dich hauen."

Zs Sub hatte eine Menge Freiheiten, aber im Club einem Dom zu drohen, auch als Scherz, war nicht erlaubt. Und sie hatte nicht gescherzt. Cullen lehnte den Unterarm auf die Theke und sah auf die winzige Blondine herunter. „Jessica, deine Manieren lassen mal wieder zu wünschen übrig."

Jessica erstarrte, als hätte jemand Eiszapfen an ihre Wirbelsäule angebracht.

Er bemerkte, dass Z gleich in der Nähe war. Z nickte.

Cullen reichte über die Bar, packte eine quietschende Jessica an den Oberarmen und zog sie auf die Theke.

Dann klappte er ihren Rock hoch und gab ihr einen harten Klaps auf den Arsch. Der Laut hallte durch den gesamten Raum. Eine Sekunde später stand sie wieder auf ihren Füßen.

„W-Was bildest du d-dir −"

„Master Cullen." Zs geschmeidige Stimme unterbrach ihr Stottern. „Wenn meine Sub dir noch mehr Ärger machen sollte, hast du hiermit meine Erlaubnis, sie als Deko für deine Bar zu behalten." Z streichelte über ihre rote Wange, bevor er Cullens Blick fand. „Gerne kannst du sie vor ihrer Bestrafung ausziehen."

Dann verschwand er.

Cullen verschränkte die Arme vor der Brust.

„Scheiße, scheiße, scheiße!", murmelte Jessica, bevor sie die Augen zu ihm hob. „Es tut mir leid."

Sie war wirklich bezaubernd, wenn sie ihre unterwürfige Seite herausließ. Er konnte ihr jedoch ansehen, dass sie ihre Entschuldigung nicht ernst meinte. Noch nicht.

Sie starrte ihn an und schon geschah es: Tränen sammelten sich in ihren Augen. „Es tut mir aufrichtig leid, Master Cullen."

Schon besser. „Dir sei vergeben, Süße."

Er reichte ihr den Drink. „Danke, dass du mir mit Andrea hilfst."

Ein Lächeln so hell wie die Sonne erschien auf ihrem Gesicht.

Sie nahm zwei Schritte zurück, außerhalb seiner Reichweite, und sagte: „Das arme Mädchen hat keine Ahnung, was für einen fiesen Dom sie bekommt."

Als Jessica davoneilte, entließ Cullen ein Lachen. *Fies?* Verglichen mit anderen Doms war er die Lieblichkeit in Person. Wenn Jessica es einmal wagen würde, vor einem Sadisten ihr Mundwerk zu testen, würde dieser ihr zeigen, wo die Peitsche hing und sie ... Er verengte die Augen, sein Mundwinkel zuckte. *Das wäre eine Idee.*

Nachdem sich der Großteil der Mitglieder im Club eingefunden hatte, übergab Cullen die Bar an Raoul und ging zu Karl und Edward. Danach mischte er sich unter die Menge und sprach mit jedem einzelnen Dom, der bei der Auktion bieten wollte. Falls er jemanden vergessen haben sollte, würde er hoffentlich durch Mundpropaganda davon hören.

Anschließend nahm er sich die Zeit, um mit Z die Zukunft des Auszubildendenprogramms zu besprechen.

Neun Uhr dreißig trieben Jessica, Kari und Beth die freiwilligen Subs zu der Bühne, die Z für besondere Veranstaltungen herausholte. Die Mitglieder fanden sich ein, zogen Sofas näher an die Bühne und positionierten alle Sitzmöglichkeiten in einem Halbkreis.

Z betrat die Plattform. „Herzlich willkommen zu unserer jährlichen Spendenauktion. Wie immer haben wir eine feine Auswahl an Auszubildenden zu bieten, die ihre Zeit bereitstellen werden." Er wies auf die Subs, die sich am Fuße der Treppe in einer Reihe aufgestellt hatten. „Applaus bitte für ihre Großzügigkeit."

Nachdem das Klatschen und Jubeln zu einem Ende fand, fuhr Z fort: „Nicht vergessen, dass euer Gewinn euch nur das Recht gibt, mit der Sub über die Punkte auf ihrer Karte zu verhandeln. Und bevor ihr irgendetwas mit euren gewonnenen Subs macht, gebt ihr eure Domdollar meiner Sub." Er zeigte auf Jessica, die links von der Bühne an einem kleinen Tisch Platz genommen hatte.

Da Cullen es verabscheute, zu lange im Sitzen zu verbringen, stand er abseits gegen die Wand gelehnt. *Eine abwechslungsreiche Auswahl an Subs dieses Jahr.* Die Brüste einer kurvigen Frau wollten ihrem Bustier entkommen. Sie wäre beliebt, das wusste er. Eine andere wies eine winzige Taille auf. Einige der Frauen waren so klein, dass Cullen befürchten musste, in einem unbesonnenen Moment aus Versehen auf sie zu treten.

Dann fiel sein Blick auf Andrea. Kurvig und die perfekte Größe für ihn. Ihm lief das Wasser im Mund zusammen. Er wollte sie über seine Schulter werfen und ein Eckchen finden, um ihren bezaubernden Körper zu genießen, um ihre vollen Brüste zu umfassen und ihre altrosa Nippel zu betören. Ihre Netzstrümpfe und ihre neonpinken Strapse rahmten ihre Pussy ein. Ihre hinreißende nackte Pussy.

Er sah, wie die kleine Amazone den Blick über die Menge schweifen ließ. Sie rieb die Handflächen über ihre Oberschenkel, verlagerte ihr Gewicht ständig von einem Fuß auf den anderen. Sie war nervöser als an ihrem ersten Tag im Shadowlands. Unglücklicherweise würde es für sie noch ein wenig schlimmer werden. Der Plan stand fest.

Gewissensbisse gesellten sich zu der Sorge hinzu. Doch sie brauchte eine Chance, sich selbst zu beweisen. Das bedeutete, dass weder sie noch er diese Auktion genießen würden. Seufzend bereitete er sich auf eine Show vor, auf die er sich sonst jedes Jahr freute.

Eine schüchterne Sub mit einem süßen Lächeln machte den Anfang, bot sich für ein leichtes Flogging mit einem Dom an. Cullen wusste, dass sie noch recht neu im Club war.

Eine Auktion im Shadowlands verfolgte zwei Ziele: Lokale Wohltätigkeitsorganisationen profitierten, da die Doms sich Domdollar verdienen konnten, indem sie ihr Geld spendeten oder

Zeit für die Organisationen aufwendeten, etwa bei ehrenamtlichen Tätigkeiten.

Wichtiger war, dass die Auktion für die ruhigeren oder neuen Mitglieder eine Möglichkeit darstellte, Anschluss zu finden. Die Doms, die mitbieten wollten, hatten sich im Vorfeld mit jeder einzelnen Sub unterhalten. Im Gegenzug hatten die Subs die Chance erhalten, potenzielle Doms zu evaluieren. Wenn sich ein Dom dann eine Sub ersteigerte, wurde erneut ein Gespräch über eine vorstellbare Session geführt. Falls er sie nicht für sich gewann, konnten die zwei dennoch zu einem späteren Zeitpunkt miteinander spielen.

„Ich eröffne das Angebot mit fünfzig Domdollar. Bietet jemand einen Fünfziger für diese hübsche Sub?" Z sah sich um. „Ah, Aaron, sehr gut. Wer bietet mehr?"

Damit war die Auktion im vollen Gange. Bei den nächsten zwei Subs hielt sich Z mit seinen Sprüchen zurück, bis sich die Menge und die Frauen etwas an die Situation gewöhnt hatten. Sally war als drittes dran – in einer Reihe von Subs, die Z jedes Jahr nach seiner eigenen Logik sortierte. Sally grinste, als sie die Stufen zur Bühne hochging.

„Hier haben wir Sally. Sie gehört zu unseren Auszubildenden und sie bietet an –" Zs Augenbrauen schossen bei ihrer Karte nach oben. „Süße, vielleicht hättest du einfach aufschreiben sollen, zu was du nicht bereit bist."

Die Anwesenden brachen in Gelächter aus, als Z jeden einzelnen Punkt auf ihrer Karte vorlas. Danach folgte eine hartumkämpfte Versteigerung. Als die Begeisterung nachließ, zog Z sanft an einer ihrer Strähnen. „Sally, ich denke, die Doms würden gerne deinen hübschen Arsch sehen, den sie schon bald mit dem Rohrstock bearbeiten dürfen. Dreh dich um und beug dich vor."

Lachend folgte Sally der Anweisung. Z rieb über ihren Hintern und Cullen konnte regelrecht mit ansehen, wie sich die Männer in der Menge sabbernd nach vorne lehnten.

Dann teilte Z einen Klaps auf Sallys Hintern aus, hart genug, sodass sich ihre helle Haut rosa färbte. „Wir sind bei siebenhundertzwanzig Dollar. Wer bietet mehr, um sich das Privileg zu verdienen, diesen hinreißenden Arsch auszupeitschen und zu ficken?"

Hundert Domdollar kamen hinzu.

Bis Andrea die Bühne betrat, waren ein Drittel der Subs bereits versteigert. Die Menge nahm ab, als die Doms ihre gewonnenen Preise zu einem privaten Eckchen führten. Mit einem flauen Gefühl im Magen ging sie die Treppe hoch und hoffte, dass niemand sah, wie sehr ihre Beine zitterten. Oben angekommen blickte sie über die Anwesenden, mied die linke Seite, wo sie Master Cullen bereits erspäht hatte. Wenn sie den kalten Ausdruck in seinen Augen erneut sehen müsste, würde sie wahrscheinlich in Tränen ausbrechen.

Z lächelte sie an, griff nach der Karte zwischen ihren Brüsten und las laut vor: „Andrea versteigert leichtes Flogging, ein Spanking und einen Blowjob. Nur ein Dom. Angebotene Zeit: Von jetzt an und bis der Club für heute schließt."

Was? Andreas Kinnlade klappte herunter. *Nein! Auf keinen Fall!* Sie hatte doch überhaupt keine Zeitspanne angegeben! Warum würde Jessica so etwas schreiben? Eine Stunde. Eine Stunde wäre akzeptabel. Das reichte vollkommen aus. Sie drehte sich zu Master Z. „Mast –"

„Habe ich dir die Erlaubnis zum Sprechen gegeben, Auszubildende?"

Sie schüttelte den Kopf. *Aber, aber, aber ...*

Ein großer Dom mit kurz geschorenen blonden Haaren eröffnete das Gebot.

Andrea nahm einen Schritt zurück. *Oh Dios, nicht er.* Vor der Versteigerung hatte er ihre Karte gelesen und gelacht. „Eine Auszubildende, die nur sanftes Flogging will?" Er hatte ihr in die

Wange gezwickt, hart genug, dass ihr die Tränen gekommen waren. „Ich werde mich bemühen, *sanft* mit dir umzugehen."

Bitte, bitte, jemand anderes muss bieten. Eine leise Stimme rief: „Fünfzig."

Oh, danke! Andrea sah zu dem Interessenten und ihr Sichtfeld verschwamm vor Entsetzen. *Nicht er! Bitte nicht er!*

Mit seiner leisen Stimme, groß und dünn, wirkte er wie ein typischer Buchhalter. Jede Woche hatte sie ihn mit einer anderen Sub gesehen und allen hatte er mit seiner Peitsche rote Abdrücke auf Po und Oberschenkeln verpasst.

Der erste Dom knurrte und erhöhte den Einsatz. Runde um Runde warfen sie sich neue Gebote zu. Sie sollte sich freuen, dass sie für die Wohltätigkeitsorganisation Geld einbrachte, aber ... *Madre de Dios*, was für einen Preis müsste sie dafür bezahlen!

Ein dritter Dom klinkte sich ein – ein berüchtigter Sadist.

Was war hier los? Hatte sie auf ihrer Stirn VERLETZE MICH stehen? Der neue Dom fragte sich laut, ob er mit einem Auspeitschen beginnen sollte, oder ob es besser wäre, erst einen Blowjob zu verlangen. Jemand antwortete, dass ein Blowjob nach einem Flogging keine gute Idee war, da die Sub vom Weinen eine verstopfte Nase hätte. In dem Punkt waren sie sich alle einig.

Wer auch immer sie gewann, würde sie den ganzen Abend haben. Safeword, sie würde es ja benutzen können.

Warum beruhigte sie das kein bisschen? Konnte sie jetzt noch verschwinden? Sie ballte die Fäuste und schloss die Augen. Konnte nicht ein anderer Dom auf sie bieten? Sie mied es weiterhin, Señor anzuschauen. Er würde es nicht tun. Jemand musste also das Wort erheben. *Bitte!*

Dummerweise hatten die drei für einen Betrag in Sallys Höhe gesorgt. Ihre Knie bebten. *Lauf weg, Estúpida. Geh heim.* Wenn sie das täte, würde sie ihren Señor für immer verlieren.

Ein weiterer Dom bot mit. Jung, mexikanische Herkunft. Erleichtert schloss Andrea die Augen. Vielleicht ... Nein, der große Blonde warf mit der nächsten Zahl um sich und als sie sich nach dem jungen Dom umsah, war er in ein Gespräch mit Master Nolan vertieft.

Ihr Blick schweifte über die Menge. Angezogen wurde sie von der Stelle, an der Cullen eben noch gestanden hatte. Doch er war verschwunden. Sofort fühlte sie sich im Stich gelassen. Ein Gefühl, als hätte ihr jemand in den Bauch geschlagen. Er war nicht mal geblieben, um zu sehen, wer sie gewann. War es möglich, dass er sie nicht mehr wollte? Nicht mal ein bisschen?

Der Dom mit der sanften Stimme hob den Preis um weitere zehn Dollar an und rieb mit den Fingern über die Peitsche, die er an seinem Gürtel hängen hatte. Sie verzog das Gesicht und riss den Blick von ihm weg. Dann sah sie ihn: Master Cullen saß in der ersten Reihe. Unbändige Freude jagte durch ihren Leib, als sie zu ihm blickte.

Seine langen Beine hatte er vor sich ausgestreckt, die Arme verschränkt, sein Kiefer war angespannt. Seine jadefarbenen Augen fanden die ihren.

Kauf mich, kauf mich, kauf mich! Sie teilte die Lippen, um ihn zu bitten, sie zu ersteigern, doch es kam nichts heraus. Was, wenn er *Nein* sagte? Wenn er sich weigerte?

Bei dem Gedanken verlor sie all ihren Mut.

Oh Dios, hatte sie Angst, ihn zu fragen? Die Erkenntnis traf sie so unerwartet, dass sie einen Schritt nach hinten schwankte. Sie hatte sich für so schlau gehalten, und nun musste sie erkennen, dass ihr Bedürfnis, auf eigenen Beinen zu stehen, nur ein Teil des Problems war. Hinzukam: Sie hatte panische Angst, dass die Person, die sie um Hilfe bat, sie enttäuschen würde.

Wie es ihr Vater sooft getan hatte.

Sie ballte die Hände zu Fäusten, als sie von Erinnerungen heimgesucht wurde. Eine Enttäuschung folgte auf die nächste. „Ich werde zu deinem Theaterstück kommen ... zu deiner Konfirmation ... zum Elterntag ..." Am Ende hatte sie sich nicht länger die Mühe gemacht, um sich die schmerzende Enttäuschung zu ersparen.

Und nun fehlten ihr wegen ihres Vaters die Eier, jemanden um Hilfe zu bitten. Insbesondere bei Master Cullen fiel ihr dies schwer. Wenn er sie enttäuschte, würde es so verdammt wehtun. Es wäre viel schmerzhafter als alles, was ein Sadist für sie in petto hätte.

Ihr Señor jedoch, in dem Punkt war sie sich sicher, würde nicht *Nein* sagen. Mit dieser Überzeugung kam einher die Erinnerung an seine Wut, weil sie ihn nach ihrem kleinen Unfall nicht angerufen hatte. Mehr hatte er sich nicht von ihr gewünscht. Nur, dass er sich in einem Notfall um sie kümmern durfte.

Cullens grüne Augen trafen auf ihre. Beständig. Ausgeglichen. Kontrolliert. Ihr Vater hatte über körperliche Courage verfügt, aber emotionalen Waldbränden konnte er nicht standhalten. Von allen hatte er sich zurückgezogen. Master Cullen würde niemals nach der Flasche greifen, um dem Leben zu entfliehen. Und sie hatte noch nie miterlebt, wie er jemandem in seinem Umfeld enttäuscht hatte. Weder seine Freunde oder seine Auszubildenden. Und schon gar nicht seine Familie.

Er würde sie nicht enttäuschen. Sie musste nur den Mund aufmachen und fragen.

Sein Blick lag noch immer auf ihrem Gesicht.

Durch das Rauschen in ihren Ohren konnte sie ihre eigene Stimme nicht hören, als sie die Worte an dem Kloß in ihrem Hals vorbei presste: „Master, bitte kaufe mich." *Geschafft. Dios, geschafft!*

Befriedigung und Stolz füllten seine Augen. „Mein mutiges Mädchen", sagte er zu ihr, seine Stimme belegt. So gebrochen, wie sie es noch nie von ihm gehört hatte. Dann brüllte er: „Eintausend Dollar für meine tapfere Sub!"

Vor Erleichterung wäre sie beinahe auf ihre Knie gefallen.

Z gluckste amüsiert. „Zum ersten, zum zweiten ... verkauft an Master Cullen. *Endlich.*" Mit der Hand an ihrem Ellbogen half er ihr über die Stufen die Bühne runter.

Dort stand sie dann, klammerte sich an die Plattform, während sie die Empfindung zu überwinden versuchte, dass der

Boden unter ihr schwankte. Ihre Atemzüge beschleunigten sich, als die Angst ihre Krallen zeigte. Sie hatte ihn um Hilfe gebeten und er war herbeigeeilt. *Nicht weinen, nicht weinen, nicht weinen.*

Plötzlich wurde sie von zwei Händen auf ihren Schultern herumgedreht. Und dann lag sie in Master Cullens Armen. Ihre Beine knickten ein – sogleich festigte sich sein Griff um sie. Enger und enger zog er sie gegen seinen warmen Körper.

In seinen starken Armen, umgeben von seinem Duft nach Leder und Mann fühlte sie sich so geborgen, dass sie ihre Emotionen nicht länger hinter dem Damm halten konnte. Ein Schluchzer brach aus ihr heraus. Und schon weinte sie. Schreckliche, unattraktive Laute lösten sich aus ihrer Kehle.

„Du bist jetzt in Sicherheit", flüsterte er ihr ins Ohr. „Meine arme Kleine."

Sie weinte, bis sie keine Tränen mehr in sich hatte. Seine Brust war ganz nass von ihrem Ausbruch. An seiner Haut hauchte sie: „Danke."

Seine Arme legten sich enger um sie und obwohl ihre Knochen schmerzten, hatte sie das Gefühl, dass er ihr etwas von seiner Stärke abgab. Als er sie schließlich losließ, war sie fähig, wieder auf ihren eigenen Beinen zu stehen.

Mit einem Finger unter ihrem Kinn hob er ihren Blick zu seinem. „Dann lass mich mal den Schaden betrachten", murmelte er.

Dios, sie musste furchtbar aussehen. Er gab ihr ein Taschentuch. „Nase schnäuzen."

Das tat sie und warf das benutzte Taschentuch dann in den Mülleimer gleich neben der Bühne. Er holte ein weiteres heraus, um ihr Gesicht abzutupfen. Auch unter ihren Augen rieb er entlang. Wahrscheinlich sah sie aus wie ein Waschbär! Ein Mann, der wusste, wie er das Make-up einer Sub auszubessern hatte?

Die Lachfalten neben seinen Augen waren zurück. „Ich bin schon sehr lange ein Dom, Kleine." Er drehte ihr Gesicht von einer Seite zur anderen und grunzte befriedigt. „Besser."

Mit zittrigen Fingern streckte sie die Hand nach einem dritten Taschentuch aus. Als sie ihre Tränen von seiner Brust wischte, über seine Brusthaare rieb, kam ihr der Gedanke, dass seine Schulter schon immer wie für sie gemacht schien. Perfekt zum Anlehnen. Die triviale Aufgabe gab ihr Zeit, um sich zu fassen, ihren Verstand zu beschäftigen, und all ihre Zweifel im Wind zu verstreuen.

Nachdem sie fertig war, hob sie langsam den Kopf, ließ den Blick über seinen sehnigen Hals, seinen Kiefer, die ernsten Lippen schweifen, denen es an einem Lächeln mangelte. Sie zeichnete die kleinen Lachfältchen neben seinem Mundwinkel nach. Seine Wangenknochen traten prominenter hervor. Hatte er Gewicht verloren? Grüne Augen, dunkler als ein Wald in der Abenddämmerung, waren einzig und allein auf sie fokussiert. Der Blick eines Doms.

Gefangen in seiner Dominanz erstarrte sie. Ihr Herz raste los. Er lehnte sich vor, ein Arm zu jeder Seite von ihr, die Hände abgestützt auf der Bühne, hatte er sie vollkommen in seiner Gewalt. „Bist du bereit zum Reden?"

„Ja, Señor." Sie senkte die Augen auf seine Brust.

Er zwang sie erneut, ihn anzusehen, musterte ihr Gesicht aufmerksam. „Hattest du Zweifel, ob ich dich ersteigere?"

„Nein." Sie überlegte kurz und fügte hinzu: „Nein, Señor. Nicht, nachdem ich es endlich geschafft habe, dich um Hilfe zu bitten. Du −" Sie schluckte schwer. „Du magst mich zu sehr, um mich auf diese Weise zu enttäuschen."

„Na bitte", flüsterte er. Mit den Fingerknöcheln strich er liebevoll über ihre Wange. „Ich bin sehr stolz auf dich, Liebes. Ich weiß, dass dir das nicht leicht gefallen ist."

Er hatte sich nicht bewegt und trotzdem hatte sie das Gefühl, dass er sie umarmte. Jedoch war es nicht die Art von Umarmung, die sich gut anfühlte. Nein, es kam eher dem Gefühl gleich, einen Elefanten auf der Brust sitzen zu haben.

„Es wird einfacher." Sein Blick intensivierte sich. „Wir werden

CHERISE SINCLAIR

weiter daran arbeiten. Wenn du mich als deinen Dom willst, als deinen Master. Was sagst du?"

Die Frage, das Angebot, fühlte sich wie eine Welle unter ihr an, die sie in rasender Geschwindigkeit an Land spülte. „Oh ja! Bitte, ja, mi Señor!" *Bitte, bitte, bitte.*

Er schmunzelte. „Ich werde sicherstellen, dass du ganz viel Übung darin bekommst, um Hilfe zu bitten." Seine Hand wanderte am Hinterkopf in ihre Haare und er riss ihren Kopf in den Nacken. Dann landeten seine Lippen auf ihren. Es war ein leidenschaftlicher Kuss, der seinen Besitzanspruch deutlich machte. Der Kuss war brutal, was ihr klarmachen sollte, wie viel ihm ihre Antwort bedeutete. Er knabberte an ihrer Unterlippe, saugte sie in seinen Mund, brachte seine Zunge ins Spiel. Ein Feuer brach in ihr aus und verwandelte ihre Ängste in Asche. Als er sich zurückzog, lagen ihre Arme um seinen Hals und ihre Vorderseite klebte an seiner.

Er fühlte sich so gut an. So richtig.

„Komm, Süße", sagte er und wickelte einen Arm um ihre Taille. „Du brauchst etwas Wasser und ich habe dringend ein Bier nötig."

Offensichtlich war die Auktion zu einem Ende gelangt. Die Bühne blieb leer zurück und alle packten an, um die Stühle und Sofas wieder an ihren Ausgangspunkt zu räumen. Auf halbem Weg durch den Raum rief der große Blonde, der für sie geboten hatte: „Hat sie dich in den finanziellen Ruin getrieben?"

Cullen lachte und antwortete: „Das ist deine Schuld, Arschloch. Du musstest den Preis ja höher und höher treiben."

Der Mann grinste und sah dann zu Andrea. „Ein wenig schade finde ich es schon, dass du gewonnen hast. Ich denke, ich hätte meine Zeit mit ihr genossen." Seine eisblauen Augen lösten Gänsehaut auf ihrer Haut aus und sie schmiegte sich enger an Cullens Seite.

Ihr Master lachte und festigte den Arm um ihre Hüfte. Sicher.

Beschützt. „Träum weiter, Karl", sagte Cullen. „Ich schätze jedoch sehr, dass du mir geholfen hast."

Geholfen?

An der Bar servierten Raoul und Marcus Getränke. Raoul hob den Kopf und grinste. „Bier und Wasser?"

„Richtig erkannt." Master Cullen führte Andrea zu Nolan und Beth.

Nolan nickte ihr zu und knurrte dann: „Beinahe hättest du sie an den Frischling verloren. Für einen Moment dachte ich, ich müsste ihn außer Gefecht setzen, aber er hat zur Vernunft gefunden."

Andrea riss die Augen weit auf. Nolan hatte den jungen Dom vom Mitbieten abgehalten? Und der Sadist hatte Cullen ... geholfen? *Hijo de puta*, er hatte sie in Panik versetzt, damit sie ihn anflehte, für sie zu bieten? Sie zog die Augenbrauen zusammen.

„Sieh dir nur ihr Gesicht an." Cullen streichelte über ihre Wange. „Ja, es war ein abgekartetes Spiel. Die Wahl lag jedoch bei dir. Schließlich hat dich niemand gezwungen, mich um Hilfe zu bitten."

„Und wenn ich das nicht getan hätte?"

„Hätte dich Master Marcus ersteigert."

Ein warmes Gefühl breitete sich in ihrem Magen aus. „Obwohl ich in dem Fall nicht getan hätte, was du wolltest, wärst du trotzdem zu meiner Rettung gekommen?"

Sein Daumen strich über ihren Wangenknochen. „Ein Master beschützt seine Sub. Immer und zu jeder Zeit."

Seine Sub. Die überschwängliche Freude, die urplötzlich über ihr einbrach, grenzte an Schmerz. *Bin ich das? Seine Sub?*

Scheinbar als Antwort auf ihre unausgesprochene Frage hob er ihren Arm und nahm ihr die goldfarbene Auszubildendenfessel ab.

Sie entließ einen enttäuschten Seufzer. Er wollte sie nicht?

Anschließend sagte er: „Nolan, würdest du?" Lederfesseln flogen durch die Luft. Master Cullen hob den Arm und fing sie auf. Er öffnete sie und legte sie ihr anstelle der goldbraunen Einschränkungen um die Handgelenke. Sie blinzelte. Unglaublich weicher Fleece schmiegte sich an ihre Haut. Farblich passte das braune Leder zu Cullens Weste und beide Fesseln waren mit seinen Initialen versehen.

Master Dan näherte sich. Kari, die noch immer ihre Auktionsschürze trug, hüpfte aufgeregt auf und ab. Das Lächeln, das sie Andrea und Cullen zuwarf, konnte nicht breiter sein. Angehäuft mit Freude und ... gerissener Befriedigung.

Carajo! Sie schnappte nach Luft. Beide, Kari und Jessica, hatten bei der Intrige ihren Beitrag geleistet. Schließlich waren sie es gewesen, die sie von einer Teilnahme überzeugt hatten. Nicht zu vergessen, dass Jessica mit ihrer Karte herumgepfuscht hatte. Hinterhältige Gören. Ihre Verärgerung war nur von kurzer Dauer, denn sie konnte einfach nicht aufhören, mit den Fingern über das weiche Leder zu streichen. *Sein.*

Señor gluckste und drückte ihre Hand.

Dan stieß Nolan mit der Schulter an. „Warum habe ich das Gefühl, dass er diese Sub mit niemandem teilen wird?"

Cullen knurrte: „Berühre sie, Kumpel, und ich breche dir das Gesicht."

Nolan brach in Lachen aus. „Ihr ist es also nicht gestattet, sich mit anderen zu amüsieren, während du weiterhin den Master aller Auszubildenden spielst? Das scheint mir nicht wirklich fair."

Andrea trat einen Schritt zurück. Als Ausbilder berührte Cullen ständig die Subs. Sie bemühte sich, ihr Gesicht ausdruckslos erscheinen zu lassen, damit er nicht sah, wie sehr sie dieser Gedanke störte.

Cullen betrachtete Andrea. Ihr angespannter Ausdruck zeigte, wie unglücklich sie war. Beinahe hätte er gelacht. Der kleine Tiger hatte am Teilen keinerlei Interesse. Sie wollte ihn für sich allein haben.

Jahre hatte er damit verbracht, von einer Sub zur nächsten zu springen. Nun hatte er sich für eine entschieden und er konnte mit seiner Entscheidung nicht glücklicher sein. Sie gehörte ihm, mit all ihren Problemen. Er musste sicherstellen, dass sie daran arbeiteten.

Warum nicht gleich jetzt? Er riss sie an seine Brust und packte ihren Busen, genoss ihr erschrockenes Japsen. „Ich denke, es ist eine weitere Lektion nötig", flüsterte er ihr ins Ohr. „Heute werden wir zusammen herausfinden, wie hübsch du mich um einen Orgasmus anflehen kannst. Immer und immer wieder."

Ihre Nippel bohrten sich in seine Handflächen und er fühlte, dass sich ihr Herzschlag beschleunigte. „Master Marcus, auf ein Wort."

Marcus kam ans Ende der Bar. Er sah, wo Cullens Hände positioniert waren, und ließ den Blick dann über ihre neuen Fesseln schweifen. Er lächelte. „Herzlichen Glückwunsch, Cullen. Sie ist ein seltener Schatz."

„Das ist sie", sagte Cullen. „Da ich vermeiden möchte, eines Tages mit einer aufgeschnittenen Kehle zu enden, solltest du dich dieser Aufgabe annehmen." Mit einem Nicken verwies er auf die goldfarbenen Auszubildendenfesseln auf der Theke.

Seine kleine Sub sah über ihre Schulter, ihre Augen weit aufgerissen. Sie war besorgt. *Niedlich.* Cullen küsste sie auf die Wange.

„Kannst du mich bitte darüber aufklären, was genau du mir damit sagen willst?", fragte Marcus.

„Von nun an bist du der Ausbilder. Es wird den Subs gut tun, einen neuen Boss zu haben." Cullen wartete, dass ihn der Verlust traf. Nichts dergleichen kam. Stattdessen fühlte es sich nach der besten Entscheidung seines Lebens an. Er hatte einen guten Job gemacht und nun war es Zeit für etwas Neues. Der neue Pfad, den er mit Andrea betreten hatte, füllte ihn mit Vorfreude.

Marcus begutachtete die goldfarbenen Fesseln und lächelte. „Ich fühle mich geehrt."

„Oh, und Marcus? Leider muss ich dir sagen, dass du bereits

eine deiner Auszubildenden von deiner Liste streichen musst. Diese kleine Sub macht so viel Ärger, dass sie meiner persönlichen Aufmerksamkeit bedarf." Cullen betörte ihre samtweichen Nippel und Andrea entließ einen gierigen Laut.

Marcus lachte und verabschiedete sich dann.

Andreas Karte von der Auktion stieß bei jeder seiner Bewegungen gegen ihn. Wenn er so darüber nachdachte ... Er hatte sie gekauft, richtig? Daraufhin nahm er die Karte und bemerkte grinsend, dass bei ANGEBOTENE ZEIT nichts stand. Z hatte also von sich aus eine Zeitspanne hinzugefügt. Der Lügenbaron. Später musste er ihm dafür seinen Dank aussprechen.

Cullen betrachtete die Liste. „Wie ich sehe, habe ich mir eine Freiwillige für einen Blowjob ersteigert. Damit werden wir anfangen, bevor wir uns durch alle Punkte auf deiner *kurzen* Liste arbeiten."

Schöner konnte der Abend nicht beginnen, als diese weichen Lippen um seinen Schwanz zu fühlen. Danach würde er sie weit gespreizt auf dem Bondage-Tisch schnallen und ihre empfindliche Klitoris necken, bis −

Seine kleine Sub drehte sich in seinen Armen, brachte ihn somit von seinen Gedanken ab. Ihre Augenlider befanden sich bereits auf halbmast, ihre Wangen waren entzückend gerötet. Eine Sekunde später formten sich ihre Lippen, geschwollen von seinem Kuss, zu einem Lächeln. „Darf ich mich für einen Moment entschuldigen, Master?"

Master. War ihr bewusst, dass dieser Titel aus ihrem Mund sein Herz singen ließ? Bei dem Schalk in ihrem Ausdruck zog er misstrauisch eine Augenbraue hoch. Na gut, mal sehen, was sie vorhatte. „Ich erlaube es."

Sie ging zu Kari. Nachdem die Sub für einen Moment in der Tasche ihrer Schürze gekramt hatte, fand sie einen Stift und gab ihn an Andrea weiter. Andrea lächelte Kari dankbar an und machte eine Notiz auf ihrer Auktionskarte.

Cullen tauschte einen Blick mit Dan aus, der gleichermaßen verwirrt aussah.

Als Andrea zu ihm zurücklief, erkannte er Emotionen auf ihrem Gesicht, die ihm noch nie entgegengebracht wurden. Schon bei ihrem ersten Treffen wusste er, dass sie irgendwann einen Dom sehr glücklich machen würde. Nun war er dieser Dom.

Vollkommene Hingabe. Blindes Vertrauen.

Liebe.

Das Geschenk einer Sub. Vor ihm fiel sie auf die Knie. Er legte die Hand auf ihre Wange und hoffte, dass sie im Gegenzug auch seine Hingabe sah.

Für einen Moment entdeckte er Tränen in ihren Augen und ihre Unterlippe bebte. Dann erschien ein Lächeln und der Schalk kehrte zurück, als sie ihm ihre Karte reichte.

Was hatte sie getan? Cullen legte eine Hand auf ihre Schulter, hielt sie an Ort und Stelle und genoss den Schauer, der dabei durch ihren kurvigen Körper jagte. Er hob die Karte und fand die zwei Zeilen, die sie hinzugefügt hatte.

Bei dem ersten Zusatz schmunzelte er: *Sex. Unmengen an Sex.*

Er schätzte sich glücklich, jemanden gefunden zu haben, der seinen Sinn für Humor teilte.

Er las die letzte Zeile und hob sie daraufhin in seine Arme. Seine kleine Sub, die er vorhatte, zu hegen, zu pflegen, zu beschützen und zu lieben.

ANGEBOTENE ZEIT: Für immer.

Ende

Der gutaussehende Mann im Anzug mochte sie nicht. Das war Gabrielle sofort klar gewesen. Nicht, dass das eine Rolle spielte. Beeindrucken musste sie nur Master Marcus, und sie hoffte, dass Mister Anzug sie nicht verraten würde. Der Kerl strahlte Reichtum und Macht aus, also musste er ein großes Tier im Club sein. „Ich sollte besser zur Bar zurück, bevor der Boss auftaucht."

„Wer?"

„Master Marcus. Auf ihn warte ich."

„Warten nennst du das?" Er musterte sie für eine Minute, Missfallen in seinem Blick. „Ich denke, ich sollte mich vorstellen, bevor du dich noch weiter reinreitest. Ich bin Master Marcus."

Sie schluckte schwer. *Oh nein! Was für eine Katastrophe.* „Ah!" Sie räusperte sich und wagte einen neuen Versuch: „Freut mich, dich kennenzulernen. Ähm –"

„Und darf ich auch deinen Namen erfahren?", fragte er höflich. Zu höflich.

Sie nahm sich eine Minute, um einen zweiten Blick auf ihn und seinen maßgeschneiderten Anzug zu werfen. Dunkelgrau mit weißen Nadelstreifen. Oh bitte, so dumm war sie nun auch nicht.

Niemals war der Mann ein Dom. „Gabrielle Anderson. Bist du sicher, dass du Master Marcus bist?"

Er legte den Kopf auf die Seite. Er sah viel zu gut aus. Groß, breite Schultern mit einer schlanken Hüfte. Seine Haare waren braun mit goldenen Highlights, perfekt gestylt. Makellos – wie ihre Eltern. *Kotz.* Seine sonnengebräunte Haut war nicht ledrig, sondern genau richtig, sodass diese blauen Augen wunderbar zur Geltung kamen. Blaue Augen, die mit jeder Sekunde kälter wirkten.

„Warum denkst du, dass ich nicht Master Marcus bin?", fragte er.

Echt jetzt? Sie wedelte mit der Hand und schaffte es gerade so, nicht laut zu sagen: *Sieh dich an!* Schließlich war es möglich, dass sie doch Master Marcus vor sich stehen hatte. Könnte es sein, dass er sich bisher einfach noch nicht umgezogen hatte? „Der Anzug? Wo sind der Lack und das Leder? Oder die Motorradjacke? Eine Weste? Schwarz! Schwarz fehlt auch."

Für einen Moment starrte er sie unbeweglich an. Hatte sie etwas im Gesicht, oder was? Dann warf er den Kopf in den Nacken und lachte laut los. Unbeschwert und herzhaft – wunderschön, wenn es von jemandem kam, der aussah, als hätte er einen Stock im Arsch.

Hitze stieg in ihre Wangen und sie entschied, dass sie ihn wirklich nicht mochte. Vielleicht war er der Buchhalter des Clubs oder der Verwalter. Sie verlagerte ihr Gewicht von einem Fuß auf den anderen und sah bewusst an ihm vorbei. Hoffentlich tauchte der richtige Marcus bald auf. Sie musste sich eingewöhnen, bevor sich der Entführer zeigte – der Unsub, wie ein wahrer Agent ihn nennen würde. Was auch unbekanntes Subjekt bedeutete. Sie runzelte die Stirn. Unsub klang verdächtig nach unechter Sub. *Was mich sehr gut beschrieb.* Vielleicht sollte sie ihn stattdessen als *Täter* bezeichnen.

„Erzähle mir von deiner bisherigen Erfahrung im BDSM", sagte der Anzug. Er machte einen völlig anderen Eindruck, wenn er lächelte. *Verdammt.* Wie viele Frauen hatte er mit diesen umwerfenden Grübchen in den Ruin getrieben? „Bist du bisher immer in den Clubs im Zentrum gewesen? Wo die Gothic-Szene verkehrt?"

„Ja, genau. Warum?" Was mehrere Jahre her war, aber das hatte sie auf ihrer Bewerbung weggelassen.

Er wies sie an, im Korridor vor ihm zu laufen. Als sie seine Anweisung befolgte, legte er seine Hand auf ihren Nacken. So fest, dass sie sich wie ein Hund fühlte. „Ich bin mir sicher, dass du schon bald erkennen wirst, wie exotisch ein privater Club sein kann. Größere Altersspanne, breitgefächertes Einkommen, speziellere Vorlieben. Manche Doms tragen Leder und kleiden sich in Schwarz. Viele jedoch wählen einen anderen Stil."

Ihr Herz rutschte bei dem dominanten Griff in die Hose. Kein Buchhalter würde sich so verhalten. Sie hatte einen Dom hinter sich. In einem Anzug. Und er nannte sich ... „Du bist Master Marcus?"

„Ich fürchte ja, Schätzchen." Er hielt an. Ketten baumelten von einem tiefhängenden Balken. Er ließ sie los, nur um sie gemächlich zu umkreisen und sie wie einen Verkaufsstand mit neuen Produkten zu mustern. „Hast du deine gesamte Erfahrung aus öffentlichen Clubs gewonnen?"

„Ja, genau." Zu ihrer Collegezeit war sie in Clubs gegangen, um Spaß zu haben. Gelegentlich hatte sie auch jemanden mit nachhause genommen. Seit dem Abschluss hatte sie diese Freuden des Lebens jedoch runtergeschraubt. Ihr Ziel war von Anfang an das FBI gewesen. Auf keinen Fall wollte sie ihre Chancen ruinieren.

„Okay." Er tippte gegen ihr Bustier. „Ausziehen bitte."

Sie starrte ihn an. Einfach so? *Ich habe dich doch gerade erst kennengelernt!* Sie zögerte, aber der gnadenlose Ausdruck in diesen blauen Augen brachte sie auf Touren. Nachdem sie die Haken gelöst hatte, warf sie das Bustier auf einen Stuhl, der außerhalb des abgegrenzten Bereiches stand. Sie zwang sich, ihre Arme seitlich zu behalten und ignorierte die kühle Brise der Klimaanlage an ihren nackten Brüsten.

„Sehr hübsch." Selbstbewusste Finger strichen über ihre Schultern, zeichneten ihr Schlüsselbein nach und fanden ihre Brüste. Die Berührung schickte Empfindungen direkt an ihre Pussy. Eine Tatsache, die besorgniserregend war, schließlich mochte sie den Kerl nicht mal. Sein autoritäres Verhalten war jedoch ... anziehend. Die Dominanz erweckte die Schmetterlinge in ihrem Bauch.

„Wo hast du sonst noch gespielt?", fragte er. „In deinen vier Wänden?"

Hitze stieg in ihre Wangen. „Nicht ... wirklich. Manchmal bin ich danach mit einem Mann nachhause gegangen. Für die kinky Dinge bin ich aber im Club geblieben. Ist sicherer."

„Ich verstehe. Du hast keinem Dom genug vertraut, um dich in der Abwesenheit von anderen von ihm fesseln zu lassen."

„Äh." So hatte sie das niemals gesehen, aber ... okay. Möglich, dass er damit recht hatte. Sie nickte.

„Ich bevorzuge verbale Antworten", sagte er in einem einnehmenden Ton. „Mit ,Ja, Sir' gebe ich mich zufrieden."

Sie konnte einen Lustschauer nicht unterdrücken. Dem Mann haftete eine unbezwingbare Härte an, dabei spielte es keine Rolle, wie sanft er sprach. „Ja, Sir."

„Das klang sehr nett, Süße", sagte er. Seine Stimme wehte wie eine Berührung über ihre Haut und ihre Knie bebten. Seine nächsten Worte ruinierten den Moment: „Zieh bitte den Rock aus."

Ihr Blick schoss zu seinen Augen, die genauso gnadenlos sein konnten wie seine Stimme. Wieso machte er sich die Mühe, *bitte* zu sagen? Sie schob den Rock nach unten und trat heraus. Im Moment wünschte sie sich, mehr Zeit in einem Fitnessstudio verbracht zu haben. Überhaupt Zeit dort zu verbringen, wäre noch besser gewesen. Oder das Auto weniger zu benutzen. Ein fetter Arsch war nicht gerade das beste Mittel, um einem Mann zu imponieren.

Aber na gut, hier ging es nicht darum, diesen pingeligen Dom zu beeindrucken. Sie war hergekommen, um einen Entführer – einen Mörder – in die Falle zu locken. Sie erschauerte.

Seine Augen verengten sich. „Hast du ein Problem damit, nackt zu sein?"

Zur Hölle nochmal. Konzentriere dich, Gabi. „Nein, Sir. Mir ist nur ein bisschen kalt, Sir."

„Ah ja." Wieder umkreiste er sie, inspizierte sie, als wäre sie der Star bei einer Hundeshow. *Unverschämt.* Trotzdem wurden ihre Nippel hart und zwischen ihren Schenkeln fühlte sie den Beweis ihrer Erregung. Sie presste die Beine zusammen.

„Master Z hat verlangt, dass ich dich in mein Programm aufnehme. Hast du die Regeln für die Auszubildenden gelesen?"

„Ähm, ja." Seine eisblauen Augen funkelten und hastig fügte sie hinzu: „Sir."

Er löste die goldfarbenen Fesseln von seinem Gürtel. Nachdem er sie ihr angelegt hatte, überprüfte er, dass sie nicht zu eng waren, bevor er die linke Einschränkung an die baumelnde Kette über ihrem Kopf befestigte. „Das Safeword lautet *Rot*", sagte er, als er nach einer zweiten Kette griff und auch ihren anderen Arm fesselte. Die Ketten ließ er lang genug, sodass ihre Arme auf der Höhe ihrer Hüfte verblieben. „Ich möchte, dass du es benutzt, wenn du Angst bekommen solltest oder der Schmerz zu viel für dich wird. Dann kommen sofort die Aufseher, um zu sehen, ob alles mit rechten Dingen vor sich geht."

„Das Safeword bedeutet also, dass alles vorbei ist, richtig?" Sie konnte es sich nicht leisten, die Sache zu versauen.

Sein Gesicht verlor an Härte. „Nein, Süße. Es bedeutet, dass ich mit dem aufhöre, was ich gerade tue. Anschließend werden wir uns hinsetzen und darüber reden."

„Oh, okay. Gut. Ähm, Sir." *Kann ich das wirklich durchziehen?* Dieser Dom hatte nichts mit den Männern gemein, mit denen sie in den Clubs im Stadtzentrum gespielt hatte. Die Angst machte sich in ihr bemerkbar, doch sie drängte sie zurück. Jedenfalls das meiste davon.

Ihr fiel auf, wie eindringlich er sie beobachtete, und bemerkte erst jetzt, dass er die Narbe auf ihrer Wange nachzeichnete. Nun nahm er ihre gefesselte rechte Hand und fing sie in seiner warmen ein. „Gabrielle, hast du irgendein Problem mit Bondage, das du auf der Bewerbung nicht erwähnt hast?", fragte er.

„Nein, Sir." Als er sich nicht bewegte, fügte sie hinzu: „Wirklich nicht. Ich bin nur etwas nervös, Sir."

„Also gut." Er ging zur Wand. Einen Augenblick später verkürzten sich die Ketten und hoben ihre Arme nach oben. Er stoppte erst, als es nur noch wenige Zentimeter brauchte, bis sie sich auf ihre Zehenspitzen hätte stellen müssen.

Sie wollte bei diesem Zugeständnis dankbar sein, aber urplötzlich fühlte sie sich einfach nur ... nackt. Verdammt nackt, als hätte sie nicht nur ihre Klamotten abgelegt. Entblößt. Dann war sie über ihr Aussehen besorgt. Von ihren Gedanken abgelenkt wurde sie, als er sie erneut umkreiste und sie mit seinem intensiven Blick in die Mangel nahm.

„W-Was hast du jetzt v-vor?"

„Ich habe vor, mich mit dem Körper meiner neuen Auszubildenden vertraut zu machen. Gleichzeitig werden wir uns ein bisschen unterhalten."

ÜBER DEN AUTOR

Autoren sagen oft, dass ihre Protagonisten mit ihnen argumentieren. Dummerweise sind Cherise Sinclairs Helden allesamt Doms. Was bedeutet, dass sie keine Chance hat, jemals ein Argument für sich zu entscheiden.

Als New York Times and USA-Today-Bestsellerautorin ist Cherise dafür bekannt, herzzerreißende Liebesromane mit hinreißenden Doms, amüsanten Dialogen und heißem Sex zu schreiben. BDSM, Leute. BDSM! Wer kann dazu schon ‚Nein‘ sagen?

Mit den Kindern aus dem Haus lebt Cherise mit ihrem geliebten Ehemann und ihren Katzen am pazifischen Nordwesten, wo nichts gemütlicher ist als ein regnerischer Tag, den sie damit verbringt, neue Bücher zu schreiben.

Rezensionen:

Ich hoffe, Dir hat das Buch gefallen! Ich würde mich freuen, wenn Du für Cullen und Andrea eine Rezension verfasst.